신조협려

1

신조협려 1 – 활사인묘

1판 1쇄 발행 2005. 2. 5.
1판 19쇄 발행 2019. 5. 26.
2판 1쇄 발행 2020. 4. 1.
2판 3쇄 발행 2024. 2. 26.

지은이 김용
옮긴이 이덕옥
발행인 박강휘
편집 임지숙 디자인 박주희 마케팅 정성준 홍보 강원모
발행처 김영사
등록 1979년 5월 17일 (제406-2003-036호)
주소 경기도 파주시 문발로 197(문발동) 우편번호 10881
전화 마케팅부 031)955-3100, 편집부 031)955-3200 | 팩스 031)955-3111

값은 뒤표지에 있습니다.
ISBN 978-89-349-8581-5 04820
      978-89-349-8580-8 (세트)

홈페이지 www.gimmyoung.com   블로그 blog.naver.com/gybook
인스타그램 instagram.com/gimmyoung   이메일 bestbook@gimmyoung.com

좋은 독자가 좋은 책을 만듭니다.
김영사는 독자 여러분의 의견에 항상 귀 기울이고 있습니다.

일러두기

1. 이 책은 김용이 직접 여덟 차례에 걸쳐 수정한 3판본(2003년 12월 출간)을 저본으로 번역했다.
2. 본문에 실려 있는 삽화는 홍콩의 강운행姜雲行 화백이 그린 것이다.

신조협려

神鵰俠侶

이덕옥 옮김

김용 대하역사무협

활사인묘

1

무협소설사에 길이 남을 불멸의 고전
김용 소설 중 가장 많은 찬사를 받은 작품

我小说里的武功虽是假的，精神却是真的。希望读者们注重正义、公正、公平，重情义，对父母、兄弟、姊妹、朋友、同乐、爱人、丈夫、妻子要有真正爱心！

致
韩国读者诸君
恭贺新年快乐

金庸

내 소설의 무공은 비록 허구이지만 그 정신만은 진실입니다. 독자 여러분은 정의와 공정, 공평을 중시하고, 순수한 감정을 중히 여기길 바랍니다. 그리고 늘 부모와 형제자매, 친구, 동료, 사랑하는 사람, 남편, 아내에게 진정한 애심愛心을 지녀야 합니다.

한국 독자 여러분께
즐거운 새해가 되길 기원합니다.

김용 드림

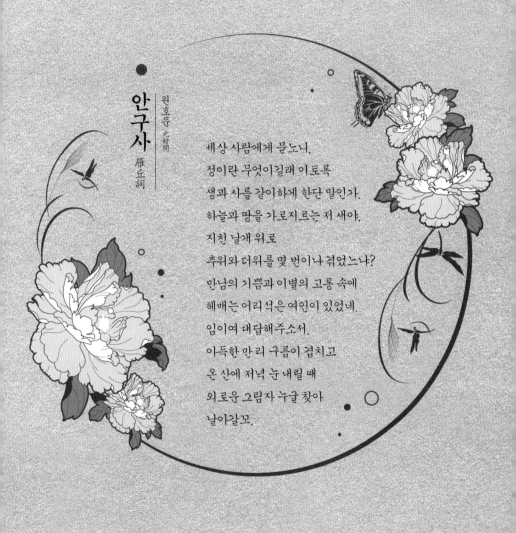

안구사 雁丘詞

원호문 元好問

세상 사람에게 묻노니,
정이란 무엇이길래 이토록
생과 사를 같이하게 한단 말인가.
하늘과 땅을 가로지르는 저 새야,
지친 날개 위로
추위와 더위를 몇 번이나 겪었느냐?
만남의 기쁨과 이별의 고통 속에
헤매는 어리석은 여인이 있었네.
임이여 대답해주소서.
아득한 만 리 구름이 겹치고
온 산에 저녁 눈 내릴 때
외로운 그림자 누굴 찾아
날아갈꼬.

1권

활사인묘

活死人墓

| 각권 차례 |

양과 楊過

양강과 목염자의 아들. 외롭게 어린 시절을 보내다 곽정과 황용 부부를 만나 도화도에서 지낸다. 후에 전진교로 보내졌으나 우여곡절 끝에 소용녀를 만나게 된다. 천성이 영리하고 풍류기가 넘치는 그는 각 문파의 무공을 섭렵한 뒤 스스로 일가를 이룬다.

소용녀 小龍女

임조영의 무공을 이어받은 고묘파 제3대 장문인이다. 어려서부터 갖은 감정을 절제하는 무공을 전수받아 성격이 차갑기 그지없으나 양과를 만나고부터 달라지기 시작했다. 세상물정에 어두워 갖은 사건에 휘말리면서도 끝까지 양과에 대한 감정을 저버리지 않는다.

곽부 郭芙

곽정과 황용의 딸. 어릴 때부터 버릇없이 자라 성격이 자기중심적이다. 이 때문에 양과와 소용녀가 갖은 사건에 휘말린다.

곽양 郭襄

곽정과 황용의 딸. 태어나자마자 갖은 우여곡절을 겪었다. 언니인 곽부와는 달리 심성이 깊고 착하다.

이막수 李莫愁

별호는 적련선자. 강호에서는 그녀를 적련마두라고 부른다. 연인 육전원에게 버림받은 후부터 성격이 포악하고 악랄해졌다. 갖은 악행을 저질러 강호의 공적이 되기도 했다.

육무쌍 陸無雙

가흥 육가장의 장주인 육립정의 딸. 이막수에게 부모를 잃었으나, 공교롭게도 이막수 밑에서 무공을 배운다. 어릴 적 나무에서 떨어져 한쪽 다리를 전다.

정영 程英

육무쌍의 이종사촌으로 이막수에게 납치되었다가 황약사에 의해 구출된다. 그 후 황약사의 마지막 제자가 되었다. 성격이 소탈하고 외모가 아름다운 그녀는 남을 위해 자신의 목숨도 마다하지 않는 양과를 사모하게 된다.

공손지 公孫止

절정곡의 곡주. 소용녀의 목숨을 구해주고 그녀와 결혼하려 한다. 음험하고 악랄한 그는 자신의 욕구를 채우기 위해 딸의 목숨도 아랑곳하지 않는다. 음양쌍인검법의 고수.

구천척 裘千尺

철장수상표 구천인의 여동생으로 별호는 철장연화鐵掌蓮花이다. 남편 공손지가 딴 여자를 마음에 품자 복수를 하려다가 오히려 땅속에 갇히고 만다. 공손지처럼 성격이 악랄하다.

공손녹악 公孫綠萼

절정곡주 공손지와 구천척의 딸. 양과를 구하기 위해 아버지와 어머니를 속일 정도로 그에 대한 정이 깊다. 그러나 양과에게 사랑을 고백하지 못하고 혼자 가슴 아파한다.

견지병 甄志丙

구처기의 제자로 후에 전진교의 장교가 된다. 경쟁자인 조지경과 시종일관 다툰다. 원래 의로운 인물이었으나 평생 씻을 수 없는 죄를 저질러 결국 죽게 된다.

조지경 趙志敬

왕처일의 제자로 전진교 제3대 제자 중 무공이 가장 뛰어나다. 한때 양과의 사부이기도 했으나 사람됨이 간사해 양과를 괴롭히기만 한다. 전진교의 장교직에 오르기 위해 갖은 술수를 부리다 결국 낭패를 당한다.

금륜국사 金輪國師

몽고의 제일국사로 홀필열을 따라 송을 정벌하기 위해 나선다. 영웅대연에서 무림 맹주 자리를 노렸으나 양과와 소용녀에게 막혀 좌절된다. 후에 용상반야공을 익혀 한층 더 고강한 무공을 지니게 된다. 양양성에서 양과와 목숨을 건 사투를 벌인다.

곽도 霍都

금륜국사의 제자. 테무친의 의형제인 찰목합의 손자로 몽고의 왕자에 봉해졌다. 성격이 간사해 개방 방주인 노유각을 죽이는 등 갖은 악행을 저지른다. 결국 사부인 금륜국사마저 배신하고 숨어 지내다가 양과에게 발각된다.

◀ 고검부의 〈풍응도楓鷹圖〉
영남화파嶺南畵派의 수장인 고검부高劍父
는 힘이 넘치는 화법으로 유명하다.

▼ 종남산終南山 자락의 일부

君漢西嶽華山廟碑文字尚完可讀
其述自漢以來云高祖初興改秦溪
祀墨宗秦脩各詔有司其山川在諸
傳屬以時祠之孝武皇帝脩封禪之
禮巡省五岳立宮其下宮曰集靈宮

◀ 구양수의
　〈집고록발미 集古錄跋尾〉

중국 서악西嶽 화산華山의 묘비를 서술한 것
이다. 주희朱熹는 구양수歐陽修의 필체를 가
리켜 그의 사람 됨됨이를 보는 것 같다고
했다. 그의 필체는 부드럽고 매끄러우면서
강한 힘이 넘친다.

▲ 〈반한당추흥도 半閑堂秋興圖〉

송나라 사람의 작품. 가사도賈似道의 애첩이
반한당에서 귀뚜라미 싸움하는 것을 보는 모
습을 묘사했다. 가사도는 남송 도종度宗 때의
재상으로 양과와 같은 시대의 인물이다.

▲ 석관석각화石棺石刻畵 〈비토飛兎〉

　수隋나라 때의 석각이다. 석관 우측에는 청
룡도靑龍圖, 좌측에는 백호도白虎圖가 그려
져 있는데, 이 〈비토〉는 청룡도의 일부다.
중국 섬서陝西 지방 함양咸陽에서 출토됐다.
현재 섬서성 박물관에 소장되어 있다.

▶ 소한신의 〈잡기희영도雜技戱嬰圖〉

　소한신蘇漢臣은 중국 개봉開封 사람으로 송
휘종徽宗, 고종高宗, 효종孝宗 때의 궁중 화
가이다. 특히 인물화, 아동화에 능했다.

◀〈소정희영도 小庭戲嬰圖〉

화법으로 미루어 송대의 진종훈陳宗訓 의 작품으로 추정된다.

▼ 묘실석각화墓室石刻畵

동한東漢 때의 석각이다. 윗부분은 장수 들이 적과 싸우는 장면이고, 중간 부분 은 전쟁에서 승리해 돌아오는 장면, 아 래쪽은 사냥하는 장면이다.

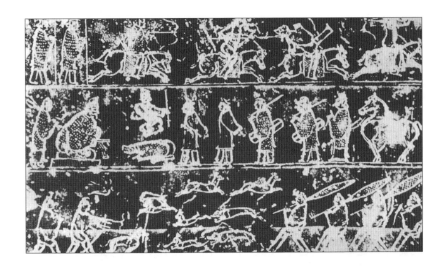

세월은 덧없이 흐르고

가을 호수에서 연蓮을 따는 월나라 여인
여인의 마음은 공연히 실처럼 엉키네.
무정한 세월 속에 임은 간 곳 없고
옛날 그곳에 다시 찾아오니 꿈인 양 가슴만 미어지네.

가을 호수에서 연을 따는 월나라 여인
얇은 비단옷 소매 걷히고 금팔찌 살짝 드러나네.
호수에 비친 꽃처럼 아름다운 모습
여인의 마음은 공연히 실처럼 엉키네.
계척 나루터에 물결이 일렁이는데
짙은 안개 연기인 양 서서히 걷히고
시간이 얼마나 흘렀는지 알 수가 없네.
은은한 노랫가락, 노 젓는 소리 멀어지고
이별의 시름 강남 저편까지 이어지네.
越女採蓮秋水畔 窄袖輕羅 暗露雙金釧
照影摘花花似面 芳心只共絲爭亂
鷄尺溪頭風浪晩 霧重烟輕 不見來時伴
隱隱歌聲歸棹遠 離愁引着江南岸

　옥구슬이 굴러가는 듯한 부드러운 노랫소리가 안개 자욱한 호반 위
를 감싸고 있다. 노랫소리는 호반 위의 작은 배에서 흘러나왔고, 그 배
에는 다섯 명의 소녀가 깔깔거리며 노래를 부르면서 연꽃을 따고 있
었다.

그들이 부르는 노래는 북송北宋 시대의 대시인 구양수歐陽修가 지은
〈접연화蝶蓮花〉인데, 그것은 월越나라 여인이 연꽃을 따는 모습을 그린
것이다. 그 가사歌詞 60자 속에는 당시의 계절과 시간, 장소, 경치 및 월
나라 여인의 모습과 의상, 장신구 그리고 심리 상태가 생생하게 묘사
되어 있어 금방이라도 그 시대의 여인이 되살아날 듯한 기분이 든다.

후반부에는 서사적으로 경치를 묘사하면서도 서정적인 정서를 불
어넣어 더욱 깊은 맛을 내주고 있다. 구양수는 강남에서 오랫동안 관
직에 있으면서 주위의 산과 강을 두루 유람했다. 그때 자신의 감정과
뜻을 모두 시詩와 가사에 담아놓았다. 송나라 사람들은 고관대작이든
일반 백성이든 모두 가사를 즐겨 불렀다. 특히 강남에서는 봄날 언덕
에서 버들가지를 꺾거나 가을 호수에서 연꽃을 따며 구양수의 가사를
즐겨 불렀다. 그래서 구양수의 새로운 가사가 나오면 온 거리가 이 노
래로 넘쳐흘렀다.

때는 남송南宋 이종理宗 연간, 장소는 가흥嘉興 남호南湖. 바야흐로 가
을이 한창이라 연잎을 대신하여 연꽃이 그 흐드러진 멋을 자랑하고
있었다. 소녀들의 노랫소리가 호숫가의 한 여女도사의 귀를 간질이고
있었는데 그녀는 버드나무 아래에서 오랫동안 꼼짝도 하지 않고 서
있었다. 저녁 바람이 황색 도포의 아랫자락을 훑고 지나가자 등에 꽂
은 불진拂塵이 어지럽게 뒤흔들렸다. 여도사의 머릿속에는 어지러이
흩날리는 불진처럼 갖가지 생각들이 피어오르니, 실로 "여인의 마음
은 공연히 실처럼 뒤엉킨다芳心只共絲爭亂"라고 하지 않을 수 없었다.

노랫소리가 점점 멀어지더니 이번에는 〈접연화〉의 또 다른 구절이
바람을 타고 은은히 들려왔다.

무정한 세월 속에 임은 간 곳 없고

옛날 그곳에 다시 찾아오니 꿈인 양 가슴만 미어지네.

風月無刎情人暗換

舊遊如夢空腸斷

흥겹게 부르던 노랫소리가 잠시 멈추더니 곧이어 간드러진 웃음소리가 들려왔다. 여도사는 긴 한숨을 내쉬며 붉은 피로 얼룩진 손바닥을 들여다보았다.

"뭐가 그리 우습단 말이냐? 가사에 담긴 애절한 그리움과 쓸쓸함을 안다면 어찌 웃을 수가 있는가. 어린 계집아이들이 그 뜻을 전혀 모르는구나."

차갑게 내뱉는 여도사의 뒤로 10여 장쯤 떨어진 곳에, 청포를 입은 한 노인이 역시 꼼짝도 하지 않고 서서 이쪽을 바라보고 있었다. 그는 그 가사를 음미하는 듯 나지막한 한숨을 내쉬었다.

작은 배는 호수 위를 미끄러지듯 지나갔다. 배 위에는 열다섯 살 정도 되어 보이는 소녀 세 명과 아홉 살 안팎의 어린 계집아이 두 명이 타고 있었다. 어린 계집아이 둘은 사촌 간으로 한 아이는 성이 정程이고 이름은 외자로 영英이며, 또 한 아이는 성이 육陸이고 이름은 무쌍無雙이었다. 정영과 무쌍은 아홉 살이었고 정영이 여섯 달 먼저 태어났다. 그들은 세상에 어떤 근심도 없는 듯 노래를 부르며 무성한 연꽃 사이에서 벗어나기 위해 열심히 노를 저어갔다.

"저길 봐. 노인이 아직도 저기 서 있네."

정영은 육무쌍에게 휘늘어진 버드나무 아래에 서 있는 노인을 가리켰다. 자세히 보니 노인은 수염을 고슴도치처럼 무성하게 기르고 머리를 풀어 헤친 채 서 있었는데 수염과 머리카락이 젊은이처럼 까맸다. 그러나 얼굴에 파인 굵은 주름살로 보아 일흔에서 여든 살 정도는 족히 되어 보였다. 그런데 이상하게도 청포 위에 아기들이 사용하는 비단 턱받이를 목에 두르고 있었다. 턱받이는 오래된 듯 매우 낡아 보였는데 바탕에 외모와 어울리지 않게 고양이가 나비를 쫓는 그림이 새겨져 있었다.

"저 괴상한 노인네는 왜 하루 종일 꼼짝도 하지 않고 저렇게 서 있는 걸까?"

육무쌍의 말에 정영이 대답했다.

"괴상한 노인네라니…… 어르신이라고 해야지. 들으면 화내시겠다."

"언니는 이상하지 않아? 저 나이에 목에 턱받이를 하고 있잖아. 화가 나서 수염이 치켜올라가면 그게 더 보기 좋겠다."

육무쌍은 깔깔거리며 웃더니 갑자기 연꽃 사이에 있는 벌집 모양의 연밥을 꺾어 그 노인을 향해 던졌다. 배와 노인의 거리가 몇 장 떨어져 있었지만 연밥은 노인을 향해 정확히 날아갔다. 그녀는 나이는 어렸지만 무공으로 단련된 몸이었기에 그 정도는 문제가 없었다.

"무쌍아!"

정영은 말리려 했으나 연밥은 이미 노인의 얼굴을 향해 날아갔다. 그런데 노인은 놀라지도 않고 얼른 연밥을 입으로 받더니 그대로 혀를 날름거리며 와작와작 씹기 시작했다. 껍질을 벗기지도 않고 쓰디쓴 잎까지 통째로 씹자 소녀들은 움찔 놀라며 빠른 속도로 노인을 향해 노를 저었고 배에서 내려 언덕으로 올라갔다. 정영은 노인의 곁으로 다가가 소매를 끌어당겼다.

"어르신, 그렇게 먹으면 맛이 없어요."

정영은 주머니에서 연밥을 꺼내 껍질을 벗겨내고 연밥 몇 알을 털어낸 후, 다시 쓴맛이 나는 씨를 제거하고서 노인의 손에 쥐어주었다. 노인은 멋쩍어하며 받아서 몇 입 씹어보더니 과연 상큼하고 고소한 맛이 입안 가득 퍼지는 것이 아까 먹은 것과는 크게 다르다는 표정을 지었다. 노인은 입을 우물거리며 연신 고개를 끄덕였다.

정영은 다시 연밥 몇 알을 꺼내 껍질을 벗겨내어 그의 손에 쥐어주었다. 노인은 주는 대로 입에 털어넣고 우적우적 씹더니 빙그레 웃으며 정영을 바라보았다.

"나를 따라오너라!"

그러고는 큰 걸음으로 성큼성큼 앞장서서 걸어갔다. 육무쌍은 호기심 어린 눈으로 정영을 보며 손을 끌었다.

"언니, 우리 가보자."

그러자 소녀 세 명이 질겁하며 급히 만류했다.

"집으로 돌아가자. 멀리 가면 엄마한테 혼나."

다들 만류하자 육무쌍은 뾰로통해져 입을 내밀었다. 그러다가 노인이 벌써 저 멀리 가버리는 것을 보고는 마음이 다급해졌다.

"안 갈 테면 그만둬."

육무쌍은 사촌 언니의 손을 뿌리치고 혼자서 노인의 뒤를 쫓아갔다. 정영은 동생과 함께 놀러 나왔다가 혼자만 돌아갈 수는 없어 어쩔 수 없이 뒤를 쫓아갔다. 나머지 세 소녀는 나이는 훨씬 많았지만 모두 겁을 먹고 그저 노인과 정영, 육무쌍 세 사람이 잇따라 뽕나무 숲속으로 사라지는 뒷모습을 물끄러미 바라볼 뿐이었다.

노인은 아주 빠른 걸음으로 앞장서서 걸어갔다. 처음에는 두 아이
가 종종걸음으로 따라오지 못하자 몇 차례나 멈춰 서서 기다려주기도
하더니 나중에는 답답한지 갑자기 휙 돌아서서 팔을 뻗어 각각 한 명
씩 겨드랑이에 끼고는 나는 듯이 걸어갔다. 정영과 육무쌍은 놀랄 사
이도 없이 노인의 손아귀에 잡혔다. 귓전으로는 바람이 빠르게 스쳐가
고 바윗돌과 풀들이 어지러이 눈앞을 지나갔다. 육무쌍은 무서워지기
시작했다.

"내려주세요. 내려놔줘요!"

그러나 노인은 들은 척도 하지 않고 오히려 걸음을 재촉했다. 갑자
기 겁이 나기 시작한 육무쌍은 몸부림을 치며 있는 힘을 다해 노인의
손등을 물어뜯었다. 그러나 노인의 손등은 마치 나무토막처럼 딱딱하
고 질겨 오히려 자신의 이가 아파왔다. 육무쌍은 울상이 되어 소리를
질렀다.

"사람 살려!"

반면 정영은 꼼짝도 하지 않았다. 한참을 달려가던 노인이 걸음을
멈추고 두 아이를 내려놓은 곳은 뜻밖에도 묘지 앞이었다. 정영의 얼
굴은 새하얗게 질려 있었고 육무쌍은 악을 쓰며 우느라 얼굴이 온통
시뻘겋고 눈물 콧물이 뒤범벅되었다. 간신히 정신을 차린 정영이 조심
스럽게 말했다.

"할아버지, 이제 그만 놀고 집에 갈래요."

그러나 노인은 뚫어져라 쳐다보기만 할 뿐 일언반구 대답이 없었다.
정영은 자신을 바라보는 노인의 눈빛에 그리움과 처연함, 애증의 안타

까움이 섞여 있는 걸 느꼈다. 문득 자신도 모르게 동정심이 일었다.

"할아버지, 우리가 보고 싶으면 내일 다시 호숫가로 나오세요. 연밥을 벗겨서 드릴게요."

"그래, 10년 동안…… 나는 10년 동안 보고 싶었어."

노인은 탄식을 하더니 돌연 눈빛을 흉포하게 바꾸며 차가운 목소리로 다그쳤다.

"하원군何沅君…… 하원군은 어디로 갔느냐?"

정영은 갑자기 사납게 변한 그를 보자 다시 무서워져서 목소리가 기어들어갔다.

"전…… 전 몰라요."

괴노인은 정영의 팔을 잡아 마구 흔들었다.

"하원군 말이다."

정영은 너무 놀라 울음이 터져 나올 것 같았다. 그러나 눈물은 눈동자에만 그렁그렁 맺힐 뿐 흘러내리지는 않았다. 노인은 이를 갈며 말했다.

"울어! 울란 말이야! 왜 안 우는 거냐? 흥! 넌 10년 전에도 이랬어. 내가 그놈한테 시집가는 것을 허락하지 않자 날 떠나긴 싫지만 그놈과 꼭 같이 가야만 한다고 말했지. 은혜에 감사하고 나를 떠나는 것이 너무나 슬프다고 말이야. 흥! 모두 헛소리야. 정말 가슴이 아프다면 왜 울지 않는 거냐?"

그는 정영을 매섭게 노려보았다. 정영은 너무 겁을 먹어 이미 제정신이 아닌지라 눈물도 나오지 않았다. 노인은 미친 듯이 정영을 마구 흔들었다.

"흥! 나를 위해 눈물 한 방울도 흘리지 않으니 내가 살 필요가 있겠느냐!"

너무 흥분한 노인은 갑자기 정영을 놓더니 두 다리를 굽히고 몸을 낮추어서 옆에 있는 묘비를 향해 돌진했다. 머리가 묘비에 부딪쳐 퍽, 하는 소리가 들렸다. 맹렬한 속도로 달려가 그대로 부딪친 노인은 비명을 지르며 땅에 쓰러졌다.

"언니, 어서 도망가자!"

육무쌍이 정영의 손을 잡고 뛰기 시작했다. 정영은 몇 걸음 가다가 노인의 이마에 피가 흘러내리는 것을 보자 차마 그대로 두고 갈 수가 없었다.

"머리에서 피가 흐르는데…… 어르신이 죽으면 어떡해. 가서 봐드리자."

"죽었어. 죽으면 귀신이 되는 거 몰라?"

육무쌍의 말에 정영은 흠칫 놀랐다. 노인이 죽어서 귀신이 되는 것도 무섭고, 또 갑자기 깨어나서 자신을 붙잡고 이상한 소리를 해댈까 봐 무서웠지만 얼굴이 온통 피범벅이 되어 있는 것을 보고 도저히 그냥 갈 수는 없었다.

"아니야, 너무 불쌍해. 귀신이 아니야. 난 겁나지 않아. 나를 다시 잡지는 않을 거야."

정영은 이렇게 스스로를 안심시키며 한 걸음 한 걸음 다가갔다.

"어르신, 아프세요?"

노인은 신음 소리를 한 번 내뱉을 뿐 대답이 없었다. 정영은 조금 더 대담해져서 손수건을 꺼내 노인의 상처 부위를 살며시 눌렀다. 조금 전에 너무 강하게 부딪쳐서 이마의 상처가 상당히 깊게 파인 듯 피가 멈추지 않고 흘러내렸다. 손수건은 순식간에 선혈로 흠뻑 젖었다. 정영은 손바닥에 좀 더 힘을 가해 지혈을 시켰다. 한참 후, 노인이 천천히 눈을 떴다. 그리고 정영이 옆에 앉아 있는 것을 보고 탄식을 했다.

"왜 나를 살렸느냐? 차라리 죽는 편이 더 나은데."

정영은 그가 깨어나자 기뻐하며 부드러운 목소리로 말했다.

"이마가 아프지 않으세요?"

노인은 고개를 흔들더니 처량한 목소리로 말했다.

"아픈 곳은 머리가 아니라 마음이다."

'머리에 이렇게 큰 상처가 났는데 어째서 머리는 아프지 않고 마음이 아프다는 거지?'

정영은 너무나 이상했지만 더 이상 묻지 않고 허리띠를 풀어 상처를 동여맸다. 노인은 길게 한숨을 쉬고는 몸을 일으켰다.

"넌 영원히 나를 다시 보고 싶지 않겠지. 이렇게 헤어지면 그만인데……. 정녕 나를 위해 눈물 한 방울도 흘릴 수 없단 말이냐?"

정영은 노인의 처량한 모습이 불쌍해 가슴이 아팠다. 얼굴은 흉악하고 피까지 범벅이 되어 무서웠지만 간절한 애원이 담긴 그의 눈을 보자 마음이 저려왔다. 저절로 두 눈에 눈물이 고였다. 정영의 눈물을 보자 노인은 갑자기 무슨 기쁜 일이라도 있는 것처럼 벌떡 일어나더니 하늘을 향해 두 팔을 뻗고 환호의 괴성을 질렀다. 그러나 그 괴성은 차츰 신음처럼 변해갔다.

"원군아…… 원군아……."

소리쳐 부르는 노인의 두 눈에서 뜨거운 눈물이 흘러내렸다. 정영은 노인이 우는 것을 보자 더욱 마음이 아파 옥구슬 같은 눈물방울을 흘렸고 결국은 노인을 잡고 소리 내어 함께 울었다.

뒤늦게 달려온 육무쌍은 서로 껴안고 통곡하고 있는 두 사람을 보고 영문을 몰라 어리둥절해했다. 그러나 생면부지의 두 사람이 처음 만나 저렇게 껴안고 있으니 웃음이 터져 나왔다.

노인이 하늘을 보며 탄식했다.

"그래! 잘 웃는구나. 나도 웃어야 하는데……. 나를 떠나지 않겠다던 하원군이…… 어느 날 만난 그 조그맣고 하얀 얼굴을 한 녀석을 따라 떠나버렸어……. 이전에 했던 말을 모두 잊어버리고 나를 떠나버렸어……."

노인은 고개를 숙이고 정영을 자세히 살펴보며 말했다.

"하원군, 네가 하원군이지? 나의 작은 원군아, 너를 보내지 않을 거야. 너를 저 험한 세상으로 혼자 보낼 수 없어."

노인은 감정을 억누를 수 없는 듯 흐느끼며 정영을 꼭 껴안았다. 육무쌍은 그의 흥분된 표정을 보자 더 이상 웃음이 나오지 않았다.

"원군아, 내 드디어 너를 찾았구나. 우리 함께 집으로 가자. 지금부터는 영원히 이 아비랑 같이 살자꾸나."

"어르신, 저는 원군이 아니에요. 그리고 저희 아버지는 돌아가셨어요."

"나도 안다. 나도 알아. 난 너의 의부란다. 못 알아보겠느냐?"

정영은 고개를 흔들었다.

"저는 의부가 없어요."

노인은 버럭 화를 내며 힘껏 정영을 떠밀며 소리쳤다.

"원군아, 의부조차 못 알아보는 게냐?"

자기를 딸로 착각하는 노인에게 정영은 호칭을 바꿨다.

"아저씨, 저는 정영이에요. 아저씨의 원군이 아니라고요."

"정영이라고?"

노인은 잠시 멍해져 다시 유심히 정영을 쳐다보더니 중얼거렸다.

"음…… 20년 전에 하원군은 네 나이 정도였다. 지금 원군은 다 커버렸지. 다 커서 이제 아비는 필요 없게 되었구나. 하원군의 마음에는 오로지 육전원陸展元 그 송사리 같은 놈밖에는 없어."

육무쌍이 깜짝 놀라며 탄성을 질렀다.

"아! 육전원?"

노인이 두 눈을 부릅뜨고 물었다.

"너 육전원을 알고 있구나. 그렇지?"

"당연히 알죠. 제 큰아버지니까요."

육무쌍이 미소를 지으며 말하자 노인의 얼굴이 삽시간에 분노로 일그러졌다. 그는 육무쌍의 팔을 움켜잡았다.

"그래, 그 잡놈은 어디에 있느냐? 나를 어서 그놈에게 데려가다오."

육무쌍은 너무 무서웠으나 얼굴에는 미소를 띠며 떨리는 목소리로 말했다.

"큰아버지가 계신 곳은 여기에서 가까워요. 정말 찾아가시려고요? 헤헤!"

"그래! 난 가흥에서 꼬박 3년을 찾아 헤맸다. 바로 그 잡놈이랑 결판을 보기 위해서 말이다. 아가야, 어서 나를 데려가다오. 널 괴롭히지 않을게."

노인은 목소리를 부드럽게 하면서 손을 놓아주었다. 육무쌍은 그가 잡았던 팔 부위를 문지르며 투덜거렸다.

"너무 세게 잡아서 아프잖아요. 그런데 큰아버지가 어디 살더라? 큰아버지가 계신 곳이 갑자기 생각이 안 나요."

육무쌍이 장난스럽게 말하자 노인은 금방이라도 발작할 듯 눈썹을 무섭게 치뜨다가 마음을 고쳐먹었다. 그는 어색한 미소를 짓고는 손을 품 안으로 넣으며 말했다.

"아저씨가 잘못했다. 너한테 사과하마. 아저씨가 너한테 사탕 하나 줄게."

그러나 손을 품에서 빼내지 않는 것을 보니 사탕을 찾지 못하는 것 같았다. 육무쌍이 손뼉을 치며 웃었다.

"사탕이 없군요. 거짓말을 하시다니, 부끄러운 줄 아세요. 좋아요. 말씀드릴게요. 큰아버지는 저기 있어요."

그녀는 손가락으로 멀리 우뚝 솟은 홰나무 두 그루를 가리켰다.

"바로 저기예요."

육무쌍의 말이 끝나자 노인은 팔을 뻗어 두 아이를 각각 양쪽 겨드랑이에 낀 후 홰나무를 향해 날아가듯 빠르게 달려갔다. 작은 개울이 있으면 훌쩍 뛰어넘고 산등성이도 힘들이지 않고 달려가더니 순식간에 홰나무 앞까지 당도했다.

노인은 두 아이를 내려놓았다. 그러나 보이는 것이라고는 홰나무 아래 나란히 놓여 있는 무덤 두 개밖에 없었다. 무덤 주위가 온통 풀이 무성하게 덮여 있는 것을 보니 안장한 지 오래된 듯했다. 한쪽 묘비에는 '육공전원陸公展元의 묘', 다른 쪽 묘비에는 '육문하부인陸門何夫人의

묘'라고 새겨져 있었다.

노인은 멍하니 묘비를 바라보며 중얼거렸다.

"육전원 그놈이 죽었다고? 언제 죽었단 말이냐?"

육무쌍이 헤헤거리며 말했다.

"3년 됐어요."

"하하하하, 잘 죽었다, 잘 죽었어. 그저 내가 직접 그놈의 멱을 따지 못한 것이 한스러울 뿐이다."

노인은 냉소를 지으며 크게 소리 내어 웃었다. 그 웃음소리는 공허하게 저 멀리까지 퍼져나갔다. 그 웃음소리에는 기쁨 대신 비통함과 처량함, 분노가 가득 담겨 있었다.

이미 하늘은 어둑어둑해지기 시작했고, 푸른 버드나무 가지와 풀들도 아련한 안개에 뒤덮이고 있었다. 육무쌍은 사촌 언니의 옷소매를 끌어당기며 나지막이 속삭였다.

"우리 돌아가자."

그때 노인이 입을 열었다.

"형편없는 그놈이 죽었는데 하원군은 아직도 여기서 뭘 하고 있는 거지? 대리국大理國으로 데리고 가야겠다. 꼬마야, 날 네 큰아버지의 부인에게 데리고 가다오."

육무쌍은 손가락으로 비석을 가리키며 말했다.

"안 보이세요? 큰어머니도 돌아가셨어요."

노인은 펄쩍 뛰며 우레 같은 소리를 질렀다.

"그 말이 사실이냐? 하원군이…… 하원군이 죽었다고?"

육무쌍은 그 모습을 보고 얼굴이 하얗게 질리며 목소리까지 떨렸다.

"아버지가 말씀하셨어요. 큰아버지가 돌아가신 후, 큰어머니도 곧 돌아가셨다고요. 전 몰라요. 전 모른다고요. 무섭게 하지 마세요. 너무 무섭단 말이에요!"

노인은 가슴을 치며 마구 소리를 질렀다.

"하원군이 죽었어? 죽었다고? 그럴 리 없어. 내 얼굴도 안 보고 그렇게 죽을 수는 없어. 네게 말하지 않았느냐? 10년이 지나면 반드시 널 만나러 간다고……. 그런데, 그런데 왜 기다리지 않고……."

그는 성난 호랑이처럼 미쳐 날뛰면서 발을 마구 휘젓더니 오른쪽에 있는 큰 홰나무를 걷어찼다. 퍽, 하는 소리와 함께 커다란 홰나무가 흔들리면서 잎이 우수수 떨어졌다.

정영과 육무쌍은 서로 손을 꼭 잡고 감히 가까이 다가가지 못하고 멀찌감치 떨어져 그 모습을 바라봤다. 노인은 포효하듯 괴성을 지르며 이제 그 홰나무를 부둥켜안고 마치 뿌리째 뽑으려는 듯 힘껏 흔들어댔다.

"네가 직접 대답해놓고 잊어버렸단 말이냐? 반드시 나와 다시 만나기로 하지 않았느냐? 왜 약속을 지키지 않았지?"

나중에는 목소리마저 점점 갈라졌다. 그는 쪼그리고 앉아 두 손에 진기를 모으기 시작했다. 그러자 머리에 뜨거운 김이 증기처럼 모락모락 피어오르고 손과 팔에 근육이 불끈 섰다. 그러고는 몸을 구부린 후 등을 펴더니 기합을 내질렀다.

"이얏!"

홰나무는 뽑히지 않았지만 우지직, 하는 요란한 소리를 내며 두 토막으로 부러졌다. 그는 부러진 나무를 부둥켜안고 숨을 몰아쉬며 중얼거렸다.

"죽었구나. 죽었어!"

잠시 동안 넋이 나간 듯 앉아 있던 노인은 괴성을 지르며 부러진 나무를 번쩍 들어 힘껏 내던졌냐. 마치 공중에 우산을 편 것처럼 홰나무 한 그루가 멀리 날아갔다. 그는 그제야 눈앞에 무덤이 두 개인 것을 확인했다.

"맞다. 육문하부인! 바로 하원군의 무덤이구나."

노인은 물끄러미 무덤 앞에 세워진 비석을 쳐다보았다. 그때 눈앞이 흐릿해지면서 비석이 사람의 모습으로 변하기 시작했다. 한 사람은 미소를 띠고 꽃을 꺾는 눈이 유난히 반짝이는 소녀였고, 한 사람은 큰 키에 준수한 용모를 갖춘 옥 같은 소년이었다. 그렇게 두 사람이 나란히 서 있었다. 노인은 눈을 부릅뜨고 욕을 했다.

"내 착한 딸을 꾀어내다니, 내 손으로 네놈을 죽이겠다."

그는 오른손 식지를 세워 소년을 향해 돌진해 가슴을 찔렀다.

"으윽……!"

노인은 신음을 토했다. 식지에 극심한 고통이 전해졌다. 손가락이 거의 부러진 것 같았다. 그가 찌른 것은 바로 비석이고 소년의 모습은 온데간데없이 사라지고 없었다. 노인은 미친 듯 성을 내며 소리쳤다.

"어디로 도망갔느냐?"

노인은 다시 왼쪽 손바닥을 두 번 내리쳤다. 퍽퍽, 소리를 내며 손바닥이 모두 비석에 명중되었다. 시간이 지날수록 그의 분노는 점점 극에 달했고 장력도 점점 위맹해졌다. 그렇게 10여 번을 내리치자 손이 온통 피로 물들었다.

정영은 차마 두고 볼 수가 없었다.

"어르신! 그만하세요. 어르신 손만 아프잖아요."

노인이 소리 내어 웃으며 말했다.

"나는 아프지 않다. 육전원! 그놈을 때려죽이고야 말겠다."

그는 갑자기 웃음을 뚝 그치고 넋이 나간 사람처럼 잠시 침묵을 지키다가 다시 소리쳤다.

"하원군, 네 얼굴을 꼭 봐야 한다. 네 얼굴을 꼭 봐야 해!"

노인은 '육문하부인'이라는 비석이 세워진 무덤을 향해 두 손을 삽처럼 깊숙이 꽂더니 흙을 두 덩이 움켜쥐었다. 그러고는 두 손을 마치 쇠삽처럼 구부러뜨려 정신없이 이리저리 무덤을 파헤치기 시작했다.

정영과 육무쌍은 얼굴이 파랗게 질려서 서로 약속이나 한 듯 몸을 돌려 도망치기 시작했다. 노인은 무덤을 파헤치느라 정신이 팔려 전혀 눈치채지 못했다. 두 사람은 정신없이 몇 집의 모퉁이를 돌아서 한참을 달린 후 노인이 따라오지 않는 것을 확인하고 그제야 다소 안심을 했다. 두 사람은 집으로 돌아가는 길을 모르는 터라 길가의 촌부들에게 길을 물어 날이 완전히 어두워진 뒤에야 육가장陸家莊의 문을 들어설 수 있었다.

"큰일 났어요! 큰일 났어요! 엄마 아빠, 빨리 와보세요. 미치광이가 큰아버지, 큰어머니의 무덤을 파헤치고 있어요!"

육무쌍이 고함을 치며 대청으로 뛰어들어갔다. 그때 아버지 육립정陸立鼎은 넋을 잃고 멍하니 담벼락을 바라보고 있었다. 정영도 대청으로 따라 들어와 놀라운 사실을 이야기하려는데 집 안에는 더욱 놀라운 일이 벌어져 있었다. 정영은 육립정의 눈길을 따라 시선을 옮겼다.

담벼락에는 온통 시뻘건 핏빛 손자국이 찍혀 있었다. 위에 두 개, 가운데 두 개, 그 아래에 다섯 개 등 모두 아홉 개의 장인掌印이었다. 그리고 찍힌 장인은 피가 뚝뚝 흐를 것같이 붉기만 했다.

육립정은 딸이 고함치는 소리를 듣고 급히 물었다.

"뭐라고?"

"미치광이가 큰아버지와 큰어머니의 묘를 파헤치고 있다니까요."

육립정이 놀라 벌떡 일어나며 소리쳤다.

"무슨 소리냐?"

"이모부, 정말이에요."

육립정은 자신의 딸인 무쌍이 장난기가 많고 엉뚱한 구석이 있다는 것을 알고 있었지만 정영은 한 번도 거짓말을 한 적이 없는 아이인지라 그 말을 믿지 않을 수가 없었다.

"도대체 무슨 말인지 소상히 말해봐라."

육무쌍은 아직도 놀라움이 가시지 않아 흥분된 목소리로 방금 겪은 일을 낱낱이 이야기했다. 그 말을 듣고 육립정은 큰일이 벌어졌다는 것을 알아챘다. 그는 육무쌍의 말이 끝나기도 전에 벽에 걸린 단도를 내려 들고 형과 형수의 무덤을 향해 달려갔다. 무덤 앞에 도착하니 형과 형수의 무덤은 이미 완전히 파헤쳐진 상태였고, 두 사람의 관도 열려 있었다. 누군가 무덤을 파고 있다는 딸의 말을 듣고 짐작은 했지만 직접 눈으로 보니 가슴이 뛰어 견딜 수가 없었다. 관 속의 시신은 이미 흔적도 없이 사라졌고 관 안에 있던 석회와 종이, 비단 등도 어지러이 흩어져 있었다.

육립정은 정신을 차리고 다시 살펴보았다. 두 개의 관 뚜껑은 쇠뭉치로 사정없이 두들겨 연 것이 분명했다. 딸에게 자세한 상황을 묻지 않은 터라, 어떤 파렴치한 놈이 형과 형수의 시신을 훼손했는지 알 도리가 없었다. 그놈은 두 사람과 어떤 원한 관계가 있길래 이렇게 심한 짓을 했을까. 그는 마음을 다잡고 그 도적을 잡기 위해 분연히 일어섰다.

육립정은 부유한 집안에서 태어난 전형적인 귀공자였다. 그는 형인 육전원에게 무공을 전수받으면서 자랐고 그동안 아무런 풍파도 겪지 않았다. 그는 무공을 익혔지만 성격이 조용한 편이어서 한 번도 강호에 나간 적이 없었다. 더구나 아무 경험도 없고 임기응변마저 약한 그가 무덤을 파헤친 도적을 잡으려고 생각하니 앞이 막막했다. 그는 도적의 흔적을 찾지도 못한 채 산을 이리저리 헤매다가 할 수 없이 그냥 집으로 돌아왔다. 그는 대청으로 가서 칼에 몸을 의지한 채 의자에 앉았다. 갑자기 몰아닥친 이 엄청난 사건을 앞에 두고 어찌할 바를 몰랐다.

'벽에 찍힌 아홉 개의 피 묻은 장인은 무엇을 의미하며, 형과 형수의 무덤을 파헤친 자는 도대체 누구란 말인가? 형님은 돌아가시기 전에 자신을 증오하는 원수가 있다고 말씀하신 적이 있었어. 이름은 이막수李莫愁, 별호는 적련선자赤練仙子로 무공이 높고 악랄하기 그지없는 자라고 했어. 형님이 혼례를 올린 지 10년 되는 해에 형님은 그자가 형님 부부를 찾아와 복수를 할 것이라고 예상했지. 당시 형님께서는 자신의 병이 깊어 적련선자가 복수를 할 수 없게 되었다고 말했어. 그러나 3년 후에 복수를 하러 올 시간이 되면 무슨 수를 써서라도 형수를 멀리 피신시키라고 부탁했지. 난 눈물을 머금고 그렇게 하겠다고 대답했어. 그런데 형님이 돌아가신 그날 저녁 형수님마저 자결하여 형님의 뒤를 따라가고 말았지. 형님께서 돌아가신 지 3년이 지났으니 바로 그 여도사가 복수를 하러 올 때가 된 거야. 그런데 형님 내외가 모두 세상을 떠났으니 복수고 뭐고 다 끝난 게 아닌가. 그렇다면 그 여도사는 무엇 때문에 여길 찾아온 것일까? 형님의 말로는 그 여도사는 사람을 죽이기 전에 상대방 집의 벽이나 문에 피 묻은 붉은 손자국을 찍는다고 했는데…… 그리고 손자국의 수는 그가 죽일 사람의 수와 같다고 했어. 그런데 우리 집은 노비들을 다 합쳐도 일곱 명밖에 되지 않는데 왜 아홉 개의 장인을 찍어놓은 것일까? 아! 그렇지. 먼저 아홉 개의 피 묻은 손자국을 찍은 후에 형님 내외가 돌아가신 것을 안 거야. 그래서 무덤을 파고 시신을 훔쳐간 거고. 이런 악랄한 마녀 같으니. 난 오늘 하루 종일 집에 있었는데 대체 아홉 개의 장인을 언제 찍은 것일까? 그렇게 쥐도 새도 모르게 손을 쓰다니, 그 여자는 도대체 사람이 아니란 말인가?'

이런 생각이 들자 육립정은 자신도 모르게 몸서리가 쳐졌다. 그때 등 뒤에서 가벼운 발걸음 소리가 들리더니 부드럽고 작은 손이 그의 두 눈을 감쌌다.

"아빠, 누구게요?"

딸의 목소리였다. 이것은 육무쌍이 어릴 때부터 아버지와 함께 하던 놀이였다. 육무쌍은 세 살 되던 해 손으로 아버지의 두 눈을 가리면서 말했다.

"아빠, 누구게요?"

아버지가 유쾌하게 웃자 그때부터 육무쌍은 아버지가 근심에 휩싸여 있을 때면 항상 이 방법으로 기분을 풀어주곤 했다. 육립정은 아무리 화가 머리끝까지 나 있어도 딸이 이렇게 애교를 부리면 금세 마음이 풀렸다. 그러나 오늘은 사랑하는 딸과 놀아줄 정신이 없었다. 그는 딸의 손을 뿌리치며 말했다.

"지금은 시간이 없다. 안에 들어가서 놀아라."

육무쌍은 순간 멍해졌다. 어릴 때부터 부모의 사랑을 독차지해온 터라 이런 냉담한 반응을 받아본 적이 한 번도 없었다. 육무쌍은 입을 삐쭉 내밀고 다시 아버지에게 애교를 부리려고 하는데, 남자 종인 아근阿根이 황급히 뛰어들어와 손을 모으며 고했다.

"어르신, 밖에 손님이 오셨습니다."

육립정은 손을 흔들며 대답했다.

"출타했다 일러라."

"어르신, 어떤 부인이 찾아오셨는데 어르신을 뵙고자 하는 게 아니라 하룻밤 묵기를 청하셨습니다."

육립정은 소스라치게 놀라며 되물었다

"부인이라고?"

"그렇습니다. 그 부인이 도령 두 명을 데리고 오셨는데 아주 잘생겼습니다."

육립정은 아이 둘을 데려왔다는 말에 다소 안심이 되었다.

"여도사는 아니렷다?"

"아닙니다. 옷차림도 깔끔한 것이 척 보아하니 대갓집 마님 같았습니다."

"알았다. 사랑채로 모신 후 음식을 대접해드려라."

하인 아근은 "예" 하고 말한 뒤 물러갔다.

"저도 가볼래요."

육무쌍이 뒤이어 뛰어나갔다.

육립정은 지금껏 일어난 일을 부인과 의논하기 위해 안채로 들어가려는데 육 부인이 대청으로 걸어 나오는 것이 보였다. 육립정은 부인에게 핏빛 장인을 보여주면서 무덤을 파헤치고 시신을 가져간 일을 대강 얘기해주었다. 육 부인이 눈살을 찌푸리며 말했다.

"어서 두 아이를 어디로 피신시키시지요."

육립정이 벽에 찍힌 장인을 가리키며 말했다.

"손바닥 자국이 아홉 개니 두 아이들도 포함되어 있소. 그 마녀가 장인을 찍은 이상 마수魔手에서 쉽게 벗어나지는 못할 것 같소. 우리 두 사람이 이제껏 연마한 무공은 모두 헛수고였나 보오. 그 마녀가 집에 들어왔을 때 눈치조차 채지 못했으니……."

부인은 하얀 벽을 바라보며 의자 등받이를 움켜잡았다.

"그런데 왜 손바닥 자국이 아홉 개죠? 우리 집에는 일곱 식구밖에 없잖아요."

그녀는 말을 하면서 갑자기 몸을 휘청거렸다. 간신히 몸을 지탱하고는 멍하니 남편을 쳐다보았다. 금세라도 눈물이 흘러내릴 것만 같았다. 육립정은 그런 부인의 어깨를 어루만지며 위로했다.

"부인, 이렇게 된 이상 겁먹지 마시오. 위의 장인 두 개는 형님과 형수님 것이고 아래 두 개는 당신과 내 것이오. 세 번째 두 개는 무쌍과 정영의 것이고, 마지막 세 개는 아근과 하인 두 명의 것이겠지. 허허…… 집안이 온통 피로 물들겠구먼."

육 부인은 떨리는 목소리로 물었다.

"형님과 형수님이라고요?"

"그 마녀가 형님 내외와 무슨 철천지원수였는지는 모르겠으나 형님 내외가 돌아가신 마당에 사람을 보내 무덤을 파내고 시신에게조차 수모를 줬소."

"그럼 그 미치광이를 마녀가 보냈단 말씀이시군요?"

"물론이오."

육 부인은 땀과 먼지로 얼룩진 남편의 얼굴을 바라보며 힘없이 말했다.

"방에 들어가서 의복을 갈아입으세요. 좀 쉬시다가 다시 이야기해요."

육립정은 몸을 일으켜 부인과 함께 방으로 들어갔다.

"부인, 우리 육씨 가문은 이제 비참한 운명을 피할 수 없을 것 같소. 죽더라도 형님 내외의 명성을 더럽히지는 맙시다."

육 부인은 마음이 저려왔다.

"당신 말씀이 옳아요."

육립정 부부는 강호에서 이름 없이 조용히 살아왔다. 그러나 형님인 육전원과 하원군 부부는 생전에 강호에서 활약하며 의리를 지켜 육가장의 명성을 무림에 널리 알렸다.

그때 갑자기 동쪽 담장에서 픽, 하는 소리가 들렸다. 위쪽에 사람이 있는 듯했다. 육립정은 반사적으로 한발 앞서 부인을 가로막고 고개를 들었다. 담장 위에 한 사내아이가 앉아서 능소화凌霄花를 따고 있었다. 담장 아래서 누군가의 소리가 들려왔다.

"조심해. 떨어지겠어."

정영과 육무쌍, 그리고 또 다른 사내아이가 담장 주위의 꽃밭 뒤에 서 있었다. 육립정은 속으로 못마땅하게 생각했다.

'아근이 말한 그 부인의 아들 같은데……. 남의 집에 신세를 지러 왔으면서 이런 장난을 치다니.'

담장 위의 사내아이가 꽃 한 송이를 꺾었다.

"나한테 줘. 나한테 줘!"

육무쌍이 소리를 지르자 사내아이는 싱긋 웃으며 꽃을 정영에게 던져주었다. 정영은 가볍게 꽃을 받아서 동생에게 건넸다. 육무쌍은 단단히 골이 났는지 꽃을 받자마자 땅에 내동댕이친 후 발로 짓밟으며 소리쳤다.

"뭐 대단한 거라고? 난 필요 없어."

육씨 부부는 곧 피비린내 나는 화가 닥칠지도 모르는데 신나게 놀고 있는 아이들을 보자 절로 한숨이 나왔다. 부부는 고개를 절레절레 흔들며 안방으로 들어갔다.

정영은 육무쌍이 꽃을 짓밟은 것을 보고 나무랐다.

"무쌍아, 왜 또 심통을 부리는 거야?"

육무쌍은 작은 입을 삐죽거렸다.

"저 아이가 준 건 필요 없어. 내가 직접 딸 거야."

무쌍은 오른발을 굴려 몸을 가볍게 날렸다. 그러곤 꽃나무 가지에 늘어진 넝쿨을 붙잡더니 그 힘으로 다시 수 척을 뛰어올라 은계銀桂나무 가지 위로 올라갔다.

담장 위의 사내아이가 박수를 치며 환호를 보냈다.

"이쪽으로 와봐!"

육무쌍은 두 손으로 계피나무 꽃가지를 잡고 공중에서 그네를 타듯 몇 번 흔들거리더니 손을 놓고 담장 위로 몸을 날렸다. 육무쌍이 연마한 보잘것없는 무공으로 이런 동작을 구사하는 것은 실로 위험한 짓이었다. 그러나 사내아이가 꽃을 자신이 아닌 사촌 언니에게 준 것에 너무 화가 난 데다 처음 보는 사람들 앞에서 으스대고 싶은 마음에 이것저것 따지지 않고 공중으로 몸을 날린 것이다.

"조심해!"

사내아이는 놀라 소리치며 손을 뻗어 육무쌍을 받으려 했다. 만약 그 아이가 손을 뻗지 않았다면 육무쌍은 의도했던 대로 담장 위로 무사히 내려앉았을 텐데 상대방이 손을 뻗어 도와주려는 것을 보자 오기가 생겨 손을 피하려고 몸을 틀었다. 그러나 공중에서 몸을 돌리는 것은 상승上乘의 경공술로 부친이 사용하는 것을 본 적이 있을 뿐 어머니조차 터득하지 못한 신법이었다. 그러니 아직도 서툰 경공술을 연마 중인 작디작은 여자아이가 어떻게 되겠는가? 몸을 틀자 손가락이 담장에 닿지도 못한 채 으악, 소리를 지르며 밑으로 떨어지고 말았다.

담장 밑에 있던 또 다른 남자아이가 무쌍이 떨어지는 것을 보고 쏜살같이 달려가 손으로 받았다. 그러나 담장의 높이가 일 장이 넘는 데다 무쌍의 몸이 아무리 가벼워도 떨어지는 무게가 더해지니 아이는 무쌍의 허리를 안고 데굴데굴 구르며 한쪽으로 처박혔다. 두둑, 하는 소리가 나고 아악, 하는 비명 소리가 들렸다. 육무쌍의 왼쪽 다리뼈가 부러지고 사내아이의 이마가 화단 돌에 부딪쳐 피가 쏟아졌다. 정영과 담장 위의 사내아이는 큰일 났다 싶어 황급히 달려갔다. 넘어진 사내아이는 이마의 상처를 붙잡고 천천히 일어났으나 육무쌍은 이미 혼절해 있었다.

정영은 사촌 동생을 안고 소리쳤다.

"이모부! 이모! 어서 와보세요!"

육립정 부부는 이 소리를 듣고 방에서 뛰어나와 피투성이인 아이와 혼절한 딸의 모습을 발견했다. 그때 중년 부인이 서쪽 방에서 뛰어나오는 모습이 보였다. 아마 하룻밤 묵겠다던 그 여자인 듯싶었다. 그 부인은 육무쌍과 사내아이를 황급히 안고 대청 가운데로 들어가 사내아이는 살펴볼 생각도 하지 않고 먼저 육무쌍의 부러진 다리부터 맞추기 시작했다. 육 부인은 손수건을 꺼내 사내아이의 상처를 동여맨 후 딸의 다리를 살폈다.

중년 부인은 육무쌍의 부러진 다리 안쪽의 백해혈白海穴과 위중혈委中穴을 한 번씩 찍어 통증을 멈추게 한 뒤 두 손으로 부러진 다리의 양쪽을 잡고 접골을 시도하려 했다. 육립정은 부인의 손놀림이 날렵하고 점혈수법에 정통한 것을 보고 의구심이 들었다.

"대체 부인은 누구십니까? 어떤 일로 저희 집을 방문하셨는지요?"

그러나 부인은 정신이 온통 육무쌍의 접골에만 가 있어서 신음 소리만 몇 번 낼 뿐 대꾸를 하지 않았다. 바로 그때, 지붕 위에서 웃음소리가 들려오더니 한 여자가 소리쳤다.

"육가 놈의 아홉 식구 목숨을 빼앗으러 왔다. 다른 사람은 모두 꺼져라!"

중년 부인은 접골을 하다가 지붕 위에서 호통치는 소리가 나자 흠칫 놀라 자신도 모르게 손이 삐끗하고 말았다. 뚝, 하는 소리와 함께 육무쌍은 극심한 고통을 견디지 못하고 외마디 비명을 지르며 다시 혼절했다.

모두들 고개를 들어 지붕 위를 쳐다보았다. 처마 끝에 한 젊은 여도사가 서 있었다. 달빛에 비친 여도사는 열대여섯 살 정도 되어 보였고 등에 한 자루의 장검을 꽂고 있었다. 밤바람에 붉은 검술이 휘날렸다.

"나는 육립정이다. 넌 이막수가 보내서 온 것이냐?"

그 여자는 입술 한쪽을 일그러뜨리며 말했다.

"잘 알고 있군. 그렇다면 오늘 내가 왜 왔는지도 알고 있을 테니 어서 네 처와 딸, 몸종들을 모두 죽인 후 자결하도록 해라. 쓸데없이 손을 쓰긴 싫으니까!"

그녀는 아무런 감정도 없이 너무나 담담한 어조로 말했다. 마치 상대방은 전혀 눈에 들어오지도 않는다는 태도였다.

육립정은 그 소리를 듣자 온몸에 한기가 돌았다.

"그럼 너…… 너는……."

그는 어떻게 대응해야 할지 몰랐다. 위로 올라가 사투를 벌일 수밖에 없겠다고 생각하다가 상대가 어린 여자인지라 필사적으로 싸우기도 곤란하다는 생각이 들어 잠시 머뭇거렸다. 그때 갑자기 옆에서 누군가가 스쳐 지나갔다. 바로 하룻밤 묵으러 왔다던 그 부인이 지붕 위로 뛰어올라가 장검을 든 채 어린 여도사와 맞붙었다. 중년 부인이 입은 옷은 회색 웃옷과 치마였고, 젊은 여도사가 입은 옷은 황색 도포였는데 달빛 속에서 회색 그림자와 황색 그림자가 춤을 추듯 너울대고 그 사이사이에 세 줄기의 차가운 칼빛이 어른거렸다. 그리고 간혹 칼날끼리 부딪치는 소름 끼치는 소리가 섞여 들려왔다.

육립정은 형에게 친히 무공을 전수받았지만 아직 적을 상대한 경험

1. 세월은 덧없이 흐르고

은 없었다. 하지만 무공을 알아보는 눈빛만은 예리했다. 그는 두 사람이 쓰는 검법을 선명히 가려낼 수 있었다. 젊은 여도사가 손에 든 장검은 방어에서 공격으로 다시 공격에서 방어로 수시로 바뀌었다. 그리고 중년 부인은 정신을 집중하여 대응하다가 상대가 허점을 보이면 놓치지 않고 예리하게 틈새를 파고들었다. 그때 갑자기 쨍, 하는 소리가 나면서 검이 맞부딪치더니 도사의 손에 든 장검이 공중으로 날아갔다. 여도사는 급히 뒤로 물러났다.

"나는 사부님의 명으로 육가를 멸족하러 왔다. 너는 대체 누군데 방해를 하느냐?"

여도사의 호통에 중년 부인은 냉소로 응대했다.

"네 사부가 능력이 있으면 진작 육전원을 찾아와 결판을 냈어야 마땅하다. 그런데 그들이 이미 죽었다는 것을 알면서도 주변 사람에게 화풀이를 하다니, 부끄럽지도 않느냐?"

여도사는 오른손을 휙 뿌려 세 개의 은침을 날렸다. 두 개는 중년부인을 노린 것이고 하나는 마당에 서 있던 육립정을 겨냥한 것이었다. 너무나 뜻밖의 출수에 부인은 검을 날려 은침을 막았고, 육립정은 나지막이 기합을 토하며 두 손가락으로 은침을 받아냈다. 젊은 여도사는 가볍게 냉소를 짓더니 몸을 휙 돌려 지붕에서 내려갔다. 이어서 잰걸음 소리가 들리더니 이내 사라져버렸다.

중년 부인은 다시 마당으로 내려왔다가 육립정이 손에 은침을 들고 있는 것을 보고 황급히 말했다.

"어서 버리세요!"

육립정은 얼른 은침을 던졌다. 부인은 칼로 자신의 옷깃을 잘라 그의 오른손 손목을 단단히 동여맸다. 육립정이 깜짝 놀라 물었다.

"침에 독이 있었습니까?"

"무서운 독입니다."

부인은 환약 하나를 꺼내 그에게 먹도록 했다. 육립정은 식지와 중지의 손가락이 마비된 듯한 느낌을 받았고 곧 손가락이 부풀어 오르기 시작했다. 중년 부인은 황급히 칼끝으로 두 손가락의 가운데를 찔렀다. 그 즉시 검붉은 피가 몽글몽글 쏟아져 나왔다. 육립정은 크게 놀랐다.

'손가락이 찢어진 것도 아니고 그저 은침에 닿았을 뿐인데 이렇게 지독하다니. 만약 은침에 조금이라도 찔렸다면 목숨이 붙어 있지 않았겠구나.'

그는 즉시 중년 부인에게 감사의 예를 올렸다.

"대단하신 분인데 알아뵙지 못했습니다. 부인의 존함이 어떻게 되십니까?"

"제 남편의 성은 무武씨로 무삼통武三通이라고 합니다."

육립정은 흠칫 놀랐다.

"무 부인이셨군요. 무 선배님은 운남雲南 대리국 일등대사一燈大師의 문하라고 들었는데, 제가 바로 알고 있는지요?"

"그렇습니다. 일등대사께서는 제 남편의 사부이시지요. 저는 남편에게 미천한 무예를 약간 익혔을 뿐입니다. 공자 앞에서 경을 읊는 격은 아닌지 모르겠습니다."

육립정은 도와준 것에 대해 진심 어린 감사를 표했다. 그는 평소 형님에게 무학 고수에 대한 이야기를 많이 들었는데 그중 대리국 일등대사의 문하가 가장 대단하다고 했다. 일등대사는 본디 대리국의 군주

43

였는데 이후 보위에서 물러나 승려가 된 후 '어漁, 초樵, 경耕, 독讀'네 명의 제자를 거느렸다고 했다. 그중 농부의 이름이 무삼통인데, 형님과는 다소 껄끄러운 사이라는 말도 들었다. 그러나 어떻게 해서 원한을 맺게 되었는지는 분명하게 언급하지 않았다. 그런데 무삼통의 부인이 뜻밖에도 자신을 적대시하지 않고 오히려 적련선자 이막수의 제자를 쫓아주니 그 연유를 도무지 알 수가 없었다.

모두 대청으로 돌아간 후, 육립정은 부상당한 딸을 안았다. 육무쌍은 이미 정신을 차렸으나 얼굴이 새하얗게 질린 채 억지로 고통을 참고 있었다. 그러나 고통스러워하면서도 결코 눈물은 흘리지 않았다. 그 모습을 보고 있자니 참으로 가련하기 짝이 없었다.

"그 마녀의 제자가 갔으니 마녀 본인이 곧 나타날 겁니다. 육 장주를 무시하는 게 아니라 육 장주 내외분과 저만으로는 절대 그 마녀를 당해내지 못할 겁니다. 그렇다고 도망가는 것도 소용이 없으니 그저 운명을 하늘에 맡기고 마녀가 오기만을 기다리는 수밖에 없을 듯합니다."

무 부인이 탄식하며 말하자 육 부인이 물었다.

"그 마녀는 도대체 어떤 사람입니까? 우리 집안과는 무슨 큰 원한이 있습니까?"

무 부인은 육립정을 한 번 쳐다보며 말했다.

"육 장주께서 말씀하지 않으셨습니까?"

"남편도 단지 아주버님 내외와 관련이 있고 남녀 사이에 얽힌 일이란 것만 알 뿐 자세한 내막은 잘 모르십니다."

무 부인이 한숨을 내쉬며 말했다.

"그렇군요. 저는 이 일과 관련이 없는 사람이니 말씀드려도 괜찮겠지요. 육 장주의 형님께서 10여 년 전 대리국에 온 적이 있었습니다. 적련선자 이막수는 지금은 무림에서 악명을 떨치는 마녀지만 당시만 하더라도 아름답고 온화한 여인이었지요. 또 당시에는 출가도 하지 않았습니다. 전생의 업보인지 이막수는 어르신의 형님과 만난 후 첫눈에 연정을 품게 되었지요. 얼마 후 많은 우여곡절 끝에 육 장주의 형님은 하원군과 혼례를 올리게 되었습니다. 육 장주의 형수님 이야기가 나온 이상 제 못난 남편에 대해 말씀드리지 않을 수가 없군요. 정말로 부끄러운 일입니다만 일이 이렇게 급박하게 되었으니 말씀드릴 수밖에요. 하원군은 원래 제 의붓딸이었습니다."

그 말을 듣고 육립정 부부는 동시에 외마디 비명을 내질렀다. 무 부인은 다친 아들의 어깨를 어루만지며 촛불을 응시한 채 말을 이었다.

"육 장주의 형수인 하원군은 어릴 때 고아가 되었는데 저희가 양녀로 받아들여 정성껏 사랑으로 키웠습니다. 후에 하원군은 육 장주의 형님을 알게 되어 사랑을 하게 되었고 부부가 되기로 했지요. 그러나 못난 남편은 하원군을 멀리 시집보내는 것을 반대했습니다. 강남 사람은 교활하여 믿을 수가 없다는 이유로 절대 허락하지 않겠다고 고집을 피웠지요. 그래서 하원군은 몰래 육 장주의 형님과 도망을 쳤습니다. 혼례를 치르던 날, 제 못난 남편과 이막수가 갓 결혼한 이 부부를 찾아왔습니다. 당시 연회석에는 대리국 천룡사天龍寺의 고승이 계셔서 두 사람을 제압했지요. 그리고 자신의 면전에서 이 부부를 10년 동안 평안히 살도록 내버려두라는 약속을 하게 했습니다. 남편과 이막수는 어쩔 수 없이 10년 동안 그들을 괴롭히지 않겠다는 약속을 했지요. 그 후 제 못난 남편은 너무 화가 나서 그만 미쳐버리고 말았습니다. 남편의 친구들과 제가 아무리 도우려 해도 어쩔 수 없었지요. 그렇게 10년의 세월을 보냈습니다. 날짜를 계산해보니 오늘이 바로 그 10년째 되는 날이더군요. 그런데 육 장주의 형님과 하원군은 애석하게도 10년의 행복마저 다 누리지 못하고……."

무 부인은 고개를 떨구며 안타까운 표정을 지었다. 육립정이 말했다.

"그렇다면 무덤을 파헤치고 형님 내외의 시신을 가져간 사람은 바로 부인의 남편이군요."

무 부인이 부끄러워하며 말했다.

"방금 두 아이가 하는 말을 들으니 제 남편의 소행이 틀림없는 것 같군요."

연배를 따지자면 무 부인이 대선배지만 육립정은 너무 화가 난 나머지 후배로서의 예를 갖출 수가 없었다.

"무덤을 파헤친 그 사람이…… 남편의 그런 행동은 정말 용서할 수 없습니다. 무슨 원수지간도 아닌데……. 그리고 형님 내외는 이미 돌아가셨는데 시신을 훔쳐가다니요. 그러고도 영웅이라 할 수 있겠습니까?"

"육 장주가 질책하시는 것도 당연합니다. 남편은 정신을 놓아버린 후로 행동이 종잡을 수 없게 됐습니다. 오늘 제가 아이들을 데리고 여기에 온 것도 남편의 잘못된 행동을 막기 위해서입니다. 이 세상에서 저만이 남편을 막을 수 있습니다."

무 부인이 돌연 아이들에게 말했다.

"육 장주와 육 부인께 아버지를 대신해 사죄의 절을 올려라."

부인의 말이 떨어지자 아이들은 다소곳이 절을 했다. 육 부인은 황급히 아이들을 부축해 일으키고는 이름을 물었다. 이마가 깨진 아이는 열두 살 무돈유武敦儒로 형이고, 동생은 열한 살 무수문武修文이었다. 무학武學 명문의 자제인데도 이름에 문인의 냄새가 물씬 풍겼다. 무 부인의 말로는 부부가 중년이 되어서야 겨우 아들을 얻었는데 위험하고 사악한 무림의 풍토를 너무나 잘 알고 있기에 두 아들만큼은 무학을 가르치고 싶지 않았다고 했다. 그리고 두 아들이 공부에만 전념하길 바랐다고 말했다. 그러나 두 아이는 이름과는 어울리지 않게 무공을 너무 좋아했고 부부도 그런 아이들을 막을 수는 없었다고 말했다. 무 부인은 이렇게 그간의 사정을 이야기하면서 가만히 한숨을 내쉬었다.

"여기까지만 이야기해야겠군요. 그 이후의 기막힌 사연을 어찌 다 내 입으로 말할 수가 있겠습니까?"

하원군은 열일곱 살이 되자 그야말로 한 송이 꽃처럼 아름답게 성장했다. 무삼통은 그런 의붓딸을 보면서 아버지 이상의 감정을 품기 시작했다. 그러나 무림호걸의 신분으로 어찌 도리에 맞지 않는 행동을 할 수 있겠는가. 그래서 마음을 접고 있었다. 그러던 어느 날 그녀가 강남 출신의 청년을 사랑한다고 말하자 그는 분노를 주체할 수가 없었다. 그가 "강남 사람들은 모두 교활한 사기꾼이라 믿을 수 없다"고 말한 것은 하원군의 연인에 대한 적대감이기도 했지만 그 이전에 황용黃蓉의 속임수에 넘어갔던 것 때문이기도 했다. 그가 젊었을 때 곽정郭靖을 대신해 어깨에 황소와 바위를 짊어지고 옴짝달싹 못하게 된 적이 있었다. 후에 곽정, 황용과 화해하긴 했지만 '강남 사람들은 교활한 사기꾼'이라는 인식은 그때부터 그의 뇌리에 뿌리 깊게 박히게 되었다.

무 부인이 다시 말을 이었다.

"못난 남편이 오기도 전에 적련선자가 먼저 와서 불운이 닥치다니."

그때 지붕 위에서 누군가의 목소리가 들려왔다.

"유야, 문아, 어서 나오너라!"

기와 밟는 소리가 전혀 들리지 않았는데 갑자기 누군가의 목소리가 들려오자 육씨 부부는 동시에 크게 놀랐다. 무 부인의 우려와는 달리 그 사람은 이막수가 아니라 무삼통이었다. 정영과 육무쌍은 이내 노인의 목소리를 알아들었다. 그때 사람 그림자가 휙 지나가더니 무삼통이 바람같이 지붕 위에서 내려와 한 손에 하나씩 아이들을 잡고 지붕 위로 올라갔다.

무 부인이 큰 소리로 불렀다.

"여보! 육 장주와 육 부인께 사과드려야지요. 당신이 가져간 시신 두 구는 어디에 있어요? 어서 돌아와서……."

그러나 무삼통은 그녀의 말이 끝나기도 전에 이미 멀리 사라지고 없었다.

무삼통은 줄곧 이리저리 내달리다가 숲속에 들어서자 돌연 수문을 내려놓고 돈유만 안고 사라졌다. 작은아들인 수문만 숲속에 떨어뜨려 놓은 것이다. 무수문은 큰 소리로 아버지를 불렀다.

"아버지! 아버지!"

그러나 아버지는 형을 안고 이미 수십 장 밖으로 사라져버렸고 그저 멀리서 목소리만 들려왔다.

"기다리고 있으면 이따가 다시 와서 너를 데려가마."

무수문은 아버지가 어려서부터 얼토당토않은 행동을 하는 것을 많이 봐온지라 별로 놀라지 않았다. 그러나 어두운 밤에 홀로 숲속에 남겨지니 덜컥 겁이 났다. 그는 아버지가 곧 돌아오리라 생각하고 나무에 몸을 기대고 기다렸다. 그러나 한참이 지나도 아버지는 돌아오지 않았다.

그때 구륵, 구륵, 하며 부엉이 우는 소리가 들렸다. 수문은 갑자기 겁이 났다. 어릴 때 부엉이는 사람의 눈썹을 세는 것을 좋아하는데 부엉이가 눈썹을 다 세면 바로 죽는다는 이야기를 들은 적이 있었다. 그래서 부엉이가 쉽게 세지 못하도록 손가락에 침을 묻혀 눈썹에 바르기 시작했다.

부엉이는 여전히 울어댔다. 그는 나무에 기대어 손으로 눈썹을 꼭 가리고 꼼짝도 하지 않았다. 가슴이 두근두근 뛰기 시작했다. 그러다가 자신도 모르게 스르르 눈이 감겨 잠이 들었다.

다음 날 아침, 몽롱한 가운데 머리 위에서 높고 청량한 새 울음소리가 들려왔다. 가느다랗게 실눈을 뜨고 보니 아주 큰 하얀색 매 한 마리가 공중을 선회하고 있었다. 날개를 펴니 수 장은 되어 보였다. 그는 지금껏 이렇게 큰 매는 본 적이 없는지라 두 눈을 똑바로 뜨고 응시했다. 너무 신기하고 재미있어 자신도 모르게 소리쳤다.

"형! 빨리 와서 매를 봐!"

그제야 그는 자신이 혼자 남겨졌고 항상 그림자처럼 붙어 다니던 형이 곁에 없다는 사실이 생각났다. 바로 그때 등 뒤에서 낮은 휘파람 소리가 들려왔다. 부드럽고 청아한 것이 모름지기 여자아이의 휘파람 소리 같았다. 그러자 두 마리의 큰 매가 공중을 몇 바퀴 선회하더니 천천히 내려앉았다.

무수문이 고개를 돌려보니 나무 뒤에서 한 여자아이가 걸어 나와 하늘을 향해 손짓하고 있었다. 그러자 두 마리의 매가 날개를 퍼덕이며 아이 곁에 다가가 앉았다. 여자아이는 두 마리 매의 등을 어루만지며 무수문을 힐끔 쳐다보더니 말했다.

"착한 수리야, 예쁜 수리야."

수리 두 마리는 고개를 빼들고 앞을 바라보고 있었는데 그 자태가 늠름하기 그지없었다. 땅에 서자 여자아이보다 훨씬 컸다. 수문은 두려움을 느끼면서도 가까이 다가갔다.

"이 수리, 너희 집에서 기르는 거니?"

그러자 여자아이는 입을 삐쭉 내밀더니 몹시 멸시하는 표정을 지었다.

"넌 누군데? 너랑 안 놀 거야."

수문은 커다란 수리가 너무나 신기하여 손을 뻗어 수리의 등을 만져보았다. 그때 소녀가 가볍게 휘파람을 한 번 불자 수리가 왼쪽 날개를 파닥거렸다. 엄청난 날개의 힘에 수문은 미처 방어할 사이도 없이 나가떨어졌다. 다시 일어나 수리를 바라보는 수문의 눈에는 부러움이 가득 묻어 있었다.

"이 수리들, 정말 대단하다. 네 말을 다 알아듣는구나. 나도 돌아가면 아버지한테 한 쌍 잡아달래서 길러야겠다."

"흥! 네 아버지가 잡을 수 있을 것 같니?"

수문은 연달아 세 번씩이나 무시를 당하자 기분이 매우 언짢아져 소녀를 자세히 바라보았다. 소녀는 옅은 녹색 비단옷을 입고 목에는 진주 목걸이를 하고 있었다. 얼굴은 마치 우유를 발라놓은 듯 하얗고 매끈하고 촉촉했으며 속눈썹이 길고 아름다웠다. 수문은 아직 어린 소년이었지만 너무나 아름다운 소녀의 모습에 자신도 모르게 친해지고 싶은 마음이 들었다. 그러나 차갑기 짝이 없는 소녀의 표정에 주눅이 들 수밖에 없었다.

소녀는 오른손으로 수리의 등을 어루만지며 여전히 수문에게 시선을 고정시킨 채 한 번 훑어보고는 물었다.

"이름이 뭐니? 왜 혼자서 여기까지 나왔어?"

"난 무수문이야. 여기서 아버지를 기다리고 있어. 넌 이름이 뭐니?"

그러나 소녀는 입을 삐죽이며 흥, 콧방귀를 뀌었다.

"난 선머슴하곤 안 놀아."

그러고는 몸을 휙 돌려 가버렸다. 수문은 순간 멍해졌다.

"난 선머슴이 아니야!"

소리를 치며 소녀의 뒤를 쫓았다. 소녀의 나이는 자신보다 두세 살 어려 보였고 키가 작았다. 다리가 짧으니 수문은 금방 따라잡을 수 있으리라 여겼다. 그러나 자신이 경공을 펴는 순간 소녀의 발걸음이 빨라지더니 순식간에 수 장 앞으로 멀어지고 자신은 훨씬 뒤처지게 되었다. 소녀는 다시 몇 걸음 뛰다가 멈추더니 고개를 돌려 소리쳤다.

"흥! 날 따라잡을 수 있을 것 같니?"

"물론 따라잡을 수 있지."

수문은 힘을 내어 쫓아갔다. 소녀는 고개를 돌려 보다 다시 뛰기 시작했고, 순식간에 저만큼 달아나 소나무 뒤에 숨었다. 수문도 곧 뒤를 따라왔다.

소녀는 수문이 가까이 다가온 것을 보자 돌연 오른발을 뻗어 수문의 다리를 걸었다. 전혀 예상치 못한 수문은 그대로 앞으로 고꾸라졌다. 급히 철수장鐵樹椿을 펴서 중심을 잡으려는데 소녀가 다시 오른발을 뻗어 엉덩이를 힘껏 걷어찼다. 수문은 그대로 앞으로 고꾸라져 작고 날카로운 돌에 코를 찧었다. 코에서 피가 뚝뚝 떨어지면서 옷이 이내 붉은 피로 물들었다. 소녀는 피를 보더니 당황해하며 어찌할 바를 모르다가 슬금슬금 도망가려고 생각했다. 그때 뒤에서 호통이 떨어졌다.

"부芙야, 또 사람을 못살게 굴고 있었구나. 그렇지?"

소녀는 고개도 돌리지 않고 변명했다.

"누가 그래요. 자기 혼자 넘어진 거예요. 나랑 상관없단 말이에요. 아버지한테 함부로 얘기하지 마세요."

수문은 코를 막았다. 사실 그다지 아프지는 않았으나 손이 온통 피범벅인 것을 보자 놀랍고 당황스러웠다. 수문은 소녀가 누군가와 이야기하는 것을 듣고 몸을 돌렸다. 쇠지팡이를 짚고 다리를 저는 노인이 보였다. 두 눈썹이 서리가 내린 것처럼 허옇고, 하얀 눈동자만 보이는 것이 장님이 분명했다.

그 노인이 냉소를 지으며 말했다.

"내가 안 보인다고 속일 생각은 마라. 내 귀는 뭐든지 똑똑히 다 들을 수 있어. 이 못된 것. 지금도 이렇게 못된 짓만 골라 하는데 나중에 크면 뭐가 되려고 그러느냐?"

소녀는 노인의 팔을 붙잡고 애원했다.

"할아버지, 아버지한테는 이야기하지 마세요, 네? 저 아이가 넘어져서 코피를 흘리니까 할아버지가 고쳐주세요."

노인은 성큼 앞으로 가서 왼손으로 수문의 팔을 잡고 오른손으로

코 옆의 문향혈聞香穴을 몇 번 눌렀다. 그러자 코피가 점점 적어지더니 몇 번 더 누르자 완전히 멈추었다.

수문은 자신의 팔을 꽉 잡고 있는 노인의 다섯 손가락이 쇠갈고리처럼 길고 단단하게 느껴져서 무서워지기 시작했다. 살짝 뿌리쳐보았으나 꿈쩍도 하지 않았다. 다시 팔을 둥글게 움츠려 어머니에게서 전수받은 소금나수小擒拿手를 사용하여 손바닥으로 반원을 그린 후 밖으로 꺾어서 폈다. 노인은 이런 조그마한 아이가 뜻밖에 정교한 무공을 펼치며 자신의 손에서 벗어날 줄은 생각지도 못했다.

"호!"

노인은 짧은 탄성을 지른 후, 즉시 그의 팔목을 잡았다. 수문은 온힘을 써서 벗어나려고 했지만 도저히 벗어날 수가 없었다.

"꼬마야, 겁내지 마라. 네 이름이 뭐냐?"

"성은 무씨입니다."

"이 고장 말투가 아니로구나. 어디서 왔느냐? 네 부모님은 누구시고?"

노인은 말을 하면서 그의 팔목을 풀어주었다. 수문은 밤새 부모님의 얼굴을 보지 못해 어떻게 되었는지 궁금하던 터에 노인의 말을 들으니 금세 눈물이 쏟아져 나올 것 같았다. 그 표정을 보고 소녀는 우는 시늉을 하며 노래를 부르기 시작했다.

"누구누구는 울려고 한대요. 울려고 한대요."

수문은 씩씩하게 소리쳤다.

"흥! 난 안 울어!"

수문은 어머니가 육가장에서 원수를 기다리고 있고, 아버지가 자신은 여기에 두고 형을 안고 어디론가 사라져버려서 한밤중에 길을 잃었다는 이야기를 해주었다. 너무 흥분한 나머지 말에 두서가 없었지만 노인은 거의 알아듣고는 다시 질문을 던져 그들이 대리국에서 왔고, 아버지의 이름은 무삼통이며, 그가 가장 잘하는 무공이 일양지一陽指라는 것을 알았다.

"네 아버지는 일등대사의 문하이시지?"

"네, 우리 황야皇爺를 아세요? 만나보셨어요? 전 만나지 못했거든요."

무삼통은 일전 대리국의 황야인 단지흥段智興의 어림군御林軍 총관總管이었다. 단지흥이 출가하여 법명을 일등一燈으로 고친 후에도 두 아이들에게 옛이야기를 해줄 때는 여전히 "우리 황야께서는 어떠하셨고……" 하는 식으로 말하곤 했다. 그래서 수문도 자연히 '우리 황야'라고 말한 것이다.

"나도 그분을 만날 기회는 없었지만 남제南帝의 인품을 오래전부터 흠모하고 있었다. 여기 있는 이 아이의 부모님도 그분에게 커다란 은혜를 입었지. 그러고 보니 우린 결코 남이 아니로구나. 그런데 네 어머님께서 기다리고 있다던 원수가 누군지 아느냐?"

"어머니가 육 장주께 하는 말씀을 들으니 무슨 적련사赤練蛇인가? 수愁…… 뭐라고 하는 것 같던데요."

노인이 고개를 갸웃거리며 중얼거렸다.

"적련사?"

순간 노인은 쇠지팡이를 내리치더니 소리쳤다.

"적련선자 이막수?"

"맞아요! 맞아요! 바로 적련선자예요."

노인은 정색을 하면서 말했다.

"너희는 여기서 놀고 있어라. 멀리 가서는 안 된다. 내가 가서 좀 알아봐야겠다."

"할아버지, 나도 갈래요."

소녀가 말하자 수문도 나섰다.

"저도 가겠습니다."

"이런! 절대, 절대로 안 된다. 그 마녀는 잔인하기 짝이 없어 나도 이기지 못한다. 그러나 친구에게 화가 닥친 것을 알았는데 가지 않을 수가 없지. 너희는 여기 있어야 한다."

노인은 철장鐵杖을 짚고 쩔뚝거리면서도 바람같이 달려 나갔다.

"저 할아버지는 장님에다 절름발이면서도 저렇게 빨리 가시는구나!"

수문이 감탄하자 소녀가 입을 삐죽이며 말했다.

"뭐가 대단해. 우리 엄마 아빠의 경공을 보면 놀라 기절할걸?"

"네 부모님도 장님에 절름발이니?"

소녀가 크게 성을 내며 말했다.

"뭐라고? 너희 엄마 아빠나 절름발이겠지!"

하늘은 이미 훤하게 밝았고 밭에서는 남녀 농부가 밭을 갈면서 산가山歌를 부르고 있었다. 노인은 이곳이 고향인지라 두 눈은 멀었어도 길은 훤히 꿰고 있어 얼마 지나지 않아 육가장에 당도할 수 있었다. 멀리서 병기 부딪치는 소리가 숨 가쁘게 들려왔다.

육전원 일가는 이곳의 권문세가였고, 노인은 시정의 평민이었다. 그런 탓에 둘 다 가흥에서 유명한 무학지사武學之士였지만 한 번도 왕래가 없었다. 노인은 자신의 무공이 적련선자의 상대가 되지 않아 가봤자 송장 하나 보태주는 꼴밖에 안 된다는 것을 알았지만 이 일에 일등대사의 제자가 연루되어 있고, 자신을 포함한 모두가 일등대사의 은혜를 크게 입은지라 수수방관할 수가 없었다.

노인은 발끝에 힘을 주어 육가장 앞으로 달려갔다. 지붕 위에서 네 사람이 격렬하게 싸우고 있었다. 귀를 기울여 들어보니 거친 호흡 소리, 병기 부딪치는 소리가 긴박하게 들리는데, 한편은 세 사람이고 다른 한편은 한 사람밖에 없는 듯한데도 이상하게 세 사람이 한 사람에게 밀리고 있는 듯했다.

전날 저녁 무삼통이 두 아이를 안고 가버리자 육씨 부부는 도대체 무슨 의도인지 의아하고 놀라울 뿐이었다. 그러나 무 부인은 희색이 만면하여 웃으며 말했다.

"못난 남편이 평소에는 미치광이처럼 굴더니 이번에는 정신을 차린 모양입니다."

육 부인이 이유를 물어보자 무 부인이 다시 웃으며 말했다.

"제 추측이 맞는지는 저도 모릅니다. 잠시 뒤면 알게 되겠지요."

그때 밤은 이미 깊어 육무쌍은 부친의 품에 안겨 깊은 잠에 빠졌다. 정영도 어슴푸레 잠에 빠져 눈을 뜨지 못했다. 육 부인은 두 아이를 안고 방에 들어가 눕히려고 했다. 그러자 무 부인이 소리쳤다.

"잠깐만요."

그 말이 끝나자 지붕 위에서 누군가의 목소리가 들려왔다.

"위로 던지시오."

바로 무삼통의 목소리였다. 그의 경공은 너무도 대단하여 지붕 위에 올라온 것을 육씨 부부는 전혀 눈치채지 못했다. 무 부인이 정영을 안고 뜰로 내려가서 곧장 위로 던지자 무삼통이 팔을 뻗어 받았다. 육씨 부부가 어안이 벙벙해 놀라고 있는 사이 무 부인이 이번에는 육무쌍을 안아서 위로 던졌다.

육립정이 대경실색하여 소리쳤다.

"뭐 하시는 겁니까?"

육립정은 곧장 지붕 위로 뛰어올라갔으나 사방은 암흑 속에 잠겨 있고 무삼통과 두 아이는 그림자조차 보이지 않았다. 즉시 그가 쫓아가려고 하자 무 부인이 소리쳤다.

"육 장주, 가실 필요 없습니다. 남편의 호의입니다."

육립정은 반신반의하며 뜰로 내려와서 떨리는 목소리로 물었다.

"호의라니요? 무슨 뜻입니까?"

그러나 육 부인은 이미 그 뜻을 알아차리고 말했다.

"무 어르신이 아이들이 다칠까 봐 안전한 곳에 숨겨두시려는 겁니다."

육립정은 부인의 말을 듣고서야 깨달았다.

"아, 그렇구나."

그러나 무삼통이 형님 내외의 시신을 훔쳐간 것을 생각하면 아무래도 안심이 되지 않았다.

"못난 남편은 하원군이 육 장주의 형님한테 시집간 후, 여자아이만 보면 화를 내곤 했습니다. 그런데 어찌 된 영문인지 댁의 따님들은 보살피려 하니 저도 참으로 뜻밖입니다. 처음 돈유와 수문을 데려갔을 때 남편이 두 따님을 보는 눈빛에 연민과 걱정이 담겨 있다는 것을 알았습니다. 예전에 하원군을 볼 때도 항상 그런 눈빛이었지요. 그러더니 과연 두 아이를 데리러 온 것입니다. 이번 일을 계기로 남편이 정신을 차렸으면 좋겠습니다."

무 부인은 말하면서 연거푸 한숨을 내쉬었다.

육씨 부부는 두 아이의 안위가 걱정되었는데 이제는 조금 안심할 수 있었다. 그러나 언제 나타날지 모르는 마녀 때문에 경계심을 늦출 수는 없었다. 두 사람은 함께 암기와 병기를 잘 챙긴 후 뜰에 좌정하고 앉아 눈을 감은 채 운공조식에 들어갔다. 이제 곧 강적이 들이닥칠 터였다. 게다가 육전원과 무 부인의 말에 따르면 그 마녀는 무공이 고강하고 수법이 악랄하다고 하니 아무래도 화를 면키는 힘들 것 같았다.

육립정은 갑자기 마음이 산란해졌다. 아내와 10년 넘게 부부의 연을 이어가며 사소한 집안일 때문에 다투기는 했지만 서로를 위해주며 잘 지내왔다. 하지만 이런 일을 당해 죽을 날이 얼마 남지 않았다고 생각하니 자신도 모르게 서글퍼져 부인의 두 손을 맞잡았다.

한참 뒤 퉁소 소리가 적막을 깨더니 멀리서 부드러운 노랫가락이 들려왔다. 멀리서 들려오는 소리이건만 목소리가 청량해서 발음이 또렷하게 들렸다.

세상 사람에게 묻노니,
정이란 무엇이길래 이토록
생과 사를 같이하게 한단 말인가.
問世間 情是何物 直教生死相許

한 구절 부를 때마다 소리가 조금씩 가까워졌다. 얼마나 빨리 다가오는지 세 번째 구절을 부를 때쯤에는 노래를 부르는 사람이 이미 문

앞까지 당도해 있었다.

세 사람은 놀라서 서로를 바라보았다. 순간 우직, 소리가 몇 번 나더니 대문의 빗장이 부러지고 대문 두 짝이 양옆으로 날아갔다. 그리고 미모의 도사가 미소를 띠며 천천히 걸어 들어왔다. 황색 도포를 입은 여인, 바로 적련선자 이막수였다.

아근은 마침 마당을 청소하고 있다가 뛰어나가 호통을 쳤다.

"댁은 누구요?"

"아근, 어서 물러서라!"

육립정이 급히 소리쳤지만 아근은 이미 이막수가 휘두른 불진에 머리통이 으깨져 끽소리도 못 하고 즉사하고 말았다.

육립정이 대뜸 칼을 들고 달려들었다. 그러나 이막수는 몸을 옆으로 약간 기울여 그의 곁을 바람처럼 스쳐 지나가더니 불진을 휘둘러 마당 주변에 서 있던 두 명의 여종을 동시에 즉사시켰다.

이막수가 웃으며 말했다.

"다른 두 계집아이는?"

눈 깜짝할 사이에 세 명이 죽어나갔다. 무고하게 목숨을 잃은 하인들을 바라보며 육씨 부부는 경악을 금치 못했다. 부부는 검을 들고 좌우에서 달려들었다.

이막수는 냉랭한 표정으로 불진을 들어 내리치려고 하다가 옆에 서 있는 무 부인을 힐끗 쳐다보더니 팔을 거두면서 말했다.

"외부인을 여기서 죽이기는 불편하구나!"

이렇듯 부드럽고 나긋한 목소리, 호리호리한 자태, 반듯한 얼굴에 하얀 치아, 하얗고 부드러운 피부를 지닌 이막수는 실로 절세의 미인이었으나 차갑기 그지없는 인간이기도 했다.

그때 다리의 움직임도 미처 간파하지 못했는데 그녀의 몸은 이미 지붕 위로 가볍게 날아 올라갔다. 육씨 부부와 무 부인도 덩달아 몸을 날렸다.

이막수는 먼저 제자인 홍능파洪凌波를 보내 육전원 일가의 상황을 파악하게 했다. 홍능파는 육전원 부부가 이미 3년 전에 세상을 떴고 현재는 그 동생 일가가 종까지 포함해 모두 일곱 명의 식솔을 데리고 살고 있다는 사실을 고했다. 이막수는 육전원 부부가 죽었다는 말에도 화가 풀리지 않아 그 동생 육립정이라도 없애야겠다고 결심했다. 그래서 항상 그랬던 것처럼 육가장의 벽에 아홉 개의 피 묻은 손자국을 찍어 경고를 했다. 맨 위 두 개의 장인은 육전원 부부를 죽여서 원한을 갚으려 했으나 이미 죽었으니 시신의 뼈라도 헤집겠다는 뜻이었고, 아래 일곱 개의 장인은 종을 포함해서 육가장의 식솔 일곱 명 모두를 죽이겠다는 뜻이었다.

이막수는 불진을 가볍게 휘둘러 세 사람의 무기를 일거에 물리친 뒤 나긋나긋하게 말했다.

"육 장주, 형님이 아직 살아 있었다면 나에게 하원군과 헤어지겠다고 애원했겠지. 그럼 육씨 가문을 용서했을 텐데. 아, 그러나 당신들은 운이 아주 나쁜 것 같아. 형님이 단명한 탓이니 나를 원망하지 마라."

"누가 너의 용서를 바란단 말이냐!"

육립정이 칼을 휘두르며 달려들자, 무 부인과 육 부인도 뒤이어 협공을 했다.

이막수는 육립정의 공격을 받으며 잠시 감회에 잠겼다. 그의 무공은 평범했으나 칼을 휘두르고 발로 차고, 몸을 돌려 장을 내리찍는 모습이 마치 예전 자신이 마음에 두었던 육전원과 흡사하여 마음이 저려왔다. 조금이라도 더 그 모습을 보고 싶은 마음에 차마 한 손에 죽이지 못했다. 그마저 죽어버리면 다시는 강남육가도법江南陸家刀法을 보지 못하게 될 게 아닌가.

이막수는 나지막하게 휘파람 소리를 내며 방어만 할 뿐, 세 사람이 자신의 주위를 빙글빙글 돌도록 내버려두었다. 마음이 착잡하니 공격에도 힘이 실리지 않았다. 그러다가 이막수는 갑자기 지붕 아래로 뛰어내렸다. 그리고 실개천 가까이에서 철장을 짚고 서 있는 절름발이 노인에게 달려들었다. 이막수는 노인의 목을 향해 불진을 휘둘러 감으려 했다. 이 초식은 발이 땅에 닿기도 전에 상대방의 급소를 공격하는 것이지만, 자신의 허점을 그대로 노출시키는 단점이 있었다. 그러나 상대방은 일단 살초殺招를 피해야 하므로 그 허점을 쉽게 파고들지 못했다.

노인은 적이 공격해오는 소리를 듣고 철장을 옆으로 뻗어 그녀의 오른쪽 손목을 찌르려 했다. 철장은 매우 육중한 무기로 원래는 때리고, 부딪치고, 휘두르는 데 사용하나 노인은 뜻밖에도 '찌르는' 수법을 구사했다. 철장은 마치 검처럼 빠르고 가볍게 상대를 향해 뻗어나갔다. 순간 이막수가 불진을 살짝 흔들자 불진의 은사銀絲가 철장 끝을 휘감았다. 이막수는 앙칼지게 일갈을 내뱉으며 한 걸음 더 돌진했다.

"무기를 내놔라!"

이막수는 이력차력以力借力으로 불진에 힘을 실어 철장의 무지막지한 힘을 빼앗으려 했다. 노인은 양팔에 강한 힘이 밀려오는 것을 느끼며 하마터면 철장을 손에서 놓칠 뻔했으나 위기의 순간에도 허점을 틈타

1. 세월은 덧없이 흐르고

몸을 솟구쳐 옆으로 살짝 비켜섰다. 겨우 이막수의 정교한 공격을 피할 수 있었다.

'저 마녀는 과연 명불허전이로군.'

이막수가 방금 전개한 초식은 태공조어太公釣魚로서 원하는 것을 낚는다는 '원자상구願者上鉤'라는 말에서 따온 것이었다. 즉 적의 힘을 빌려 적의 병기를 빼앗는 것인데 백에 백은 적중하는 초식이었으나 뜻밖에도 노인의 철장을 빼앗아오지는 못했다. 이막수로서는 너무나 뜻밖의 일이었다.

'저 절름발이 노인은 누군데 저런 무공을 지니고 있지?'

이렇게 생각하는 순간 노인이 눈동자는 없고 흰자만 있는 장님이라는 것을 알아챘다. 그녀는 경악하며 소리쳤다.

"가진악이로군!"

장님에 절름발이 노인은 바로 강남칠괴江南七怪의 수장인 비천편복飛天蝙蝠 가진악柯鎭惡이었다.

당시 곽정과 황용은 화산논검대회에 참가한 후, 황약사黃藥師의 주례하에 혼례를 올리고 도화도에 은거했다. 그러나 황약사는 괴팍하고 시끄러운 것을 싫어하는 성격이라, 딸 내외와 몇 개월을 보내자 지겨워지기 시작했다. 그래서 다른 조용한 곳을 찾아가겠다는 편지 한 통을 남기고 바람처럼 도화도를 떠나버렸다.

황용은 서운하긴 했지만 부친의 성격을 아는 터라 어찌할 방법이 없었다. 애초에는 몇 개월 지나면 소식을 전해올 것이라 생각했는데 몇 년이 지나도록 아버지는 아무런 소식도 전하지 않았다. 황용은 아버지와 사부인 홍칠공洪七公이 그리워 곽정과 함께 그들을 찾아 나섰

다. 두 사람은 몇 개월 동안 강호를 떠돌면서 찾아다니다가 다시 도화
도로 돌아가지 않을 수 없었다. 황용이 임신을 했기 때문이었다. 황용
은 아버지의 피를 이어받아서인지 천성이 까탈지고 꾀가 많아 잠시라
도 가만히 있지 못했다. 게다가 임신한 탓에 몸이 불편해 온갖 짜증을
부리며 그 화를 모두 곽정에게 쏟아부었다. 황용이 이유 없이 생떼를
쓸 때마다 부인의 성격을 잘 알고 있는 곽정은 그저 웃음으로 넘겼다.
황용이 벼락같이 화를 내면 곽정은 부드러운 말로 위로해서 다시 얼
굴을 펴고 웃도록 잘 달래주곤 했다. 어느덧 열 달이 지나서 황용은 딸
을 낳고 이름을 곽부郭芙라고 지었다.

　황용은 임신했을 때는 하나도 기뻐하지 않더니 딸을 낳은 후에는
너무도 사랑스러워 제멋대로 하도록 내버려두었다. 아이는 한 살도 되
지 않았는데 고집이 말할 수 없이 세졌다. 곽정이 간혹 그냥 두지 않고
몇 마디 훈계라도 하면 황용이 더욱 감싸고돌아 딸은 점점 더 방자하
게 커갔다.

　곽부가 다섯 살이 되자 황용은 무예를 전수하기 시작했다. 그러자
도화도의 곤충과 새, 짐승들이 수난을 당했다. 깃털이 죄다 뽑히는가
하면 꼬리가 잘려나가는 일이 비일비재해 한때 평온했던 은사의 수련
지 도화도가 한 아이의 동물 학대장으로 변해버렸다.

　곽정은 사랑하는 아내의 말을 따르는 편이기도 했고, 이 고집 센 딸
이 너무 귀여운지라 잘못할 때마다 혼내줘야지 하면서도 애교를 부리
며 자신의 목에 매달려 콧소리를 낼 때면 그저 긴 한숨을 내쉬며 용서
할 수밖에 없었다.

　이렇게 세월이 흐른 몇 년 동안에도 황약사와 홍칠공에 관한 소식

은 전혀 듣지 못했다. 곽정과 황용 부부는 두 사람의 무공이 천하제일이라 별일은 없으리라 생각했지만, 옷가지며 음식을 보살펴주는 사람이 아무도 없을 테니 걱정이 되지 않을 수 없었다.

한편 곽정은 여러 차례 대사부인 가진악을 찾아가 도화도에서 노년을 보내라고 청했다. 하지만 가진악은 시정의 무리들과 어울리는 것을 좋아하고 음주와 도박을 즐기는지라 도화도에서 무미건조한 생활을 하고 싶지 않아 줄곧 거절해왔다. 그러던 어느 날 곽정이 모시러 가지 않았는데도 가진악이 자기 발로 도화도를 찾아왔다. 사연인즉, 가진악은 최근 운수가 좋지 않아 연거푸 도박에 돈을 잃고 게다가 빚까지 져서 어쩔 수 없이 제자의 집으로 피신해온 것이었다.

곽정과 황용은 사부를 보고 뛸 듯이 기뻐하며 도화도에서 오랫동안 머물도록 권유하며 놓아주지 않았다. 그러나 가진악은 불안한 기색을 감추지 못했다. 황용은 진상을 파악하고 몰래 사람을 보내 가진악의 도박 빚을 갚아주었다. 해가 바뀌었으나 가진악은 이 사실을 모른 채 가흥으로 돌아갈 엄두를 내지 못했다. 그저 심심하고 무료하게 곽부의 놀이 상대나 되어주고 있었다.

세월은 유수와 같았다. 몇 년이 지나 곽부는 아홉 살이 되었다. 황용은 아버지가 그리워 곽정과 함께 섬을 떠나 찾아 나서기로 했다. 곽정 부부는 가진악에게 도화도에서 편히 지내라고 아무리 만류해도 그가 함께 가겠다고 고집하자 어쩔 수 없이 동행하게 되었고, 곽부도 성가시게 졸라대는 바람에 같이 떠나게 되었다. 네 사람은 섬을 떠난 후 어디로 갈 것인지를 논의했다.

"어디든 다 좋지만 가흥만은 안 된다."

가진악의 말에 황용이 웃으며 대답했다.

"대사부님, 사실은 말이에요, 그 빚은 예전에 제가 다 갚았어요."

그 말에 가진악은 크게 기뻐하며 먼저 가흥으로 가자고 했다. 가흥에 도착한 후 네 사람은 객잔에 짐을 풀었다. 가진악은 고향 사람들에게 이것저것 물어본 결과, 누군가 청포를 입은 노인이 연우루 烟雨樓 위에서 혼자 술을 마시는 것을 본 적이 있는데 그 모습이 황약사 같다는 말을 들었다. 곽정과 황용은 크게 기뻐하며 가흥 곳곳을 찾아다녔다.

그날 아침에 가진악은 두 마리 수리를 데리고 곽부와 함께 숲속에서 놀고 있다가 뜻밖에 무수문을 만났던 것이다.

가진악은 이막수와 수 합을 겨루면서 자신이 그녀의 적수가 되지 못한다는 걸 깨달았다.

"이 마녀야, 무공은 실로 예전의 매초풍 梅超風 못지않구나."

가진악은 곧 복마장법 伏魔杖法을 펴서 자신의 급소를 단단히 방어했다. 이막수 또한 속으로 찬탄을 금치 못했다.

'일전에 그 양심도 없는 육가 놈이 가흥의 선배 중에 무공이 센 강남칠괴가 있고, 그들에게 명성이 대단한 곽정이라는 제자가 있다고 했는데 이 늙은이가 바로 강남칠괴의 수장이었군. 과연 명불허전이로구나. 장님이고 절름발이에 나이가 들어 힘이 쇠약해졌을 텐데도 내 공격을 10여 초식이나 거뜬히 받아내다니.'

그때 육씨 부부가 기합을 토하며 달려들었고, 무 부인은 이막수의 뒤를 공격했다.

'이 노인네를 상대하기는 어려운 일이 아니나 만약 곽정 부부가 나타난다면 힘들게 될 거야. 그냥 놓아주고 말자.'

이막수는 불진을 한 번 휘둘렀다. 은사가 꼿꼿이 뻗쳐 마치 창처럼 가진악의 가슴을 찔러갔다. 불진의 술은 매우 부드러운 실로 만들어졌지만 심후한 내공이 주입되면 요혈을 겨냥할 수 있게 되고, 그 찌르는 힘이 실로 매섭기 그지없었다.

가진악은 철장으로 땅을 짚고 그 힘을 빌려 뒤로 휙 물러났다. 이막수는 앞으로 미끄러지며 추격하는 듯싶더니 돌연 허리를 젖혀 뒤쪽을 겨냥했다. 그녀의 허리가 어찌나 유연한지 몸을 뒤로 젖히자 무 부인과의 거리가 두 자밖에 떨어지지 않았다. 무 부인은 크게 놀라 급히 왼쪽 손을 날려 그녀의 이마를 치려 했다. 그러나 이막수는 마치 국화꽃이 바람에 가볍게 흔들리듯 허리를 흔들어 무 부인의 공격을 피하는 동시에 방향을 바꿔 육 부인의 복부에 장풍을 날렸다.

"으악!"

육 부인은 휘청하며 세 발 물러나더니 피를 토하며 그대로 땅에 고꾸라졌다. 육립정은 부인이 부상당한 것을 보고 대경실색했다. 그는 오른손을 휘둘러 단도를 이막수에게 던지고 양팔을 벌려 아내에게 달려들었다. 아내를 끌어안고 함께 목숨을 끊으려는 것이었다. 바로 동귀어진同歸於盡이었다.

이막수는 처녀의 몸으로 실연을 당한 이후에는 남녀 간의 일에 극도의 증오심을 갖게 되었다. 그런데 육립정이 부인을 안고 죽음을 함께하려는 것을 보자 분노가 극에 달해 코웃음을 치면서 불진 자루로 간단하게 단도를 떨어뜨리고 그 힘을 빌려 불진을 사납게 휘둘렀다. 그러자 불진이 정확히 육립정의 머리를 강타했다. 그 즉시 육립정의 머리가 터져 피가 사방으로 튀었다. 실로 잔인한 광경이었다. 이막수가 연달아 육씨 부부를 쓰러뜨린 것은 순식간에 일어난 일이어서 가진악과 무 부인이 도와주려 했을 때는 이미 상황이 끝난 뒤였다.

"계집아이들은 어디에 있느냐?"

이막수는 싸늘하게 다그치고는 무 부인의 대답을 기다리지도 않고 황색 그림자를 번득이며 집 안으로 뛰어들어갔다. 그러나 정영과 육무쌍은 집 안 어디에도 보이지 않았다. 그녀는 부뚜막에서 불씨를 가져와 장작을 쌓아둔 창고에 불을 붙인 후 서둘러 밖으로 나왔다. 이막수가 입가에 옅은 미소를 띠며 말했다.

"나는 도화도, 일등대사와 아무런 원한이 없으니 두 분은 그만 물러가시지."

가진악과 무 부인은 너무나 방자하고 잔악한 그녀의 행동에 이가 갈렸다. 두 사람은 철장과 검을 들고 동시에 공격에 나섰다. 이막수는 몸을 약간 기울여 가볍게 철장을 피한 후 불진을 휘둘렀고, 은사가 무 부인의 검을 휘감았다. 순간 두 줄기의 강력한 힘이 은사를 통해서 뻗어왔다. 한쪽은 거두는 힘이고 다른 쪽은 밀어내는 힘이라 뚝, 하고 장검이 두 동강이 났다. 실로 놀라운 일이었다. 그런데 더욱 놀라운 일이 벌어졌다. 부러진 검 끝이 무 부인을 향해 튕겨갔고, 검 자루는 가진악의 얼굴을 향해서 질풍처럼 날아갔다. 무 부인은 장검이 불진에 감기는 순간 흠칫했다. 더구나 불진이 검을 부러뜨리리라고는 생각지도 못했는데 부러진 검 끝이 자신을 향해 매우 빠른 속도로 날아오자 급히 고개를 숙여 피하기는 했지만 머리끝이 섬뜩했다. 그 검날이 스치고 지나간 자리에 머리카락이 한 움큼 잘려나갔다.

가진악은 검이 허공에서 부러지는 소리가 들리고, 곧이어 검 자루가 자신을 향해 날아오자 잽싸게 철장으로 맞받아쳤다. 그때 무 부인의 놀란 비명 소리가 들려왔다. 가진악은 비명이 들리자 반사적으로 철장을 휘둘러 진격했다. 철장은 바람 소리를 일으키며 이막수를 향해 날아갔다. 그의 왼손에는 원래 세 개의 독 암기가 들려 있었다. 적련선자 이막수가 사용하는 빙백은침氷魄銀針이 음독陰毒하다는 소문을 들었기 때문에 앞을 보지 못하는 그로서는 가능한 한 그녀가 빙백은침을 쓰지 못하도록 막아야 했다. 그래서 상황이 아무리 긴박해도 독 암기를 섣불리 방출하지 못했다.

이막수는 줄곧 가진악에게는 살수를 펼치지 않았다.

'저 눈먼 늙은이는 내가 일부러 양보하고 있다는 것을 모르는 모양인데, 따끔한 맛을 보여줘야겠군!'

이렇게 생각하면서 이막수는 허리를 가볍게 구부려 불진을 흔들었다. 그러자 불진의 은사가 영락없이 철장의 끝을 휘감았다.

가진악은 거대한 힘이 철장을 낚아채려 하자 급히 손에 진기를 모았다. 그런데 다시 한 줄기 날카로운 힘이 철장 끝을 통과하더니 손아귀의 힘이 갑자기 물거품처럼 사라졌다. 그 순간 사지에 힘이 탁 풀려버렸다. 가진악으로선 놀랄 틈도 없었다. 이막수는 이미 왼손으로 철장을 휘감아 쥐고 오른손 손바닥으로 가진악의 가슴을 가볍게 누르며 차갑게 웃었다.

"가 노인, 적련신장赤練神掌으로 당신의 가슴을 쳐버릴까요?"

가진악은 속수무책인 상태에서 이를 갈며 소리쳤다.

"이 잔악한 계집! 죽일 테면 어서 죽여라!"

무 부인은 사태를 보고 대경실색하여 달려왔다. 그러자 이막수는 잽싸게 몸을 날려 허공에서 귀신처럼 무 부인의 뺨을 손바닥으로 쓱 훑었다. 다음 순간, 이막수의 간드러진 웃음이 허공에 퍼지더니 어느새 저 멀리 날아가 있었다.

무 부인은 그녀의 손바닥이 참으로 부드럽고 따뜻하게 느껴졌다. 그녀가 자신의 뺨을 어루만지자 말로 표현하지 못할 편안한 기분이 들었다.

이막수의 그림자가 다시 버드나무 숲 사이에서 번득이더니 이내 사라졌다. 비록 자신은 그녀와 몇 합 겨루지도 못했지만 매 초식이 생사를 가르는 위험한 고비여서 전력을 다하지 않을 수 없었다. 이막수가 시야에서 사라지자 온몸에 힘이 쭉 빠지며 그 자리에 주저앉아 꼼짝하기가 힘들었다. 가진악도 가슴에 마치 무거운 돌이 놓인 것처럼 답답했다. 그는 억지로 숨을 몰아쉬면서 천천히 호흡을 가다듬었다.

잠시 후 무 부인은 힘을 내어 일어섰다. 그때 검은 연기가 하늘로 피어오르고 육가장은 이미 화염 속에 휩싸였다. 여기저기서 불길이 일더니 두 사람 앞으로 거세게 뻗어왔다.

가진악은 육씨 부부를 부축했다. 두 사람은 숨소리가 들릴 듯 말 듯 미약하여 한 시진을 넘기지 못할 것 같았다.

'만약 두 사람을 옮긴다면 더 빨리 죽을 것이고 그렇다고 여기에 남겨둘 수도 없는 노릇이니 어찌해야 좋단 말인가?'

이렇게 곤혹스러워할 때 멀리서 누군가의 목소리가 들렸다.

"부인, 어디 있소? 괜찮소?"

바로 무삼통의 목소리였다.

옛 친구의 아들

순간 황색 그림자가 번득이는가 싶더니 이막수가 어느새 무
삼통이 휘두르던 대추나무 위에 사뿐히 내려섰다. 그러고는
불진을 흔들며 위에서 아래로 공격해왔다. 무삼통이 갖은
방법으로 나무를 흔들고 내리치며 공격해도 그녀는 마치 나
무에 붙어 있기라도 한 듯 틈을 타 공격해 들어왔다.

무 부인은 급박하던 차에 남편의 목소리가 들리자 반가우면서도 내심 걱정이 되었다. 이 사내가 또 무슨 문제를 일으키고 이제야 나타났나 싶었다. 행색을 보니 엉망인 데다 목에는 하원군이 어릴 때 쓰던 턱받이를 하고 정신없이 뛰어오며 목이 터져라 외쳐대고 있었다.

"부인, 어디 있소! 괜찮소?"

무 부인은 10년이 넘도록 남편의 이런 관심 어린 목소리를 들어보지 못했으므로 기쁜 마음에 얼른 대답했다.

"여기 있어요!"

무삼통은 번개같이 다가오더니 쓰러져 있는 육씨 부부를 한 팔에 하나씩 안았다.

"빨리 따라오시오."

말이 떨어지기가 무섭게 무삼통은 내달리기 시작했다. 가진악과 무부인은 서둘러 그 뒤를 따라갔다. 무삼통은 이리저리 방향을 바꾸며 몇 리를 달리더니 어느 낡은 가마 속으로 들어갔다. 이 가마는 커다란 술 단지를 굽는 곳이어서 안이 매우 넓었다. 안에 들어가보니 돈유와 수문이 그곳에 있었다. 무 부인은 두 아이가 무사한 것을 보고 마음이 놓여 안도의 한숨을 내쉬었다. 두 형제는 정영, 육무쌍과 함께 땅바닥에 앉아 돌멩이를 가지고 놀고 있었다.

정영과 육무쌍은 육씨 부부가 정신을 잃은 채 초췌한 몰골로 무삼통에게 들려오는 것을 보고는 품에 달려들어 울음을 터뜨렸다. 가진악은 육무쌍이 제 아빠와 엄마를 부르며 우는 소리를 듣다가 문득 이막수가 한 말이 떠올랐다.

"아뿔싸, 화를 끌어들였구나. 그 악녀가 따라온 게 아닌가!"

무 부인은 그제야 정신이 들어 간담이 서늘해졌다.

"뭐라고요?"

"그 악녀가 육씨 집안의 두 아이를 죽이겠다고 하면서도 아이들이 어디 있는지는 알지 못했는데……"

무 부인에게 순간 스쳐가는 생각이 있었다.

"그래요, 우리를 일부러 살려두고 몰래 따라온 것은 아닌지……"

"적련 사녀蛇女가 그런 꿍꿍이를 품고 있다면 내가 나서서 대적하지!"

듣고 있던 무삼통이 버럭 소리를 지르고는 가마 앞으로 나섰다.

육립정은 머리가 깨져 부상이 심했지만 아직 생을 마무리 짓지 못한 일이 있어 간신히 버티며 정영을 향해 입을 열었다.

"영아, 내…… 내…… 품에서 손수건을 꺼내보아라."

정영은 눈물을 닦으며 손을 육립정의 가슴에 넣어 수건 하나를 꺼냈다. 하얀 비단 수건 가장자리에 붉은 꽃이 하나씩 수놓여 있었다. 꽃은 금방이라도 수건에서 튀어나올 듯 붉고 섬세했다. 그 꽃을 받들고 있는 푸른 잎도 상당히 싱그러웠다. 비단은 이미 오래된 듯 누렇게 변색되어 있었으나 꽃잎은 여전히 앙증맞고 귀여워서 마치 진짜 꽃을 보고 있는 것 같았다.

"영아, 이 손수건을 목에 묶고 절대 풀지 말아라. 알았느냐?"

육립정의 말에 정영은 무슨 말인지 영문을 알 수가 없었다. 그러나 이모부가 사력을 다해 하는 말이니 고개를 끄덕였다. 육 부인은 고통으로 정신이 혼미한 가운데도 남편의 말에 두 눈을 번쩍 떴다.

"왜 무쌍이에게 주지 않는 거죠?"

"영이 부모의 간곡한 당부를 어찌 저버릴 수 있겠소?"

육 부인의 목소리가 다급해졌다.

"당신…… 정말 너무하시는군요. 친딸을 내팽개칠 생각이세요?"

육 부인은 흰자위를 드러내며 목이 메는 듯 더 이상 말을 잇지 못했다. 육무쌍은 무슨 일인지 알지 못한 채 연신 아빠, 엄마를 부르며 눈물을 흘릴 뿐이었다.

육립정이 부드럽게 아내를 달랬다.

"여보, 무쌍이가 걱정이 된다면 우리가 데려가면 되지 않겠소?"

비단 수건! 꽃이 수놓인 이 손수건은 과거 이막수가 육전원에게 정표로 준 것이다. 붉은 꽃은 대리국에서 가장 유명한 '만다라꽃'으로 이막수가 자신을 그 꽃에 비유한 것이다. 그리고 녹색의 잎사귀는 '녹綠' 자가 '육陸' 자와 발음이 비슷하므로 자신이 사랑하는 육전원을 나타낸 것이라고 할 수 있었다. 이렇게 '붉은 꽃과 푸른 잎이 서로 의지하고 기댄다紅花綠葉 相畏相倚'는 의미를 이 비단 수건에 표현했던 것이다.

육전원은 10년 후 어느 날, 이막수와 무삼통 두 사람이 반드시 찾아올 것이라 생각하고 미리 대비책을 마련해두었지만, 뜻밖에 갑작스러운 병으로 쓰러지고 말았다. 그런데 무예가 출중하지도 그렇다고 해서 성격이 강인하지도 않은 아우가 잔인한 이막수를 막아낼 도리가 없을 것이 분명했다. 그래서 그는 죽음을 맞이하면서 비단 손수건을 아우에게 건네주며 신신당부했다. 이 수건이 있다면 만일 이막수가 복수를 하러 온다 해도 피할 수 있고, 또 대적해 싸우더라도 목숨이 위험하지는 않을 것이라고 생각했다. 그러나 자존심 강한 육립정은 손수건을 이용해 목숨을 구걸하고 싶지 않아 지금껏 꺼내지 않고 있었다.

정영의 아버지는 육립정과는 동서지간이었다. 정영의 부모는 살아생전에 딸을 육립정에게 맡겼다. 그는 정영을 잘 키워야 할 막중한 책임을 진 셈인데 그 의리를 다하지 못하고 이렇게 위험에 직면하게 되었으니 육립정은 목숨을 구할 수 있는 손수건을 정영에게 주기로 한 것이다. 육 부인 역시 조카에 대한 정이 깊기는 했지만, 남편이 친딸을 외면하는 것을 보고는 충격을 받고 정신을 잃고 말았다. 정영은 이모가 손수건 때문에 정신을 잃자 얼른 손수건을 동생에게 양보했다.

"이모께서 너에게 주라고 하시니, 네가 가져."

"무쌍아, 그건 언니 것이니 받아서는 안 된다."

육립정의 호통에 무 부인이 얼른 끼어들었다.

"수건을 두 조각으로 잘라 반씩 가지면 되지 않겠어요?"

육립정은 뭐라 대꾸를 하려다 말문이 막혀 그저 고개를 끄덕일 뿐이었다. 무 부인은 수건을 반으로 잘라 정영과 육무쌍에게 하나씩 나누어주었다.

입구에 서 있던 무삼통은 안에서 들려오는 울음소리에 무슨 일인가 싶어 고개를 돌려보았다. 그제야 아내의 왼쪽 뺨이 까맣게 변한 것이 눈에 들어왔다. 무삼통은 깜짝 놀라 아내의 뺨을 가리키며 외쳤다.

"다…… 당신 뺨이 어찌 된 거요?"

무 부인은 손으로 뺨을 만져보았다.

"뭐가요?"

왼쪽 뺨이 나무껍질처럼 굳어 아무런 느낌도 없었다. 그제야 무 부인도 가슴이 철렁 내려앉았다. 그러고 보니 이막수가 가기 전에 자신의 얼굴을 한 번 만진 것이 생각났다. 그렇게 부드럽게 쓰다듬은 것이 설마 독수를 쓴 것이란 말인가? 무삼통이 어찌 된 일인지 물어보려는 순간 가마 밖에서 웃음소리가 들려왔다.

"두 아이가 여기 있지? 죽었든 살았든 내게 넘겨라. 그러지 않으면 너희를 모조리 불태워 죽이겠다."

매서운 목소리가 가마 안에 울려 퍼졌다. 무삼통이 밖으로 뛰어나갔다. 이막수와 맞닥뜨린 무삼통은 생기가 넘치는 그녀의 모습에 놀라움을 금치 못했다.

'10년이란 세월이 흘렀는데 아직도 이렇게 젊고 아름다울 수 있단 말인가?'

과거 육전원의 혼례식에서 만났을 때, 이막수는 스무 살 안팎의 나이였지만 이제는 서른이 넘었을 터였다. 그러나 눈앞에 서 있는 이 여자는 옷만 바뀌었을 뿐이지 고운 피부며 자태가 과거와 전혀 다르지 않았다. 그녀가 불진을 손에 들고 살랑살랑 흔드는 모습이 우아하면서도 매혹적이어서 무삼통은 눈앞이 아찔해질 지경이었다. 누구든 그녀를 보면 악녀는커녕 부유한 집안의 금지옥엽으로 자란 안방 규수쯤으로 여겼을 것이다.

무삼통은 그녀가 불진을 흔드는 것을 보고서야 자신은 무기를 가마 안에 두고 왔다는 것을 깨달았다. 만일 무기를 가지러 가마 안으로 들어간다면 그 틈에 아이들을 해칠 것이니 들어갈 수도 없는 노릇이었다. 주위를 둘러보니 옆에 제법 굵직한 대추나무가 눈에 띄었다. 무삼통은 쌍장에 힘을 주어 나무를 쓰러뜨렸다.

이막수가 코웃음을 쳤다.

"아직도 힘이 좋으시군."

무삼통은 부러뜨린 대추나무를 옆으로 들고 대꾸했다.

"낭자, 10년 만이오. 안녕하셨소?"

과거 처음 만났을 때 낭자라는 호칭으로 불렀으니 지금도 여전히 옛 호칭으로 그녀를 불렀다.

낭자! 지난 10년 동안 이막수는 누가 자신을 낭자라고 부르는 것을 들어본 적이 없었다. 갑자기 그런 말을 듣자 어린 시절 그리운 얼굴들이 뇌리에 떠올랐다. 일순간 육전원의 얼굴이 눈앞에 크게 부각되었다. 그녀는 사모하는 사람과 평생을 해로하고 싶었다. 그런데 하원군이 나타나 자신의 자존심을 짓밟았다. 그 덕에 이막수는 10년 동안 외롭고 처량하게 지내야만 했다. 생각이 여기에 미치자 가슴속에 잠시 피어올랐던 달콤하고 따뜻한 기억들이 순식간에 증오와 분노로 바뀌고 말았다. 무삼통도 사랑하는 이에게 버림받은 사람이었다. 비록 그 감정이 이막수와는 다른 것이었지만 그래도 동병상련이라고 할 수 있었다. 그러나 10년 전, 그 피비린내를 생각하면 몸서리가 쳐졌다. 바로 육전원의 연회 자리에서 하노권사_{何老拳師} 일가 20여 명이 죽음을 당했다. 사실 하노권사는 이막수와 일면식도 없었고 하원군도 그를 알지 못했다. 그저 모두 성이 하씨라는 이유 때문에 일가족 모두 애증의 재물이 되어 그녀의 손에 몰살을 당했던 것이다. 하씨 일가는 죽는 순간까지도 도대체 왜 자신들이 죽어야 하는지 모른 채 목숨을 잃었다.

당시 무삼통은 현장에 있었지만 연유를 몰라 나서지 않았다. 하지만 이후에 순전히 이막수가 사모하는 사람을 잃은 슬픔과 분노를 삭이기 위해서 하씨 일가를 죽였음을 알게 되었고, 그때부터 그녀를 미워하면서도 두려워하게 되었다.

잠시 부드러워지는가 싶었던 그녀의 얼굴에 다시 냉소가 떠오르자 무삼통은 정영과 육무쌍이 걱정되었다.

이막수가 입을 열었다.

"이미 육가의 집에 아홉 개의 장인을 찍었으니 그 두 아이를 반드시 죽여야만 합니다. 그러니 어서 길을 비켜요."

"육전원 부부는 이미 죽었고 그의 형제와 부인도 당신 손에 당했소. 그러니 아무 죄 없는 어린 두 아이는 살려주시오."

이막수는 천천히 고개를 저었다.

"그렇게는 안 되니 어서 비켜요."

부드러운 목소리였다. 무삼통은 대추나무를 잡은 손에 더욱 힘을 주었다.

"낭자, 그만 마음을 푸시오. 하원……."

'하원'이라는 말을 듣자 이막수의 얼굴빛이 변했다.

"흥! 누구든 내 앞에서 그 이름을 뇌까리면 나와 상대방 두 사람 중 한 사람은 반드시 죽을 것이라고 맹세했어! 내가 원강沅江에서 창고 60여 곳을 때려 부순 것도 순전히 그들이 내건 현판에 그 더러운 글자가 들어 있었기 때문이야. 그 사실을 들어본 바가 없다면 그건 당신 잘 못이니 날 원망하진 마!"

이막수는 말을 하면서 불진을 무삼통의 머리를 향해 떨쳐냈다. 가볍게 살짝 흔든 것처럼 보였지만, 그 동작에는 참으로 빠르고 엄청난 힘이 실려 있었다. 불진이 일으키는 거센 바람에 무삼통의 머리카락이 올올이 뻗쳐 춤을 추듯 흔들렸다. 그녀는 무삼통이 일등대사 문하의 고수로, 겉모습은 어수룩해 보이지만 무공은 무림에서 손꼽히는 정도라는 것을 알고 있었으므로 처음부터 살수를 쓴 것이다.

무삼통은 황급히 왼손을 들어 나무토막을 휘둘러 그녀의 공격을 막았다. 무삼통의 공세도 맹렬해 이막수의 몸이 휘청거릴 정도였다. 그녀는 무삼통이 힘을 다하기 전에 바람처럼 휙 앞으로 미끄러지며 정면으로 공격해 들어갔다. 무삼통은 그녀가 공격 범위 내에 들어온 것을 보고 오른손을 휘둘러 급소인 이마에 혈도를 찍어갔다. 일양지의 점혈수법이었다. 기세가 그다지 빠르지는 않았지만, 움직임이 변화무쌍하여 막아내기가 결코 쉽지 않았다.

이막수는 지체 없이 도타금종倒打金鐘의 신법을 펼쳐 몸을 솟구쳐 일장 밖으로 멀찍이 벗어났다. 눈 깜짝할 사이에 자유자재로 몸을 날리며 거리를 조절하는 이막수의 몸놀림에 무삼통은 내심 감탄을 금치 못하며 대추나무를 한층 더 거세게 휘둘러 이막수가 가까이 접근하지 못하게 몰아붙였다. 그러나 조금만 틈이 보여도 이막수는 즉시 번개처럼 코앞까지 다가왔다. 무삼통의 일양지가 뛰어나지 않았다면 이미 죽은 목숨이 되었을 터였다. 하지만 무삼통이 들고 있는 나무가 무겁다 보니 팔에 점차 힘이 빠지며 휘두를수록 움직임도 둔해지는 듯했고 이막수와의 거리도 점차 좁혀졌다.

순간 황색 그림자가 번득이는가 싶더니 이막수가 어느새 무삼통이 휘두르던 대추나무 위에 사뿐히 내려섰다. 그러고는 불진을 흔들며 위

79
2. 옛 친구의 아들

에서 아래로 공격해왔다. 무삼통은 깜짝 놀라 땅바닥에 대고 나무를 후려쳤다. 그러나 이막수는 깔깔 웃으며 나무를 밟고 그대로 돌진해 왔다. 무삼통은 몸을 기울이며 팔을 뻗어 점혈을 시도했지만 이막수는 가는 허리를 가볍게 흔들며 살짝 뒤로 물러나 피했다. 이후 수십 초식을 겨루는 동안 무삼통이 갖은 방법으로 나무를 흔들고 내리치며 공격을 해도 그녀는 마치 나무에 붙어 있기라도 한 듯 대추나무의 움직임에 따라 흔들거리며 틈을 타 공격해 들어왔다.

이제 무삼통은 조금씩 힘이 부치기 시작했다. 이막수가 가볍기는 했지만 어찌 되었건 굵은 나무토막에다가 수십 근의 무게를 더한 셈이고, 그녀가 나무에 붙어 서 있다 보니 나무를 휘둘러서는 도저히 그녀에게 손상을 입힐 수가 없었다. 이막수가 절대적으로 유리한 입장이었다.

무삼통은 자신이 점차 수세에 몰리고 있다는 것을 느낄 수 있었다. 이제 조금이라도 빈틈을 보인다면 상대에게 제압당할 게 뻔했다. 자신이 죽는 거야 별일 아니지만 가마 속의 사람들도 이막수의 손에 모조리 목숨을 잃을 것이라고 생각하니 팔에 더욱 힘을 주지 않을 수 없었다. 그는 대추나무를 세차게 휘둘렀다. 우선 이막수를 나무에서 떨어뜨려야 했기 때문에 정신없이 휘둘러댔다. 그렇게 한참을 싸우고 있는데 등 뒤에서 가진악의 외침이 들려왔다.

"부야, 네가 왔구나. 어서 수리들에게 저 악녀를 물어뜯으라고 해라!"

마침 곽부가 수리들을 데리고 나타난 것이다. 곧이어 어린 여자아이의 목소리가 들리더니 하늘에서 허연 그림자가 쏜살같이 내려왔다. 커다란 수리 두 마리가 이막수의 좌우에서 각각 공격해 들어왔다. 이막수는 수리들의 공세가 사나운 것을 보고 날렵한 신법을 전개해 일단 피하는 수밖에 없었다. 수리들은 공격이 빗나가자 다시 하늘 높이 날아올랐다.

여자아이의 목소리가 또 들려왔다. 그 목소리가 사라지기도 전에 수리 두 마리가 또다시 나타나 쇠갈고리 같은 발톱을 세워 이막수를 향해 공격해왔다.

이막수는 문득 도화도의 곽정과 황용 부부가 커다란 수리 한 쌍을 키우고 있는데 그것들이 영민하고 날쌔기 짝이 없다는 이야기를 들은 기억이 났다. 날쌔게 공격해오는 수리들을 상대하면서 일순 곽정 부부가 근처에 있다면 자신이 난처해지지 않을까 슬그머니 걱정이 되었다.

그때 수리들이 그녀의 머리 바로 위까지 다가왔다. 그녀는 재빨리 불진을 휘둘러 암수리의 왼쪽 날개를 후려쳤다. 불의의 공격을 받은 암수리는 길게 울어대며 하늘로 날아올랐다. 하얀 깃털 몇 개가 바람에 흩날리며 공중에서 떨어져 내렸다.

곽부는 자신의 수리가 당하는 것을 보고 바락바락 소리를 질렀다.

"겁내지 마! 어서 저 악녀를 물어버리란 말이야!"

이막수는 곽부 쪽을 돌아보았다. 백옥처럼 하얀 피부에 그린 듯 뚜렷한 눈썹이 도드라진 여자아이였다.

'곽정의 부인이 무림에서 보기 드문 미인이라던데, 나보다 아름다울까? 저 계집애가 그 여자의 딸이란 말이야?'

이막수는 가슴이 조금 두근거리며 손놀림이 느려졌다.

수리들이 도와주기는 했지만 여전히 전세가 불리하자 무삼통은 마음이 급해져 두 팔을 있는 힘껏 떨쳐냈다. 순간 대추나무가 그의 손에서 벗어나 허공으로 날았다. 물론 나무 위에 있던 이막수까지 한꺼번에 내쳐졌다.

이막수는 상대방이 이런 행동을 하리라곤 생각지도 못하고 있던 터라 그대로 나무와 함께 허공으로 내동댕이쳐졌다. 수리 두 마리가 기회를 놓칠세라 얼른 날아와 공중에서 그녀를 쪼아댔다. 만일 평지였더라면 수리들도 이막수를 어찌할 수 없었을 터이나, 지금 그녀는 몸이 공중에 떠 있고 힘을 써볼 도리가 없는 상태여서 날개 달린 짐승들의 공격 앞에서 속수무책으로 당하고 말았다. 이막수는 급한 마음에 불진을 휘둘러 얼굴을 막으며 소매 속에 있는 빙백은침을 날렸다. 두 개는 각각 수리들에게 날아갔고, 하나는 무삼통의 가슴을 겨냥했다. 수리들은 얼른 날갯짓을 하며 날아올랐다. 그러나 은침이 워낙 빨라 쉭쉭, 바람 소리를 내며 수컷의 발을 스치고 지나가며 상처를 입혔다.

무삼통이 고개를 들어보니 뭔가 번쩍이는 물체가 눈앞에 스쳐가는 게 보였다. 얼른 몸을 굴러 피했으나 은침은 그의 왼쪽 정강이에 적중했다. 무삼통은 벌떡 일어났으나 왼쪽 다리의 감각이 사라져 자신도 모르게 무릎을 꿇었다. 그는 진기를 끌어올려 몸을 일으켜보려 했으나 다리가 완전히 마비되면서 그대로 맥없이 쓰러졌다. 두 팔에 힘을 주어 몇 번 버티던 무삼통은 다시 땅바닥에 풀썩 쓰러져 꼼짝도 하지 못했다.

"수리야! 수리야! 빨리 이리 와!"

곽부가 다급하게 소리쳐 불러보았으나 멀리 도망간 수리는 돌아오지 않았다.

이막수가 차가운 웃음을 지었다.

"꼬마야, 네 성이 '곽'이냐?"

곽부가 돌아보니 아름다운 여자가 자신을 바라보고 있었다. 친근한 미소와 표정으로 보건대 악녀처럼 보이지는 않았다.

"그래요, 곽가예요. 아주머니는 성이 어떻게 되는데요?"

이막수는 대답 대신 손을 내밀었다.

"이리 와. 내가 재미있게 놀아줄게."

이막수가 곽부의 손을 잡으려고 막 앞으로 걸어 나가려는데, 가진 악이 철장을 움켜쥐고 가마에서 튀어나와 곽부의 앞을 막아섰다.

"부야, 어서 들어가거라!"

이막수는 여전히 미소를 잃지 않고 말했다.

"내가 그 아이를 잡아먹기라도 할까 봐?"

그때 누더기를 입은 사내아이가 한 손에 수탉을 들고 노래를 흥얼거리며 깡충깡충 뛰어왔다. 아이는 가마 앞에 있는 사람들을 보고 눈이 휘둥그레졌다.

"아니, 우리 집 앞에서 뭐 하는 거예요?"

아이는 다가와 연신 고개를 갸웃거리며 이막수와 곽부를 찬찬히 살피고는 빙긋 웃었다.

"아주머니도 엄청 예쁘고 이 아이도 무척 귀엽네. 모두 저를 찾아오신 건가요? 이 양가楊家 친구 중에 이런 예쁜 사람은 없는데……."

사내아이는 싱글벙글 웃어가며 입에 발린 말을 잘도 해댔다.

곽부는 입을 비쭉이더니 화가 난 듯 소리를 질렀다.

"이 거지야, 누가 널 찾아왔대?"

"날 찾아온 게 아니면, 왜 우리 집 앞에 와 있는 거야?"

사내아이는 여전히 웃는 얼굴로 손을 들어 가마를 가리켰다. 이들이 숨어 있는 가마가 바로 사내아이의 집이었던 것이다.

"퉤! 이런 더러운 곳에 누가 오고 싶어 온 줄 알아?"

이런 와중에 무삼통이 바닥에 쓰러져 꼼짝도 하지 않자 무 부인은 남편이 어찌 되었는지 걱정이 되어 가마에서 뛰어나왔다.

"여보, 어떻게 된 거예요?"

무삼통은 끙, 하고 신음 소리를 내며 허리를 펴보려고 했으나 도무지 몸을 움직일 수가 없었다. 곽부도 두리번거리며 수리들을 찾았다.

"수리야, 수리야, 어서 돌아와!"

그러나 어디에도 수리들의 모습은 보이지 않았다.

'오래 끌어 좋을 것 없다. 곽정 부부가 오기 전에 처리해야지.'

이막수는 차갑게 웃으며 가마 쪽으로 몸을 날렸다. 그러자 무 부인이 재빨리 몸을 던져 이막수를 막아서며 검을 휘둘렀다.

"들어오지 마!"

"이곳은 저 아이의 집이라는데 왜 나서서 주인 행세를 하지?"

이막수는 왼손으로 칼날을 겨누어 무 부인의 검을 밀면서 태연하게 앞으로 나아갔다. 손바닥이 막 검날에 닿으려는 순간, 손을 살짝 옆으로 틀며 세 손가락으로 검신劍身의 방향을 바꾸었다. 신기에 가까운 수법이었다. 그녀의 손놀림에 따라 검날이 틀어지더니 무 부인의 이마를 베었다. 그 즉시 무 부인의 이마에서 피가 쏟아졌다.

"꼴좋군."

이막수는 코웃음을 치며 불진을 품속에 쑤셔 넣고 가마 안으로 들어가 정영과 육무쌍을 각각 한 팔에 들어 올렸다. 그러고는 몸을 돌리지도 않고 왼쪽 발을 가볍게 굴러 가마 밖으로 미끄러져 나갔다. 그 와중에도 발을 놀려 가진악이 손에 들고 있던 철장을 툭 걷어찼다.

누더기를 걸친 사내아이는 이막수가 무 부인에게 부상을 입히고 두 여자아이를 잡아가는 것을 보고는 뭔가 심상치 않다는 생각이 들었다. 연이어 육무쌍과 정영이 울부짖기 시작하자 사내아이는 몸을 날려 이막수를 덥석 끌어안았다.

"예쁜 아주머니, 우리 집에서 사람을 잡아가면서 주인에게 말 한마디 없다니 너무하시잖아요. 어서 그 아이들을 내려놓아요."

이막수는 두 팔에 아이들을 잡고 있는 상태에서 사내아이가 난데없이 자기를 끌어안자 막을 겨를이 없었다. 갑자기 겨드랑이 아래로 사내아이의 팔이 쑥 들어오자 어찌 된 일인지 가슴이 철렁 내려앉으며 온몸의 힘이 빠지는 듯했다. 그녀는 일단 장심掌心에 기운을 모아 가볍게 튕겨 두 계집아이를 내려놓았다. 그러고는 그대로 팔을 뻗어 사내아이의 등을 낚아챘다. 이막수는 열 살 이후로 한 번도 남자의 몸과 접촉한 적이 없는 처녀의 몸이었다. 과거 육전원에게 빠져 그를 열렬히 사모했을 때도 서로 예를 갖추어 손도 잡아본 적이 없었다. 강호의 많은 남자가 그녀의 미모에 가슴 설레어 했지만, 그런 마음을 조금이라도 드러내면 이막수의 적련신장에 목숨을 잃곤 했다. 그런데 오늘 이렇게 사내아이에게 안기게 될 줄은 꿈에도 몰랐다. 사내아이를 붙잡은 이막수는 당장 그를 쳐 죽이려고 장심에 힘을 주었다.

그런데 웬일인지 마음이 혼란해졌다. 아까 그 아이가 자신의 미모를 칭찬했을 때, 그 말이 진심 어린 찬사라는 것을 알았기 때문이었다. 만일 나이 든 사내가 그런 말을 했더라면 혐오감을 느꼈겠지만, 열서너 살 되는 아이의 입을 통해 듣고 보니 전해오는 느낌이 사뭇 달랐다. 이막수는 순간 마음이 누그러지며 아이에게 손을 댈 수가 없었다.

그때 갑자기 멀리서 수리의 우는 소리가 들리는가 싶더니 금세 머리 위 상공까지 날아왔다. 수리는 이막수에게 거칠게 다가오고 있었다. 이막수는 유연하게 왼쪽 소매를 휘둘러 빙백은침 두 개를 날렸다. 수리들은 이미 이 지독한 암기에 단단히 혼이 난 터라 얼른 날갯짓을 하며 높이 날아올랐다. 은침이 워낙 빨라 아무리 날랜 수리들이라도 은침보다 빠를 수는 없었다. 수리들은 놀라 퍼덕이며 울부짖었다.

이막수는 이 거추장스러운 새들이 이제는 힘없이 떨어져 죽으리라 생각하고 내심 통쾌해했다. 그런데 뜻밖에도 갑자기 바람을 가르는 소리가 나더니 날아오르는 수리들 밑으로 무엇인가가 떨어졌고, 그 뒤를 이어 그녀가 날린 은침 두 개도 힘없이 떨어져 내렸다. 암기가 이렇게 무력하게 떨어지는 것을 보고 이막수는 깜짝 놀라 사내아이를 놓아주고 얼른 다가가보았다. 살펴보니 앞서 땅에 떨어진 것은 흔히 볼 수 있는 돌멩이였다.

'돌을 던져 내 암기를 떨어뜨리다니, 정말 대단한 실력이다. 예사 인물이 아니야. 나도 적수가 못 될 테니 일단 피하고 보자. 그렇지만 이 계집아이들은……'

이막수는 즉시 몸을 돌려 정영의 등을 향해 힘껏 장풍을 뻗었다. 그녀는 우선 정영과 육무쌍에게 일장씩 가한 다음 행동을 취할 생각이었다. 이막수의 장풍이 막 정영의 등에 닿으려는 순간, 정영의 목에 비단 조각이 묶여 있는 것이 언뜻 눈에 들어왔다. 붉은 꽃과 푸른 잎이 수놓인 하얀 비단 수건. 바로 자신이 정성을 다해 수를 놓아 사모하는 사람에게 주었던 정표였다. 이막수는 감전된 듯 온몸에 힘이 빠지며 장력을 거두고 말았다. 지난날의 설렘과 따뜻한 기억들이 가슴속에서 소용돌이치며 정신을 혼미하게 만들었다.

'그 사람이 다른 계집과 혼인은 했지만 마음속으로는 나를 잊지 못하고 이 수건을 고이 간직했구나. 이 아이를 살려달라는 뜻인 것 같은데…… 어떻게 하지?'

이막수는 잠시 마음을 정하지 못하고 망설이다가 먼저 육무쌍을 죽이기로 했다. 그녀의 불진이 햇빛에 번쩍 반사되는 순간, 육무쌍의 목에도 비단 수건이 묶여 있는 것이 보였다.

'응?'

이막수는 잠시 자기 눈을 의심했다.

'수건이 두 개라니……. 그렇다면 하나는 가짜일 터!'

그녀는 불진을 다시 돌려 육무쌍의 목을 휘감아 끌고 왔다. 순간, 바람을 가르는 소리와 함께 작은 돌멩이 하나가 그녀의 등으로 곧장 날아들었다. 이막수는 반사적으로 불진을 뒤로 휘둘렀다. 마침 날아오는 돌멩이는 막을 수 있었지만 그 충격이 손아귀로 전해지며 손바닥까지 불이 붙은 듯 뜨겁고 온몸이 흔들리는 듯했다. 조그마한 돌멩이 하나로 이런 위력을 보이다니, 돌멩이를 발하는 사람의 무공이 어느 정도인지 능히 짐작할 수 있었다. 이막수는 더 이상 지체할 수 없었다. 잽싸게 육무쌍을 들어 옆구리에 끼고 경공술을 전개해 바람처럼 모습을 감추었다.

"무쌍아, 무쌍아!"

정영은 동생이 잡혀가는 것을 보고 울부짖으며 그 뒤를 쫓아갔다. 그러나 이막수의 빠른 발을 정영이 어떻게 따라갈 수 있겠는가. 게다가 강남은 물이 많은 고장이라 강과 호수가 도처에 있어 정영은 조금 따라가다가 조그마한 하천에 막히고 말았다. 그녀는 하천을 따라 뛰며 육무쌍을 부르다가 갑자기 왼쪽에 놓인 다리 위에 사람의 모습이 어른거리는 것을 발견했다. 어떤 사람이 맞은편 강가에서 이쪽을 향해 다리를 건너고 있었다. 그 사람의 모습을 자세히 살피던 정영은 깜짝 놀라 그 자리에서 얼어붙고 말았다. 바로 이막수가 삽시간에 눈앞에까지 다가오고 있었던 것이다. 그런데 그녀의 팔에는 육무쌍이 없었다. 정영은 이막수의 모습을 보고 덜컥 겁이 났지만 용기를 내어 물었다.

"제 동생은 어디 있죠?"

이막수는 정영의 얼굴을 가만히 들여다보았다. 백옥 같은 피부와 수려한 이목구비를 한 것이 자못 눈이 부셨다.

"네 얼굴이면 나중에 커서 다른 사람들의 가슴을 아프게 하든지, 아니면 네 마음이 많이 다치겠구나. 차라리 일찌감치 죽어 고통을 모르는 편이 낫겠다."

이막수는 차가운 목소리로 중얼거리며 불진을 들어 내리치려 했다. 정영이 그녀의 싸늘한 살수에 산산조각이 날 순간이었다. 이막수가 불진을 뒤로 한껏 젖혔다가 막 내리치려는 순간, 갑자기 뭔가가 팽팽해지며 불진의 끝부분을 잡아당기는 듯했다. 이막수는 깜짝 놀라 고개를 돌려보려 했지만 자신도 모르게 몸이 허공으로 붕 떠올랐다. 그리고 어떤 강한 힘에 이끌려 뒤쪽으로 수 장을 튕겨나가 그대로 땅바닥에 나가떨어졌다.

이막수는 놀라면서도 한편으론 각오를 단단히 하고 왼손으로 가슴을 보호하며 불진에 힘을 모아 마구 내둘렀지만 눈앞에는 아무것도 보이지 않았다. 그녀는 살아오면서 수없이 많은 싸움을 치러왔지만 이처럼 해괴한 경우는 처음 당해보았다. 그러자 이상한 생각이 머리를 스쳐 지나갔다.

'요괴인가……? 아니면 귀신?'

그녀는 혼원식混元式을 전개해 불진으로 원을 그려 자신의 주위를 안전하게 만든 후 몸을 돌렸다. 정영의 옆에는 키가 크고 마른 사람이 푸른 도포를 걸치고 서 있었다. 얼굴에 혈색이 전혀 없는 것이 사람 같기도 하고 시체 같기도 했다.

눈이 마주치는 순간, 이막수는 뭐라 말로는 표현할 수 없는 거북함을 느끼며 자기도 모르게 뒤로 두 걸음 물러섰다. 머릿속으로는 무림 고수 중에 저런 모습을 하고 다니는 사람이 누구인가를 쉴 새 없이 생각했다. 막 입을 열어 뭔가를 물으려는데, 그 사람이 정영을 굽어보며 말했다.

"얘야, 저 여자는 정말 흉악하구나. 네가 좀 때려주거라."

정영은 무서워 꼼짝도 못 하고 그 사람을 올려다보았다.

"제가 어떻게요? 무서워요."

"뭐가 무서워? 그냥 때리면 되는 거지."

정영은 그래도 가만히 있었다. 그러자 괴인이 잽싸게 한 손으로 정영의 등을 잡아 다짜고짜 이막수 쪽으로 던졌다. 이막수는 어찌할 바를 모르고 서 있었다. 예전에 하던 대로 대응할 수도 없는 노릇이요, 불진을 휘두르는 것도 좋은 방법이 아닌 것 같았다. 그저 정영을 받아들려고 엉거주춤 왼손을 뻗었다.

이막수의 손이 정영의 허리에 막 닿으려는 찰나 갑자기 쉭, 하고 바람 가르는 소리가 나더니 팔이 저려와 정영을 안을 수가 없었다. 정영은 그대로 머리를 이막수의 가슴에 박으며 얼떨결에 팔을 휘두른 것이 그만 이막수의 따귀를 때리고 말았다. 너무나 순식간에 일어난 일이었다.

이막수는 살아오면서 이런 모욕은 처음 당한지라 화가 머리끝까지 끓어오른 나머지 다른 것은 생각하지도 않고 불진을 들어 미친 듯이 휘둘러댔다. 그러자 갑자기 손아귀에 찌르르한 아픔이 느껴지며 불진의 손잡이가 흔들려 손에서 빠져나갈 뻔했다. 괴인이 또 돌멩이를 튕겨 불진의 손잡이를 맞힌 것이었다. 정영은 이미 사뿐히 땅에 내려 서 있었다.

이막수는 그제야 상황을 파악할 수 있었다. 이제 여기서 빠져나갈 방도를 찾지 못한다면 생명이 위태로울 것 같았다. 그녀는 피식 웃고는 몸을 돌려 달리기 시작했다. 몇 걸음을 내달리던 그녀가 양 소매를 뒤로 휘두르자 싸늘한 빛을 발하며 10여 개의 빙백은침이 괴인을 향해 날아갔다. 그녀는 암기를 날리면서 몸도, 고개도 돌리지 않았지만 은침은 정확히 괴인의 급소를 향해 날아들었다.

괴인은 그녀의 암기 공격이 이렇게 날카로우리라고는 생각지도 못했던 터라 조금은 놀라며 얼른 뒤로 몸을 날렸다. 은침이 빠르기는 했지만 그의 움직임이 워낙 전광석화처럼 빨라 은침은 서로 부딪쳐 쩽쩽 울리는 소리만 낼 뿐 그의 발 앞에 힘없이 떨어졌다.

이막수도 그를 맞히지는 못할 것이라고 예상했다. 단지 그를 물러나게 할 생각으로 은침을 날린 것이었다. 예상대로 남자가 뒤로 뛰어 물러나는 소리가 들리자 이막수는 또 소매를 뻗어 은침 하나를 정영을 향해 날렸다. 빗나갈 리 없는 공격이었다. 그녀는 괴인이 어떤 행동을 취하는지 뒤돌아보지도 않고 걸음을 더욱 재촉해 급히 다리를 건너 뽕나무 숲속으로 모습을 감추었다.

"이런!"

괴인이 외마디 소리를 지르며 정영을 끌어안았다. 그는 제법 긴 은침이 계집아이의 어깨에 꽂혀 있는 것을 확인하고는 낯빛이 변해 낮은 신음 소리를 냈다. 그러고는 정영을 안고 서쪽으로 향했다.

가진악 등은 이막수가 끝내 육무쌍을 잡아가자 망연자실 어찌할 바를 몰랐다.

한참 후 누더기를 입은 사내아이가 침묵을 깨고 나섰다.

"제가 가볼게요."

곽부가 입을 삐죽이며 빈정거렸다.

"네가 가서 뭘 하겠다고? 그 나쁜 여자의 발길질 한 번이면 넌 죽고 말아."

"응? 네 다리가 그렇게 세? 그런 것 같지 않은데?"

사내아이는 씩 웃으며 곽부에게 농담을 건네더니 이막수가 사라진 쪽을 향해 내달리기 시작했다.

"멍청이! 내가 때린다는 게 아니었는데……."

곽부는 사내아이가 자신을 '나쁜 여자'라고 돌려 말했다는 것을 알아채지 못했다. 사내아이는 한참을 뛰다가 멀리서 정영이 외치는 소리를 들었다.

"무쌍아! 무쌍아!"

사내아이는 소리가 나는 쪽으로 걸음을 재촉했다. 소리가 나는 곳까지 달려가보았지만 사람의 모습을 찾을 수는 없었다. 사방을 둘러보니 땅바닥에 10여 개의 은침이 반짝이며 빛을 내고 있었다. 침의 몸통에 꽃이 새겨져 있는 것을 보아하니 매우 정교하게 만든 듯했다.

그는 허리를 굽혀 은침을 하나하나 주워 왼손에 쥐었다. 은침을 줍고 있자니 은침 옆에 지네 몇 마리가 배를 뒤집고 죽어 있는 것이 눈에 띠었다. 무슨 일인가 싶어 바닥에 붙어 자세히 살펴보니 은침 옆에 개미들도 까맣게 죽어 있었다. 그리고 몇 걸음 떨어진 곳에서 개미들이 분주하게 기어 다니고 있었다. 사내아이는 은침 하나를 뽑아 바닥을 몇 번 찔러보았다. 그러자 개미들이 정신없이 몇 바퀴 맴을 돌더니 몸을 뒤집고는 뻣뻣하게 굳어버렸다. 다른 벌레들에게 시험해봐도 마찬가지였다.

아이는 뛸 듯이 기뻤다. 어린 마음에 이 은침으로 모기나 파리를 잡으면 좋겠다는 생각이 든 것이다. 그런데 갑자기 왼손이 굳는 듯하더니 어찌 된 일인지 마음대로 움직이지 않았다.

'침에 지독한 독이 묻어 있었구나! 손가락까지 마비가 오다니!'

소년은 얼른 손을 펴 은침을 버렸다. 그러나 두 손은 이미 시커멓게 변색되어 있었고, 특히 왼쪽 손바닥이 먹물처럼 검게 변해버렸다. 소년은 무서워져 손을 허벅지에 문질러대기 시작했다. 그러나 왼쪽 팔의 마비가 점차 위로 퍼져서 어깨까지 움직일 수 없게 되었다. 소년은 어릴 때 독사에게 물려 죽을 뻔한 일이 있었다. 그때도 독사에게 물린 자리 주위가 지금처럼 마비되었다. 그 일이 떠오르자 소년은 덜컥 겁이 나 울음을 터뜨렸다.

그때 갑자기 등 뒤에서 누군가의 목소리가 들렸다.

"꼬마야, 이제 무서운 줄 알았느냐?"

귀를 찌르는 듯한 우렁찬 목소리였다. 마치 땅속 깊숙한 곳에서부터 울려 나오는 듯했다. 소년은 얼른 몸을 돌려서 보고는 놀라 쓰러질 뻔했다. 웬 남자가 머리를 땅에 대고, 두 다리는 나란히 붙여 하늘을 향하고 있었다. 아이는 몇 걸음 뒤로 물러나며 물었다.

"누…… 누구세요?"

기인寄人은 두 팔로 땅을 짚고 몸을 홀쩍 날려 그 자리에서 삼 척尺 높이나 뛰어올라 소년의 발 앞으로 떨어졌다.

"내가…… 누구냐고? 나도 내가 누구인지 알면 좋겠구나."

기인의 엉뚱한 말에 소년은 더욱 겁을 먹고 정신없이 달리기 시작했다. 그런데 뒤에서 땅, 땅, 땅, 하고 뭔가를 때리는 듯한 소리가 계속 들려왔다. 무슨 소리인지 뒤를 돌아본 소년은 놀라 눈이 등잔만 해졌다. 그 사람이 몸을 거꾸로 한 채 두 손에 큼지막한 돌을 하나씩 쥐고는 손을 발처럼 쓰며 쫓아오고 있었다. 그런데도 어찌나 빠른지 어느새 소년의 등 뒤까지 바짝 다가와 있었다. 소년은 걸음아 날 살려라 하고 죽을힘을 다해 뛰었다. 그러자 갑자기 쉭, 하는 소리와 함께 쫓아오던 기인이 소년의 머리 위로 뛰어올라 앞을 막았다.

"엄마야!"

소년은 몸을 돌려 다시 뛰기 시작했다. 그러나 아무리 이리저리 방향을 바꾸어가며 뛰어도 그 기인은 순식간에 소년의 머리 위로 뛰어올라 계속 앞을 가로막았다. 멀쩡히 두 다리가 있는데도 팔로 걷는 사람을 당해낼 수가 없었던 것이다.

소년은 팔을 뻗어 그 기인을 밀어내려 했다. 그러나 팔이 이미 마비되어 말을 듣지 않았다. 소년은 이제 어찌해야 할지 알 수가 없었다. 온몸이 땀으로 범벅된 그는 한참 씩씩거리다가 다리에 힘이 풀리는 듯 그 자리에 주저앉고 말았다.

"네가 힘을 쓰며 뛰어다닐수록 독은 더 빨리 온몸으로 퍼지게 된단다."

기인의 말에 소년은 눈이 번쩍 뜨였다.

"어르신, 저를 살려주십시오."

기인은 무릎을 꿇은 소년을 쳐다보며 고개를 가로저었다.

"어려운 일이야, 어려운 일."

"어르신은 능력이 대단하시니 틀림없이 저를 살려주실 수 있을 겁니다."

자기를 칭찬해주는 소년의 말에 기인은 기분이 좋아진 듯 싱글벙글 웃으며 말했다.

"내가 능력이 대단한 줄 어찌 알았느냐?"

기인의 말투가 부드러워지자 소년은 기회를 얻었다는 생각에 마음이 급해졌다.

"물구나무를 선 채로 그리도 빨리 달리시니 만약 똑바로 서서 두 발로 뛴다면 세상에 따라올 자가 없을 겁니다."

소년은 아무렇게나 대답한 것이었지만, 기인은 '세상에 따라올 자가 없을 것'이라는 말이 마음에 쏙 들었다.

"하하핫핫!"

기인의 웃음소리가 멀리까지 울렸다.

"몸을 돌려보거라. 내가 좀 봐주마."

소년은 옳다구나 하고 몸을 돌렸다. 그러나 자기는 바로 서 있는데, 기인은 거꾸로 서 있으니 제대로 볼 수가 없었다. 기인이 바로 서려 하지 않으니 소년이 거꾸로 물구나무서기를 할 수밖에 없었다. 소년은 머리를 땅에 대고 아직은 감각이 남아 있는 오른손으로 땅을 단단히 짚어 몸을 지탱했다. 기인은 아이를 자세히 들여다보더니 미간을 찌푸리며 낮게 신음 소리를 흘렸다. 이렇게 몸을 거꾸로 하고 나서야 소년은 기인의 얼굴을 자세히 볼 수 있었다. 기인은 코가 높고 눈이 움푹 파였으며 얼굴이 온통 짧은 수염으로 하얗게 덮여 있었다. 수염 한 올 한 올이 마치 쇠처럼 억세 보였다. 기인은 중얼중얼 혼잣말을 하다가 이상한 말을 떠들어대기도 했다. 혹시 안 되겠다고 하는 것이 아닌가 싶어 겁이 난 소년은 다시 한번 기인에게 사정했다.

"어르신, 꼭 좀 살려주세요."

기인이 들여다보니 아이의 눈빛이 맑았다. 기인은 한결 밝아진 목소리로 대답했다.

"그래, 널 살리는 것은 어렵지 않다. 하지만 한 가지 약속을 해야겠다."

"뭐든 시키는 대로 하겠습니다. 어르신, 무슨 약속을 할까요?"

기인이 피식 웃었다.

"내가 약속하라고 하는 것은 바로 내가 시키는 대로 해야 한다는 것이다."

소년은 조금 망설여졌다.

"뭐든 시키는 대로요? 그럼 개처럼 똥을 먹으라고 해도 해야 한다는 말씀이세요?"

소년이 머뭇거리자 기인이 벌컥 성을 내며 소리 질렀다.

"그래, 싫다면 그냥 죽어야겠군!"

기인은 두 팔을 움츠렸다 튕기며 몸을 날려 옆으로 멀찍이 떨어졌다. 소년은 덜컥 겁이 나 기인을 쫓아가려 했지만 손으로 걷는 법을 배우지 못한 터라 일단 몸을 뒤집어 일어서서는 몇 걸음 따라가며 외쳤다.

"어르신, 약속하겠습니다. 뭐든지 시키는 대로 하겠습니다!"

기인이 다시 몸을 돌렸다.

"그래, 여기서 맹세를 하거라."

이제 소년은 왼팔의 마비가 어깨 위쪽까지 올라와 견딜 수가 없었다. 그저 하라는 대로 맹세를 할 수밖에 없었다.

"어르신께서 제 목숨을 살려주시고 몸속의 독을 없애주신다면 어르신의 말씀을 들을 것입니다. 만일 듣지 않는다면 이런 맹독이 또다시 제 몸에 퍼질 것입니다."

그러나 아이는 속으로는 다른 생각을 하고 있었다.

'다시는 저런 은침을 만지지 않는다면 독이 또 퍼질 일이 없겠지. 그런데 저 괴상한 노인이 내 말을 정말로 믿을까?'

곁눈으로 흘깃 훔쳐보니 기인의 얼굴이 무척 밝았다. 기인이 매우 만족스러워하는 듯 보여 소년은 적이 안심이 되었다.

"나를 믿는구나."

기인은 크게 고개를 끄덕이고는 몸을 뒤집어 아이의 팔을 쥐어 비튼 후 몇 차례 밀듯이 문질렀다.

"그래, 그래, 잘 참는구나."

몇 번을 이렇게 문지르자 팔의 마비가 한결 풀리는 듯했다.

"어르신, 좀 더 만져주세요."

기인이 양미간을 살짝 찌푸렸다.

"어르신이라고 하지 말고, 아버지라고 불러라!"

"저희 아버지는 돌아가셨는데요."

소년의 말에 기인이 버럭 소리를 질렀다.

"제일 처음 하라는 것도 말을 듣지 않으니 너를 어디에 쓰겠느냐?"

'나를 아들로 삼으시려나?'

소년은 아버지의 얼굴을 한 번도 본 적이 없었다. 어머니는 자신이 태어나기 전에 아버지가 돌아가셨다고 이야기했다. 그래서 어려서부터 아이들이 아버지의 사랑을 받는 모습을 보면 한없이 부럽기만 했다. 그런 그에게 아버지가 생기는 것이니 좋은 일이기는 하나, 이 기인은 행동이 너무 이상하고 실성한 사람 같아 아무래도 의부로 섬기는 것이 내키지 않았다.

"싫은 모양이구나, 알았다. 다른 사람은 나를 아버지라고 부르고 싶어 했지만 내가 거절했거늘."

갑자기 기인의 입에서 이상한 소리가 터져 나왔다. 주문을 외우는 듯한 소리를 내며 기인이 자리를 뜨려 하고 있었다.

"아버지, 아버지, 어디 가세요?"

급한 김에 소년은 기인을 향해 아버지라 불렀고, 그 소리를 듣고 기인은 만족스러운 듯 호쾌하게 웃음을 터뜨렸다.

"하하하, 착하구나. 자, 너에게 몸속의 독을 없애는 법을 가르쳐주마."

소년은 얼른 다가갔다.

"이 독은 이막수가 쓰는 빙백은침이다. 치료하기가 쉽지 않지."

그러면서 기인은 천천히 운공법을 외우며 소년에게 그것을 따라 하게 했다. 그 운공법은 운기를 거꾸로 행하게 하는 것으로 머리를 아래에 두고 발을 위로 올려 기혈을 역행시키면 독이 들어왔던 곳으로 빠져나가게 된다고 했다. 그리고 이제 막 배워 시작한 것이니 매일 조금씩 운기를 해야 하며 한 달 이상을 꾸준히 해야 몸속의 독을 완전히 빼낼 수 있다고 가르쳐주었다.

소년은 머리가 영특하여 설명을 듣고는 곧바로 이해했다. 그러고는 기억했다가 가르쳐준 대로 해보았더니 과연 마비가 조금 풀리는 듯했다. 소년이 거듭 기를 운행시키자 양 손끝에서 거무스름한 액체가 흘러나왔다.

"됐다! 오늘은 더 할 것 없다. 내일 새로운 방법을 가르쳐주마. 자, 가자."

기인이 아이의 손을 잡았다.

"어딜 가요?"

"너는 내 아들이니, 당연히 아버지가 가는 대로 따라와야지."

기인이 아이의 팔을 잡고 막 길을 가려는데 갑자기 하늘에서 수리의 울음소리가 울리더니 커다란 수리 두 마리가 날아오는 것이 보였다. 기인은 멍하니 수리들을 바라보다가 손으로 이마를 치며 양미간을 찌푸렸다. 갑자기 뭔가 생각이 난 듯 낯빛을 바꾸면서 번쩍 고개를 들었다.

"저들과 만나면 안 돼! 만나면 안 돼!"

이미 그는 성큼성큼 걸어가고 있었다. 보폭이 어찌나 큰지, 두 번째 걸음을 옮겼을 때는 이미 수 장이나 멀어져 있었다. 그리고 10여 걸음만에 이미 뽕나무 숲 사이로 모습을 감추어버렸다.

"아버지! 아버지!"

소년은 기인을 부르며 뒤쫓았다. 커다란 버드나무를 도는 순간 뒤통수에 세찬 바람이 밀려오는 것이 느껴지더니 눈 깜짝할 사이에 수리들이 뒤에서부터 날아들어 아이를 앞질러 갔다. 버드나무 숲에서 웬 남녀가 모습을 드러냈고, 수리들은 그들의 어깨에 각각 내려앉았다. 남자는 짙은 눈썹에 눈이 크고 가슴이 유난히 단단해 보였으며 윗입술은 수염으로 살짝 덮여 있었다. 나이는 서른 살쯤 되어 보였다. 여자는 20대 중반으로 보이며 깨끗한 인상에 미모도 빠지지 않았다. 그녀는 총명하게 빛나는 두 눈으로 소년을 살펴보더니 남자를 돌아보았다.

"이 아이, 누구 닮지 않았어요?"

남자는 말없이 아이를 응시했다.

"당신 지금……."

남자는 더 이상 말을 잇지 못하고 입을 다물었다.

그들은 바로 곽정, 황용 부부였다. 두 사람은 찻집에서 황약사의 소식을 알아보던 참이었다. 그런데 멀리서 불길이 치솟더니 잠시 후 사람들이 밀려오며 거리가 떠들썩해졌다. 사람들은 육가장에서 불이 났다고 외치고 있었다.

황용은 가슴이 서늘해지는 느낌이 들었다. 육가장의 주인 육전원은 무림에서도 이름을 떨치던 사람이었다. 아직 만난 적은 없지만 그 이름은 오래전부터 익히 들어 알고 있었다.

"강남에는 육가장이 두 개가 있다."

이것은 강호 사람들의 입에 자주 오르내리는 말이었다. 물론 강남에 육씨 집안이야 수없이 많겠지만 무학을 하는 사람들이 이야기하는 육가장은 태호太湖의 육가장과 이 가흥의 육가장을 가리키는 것이었다. 육전원은 육승풍陸乘風과 어깨를 나란히 하는 인물로 어디서나 쉽게 볼 수 있는 사람이 아니었다. 사람들에게 물으니 불이 난 곳은 바로 육전원의 집이었다.

두 사람은 육가장으로 달려갔다. 그곳에 이르고 보니 불의 기세는 점차 잦아들었지만 집은 이미 잿더미가 되고 난 후였다. 불이 난 곳에는 완전히 숯덩이가 되어버린 시신이 몇 구 눈에 띄었다.

"아무래도 이상해요."

황용이 뭔가 미심쩍은 모양이었다.

"뭐가 이상하지?"

"육전원은 무림에서도 이름난 사람이었어요. 부인 하원군도 대단한
여협女俠이었고요. 그런 집에 사고로 불이 난 것이라면 빠져나오지 못
할 리 없어요. 분명 누군가 원한으로 불을 낸 거예요."

곽정은 황용의 말이 일리가 있다는 생각이 들었다.

"그래, 우리가 좀 둘러보자고. 누가 불을 질렀는지, 또 왜 이런 짓을
했는지 좀 단서가 될 만한 게 있는지 찾아보자."

두 사람은 집을 한 바퀴 둘러보았지만 어떤 흔적도 찾을 수가 없었
다. 갑자기 황용이 반쯤 무너져 내린 담을 가리키며 외쳤다.

"저것 좀 봐요! 저게 뭐죠?"

곽정이 고개를 들어보니 피로 찍은 손자국 여러 개가 눈에 띄었다.
말라붙은 핏자국이 연기에 그을어 한층 을씨년스럽게 보였다. 담이 무
너져 손자국 두 개는 반만 남아 있었다.

곽정은 오싹 소름이 끼쳐서 자기도 모르게 비명과도 같은 외침을
내질렀다.

"적련선자다!"

"그 여자가 틀림없어요. 적련선자 이막수는 무공이 고강하고 독하
기 짝이 없어 과거 서독西毒에 버금간다고 하더군요. 지금 강남에 와
있다니, 우리와 부딪치게 되겠군요."

곽정은 고개를 끄덕였다.

"무림 사람들 이야기로는 그 여자를 찾아내기가 쉽지 않다더군. 우리야 장인어른만 찾으면 그만이지."

곽정의 말에 황용이 미소를 지었다.

"나이가 들수록 배짱도 작아지나 봐요."

"맞는 말이지. 무공을 닦을수록 부족하다는 걸 느끼니까."

"곽정 나리, 겸손하기도 하셔라. 나는 무공을 익힐수록 강해지는 느낌인데요."

두 사람은 웃으며 이야기하면서도 경계를 늦추지 않았다. 그때 연못 옆에 빙백은침 두 개가 떨어져 있는 것을 발견했다. 그중 하나가 연못에 반쯤 잠겨 있었는데 연못의 금붕어 열댓 마리가 배를 허옇게 드러내고 죽어 있었다. 침의 독이 얼마나 무서운지 알 만했다.

황용은 놀란 듯 혀를 한 번 날름하더니 나뭇가지 두 개로 은침을 집어 수건으로 여러 겹 싼 뒤 옷에 넣었다. 두 사람은 계속해서 주변을 둘러보다가 자기들 쪽으로 오고 있는 수리들과 소년을 만나게 된 것이다.

곽정은 소년이 어디서 본 것 같은 느낌이라 기억을 더듬고 있었는데, 누군가가 막 떠오르려는 찰나 갑자기 이상한 냄새가 풍겨왔다. 황용도 냄새를 맡았다. 냄새는 가까운 곳에서 나는 듯했다. 고개를 돌려 보니 수컷 수리의 왼발에 상처가 나 있었다. 코를 대고 맡아보니 냄새는 그 상처에서 나는 것이었다. 두 사람은 깜짝 놀라 상처를 자세히 살펴보았다. 피부를 살짝 찢은 정도의 상처였는데도 다친 부위가 썩어가고 있었다.

"웬 상처가 이렇게 지독하지?"

곽정은 고개를 절레절레 흔들다가 문득 팔이 온통 시커멓게 변한 소년을 보았다.

"너도 이 독에 당한 거냐?"

황용은 아이의 팔을 잡아채 살펴보았다. 그러고는 황급히 그의 소매를 걷어붙여 단도로 팔을 째고 독이 퍼진 피를 짜냈다. 그런데 뜻밖에 소년의 팔에서 흐르는 피는 선명한 붉은색이었다. 팔은 분명 온통 까맣게 변했는데, 피에는 어떻게 독이 퍼지지 않았단 말인가? 황용은 의아한 생각이 들었다. 소년이 기인에게서 전수받은 운기법으로 독이 퍼진 피를 짜낸 사실을 그녀가 알 리 없었다.

그녀는 주머니에서 구화옥로환九花玉露丸을 꺼냈다.

"씹어서 삼키거라."

소년은 환을 손에 받아 한 번 냄새를 맡아보고는 입에 넣고 오물오물 씹었다. 입안 가득 향기가 퍼져 기분이 절로 상쾌해졌고 깨끗하고 청량한 기운이 단전까지 퍼졌다. 황용은 환약 두 개를 더 꺼내 수리들에게 하나씩 먹였다.

곽정은 깊은 생각에 잠긴 채 한참 동안 말이 없더니 갑자기 길게 휘파람을 불었다. 소년은 한 번도 들어본 적 없는 소리에 깜짝 놀랐다. 휘파람 소리가 멀리 퍼져나가더니 잠시 후 새들이 사방에서 일제히 날아올랐다. 요란한 휘파람에 주변의 버드나무 가지가 마구 흔들렸다. 휘파람 소리가 잦아드는 듯하더니 또 다른 휘파람 소리가 터져 나왔다. 휘파람 소리가 몰아치며 진동하는 것이 마치 천군만마가 멀리서 내달리는 듯했다.

황용은 남편이 이막수에게 도전하는 소리라는 것을 알 수 있었다. 세 번째 휘파람이 시작될 때 황용도 단전에서 기운이 끓어올라 함께 휘파람을 불기 시작했다. 곽정의 휘파람이 웅장하고 호쾌하다면 황용의 소리는 높고 청량했다. 두 사람의 휘파람 소리는 마치 커다란 봉황과 작은 새가 나란히 날아오르는 모습을 상상하게 했다. 두 사람은 도화도에서 힘을 다해 수련을 거친 후라 내공이 상당한 경지에 올라 있었다. 휘파람 소리는 마치 딴 세상에까지 닿으려는 듯 멀리까지 퍼져나갔다.

한편 거꾸로 다니던 기인은 휘파람 소리를 듣고는 걸음을 더욱 재촉해 바람처럼 소리를 피해 달렸다. 정영을 안고 있던 푸른 도포의 남자는 휘파람 소리를 듣고 껄껄 웃음을 터뜨렸다.

"녀석들이 왔구나. 귀찮아지기 전에 멀리 가야겠다."

이막수는 육무쌍을 겨드랑이에 끼고 정신없이 내달리다가 갑자기 들려오는 휘파람 소리에 우뚝 멈춰 서서 불진을 흔들며 차가운 미소를 지었다.

'곽 대협이군. 무림의 이름 높은 고수는 과연 실력이 어떤지 볼까?'

청량한 휘파람 소리가 뒤이어 들려왔다. 두 휘파람 소리가 어우러져 강한 소리와 부드러운 소리가 조화를 이루자 그 위력이 한층 더 강해졌다.

이막수는 가슴에 섬뜩한 기운이 느껴지며 스스로 자신이 대적할 수 있는 상대가 아니라는 생각이 들었다. 저 부부는 함께 강호에서 활약하며 서로에게 의지하는데, 혼자서 외롭게 고군분투하는 자신의 신세를 떠올리니 서글프기 그지없었다. 일순간 모든 것이 덧없게 느껴지고 시들해졌다. 이막수는 긴 한숨을 내쉬고는 육무쌍의 허리를 안고 내달리기 시작했다.

무 부인은 가진악과 작별을 고하고 남편을 부축하여 길을 떠났다.

그녀의 옆에 두 아들도 따르고 있었다.

가진악은 아까 한바탕 난리를 겪고는 이막수가 다시 돌아와 곽부를 해칠까 봐 그녀를 데리고 숨을 곳을 찾고 있었다. 그런데 멀리서 곽정과 황용의 휘파람 소리가 들려오자 기쁨을 감추지 못했다. 곽부도 소리를 알아듣고 달리기 시작했다.

"아빠, 엄마!"

노인과 아이는 휘파람 소리를 따라 달려 마침내 곽정 부부가 있는 곳에 닿았다. 곽부는 황용의 품으로 뛰어들었다.

"엄마, 할아버지가 아까 나쁜 여자를 무찌르셨어. 정말 대단하셨어!"

황용은 아이가 거짓말하는 것을 알면서도 그저 미소를 지을 뿐이었다. 그러나 곽정은 그런 아이를 내버려두지 않았다.

"애야, 사실대로 이야기를 해야지."

"그럼 할아버지가 대단하지 않단 말이에요? 그럼 어떻게 아빠 사부가 될 수 있었겠어요?"

곽부는 혀를 쏙 내밀며 웃고는 또 아버지에게 혼이 날까 봐 얼른 자리를 피해 남자아이 쪽으로 다가갔다.

"너, 꽃을 꺾어서 화관을 만들어줄래?"

소년은 고개를 끄덕하고는 곽부를 따라나섰다. 곽부는 소년의 시커먼 팔을 흘깃 쳐다보고 질색을 하며 외쳤다.

"손이 너무 더럽잖아. 너랑 안 놀아. 네가 꽃을 꺾으면 꽃도 더러워진단 말이야."

"내가 언제 너랑 놀고 싶다고 했어?"

소년은 전혀 동요하는 기색도 없이 성큼성큼 걸음을 옮겼다.

"애야, 기다려라. 네 몸에는 아직 독이 남아 있어. 발작하면 큰일이다."

곽정이 그를 불러 세웠지만 소년은 들은 척도 하지 않고 고개를 꼿꼿이 세운 채 계속 걸어갔다. 소년은 다른 사람에게 무시당하는 것을 가장 싫어하는 성격인지라 곽부가 한 말에 마음이 단단히 상했던 것이다.

곽정이 얼른 앞으로 나가 아이를 막아섰다.

"어쩌다 이런 독에 당했느냐? 우리가 치료해준 후에 가도 늦지 않을 거다."

"저는 어르신을 알지 못합니다. 그런데 어찌 도움을 받겠습니까?"

소년은 발을 더욱 빨리 놀려 곽정 옆을 빠져나가려 했다. 아이의 성내는 모습이 어쩐지 아는 사람과 닮은 듯해 곽정은 가슴이 두근거렸다.

"애야, 네 성이 뭐냐?"

소년은 곽정을 흘겨보고는 몸을 옆으로 틀어 그냥 지나치려 했다. 곽정은 팔을 뻗어 아이를 붙잡았다. 소년은 몇 차례 벗어나려 몸부림치다 생각처럼 되지 않자 왼손으로 곽정의 배를 힘껏 때렸다. 곽정은 가볍게 웃을 뿐 아무렇지도 않은 표정을 지었다.

소년은 팔을 거두어 다시 어깨를 때리려 했는데 손이 곽정의 배에 묻혀 빠지지 않았다. 소년은 얼굴이 온통 붉게 상기되어 팔을 빼내기 위해 있는 힘을 다했으나 제 팔만 아플 뿐 곽정의 힘을 이겨낼 수 없었다. 곽정은 여전히 웃고 있었다.

"네 성이 뭔지 말해주면 놓아주마."

"성은 '네'이고, 이름은 '아비'라고 합니다. 놓아주세요."

곽정은 그 이름을 듣고는 실망한 표정으로 배에 힘을 빼고 아이를 놓아주었다. 그는 사내아이가 '네 아비'라고 말하며 자신을 비웃고 있다는 것을 눈치채지 못했다. 소년은 겨우 손을 빼내고는 새삼 곽정을 바라보았다.

황용은 아이의 얼굴에 나타나 있는 교활한 표정을 바라보며 아무래도 누군가를 닮았다는 생각이 들어 다시 한번 시험해보기로 했다.

"얘야, 네가 내 남편의 아버지라면 내게는 시아버지가 되는 셈이로구나?"

말이 끝나기도 전에 황용의 왼손이 아이의 목덜미를 붙잡았다. 소년은 자신의 목덜미를 강력한 힘이 짓누르자 황급히 빠져나가려고 몸부림을 쳤다. 황용이 손에 살짝 힘을 빼자 아이는 제풀에 발이 공중으로 향하며 그대로 땅에 곤두박질쳤다.

곽부는 손뼉을 치며 깔깔대고 웃음을 터뜨렸다. 소년은 화가 머리 끝까지 나 벌떡 일어나 뒤로 몇 걸음 물러섰다. 그가 막 입을 열어 욕지거리를 퍼부으려는 순간, 황용이 이미 아이의 앞을 막고서 두 손으로 그의 어깨를 붙잡고 가만히 두 눈을 들여다보았다.

"성은 양이요, 이름은 과. 어머니는 목穆씨 아니더냐?"

황용의 목소리는 침착하기 그지없었다.

그 아이의 이름은 바로 양과楊過였다. 갑자기 황용의 입에서 자신의 이름이 튀어나오자 소년은 너무 놀란 나머지 가슴의 기혈이 끓어오르고 팔에 남아 있던 독기가 솟구쳐 한순간 가슴이 답답해지는가 싶더니 그만 정신을 잃고 말았다.

황용은 깜짝 놀라 아이를 부축했다. 곽정이 얼른 다가가 몸을 주무르자 아이가 천천히 눈을 떴다. 소년은 이로 제 혀를 깨물어 입안에 온통 선혈이 고여 있었다.

곽정은 놀라면서도 기쁨을 감추지 못했다.

"이 아이가…… 이 아이가 양강楊康의 아들이었군."

황용이 양과를 살펴보니 맹독이 깊이 퍼져 있었다.

"우선 객점으로 가서 약을 구해야겠어요."

양과가 겨우 입을 열었다.

"저…… 저를 어떻게 아시죠?"

곽정은 반가운 마음에 얼른 다가섰다.

"우리는 네 어머니의 친구란다. 네 어머니는 어찌 되셨느냐?"

"엄마는 돌아가셨어요. 벌써 오래전 일인걸요."

곽정이 자기도 모르게 손에 힘을 주자 양과는 그만 다시 기절하고 말았다.

황용은 아이가 양강과 많이 닮은 것을 보고 과거 왕처일王處ー이 중도中都 객점에서 목염자穆念慈의 무공을 시험했던 일이 떠올랐다. 당시 그녀의 목덜미를 잡자 목염자는 앞으로 넘어지는 것이 아니라 뒤쪽으로 몸을 날렸다. 이것이 바로 홍칠공의 문하만 사용하는 운기연공법이었다. 이 아이가 목염자의 아들이라면 역시 같은 방법을 배웠으리라 생각했다. 황용 또한 홍칠공의 제자였으므로 이러한 연공법을 잘 알고 있었고, 이 시험을 통해 양과의 정체를 밝혀낸 것이다.

곽정은 양과를 들쳐 안고 가진악, 황용, 곽부 세 사람과 수리들을 이끌고 객점으로 향했다. 황용은 처방전을 써서 객점 심부름꾼 아이를 약방으로 보냈다. 그러나 그녀가 쓰는 약은 널리 알려지지 않은 것이라 가흥처럼 제법 큰 성에서도 모두 구할 수가 없었다. 곽정은 양과가 깨어나지 않자 걱정이 되어 안절부절못했다.

황용은 양강이 죽은 후 남편이 가슴에 한을 안고 살아가고 있다는 것을 잘 알고 있었다. 이렇게 그의 아들을 우연히 만나게 되어 기쁘기 그지없었으나 독 때문에 생사가 위태로워 보이니 걱정이 되지 않을 수 없었다.

"우리가 나가서 약을 찾아봐요."

황용이 심각한 표정을 짓자 곽정은 더욱 근심스러웠다. 두 사람은 곽부에게 함부로 돌아다니지 말라고 주의를 준 후 함께 약초를 찾기 위해 객점을 나섰다.

양과는 날이 저물도록 혼수상태에 빠져 깨어나지 못했다. 가진악이 몇 차례 들어와 양과를 살펴보았으나 속수무책이었다. 자신이 쓰는 독과 빙백은침의 독은 완전히 다른 것으로 해독약도 같은 것을 쓸 수 없었다. 또 곽부가 제 마음대로 나갈까 봐 계속 그녀를 지키느라 신경을 써야 했다.

정신을 잃은 채 얼마나 시간이 흘렀을까. 양과는 누군가 자신의 가슴을 문지르는 것을 느꼈다. 점차 정신이 돌아오며 눈을 떠보니 검은 그림자가 흔들리다가 갑자기 창으로 튀어나가는 것이 보였다. 양과는 힘겹게 몸을 일으켜 탁자에 몸을 기대고는 창가로 가 밖을 내다보았다. 지붕 위에 누군가 거꾸로 서 있었는데, 분명 낮에 자기더러 아버지라고 부르게 했던 그 기인이었다. 몸이 흔들흔들하는 것이 금방이라도 지붕에서 떨어질 것만 같았다.

양과는 놀라면서도 한편 반갑기도 했다.

"당신이군요."

"어찌 아버지라 하지 않느냐?"

"아…… 아버지!"

양과는 아버지라 부르면서도 속으로는 딴생각을 했다.

'아버지는 무슨…… 잠시 아버지라고 불러주는 것뿐이다.'

기인은 흡족한 표정을 지었다.

"올라오너라."

양과는 창틀을 기어 지붕으로 올라갔다. 그러나 독이 퍼진 후 체력이 많이 떨어져 있는 상태라 손이 미처 처마를 잡기도 전에 그만 아래로 떨어지고 말았다.

"아이고!"

기인은 손을 뻗어 양과의 등을 붙잡고는 가볍게 지붕 위로 끌어 올렸다. 그러고는 얼른 몸을 바로 세웠다. 그런데 순간 옆방에서 후, 하고 촛불을 끄는 소리가 들렸다. 이미 누군가 자신의 움직임을 눈치챈 것이다. 기인은 지체 없이 양과를 안고 질풍처럼 내달렸다. 가진악이 지붕에 올라갔을 때는 이미 흔적도 없이 사라진 뒤였다. 기인은 마을 밖 황무지에까지 와서야 양과를 내려놓았다.

"내가 가르쳐준 방법으로 독기를 빼내거라."

양과는 시키는 대로 했다. 잠시 후 손가락에 검붉은 피가 몇 방울 맺혔고 가슴속이 한결 시원해지는 느낌이 들었다.

"똑똑한 놈이로구나. 가르쳐주면 바로 터득하니. 넌 내 친아들보다 영리하다. 아…… 녀석!"

기인은 죽은 아들이 생각나는지 눈시울이 붉어지면서 양과의 머리를 몇 번이나 가만가만 쓰다듬었다. 양과는 불현듯 가슴속에서 뜨거운 것이 밀려오는 느낌이 들었다. 그에게는 어려서부터 아버지가 없었고 어머니 역시 그가 열한 살 되던 해에 병이 들어 세상을 떠났다. 목염자는 죽으면서 양과에게 아버지가 가흥 철창묘鐵槍廟에서 죽었다고 말하며 자신의 시신을 화장해 철창묘 밖에 묻어달라고 유언했다. 그런 뒤 곽정을 찾아가 그를 사부로 모시라는 당부를 했다. 목염자는 양과에게 기본적인 무공을 가르치기는 했으나 자신의 무공이 그리 뛰어난 편이 아닌 데다 아들이 아직 나이가 어려 많은 것을 가르쳐줄 수는 없었다.

양과는 장사를 지내고 어머니의 유언에 따라 태호변 장흥長興 땅에서 가흥으로 옮겨왔다. 그다지 먼 길은 아니었으나 아는 사람이 없었으므로 가흥 주변을 떠돌아다니며 살았다. 술 단지를 굽는 가마에 기거하며 남의 가축이나 작물을 훔쳐 연명할 수밖에 없었다.

사실 양과는 나이는 어리지만 성정이 강하고 오만해서 남에게 신세를 지며 살고 싶어 하지는 않았다. 이렇게 몇 년 동안 양과는 사람들의 눈총 속에 냉대를 받으며 살아왔다. 그런데 그 기인은 처음 보는 사람인데도 자신한테 친절하게 대해주었다. 자꾸 그 모습을 대하니 서서히 마음이 열렸고 게다가 진심으로 마음을 보여주니 크게 감동할 수밖에 없었다. 양과는 자신도 모르게 뛰어올라 그의 목을 끌어안았다.

"아버지, 아버지!"

양과는 두세 살 때부터 자신을 사랑해주고 지켜주는 아버지가 있었으면 하고 바랐다. 때로는 꿈속에서 자애로운 영웅의 모습으로 나타난 아버지를 만나기도 했는데, 그러나 잠에서 깨고 나면 옆에 없는 아버지 때문에 목 놓아 운 적도 많았다. 오늘에서야 오랜 세월의 바람이 이루어진 것 같았다. '아버지'라는 한마디에 그간 가슴에 담아왔던 그리운 정이 모두 묻어나며 다시는 이 사람을 조롱하지 않으리라 스스로 다짐했다. 양과에게도 물론 가슴 뛰는 일이었지만, 기인 역시 양과만큼 기뻐하는 얼굴이었다.

두 사람이 처음 만났을 때 양과는 썩 내키지 않아 억지로 그를 아버지라 불렀지만 이제 두 사람은 서로의 마음을 교감하며 정말 부자지간인 듯 느껴졌다. 서로 상대방이 어려움에 처하면 그를 위해 목숨도 기꺼이 내놓을 수 있을 것 같았다.

기인은 정신이 나간 듯 웃어젖혔다.

"착한 녀석, 기특하구나. 다시 한번 아버지라 불러보거라."

양과는 시키는 대로 아버지라 부르며 그의 품에 안겼다.

"녀석……. 자, 내 평생의 무공을 모두 너에게 전수해주마."

기인은 웃음을 그치지 않았다. 그리고 몸을 낮추더니 입으로 구구구, 하는 이상한 소리를 내지르며 두 팔을 뻗었다. 쿠쿵, 하는 고막이 터질 듯 굉음이 들리더니 앞에 있던 흙벽이 무너지며 흙먼지가 피어올랐다. 양과는 두 눈을 휘둥그레 뜨며 혀를 내둘렀다. 놀랍고, 신기했다. 또한 이런 무공을 직접 보는 것이 너무도 즐거웠다.

"이게 무슨 무공입니까? 저도 할 수 있나요?"

"합마공蛤蟆功이라고 한다. 네가 배우겠다고 한다면야 얼마든지 할 수 있지."

"제가 이걸 배우면 아무도 저를 무시할 수 없겠지요?"

기인의 눈썹이 꿈틀거렸다.

"누가 감히 내 아들을 무시해? 내 그놈의 힘줄을 뽑아버리고 껍질을 벗겨버리겠다."

그 기인은 다름 아닌 서독 구양봉歐陽鋒이었다. 그는 화산논검대회에서 황용의 계략에 말려 미쳐버린 후, 10여 년 동안 천하를 떠돌아다니며 끊임없이 자신에게 되묻곤 했다.

"나는 누구인가?"

그렇게 떠돌아다니면서 어디든 눈에 익은 곳에 닿으면 오랫동안 머물면서 자신이 누구인지 찾으려 무던히 애를 썼다. 몇 개월 동안 가흥에 머물러 있던 것도 바로 그런 이유 때문이었다.

몇 년 사이 그는 〈구음진경九陰眞經〉을 거꾸로 연마하며 내공도 크게 진보했고 정신도 많이 또렷해졌다. 비록 여전히 미치광이처럼 정신이 없기는 했지만, 하나하나 기억을 되찾아가고 있었다. 그러나 자신이 도대체 누구인지만큼은 도무지 생각이 나질 않았다. 그런 구양봉이 이제 합마공의 기초를 양과에게 전수하려는 것이다.

합마공은 천하 무학의 절세신공으로, 그 변화가 정교하고 오묘해 내공을 배우는 것이 보통 어려운 게 아니었다. 만일 연마하는 과정에서 조금이라도 어긋남이 있으면 엄청난 부상을 입게 되고 심하면 피를 토하고 목숨을 잃을 수도 있었다. 그래서 과거 친아들인 구양극歐陽克에게도 이 무공을 전수해주지 않았다. 그러나 지금 구양봉은 매우 흥분한 데다 정신까지 흐릿한 상태여서 앞뒤 가릴 것 없이 새로 받아들인 양아들에게 합마공을 가르쳐주려 했다.

그런데 양과는 어떠한가. 그는 무공 면에서 전혀 기초가 닦여 있지 않은 아이였다. 다행히 양과는 영리하고 눈치가 빨라 잘 모르는 부분은 스스로 깨우쳐가며 어떻게든 이해하고 넘어갔다. 그러나 비록 합마공의 기본 초식을 착실히 기억한다고 해도 그 안에 담긴 의미를 어떻게 이해할 수 있겠는가. 구양봉이 한참을 가르쳐주어도 아이는 정확히 알아듣지 못했다. 서로 말이 통하지 않으니 구양봉은 슬슬 짜증이 나고 급기야는 아이의 따귀를 올려붙일 태세였다. 그러나 달빛 아래 비친 아이는 참으로 사랑스러워 보였다. 구양봉은 살아생전 구양극의 얼굴이 떠올라 차마 그 얼굴에 손대지 못하고 한숨을 내쉬며 말했다.

"피곤하겠구나. 가서 좀 쉬어라. 내일 계속 가르쳐주마."

양과는 아까 곽부가 손이 더럽다고 핀잔을 주었던 일이 떠올라 그 가족에 대한 미움이 솟아났다.

"함께 있을래요. 돌아가기 싫어요."

구양봉은 자신의 일에 대해서만 생각이 나지 않을 뿐 다른 세상일에 대해서는 아주 말짱했다.

"지금 내가 정신이 온전치 않아 나와 있으면 네가 힘들어질 것이다. 그러니 당분간은 돌아가 있다가 내가 정신을 되찾고 나면 영원히 함께 지내자꾸나. 알았지?"

양과는 어머니를 잃고 나서 한 번도 이렇게 다정하게 대해주는 사람을 본 적이 없던 터라 구양봉의 손에 매달렸다.

"그럼 빨리 데리러 오셔야 해요."

구양봉도 고개를 끄덕였다.

"나는 항상 너와 함께 있을 거다. 네가 어딜 가더라도 나는 다 알거든. 누가 널 괴롭히기라도 하면 내가 아주 요절을 내줄 거야."

그런 다음 구양봉은 양과를 안고 객점에 데려다주었다.

한편 가진악은 양과의 상태를 살펴보러 방에 들어갔다가 침상을 더듬어보아도 아이가 없자 객점 주변을 둘러보았다. 아무리 찾아도 양과가 보이지 않자 가진악은 초조해지기 시작했다. 그런데 다시 양과의 침상에 와보니 그가 이미 돌아와 있는 게 아닌가. 가진악이 어딜 다녀왔냐고 막 물으려는 순간, 지붕에서 바람 소리가 일며 누군가 지붕을 넘어가는 소리가 들렸다. 무공이 매우 강한 두 사람이 지나가고 있음을 느꼈다.

그는 얼른 곽부를 안아 양과 옆에 앉히고 철장으로 창문을 막고 섰다. 두 사람이 적일 경우, 그들이 다시 되돌아오는 것을 경계하려는 태세였다. 과연 바람 소리가 멀리서 가까워지며 지붕까지 닿았다.

"누구인 거 같아?"

"이상하네요……. 정말 그 사람일까요?"

목소리는 곽정, 황용 부부였다. 그제야 가진악은 마음을 놓고 문을 열었다.

황용이 문을 들어서면서 다급하게 물었다.

"대사부님, 여기 별일 없었나요?"

"별일 없었다."

황용은 안심한 표정으로 곽정을 돌아보았다.

"우리가 사람을 잘못 본 걸까요?"

"아니야, 틀림없이 그 사람이었어."

곽정은 고개를 흔들며 생각에 잠겼다.

"누구 말이냐?"

가진악의 물음에 황용은 곽정의 소매를 당기며 말하지 말라는 신호를 보냈다. 그러나 곽정은 사부를 속이는 것이 내키지 않았다.

"구양봉을 본 것 같습니다."

평생 원한을 품어온 사람의 이름을 듣자 가진악은 금세 얼굴빛이 변했다.

"구양봉? 아직 죽지 않았단 말이냐?"

"방금 약초를 따서 돌아오는데 객점 주변에 사람 그림자가 어른거리더군요. 몸놀림이 괴이하면서도 빠르기에 쫓아가보았지만 어느새 모습을 감춘 뒤였습니다. 언뜻 보기에는 아무래도 구양봉 같았습니다."

가진악은 곽정이 언제나 신중하고 함부로 말하지 않는다는 것을 잘 알고 있었다. 그런 곽정이 구양봉이라고 한다면 다른 사람일 리 없었다.

곽정은 양과가 걱정이 되어 촛대를 들고 침상 곁으로 가서 살펴보았다. 양과의 얼굴에 홍조가 피어오르고 호흡도 안정되어 깊이 잠들어 있었다. 곽정의 얼굴도 기쁨으로 활짝 펴졌다.

"여보, 아이가 많이 나았어!"

양과는 자는 척하고 눈을 감은 채 세 사람의 이야기를 엿듣고 있었다. 그는 의부의 이름이 구양봉이라는 사실을 알게 되었고, 세 사람이 그를 매우 두려워하는 것 같아 내심 뿌듯해졌다.

황용도 다가가 양과를 살펴보고는 놀라움을 감출 수 없었다. 아까는 분명 팔의 독이 위로 퍼지고 있었는데, 몇 시진이 지나자 더욱 검게 부어올랐을 뿐 독기는 오히려 사라지고 없었다. 정말 이상한 일이었다.

황용과 곽정은 약을 구하기 위해 동분서주했지만 약초를 제대로 마련할 수 없었다. 우선 따 온 몇 가지 약초를 으깨어 즙을 내서 양과에게 먹이고 수리에게도 먹였다.

다음 날 아침, 곽정 부부는 양과의 상태부터 살폈다. 양과는 이미 많이 회복되어 팔에 있던 독기도 많이 빠져 있었다. 부부는 매우 기뻐하며 양과의 어머니가 돌아가신 일에 대해 자세히 묻기 시작했다.

"우리 엄마는 몇 달 동안 계속 기침을 했어요. 약을 드시기는 했지만 좋아지지는 않았고, 나중에는 피를 토하기 시작했어요. 저는 너무 놀라 울기만 했어요. 엄마는 나을 것 같지 않다고 말씀하시면서 죽고 나면 시신을 화장해 가흥 외곽에 있는 철창묘 밖에 묻어달라고 하셨어요. 거기가 우리 아버지가 묻힌 곳이라면서……."

곽정은 감회에 젖어 한숨을 내쉬었다.

"엄마는 며칠 후에 결국 돌아가셨어요. 저는 시신을 화장해서 싼 다음에 사람들에게 길을 물어 가흥 철창묘를 찾았어요. 그런 뒤 묘 밖에 구덩이를 파고 엄마의 뼛가루를 묻었어요. 엄마는 돌아가시면서 저더러 도화도에 가서 곽 백부님과 백모님을 찾으라고 하셨는데……."

"그래, 내가 바로 곽 백부다!"

곽정이 얼른 대답하며 황용을 가리켰다.

"그리고 이분이 곽 백모야."

"곽 백부님, 곽 백모님!"

양과는 깜짝 놀라며 두 사람에게 절을 올렸다. 곽정과 황용은 절을 받으며 목염자를 떠올렸다. 목염자가 살았던 장흥과 도화도는 가까운 곳은 아니었지만, 그렇다고 아주 멀지도 않았다. 두 사람은 그저 섬을 떠나 강호에 나가고 싶지 않은 마음에 옛 친구들과 왕래하지 않았다. 특히 목염자가 항상 마음에 걸렸는데, 이렇게 그 아들을 만나게 되니 앞으로는 잘 보살피고 가르쳐서 훌륭하게 키워야겠다는 생각을 했다.

"그런데 어찌 도화도로 오지 않았느냐?"

황용의 물음에 양과는 고개를 푹 숙였다.

"엄마가 도화도에 가면 뭐든 시키는 대로 말 잘 듣고 착하게 지내야 한다고 하셔서……. 하지만 여기서도 굶지는 않으니까, 그래서…… 그래서 그냥 여기서 지냈어요!"

곽정은 마음이 아팠다. 그러나 황용은 양과의 말에서 그가 시키는 대로 말 잘 듣고 착하게 지낼 아이가 아니기 때문에 도화도에 오지 않았다는 것을 눈치챘다.

다음 날 날이 밝자, 곽정 부부와 가진악은 두 아이를 데리고 가흥을 떠나 동남쪽으로 향했다. 먼저 도화도로 돌아가 양과를 치료하기로 한 것이다.

그날 저녁, 객점에 투숙해 가진악과 양과가 한방을 쓰기로 하고 곽정 부부는 딸을 데리고 묵었다. 한밤중에 잠들었던 곽정 부부는 지붕에서 뭔가 부스럭거리는 소리를 들었다. 뒤이어 옆방의 가진악이 호통을 치며 창밖으로 뛰어나가는 소리가 들렸다.

곽정과 황용은 벌떡 일어나 창가로 달려갔다. 지붕 위에서 가진악이 맨손으로 누군가와 싸우고 있었다. 상대는 키가 크고 팔이 긴 것이 분명 구양봉이었다. 곽정은 깜짝 놀라 구양봉이 대사부를 다치게 할까봐 얼른 지붕으로 올라갔다. 순간, 가진악은 비명을 지르며 지붕에서 떨어지고 있었다. 곽정은 재빨리 몸을 날려 가진악의 머리가 땅에 떨어지려는 순간 가볍게 그의 목덜미를 잡아챘다. 그러고는 그를 바닥에 사뿐히 내려놓았다.

"대사부님, 다치지 않으셨습니까?"

"예서 죽을 수야 없지. 어서 가서 구양봉을 잡아라."

"예."

곽정은 다시 지붕으로 올라갔다. 지붕 위에서는 황용의 쌍장이 춤을 추듯 흔들리고 있었다. 이미 10여 년 동안 만나지 못한 늙은 적과의 싸움이 점점 격렬해지고 있는 중이었다.

그녀는 몇 년 동안 무공이 크게 발전했고 내공도 한층 깊어졌다. 장풍을 뻗는 공격 하나하나가 오묘한 변화를 일으키며 10여 초식을 주고받는 중에서도 구양봉에게 전혀 뒤지지 않았다.

"구양 선생, 그간 안녕하셨소?"

곽정의 인사에 구양봉은 어리둥절한 표정을 지었다.

"뭐라는 거야? 나를 뭐라고 불렀지?"

구양봉은 어찌할 바를 모르고 황용의 공격을 막기만 하며 곽정의 말을 되씹어보았다. 아무래도 '구양'이라는 두 글자가 자신과 밀접한 관련이 있는 듯했다. 곽정이 뭔가 계속 이야기하려는데, 황용은 구양봉이 아직 정신이 완전히 되돌아오지 않았음을 눈치채고 얼른 끼어들었다.

"당신은 조전손이趙錢孫李, 주오진왕周吳陳王이에요!"

구양봉은 멍하니 황용을 바라보았다.

"내가 조전손이, 주오진왕이라고?"

"맞아요. 당신의 이름은 풍정저위馮鄭褚衛, 장심한양蔣沈韓楊이에요."

황용은 〈백가성百家姓〉에 나오는 성씨를 나오는 대로 주워섬겼다. 그러지 않아도 혼란스럽던 구양봉의 머릿속은 황용이 줄줄이 떠들어대는 수십 개의 성씨로 인해 더욱 어지럽게 헝클어지고 말았다.

"넌 누구지? 나는 또 누구냐?"

구양봉이 머리를 감싸 쥐고 어지러워하는데, 뒤에서 호령이 터져나왔다.

"너는 내 다섯 형제를 죽인 원수, 노독물老毒物이다!"

말이 끝나기도 전해 철장이 튀어나왔는데, 바로 가진악이 내지른 것이었다. 그는 구양봉의 장력에 밀려 지붕에서 떨어졌지만 부상을 당하지는 않았다. 그래서 얼른 방으로 가 철장을 들고 다시 올라온 것이다.

"대사부님, 조심하세요!"

곽정의 외침과 동시에 가진악의 철장이 다시 튀어나갔다. 그러나 구양봉의 등에서 일 척도 떨어지지 않은 거리에서 훅, 하는 소리가 들리더니 철장이 거꾸로 팅겨지고 말았다. 가진악은 반탄지력을 견디지 못하고 놓친 철장과 함께 마당으로 떨어졌다.

곽정은 사부가 떨어지기는 했지만 큰 부상을 입지는 않을 것 같았다. 그러나 구양봉이 그 기세를 타고 쫓아간다면 분명히 심각한 타격을 입을 것 같아 얼른 앞으로 나서며 구양봉을 막았다.

"받아라!"

곽정은 왼쪽 다리를 살짝 구부리며 오른손으로 원을 그려 곧바로 밀어냈다. 바로 항룡십팔장降龍十八掌 중 항룡유회亢龍有悔였다. 이 초식은 그가 처음 배웠을 때도 이미 상당한 위력을 발휘했다. 거기에 10여 년을 넘게 연마했으니 절정의 기세에 올라 있었다. 처음 공격을 시작할 때는 가벼워 보이지만 이 기세를 가로막는 힘과 부딪치면 순식간에 열세 개의 힘이 파상공세를 이루었다. 게다가 힘이 갈수록 강해지며 숨 쉴 틈도 없이 몰아붙이니 그 누구도 이 공격을 쉽게 막아내지 못했다. 이 초식에 그가 〈구음진경〉을 연마하며 깨달은 것을 연결시켜놓았으니 과거 홍칠 공에게 전수받은 것보다 훨씬 정교하고 심오한 초식이 되어 있었다.

구양봉은 가진악을 막 밀어내려고 하는데, 한 줄기 가벼운 바람이 얼굴로 다가오는 것을 느꼈다. 그 바람이 그리 강하지는 않으나 호흡이 가빠오는 것이 아무래도 심상치 않아 보였다. 그는 황급히 몸을 낮추고 쌍장을 곧바로 뻗어냈다. 바로 그가 가장 자랑스럽게 생각하는 합마공이었다. 순간 세 번의 장력이 서로 교차하자 두 사람 모두의 몸이 흔들렸다.

곽정은 장력을 한 단계 더 높여 마치 파도가 일렁이듯 맹렬한 기세로 공격을 이어나갔다. 구양봉은 킬킬거리고 웃더니 몸을 흔들기 시작했다. 마치 금방이라도 넘어질 것 같았다. 곽정의 장력이 거세질수록 그의 반격도 강해졌다.

과거 화산논검대회에서 곽정은 구양봉의 적수가 되지 못했다. 그러나 이후 곽정은 무학에 정진해 무공이 이미 원숙한 경지에 도달했다. 구양봉은 〈구음진경〉을 거꾸로 연마하면서 스스로 발전을 이루기는 했으나 정석대로 꾸준히 연마한 곽정은 이미 구양봉과 어깨를 나란히 할 실력이 되었고, 이제는 우열을 가리기가 힘들어졌다. 황용은 남편이 혼자서 이길 수 있도록 옆에서 막고만 있을 뿐 직접 나서지는 않았다.

남방의 지붕은 북방의 지붕과 크게 달랐다. 북방의 가옥은 겨울철에 수북이 쌓이는 눈과 얼음의 힘을 지탱해내기 위해 지붕을 특히 견고하게 만들지만, 회수淮水 이남 지역은 기와를 겹쳐 쌓아 가볍고 편리하게 만들었다. 곽정과 구양봉이 서로의 장력으로 맞서자 그 힘은 고스란히 두 다리의 무게에 실렸다. 잠시 후, 발밑에서 삐걱거리는 소리가 나기 시작했다. 그러다 꽝음과 함께 서까래 몇 개가 동시에 부러지면서 지붕에 커다란 구멍이 뚫렸고, 두 사람은 함께 그 구멍으로 떨어지고 말았다. 황용은 깜짝 놀라 구멍으로 뛰어내려갔다. 두 사람은 여전히 쌍장을 뻗은 채 서까래 몇 개를 밟고 버티고 있었는데, 서까래 밑에 객점에 묵고 있던 손님의 몸이 깔려 있었다. 그 사람은 두 다리가 부러져 고통을 호소하고 있었다. 아직 자기가 당한 일이 꿈인지 생시인지 몰라 어리둥절한 표정이었다. 곽정은 무고한 사람이 다칠까 봐 다리에 제대로 힘을 주지 않았지만, 구양봉은 다른 이의 목숨 따위는 전혀 아랑곳하지 않았다.

이제껏 대등했던 두 사람의 공세가 곽정이 발에 힘을 빼느라 장력에 무게를 싣지 못하자 한쪽으로 치우치기 시작했다. 곽정은 한쪽 장력으로 적의 쌍장을 막고 있었다. 온몸의 힘이 오른손으로 집중되어 왼손은 비어 있었지만 아무런 힘도 쓸 수 없었다.

황용은 남편의 몸이 점차 뒤로 밀리는 것을 보고 마음이 다급해졌다. 한 치도 되지 않는 정도였지만 이미 패색이 짙은 듯했다.

"이봐, 장삼이사張三李四, 얼빠진 바보야, 받아라!"

황용은 보다 못해 가볍게 구양봉의 어깨에 일장을 날렸다. 그 공격은 가볍게 뻗기는 했지만 기실은 낙영신검장법落英神劍掌法의 상승 무공이었다. 적의 몸에 떨어지면 그 힘이 내장에까지 미쳐 구양봉 같은 고수라 할지라도 부상을 입을 수밖에 없었다.

구양봉은 그녀가 또 이상한 이름으로 자기를 부르자 잠시 넋을 잃은 듯하다가 공격이 이어지자 얼른 방어에 나섰다. 그는 쌍장에 힘을 가해 곽정의 장력을 반 자쯤 밀어놓고 전광석화같이 황용의 어깨를 움켜잡았다. 구양봉은 다섯 손가락을 갈고리처럼 구부려 그녀의 살점을 뜯으려고 했다. 구양봉의 갈고리 공격에 세 사람은 모두 깜짝 놀랐다. 그러나 구양봉은 손가락 끝에 엄청난 통증을 느끼며 팔을 거두었다. 그녀가 입고 있는 연위갑軟蝟甲의 가시에 찔리고 만 것이다.

그때 곽정의 장력이 또 휘몰아쳐왔다. 구양봉도 다시 장력으로 맞섰다. 양측이 모두 있는 힘을 다해 맞닥뜨리자 펑, 하는 소리와 함께 두 사람 모두 뒤로 밀려났다. 주위에 흙먼지가 일더니 곧 벽이 무너져 내렸다. 두 사람이 모두 장력에 힘을 집중해 공격하자 어둠 속에서 상대의 모습을 뚜렷하게 구분하지 못하는데도 항룡십팔장과 합마공의 힘이 모두 상대의 어깨에 맞은 것이다. 두 사람이 벽을 부수고 튀어나가자 남은 지붕도 주저앉았다.

황용은 어깨를 붙잡혀 상처를 입지는 않았지만 얼마나 놀랐는지 얼굴이 창백하게 질려 있었다. 그녀는 지붕이 막 무너지려는 순간 몸을 기울여 빠져나갔다. 구양봉과 곽정은 서로 반 장도 되지 않는 거리를 두고 꼼짝도 하지 않고 서 있었다. 둘 다 내상을 입은 것이 분명했다.

황용은 그 즉시 남편 곁으로 가 방어 태세를 갖추었다. 그러나 두 사람은 모두 눈을 감고 운기를 하다가 우왁, 하는 소리와 함께 누가 먼저랄 것도 없이 피를 토했다.

구양봉이 먼저 입을 열었다.

"항룡십팔장. 흥! 대단하군, 대단해!"

그는 미친 듯 웃어젖히고는 성큼성큼 걸음을 옮겼다. 그러고는 눈 깜짝할 사이에 모습을 감추었다.

객점 안은 순식간에 아수라장이 되어 도처에서 울부짖는 소리가 들렸다. 황용은 더 이상 그곳에 머물 수 없다는 것을 알고 가진악에게 딸을 받아 안았다.

"사부님, 이이를 부탁해요. 어서 떠나야겠어요."

가진악은 곽정을 어깨에 들쳐 메고 휘청휘청 북쪽을 향해 걸었다. 한참 걷다가 황용은 문득 양과가 떠올랐다. 아이가 어디로 갔는지 보이지 않았다. 그러나 남편이 중상을 입은 터라 다른 일에 신경 쓸 틈이 없었다.

곽정은 구양봉의 장력에 기혈이 막혀 잠시 말을 할 수가 없었다. 그는 가진악의 어깨에 매달려 가만히 호흡을 가다듬으며 기와 맥을 조절했다. 그렇게 7~8리 정도를 걷자 맥이 완전히 통하게 되었다.

"대사부님, 이제 괜찮습니다."

가진악은 곽정을 내려놓았다.

"정말 괜찮은 거냐?"

곽정은 고개를 끄덕였다.

"합마공은 정말 대단합니다."

그는 고개를 들어 엄마의 어깨에 얼굴을 묻고 깊이 잠든 딸을 바라보다가 문득 가슴이 덜컹 내려앉았다.

"과는 어디 있죠?"

가진악은 순간 '과'가 누군지 생각이 나지 않아 말이 나오지 않았다. 황용이 대신 대답했다.

"안심하세요. 우선 쉴 곳을 마련한 후에 돌아가 찾아볼게요."

벌써 날이 어슴푸레 밝아오고 있었다. 길가의 나무와 집들도 어렴풋하게나마 모습을 구별할 수가 있었다.

"내 상처는 별것 아니니 함께 가서 찾아봅시다."

곽정의 말에 황용은 눈썹을 찌푸렸다.

"그 아이는 영리하니까 그렇게 걱정할 것 없어요."

막 말을 마치는 순간, 길옆 하얀 담벼락 뒤에서 작은 머리 하나가 튀어나왔다가 다시 들어가는 것이 보였다. 황용이 달려가 잡고 보니 바로 양과였다.

"곽 백모님……."

양과는 히히 웃으며 황용을 바라보았다.

"이제 오세요? 여기서 한참 기다렸어요."

황용은 뭐라 말할 수 없는 의혹이 생겼지만 그냥 입에서 나오는 대로 대답했다.

"그래, 우리와 함께 가자."

양과는 여전히 웃으며 뒤에서 따라왔다. 곽부는 눈을 부릅뜨고 양과를 다그쳤다.

"너, 어디 갔었어?"

"귀뚜라미 잡으러……. 재미있거든."

"뭐가 재미있어?"

"쳇, 그럼 재미없어? 큰 귀뚜라미랑 늙은 귀뚜라미가 싸움을 해서 늙은 귀뚜라미가 지니까, 작은 귀뚜라미 두 마리가 더 붙어서 그 귀뚜라미를 도와주는 거야. 세 마리랑 한 마리가 싸우는 거지. 그러면 큰 귀뚜라미는 이리저리 뛰면서 발로 차기도 하고 입으로 물기도 하고……. 헤헤, 정말 대단하다니까."

양과는 여기까지 이야기하고는 입을 다물었다. 곽부는 가만히 듣고 있다가 양과가 입을 다물자 궁금해지는 모양이었다.

"그래서 어떻게 됐어?"

"재미없다면서 뭐 하러 물어?"

곽부는 무안을 당한 꼴이 되자 화가 나 고개를 돌리고는 더 이상 상대하지 않았다. 황용이 가만히 들어보니 양과가 구양봉을 두둔하며 자기 부부와 가진악을 비꼬고 있는 듯했다.

"그래, 나한테 이야기해볼래? 그래서 누가 이겼어?"

"한참 재미있게 보고 있는데 다들 오셔서 귀뚜라미가 다 도망가버렸어요."

양과는 실실 웃으며 가볍게 이야기하고는 입을 다물었다.

'정말 그 아비에 그 아들이로구나.'

황용은 약간 화가 치밀어 올랐다.

이야기를 나누는 사이, 일행은 마을에 도착했다. 황용은 어느 큰 저택으로 들어가 주인을 청했다. 주인은 손님을 매우 반기는 사람으로, 다친 사람이 있다고 하니 손님방을 치우고 그들에게 내주었다. 곽정은 밥을 배불리 먹고는 자리에 앉아 눈을 감고 운공조식을 시작했다. 황용은 남편이 안정을 되찾자 어느 정도 위험에서 벗어났다고 생각하면서 그 옆을 지켰다. 그러고는 가만히 앉아 양과를 만나고 난 이후에 터진 여러 가지 일들을 생각해보았다. 이 아이가 비록 어리기는 하지만 이상한 점이 한두 가지가 아니었다. 그러나 자세히 캐묻는다고 해도 사실대로 이야기할 성싶지 않으니 주의 깊게 행동을 지켜보는 수밖에 없었다.

그날은 별말 없이 저녁 식사를 마친 후 각자 잠자리에 들었다.

양과는 가진악과 한방에서 잠을 잤다. 한밤중에 양과는 슬그머니 일어나 가진악이 코를 골며 깊이 잠든 것을 확인하고는 방을 빠져나갔다. 담까지 와서는 옆에 있는 나무를 타고 올라가 몸을 날려 담을 잡은 뒤 가만히 미끄러져 내려왔다. 담 밖에서 개 두 마리가 인기척을 느끼고는 짖어대기 시작했다. 양과는 낮에 숨겨두었다가 가져온 뼈다귀 두 개를 품에서 꺼내 던져주었다. 개들은 한입 가득 물고는 짖는 것을 멈추었다. 양과는 방향을 잡고 남서쪽으로 달렸다. 7~8리 정도를 달

125

려 철창묘 앞에 닿았다. 그는 묘의 문을 열고 들어갔다.

"아버지, 저 왔어요!"

안쪽에서 흥, 하는 소리가 들렸다. 바로 구양봉의 목소리였다. 양과는 뛸 듯이 기뻐하며 탁자를 더듬어 촛대를 찾은 후 남은 초에 불을 붙였다. 구양봉은 신상 앞에 놓인 반석 위에 누워 있었다.

지난밤, 양과가 가진악과 한방에서 자는 동안 구양봉은 양과를 보러 객점에 왔었다. 그러다가 가진악이 잠에서 깨어 구양봉과 싸우기 시작한 것이다. 이후 황용, 곽정 두 사람이 함께 맞서게 되었고 양과는 옆에서 줄곧 이 싸움을 지켜보았다. 결국 구양봉과 곽정이 동시에 부상을 당하고 구양봉이 먼저 모습을 감추어버렸다.

양과는 어수선한 가운데 아무도 자신에게 주의를 기울이지 않자 살그머니 구양봉을 쫓아가기 시작했다. 처음에는 구양봉이 워낙 빨라 쫓아갈 수가 없었으나, 구양봉의 상처가 발작하기 시작하면서 점차 걸음이 느려지자 그를 따라잡을 수 있었다.

양과는 구양봉을 부축해 길가에서 쉬도록 했다. 양과는 만일 자신이 돌아가지 않으면 황용과 가진악 등이 찾으러 올 것이고, 그러면 의부의 목숨도 위험해질 것이라는 생각이 들었다. 그래서 구양봉과 철창묘에서 만나기로 하고 헤어졌다. 이 철창묘는 두 사람 모두에게 사연이 있는 곳이라 이름을 대자 금방 알아들었다. 양과는 혼자 길가에서 기다렸다가 곽정 일행을 만났고 한밤중이 되어서야 구양봉을 살피러 간 것이다.

그런데 반듯하게 누워 있는 구양봉의 얼굴이 기운이 없어 보였고 호흡도 약했다. 그와 곽정은 비슷하게 부상을 입었으나 곽정은 기운이 넘치는 나이였기 때문에 회복이 매우 빨랐다. 그러나 구양봉은 이미 노쇠해 기력이 곽정보다 훨씬 떨어졌다.

양과는 품에서 만두를 꺼내 구양봉의 손에 쥐여주었다.

"아버지, 드세요."

구양봉은 벌써 여러 끼니를 굶고 있었다. 적을 만날까 봐 하루 종일 철창묘 안에 숨어 주린 배를 움켜쥐고 있던 그는 만두를 보자 허겁지겁 먹어댔다. 다 먹고 나자 한결 기운이 나는 듯했다.

"그들은 어디 있느냐?"

구양봉의 물음에 양과는 하나하나 자세히 대답했다.

"그 곽가라는 놈은 내 장력에 당했으니 앞으로 7일 내에는 회복하기 힘들 거다. 또 그 마누라는 남편 수발을 드느라 함부로 움직이지 않을 테고. 장님이 어떻게 할지가 걱정이로구나. 오늘 밤에 오지 않는다면 내일은 꼭 올 텐데……. 내가 지금 기운이 없는 게 문제다. 내가 그의 형제를 죽인 것 같은데, 넷인가, 다섯인가, 콜록콜록……."

갑자기 구양봉이 기침을 토해냈다.

양과는 턱을 괴고 바닥에 앉아 머릿속으로 이런저런 궁리를 하다가 갑자기 손뼉을 치며 말했다.

"그래요. 제가 바닥에 함정을 깔아놓을게요. 늙은 장님이 들어오더라도 그가 먼저 부상을 입을 거예요."

양과는 탁자 위에서 촛대 네 개를 들고 와서 초를 뽑아내고는 촛대만 입구에 세워놓았다. 그런 뒤 문을 살짝 닫고는 묵직한 철향로를 옮겨와 문 위에 올려두었다.

양과는 뭔가 함정을 더 만들기 위해 주위를 둘러보았다. 양옆 편전에 커다란 무쇠 종이 각각 매달려 있었다. 종은 1,000근은 족히 넘을 듯해 장정 셋이 들어도 힘겨울 것 같았다. 종 꼭대기에 달린 굵은 갈고리가 나무로 만든 대와 이어져 있었다. 이 철창묘는 오랜 세월 손보지 않아 여기저기 낡고 무너졌지만, 이 종과 대는 모두 손상된 곳 없이 튼튼해 보였다.

'그 늙은 장님이 여기 오면 나는 이 종대로 올라가 있어야겠다. 그러면 나를 찾을 수 없겠지.'

양과는 손에 촛대를 들고 뒤쪽으로 돌아 들어가 자기 몸을 지킬 무기가 될 만한 것이 없나 찾아보았다. 그때 밖에서 철장이 땅을 때리는 소리가 들려왔다. 가진악이 온 것이다. 양과는 촛불을 끄려다가 멈칫하고는 그냥 그대로 두었다.

'장님이라 보지도 못하는데 촛불을 끌 필요가 뭐 있어.'

그리고 불이 켜진 촛대를 탁자 위에 올려두었다. 철장 두드리는 소리가 점점 다가오자 구양봉은 벌떡 일어나 마지막 남아 있는 힘을 모두 짜내 오른손에 모았다. 선제공격으로 한 번에 상대방의 목숨을 끊어놓을 생각이었다.

양과는 촛대의 뾰족한 부분을 밖으로 향하게 하고 구양봉의 옆을 지켰다. 비록 무예는 보잘것없었지만, 무조건 의부를 도와 늙은 장님과 죽기 살기로 겨뤄볼 작정이었다.

원래 가진악의 무공은 구양봉에 훨씬 못 미쳤다. 그러나 구양봉이 중상을 입어 멀리 가지 못했을 것이라는 곽정 부부의 이야기에 가진악은 철창묘를 떠올렸다. 가진악은 구양봉이 분명 민가에 들지는 않았을 테고 그 자신에게 익숙한 철창묘에 숨어 있으리라 생각했다.

다섯 형제가 구양봉의 손에 처참하게 죽어간 것을 생각하면 복수할 수 있는 기회를 그냥 놓칠 수만은 없었다. 가진악은 한밤중까지 누워 있다가 나지막한 목소리로 양과를 불러보았다.

"과야, 과야."

전혀 반응이 없었다. 가진악은 양과가 깊이 잠든 것이라 생각하고 가까이 가 살펴보지도 않은 채 그길로 담을 넘었다. 개들은 양과가 던져준 뼈다귀를 씹느라 정신이 없어 그가 나오는 것을 보고도 그저 낑낑거릴 뿐 짖지 않았다.

그는 천천히 철창묘 앞으로 다가가 귀를 기울여보았다. 역시 생각대로 안에서 누군가가 숨을 쉬는 기척이 느껴졌다.

"노독물! 내가 너를 찾아왔다. 용기 있으면 썩 나서거라!"

그는 호통을 치며 철장으로 땅바닥을 힘껏 내리쳤다. 구양봉은 단전의 기가 빠져나갈까 봐 입을 꾹 다문 채 말없이 참고 있었다. 가진악은 몇 차례 소리를 질러보아도 대답이 없자 철장을 들어 철창묘의 문을 열어젖히고 성큼 들어섰다. 순간 쉬익, 머리 위로 뭔가 묵직한 것이 떨어지는 소리가 들리는가 싶더니 왼쪽 발로 촛대의 뾰족한 침을 밟고 말았다. 신발 바닥이 찢어지며 발바닥에 찌르르한 통증이 퍼졌다. 그는 잠시 사태를 알아보지도 못한 채 철장을 휘둘렀다. 이때 땅, 하고 쇠 울리는 소리가 귓전을 때렸다. 가진악은 머리 위의 철향로를 쳐내며 바닥으로 몸을 굴렸다. 촛대는 다행히 깊숙이 찔리지 않아 견딜 만했으나 그 옆으로 촛대가 더 있을 줄은 예상하지 못했다. 그는 또 다른 촛대에 찔려 오른쪽 어깨를 다쳤다. 그가 왼손으로 촛대를 뽑아버리자 피가 쏟아져 나왔다. 이제는 방심할 수가 없었다.

그는 구양봉의 호흡을 듣고 발로 땅바닥을 더듬거리며 한 걸음 한

129

걸음 다가갔다. 약 세 자쯤 다가간 뒤 가진악은 철장을 높이 쳐들었다.

"노독물, 네가 무슨 할 말이 있느냐?"

구양봉은 이미 온몸의 남은 힘을 오른손에 모아놓은 상태였다. 상대가 철장으로 내리치기만 하면 동시에 장력을 발해 상대와 함께 목숨을 끊을 생각이었다.

가진악은 원수가 중상을 입은 줄만 알았지 상처가 얼마나 깊은지는 몰랐다. 그래서 철장을 내리치지 못하고 상대가 먼저 공격하기를 기다렸다가 그 여력을 알아보고자 했다. 이렇게 두 사람은 서로 대치하며 꼼짝도 하지 않았다.

가진악은 구양봉의 호흡이 무거운 것을 느꼈다. 순간 귓가에서 갑자기 주총朱聰, 한보구韓寶駒, 남희인南希仁 등 의형제들의 목소리가 울렸다. 마치 모두가 한목소리로 어서 내려치라고 재촉하는 듯했다. 가진악은 더 이상 참지 못하고 벼락 치듯 일갈하며 진왕편석秦王鞭石 초식으로 힘껏 철장을 내리쳤다.

구양봉은 준비했던 장력을 발하려는데 몸이 약간 흔들리는가 싶더니 팔이 반 척밖에 뻗어지지 않고 호흡이 이어지지 않아 그만 힘없이 주저앉고 말았다. 순간 옆에서 쿵, 하는 굉음과 함께 불꽃이 사방으로 튀더니 철장에 내리쳐진 바닥의 돌이 산산조각 났다.

가진악은 첫 공격이 맞지 않자 뒤이어 다음 공격을 펼쳤다. 철장이 옆으로 휘돌며 공격해 들어왔다. 평소 같으면 구양봉은 가볍게 철장을 쳐냈을 것이다. 적어도 몸을 날려 철장을 피하는 것 정도는 아무것도 아니었을 테지만, 지금은 온몸이 쑤시고 저려 전혀 힘을 쓸 수가 없었다. 그저 바닥을 구르며 이리저리 피해 다닐 뿐이었다.

가진악은 항마장법降魔掌法을 사용해 점차 공격의 속도를 높여갔다. 구양봉은 공격을 피할수록 움직임이 둔해지더니 결국 저복약차杵伏葯叉 공격에 왼쪽 팔을 맞고 말았다.

양과는 옆에서 보고 있다가 소스라치게 놀라 가슴이 콩닥콩닥 뛰기 시작했다. 마음 같아서는 뛰어나가 의부를 돕고 싶었으나 자신의 보잘것없는 무공 실력을 아는지라 그저 숨죽이고 지켜보는 수밖에 없었다.

가진악은 연달아 세 차례 철장을 내리쳤고, 구양봉은 이리저리 피하면서도 여러 차례 철장에 맞을 수밖에 없었다. 구양봉은 비록 지금 액운을 당하고는 있지만 그 내공은 대단히 심오하여, 반격할 힘은 없어도 자신을 공격해오는 힘을 약화시킬 수는 있었다. 그는 가진악의 공격에 실린 힘을 한쪽으로 밀어냈다. 그 탓에 껍질이 찢어지고 살점이 터지면서도 힘줄과 뼈, 내장은 전혀 손상을 입지 않았다.

가진악은 속으로 탄복할 수밖에 없었다. 과연 노독물의 능력이 어느 정도인지 가늠할 수 있었다. 분명 그의 공격은 모두 적중하고 있었으나 그 충격은 계속 구양봉의 몸에서 빗겨나가기만 했다. 공격하는 힘이 열이라면 그중 아홉은 그냥 무위로 돌아가버리니 아무래도 공격 형태를 바꿔야 할 것 같았다. 아마도 머리를 공격하면 그 힘을 피할 수 없을 것이라는 생각이 들었다. 가진악은 철장으로 바람을 일으키며 구양봉의 머리를 향해 똑바로 공격해 들어갔다. 구양봉은 몇 차례 공격을 피하긴 했지만 어느새 그의 몸은 가진악이 일으키는 철장 바람 아래에 놓이게 되었다.

구양봉은 속으로 탄식을 내뱉었지만 아무래도 늦었다는 판단이 들었다. 이제 가진악의 철장에 머리를 맞고 목숨을 잃는 일만 남은 듯했다. 궁지에 몰린 구양봉은 운에 맡기는 심정으로 가진악의 품속으로 뛰어들어 그의 가슴을 꼭 붙잡았다.

가진악은 깜짝 놀랐다. 자기 품에 있는 적을 철장으로 공격할 수는 없는 노릇이었다. 가진악이 쩔쩔매는 사이 두 사람은 한 덩어리가 되어 바닥을 굴렀다. 구양봉은 손에 더욱 힘을 주어 상대의 가슴을 꽉 껴안았다. 왼손으로 가진악의 허리를 두르는데 손에 뭔가 딱딱한 것이 만져졌다. 얼른 쥐고 보니 단도였다.

이것은 장아생張阿生이 자주 쓰던 무기인 도우도屠牛刀로 이름과는 달리 소를 잡을 때 쓰는 칼이 아니었다. 도우도는 금을 쪼개고 옥을 자를 정도로 날카롭기 이를 데 없었다. 장아생은 몽고 사막에서 진현풍陳玄風의 손에 죽었고, 가진악은 의제를 기리기 위해 이 칼을 몸에 지니고 잠시도 떼어놓지 않았다.

구양봉은 칼로 왼손을 휘감아 가진악의 옆구리를 찌르려 했다. 마침 그 순간, 가진악은 막 철장을 놓고 오른쪽 주먹을 휘두르려던 찰나였다. 퍽, 하는 소리와 함께 구양봉은 가진악의 주먹에 맞고 그대로 곤두박질쳤다. 구양봉은 정신이 혼미한 가운데에서도 상대를 향해 단도를 내던졌다. 가진악은 바람 소리를 듣고는 몸을 돌려 날아오는 단도를 피했다. 그러자 땅, 하고 무언가에 부딪치는 소리가 나더니 그 뒤로 우웅, 하고 계속해서 소리가 울렸다. 구양봉이 단도를 던진 힘은 보잘것없었으나 칼날이 너무나 예리해 쇠 종에 꽂힌 채 손잡이 부분이 흔들리며 그 진동이 종으로 전해지고 있는 것이었다.

양과는 종 옆에 서 있다가 단도가 옆을 날아갈 때 하마터면 얼굴에 맞을 뻔했다. 그는 너무 놀라 허둥지둥 종을 매단 대 위로 올라갔다.

구양봉은 뭔가 좋은 생각이 떠오른 듯 종 뒤로 돌아갔다. 아직 종소리가 멎지 않아 가진악은 잠시 구양봉의 호흡을 따라갈 수 없었다. 가진악은 가만히 고개를 기울이고 숨소리를 찾아 주의를 집중했다.

대전에 달빛이 비스듬히 비쳐 들어왔다. 그런 가운데 머리는 엉망진창으로 헝클어진 채 철장을 옆에 끼고 귀 기울이는 가진악의 모습은 괴기스럽기까지 했다. 양과는 꾀가 생각나 얼른 도우도를 뽑아 들었다. 그리고 칼의 손잡이로 힘껏 종을 때렸다. 그러자 두 사람의 호흡 소리가 종소리에 덮여버렸다. 가진악이 종소리를 듣고 종 앞으로 나아가면 구양봉은 종 뒤로 돌아가 몸을 숨겼고, 또다시 가진악이 철장을 휘둘러 공격해오자 구양봉은 옆으로 재빨리 피했다. 그때 철장이 종을 때리면서 굉음을 내니 귀가 다 먹먹해질 정도였다. 양과는 귀가 울려 조금씩 아프기까지 했다. 가진악은 화가 났는지 철장을 연거푸 휘둘러 계속해서 종을 때려댔다. 종소리는 점점 커지며 끊임없이 울렸다.

구양봉은 안 되겠다 싶었다. 이렇게 계속 종을 때리면 부상을 입은 곽정은 못 와도 황용이 와서 힘을 보탤 수도 있을 것 같았다. 구양봉은 종소리가 울리는 틈을 타 발소리를 죽여가며 뒤로 빠져나가려 했다. 그러나 가진악은 청각이 누구보다 예민했다. 종소리가 정신없이 울려대는 와중에도 다른 소리를 알아낼 수 있었다. 그는 구양봉의 발소리를 알아채고도 모르는 척하며 계속 철장을 휘둘러 종을 때렸다. 그리고 구양봉이 종에서 조금 멀어진 후에야 갑자기 몸을 날려 앞을 막아서고는 곧장 머리를 겨냥해 철장을 휘둘렀다. 구양봉은 힘을 잃었다고는 하나 살아오면서 수없이 많은 고난과 위기를 헤쳐온 사람이었다. 적과 겨룰 때의 이런 허허실실을 모를 리 없었다. 가진악의 오른쪽 어깨가 조금 들린 것을 보고 이미 그의 심중을 알아차렸다. 그리고 가진악이 철장을 휘두르기를 기다릴 것도 없이 곧바로 종 뒤로 돌아갔다. 그는 중상을 입고 발걸음을 옮기기도 힘들었으나 지금은 생사가 달린 일이다 보니 수십 년 동안 닦은 심후한 내공 속에서 자신도 모를 힘이 솟아났다.

가진악은 화가 머리끝까지 치밀어 올랐다.

"너를 때려죽이지 못한다고 해도, 네가 쓰러져 죽을 때까지 괴롭혀 주겠다!"

가진악은 고래고래 소리를 지르며 종을 돌고 돌아 구양봉을 쫓아갔다. 양과는 두 사람이 종 주위를 빙빙 도는 것을 보고 잘못했다가는 의부가 먼저 힘이 빠지겠다는 생각이 들었다. 위급한 상황에서 양과는 용케 계책을 생각해냈다. 그러고는 냉큼 종을 매단 대로 올라가 두 손을 마구 흔들어댔다.

구양봉은 적의 추격을 피하는 데만 정신이 팔려 양과를 보지 못하다가 두어 바퀴 더 돌고는 바닥에 비친 양과의 그림자를 발견했다. 양과가 빨리 떠나라는 손짓을 하고 있었다.

구양봉은 잠시 그 뜻을 이해하지 못하다가 양과에게 무슨 계책이 있는 것 같아 서둘러 밖으로 뛰어나갔다. 가진악은 걸음을 멈추고 적이 간 방향을 가늠하려고 했다. 양과는 신발을 벗어 대전 뒤쪽으로 내던졌다. 신발 떨어지는 소리가 나자 가진악은 어리둥절해졌다.

'구양봉은 분명 대문 쪽으로 갔는데, 어찌 대전 뒤쪽에서 소리가 난단 말인가?'

그가 잠시 머뭇거리는 사이, 양과는 도우도를 움켜쥐고 쇠 종의 대들보를 자르기 시작했다. 아무리 칼이 날카롭다고 해도 칼질 몇 차례에 대들보가 잘릴 리 없었다. 그러나 육중한 쇠 종의 무게 때문에 대들보가 견뎌내지 못했다. 우지직, 소리를 내며 대들보가 부러지고 커다란 쇠 종이 무서운 속도로 가진악을 덮쳤다.

가진악은 머리 위에서 뭔가 이상한 소리가 나자 의아해하던 중 갑자기 종이 떨어져 내리니 피할 겨를이 없었다. 그 와중에도 가진악은 철장을 곧추세웠다. 순간 땅, 하고 부딪치는 소리와 함께 종의 모서리가 철장 위로 떨어졌다. 가진악은 그 순간을 틈타 종에서 빠져나왔다. 곧이어 콰지직, 하며 요란한 소리가 이어지더니 철장은 두 동강이 나고 쇠 종이 제멋대로 구르며 가진악의 다리에 부딪쳤다. 가진악은 옆으로 튕겨나가며 몇 차례 곤두박질쳤다. 코피가 흐르고 이마가 크게 찢어졌다.

가진악은 도무지 알 수가 없었다. 그저 대전 꼭대기에 무슨 괴물이 숨어 장난을 치나 싶었다. 그는 몸을 일으켜 절뚝거리며 걸음아 날 살려라 하고 도망쳤다.

구양봉은 한쪽에서 지켜보다가 무척 놀라며 말했다.

"기특한 녀석, 영리하기도 하구나."

양과는 종대에서 기어 내려와 웃으며 말했다.

"저 장님, 이제 다시는 못 올 거예요."

구양봉은 고개를 저었다.

"저 사람은 나에 대한 원한이 바다보다 깊기 때문에 그가 살아 숨을 쉬는 한 반드시 다시 올 거다."

"그럼 어서 떠나요."

구양봉은 여전히 고개를 저었다.

"나는 상처가 깊어 멀리 가지 못한다."

한바탕 위기를 넘기고 나니 구양봉은 사지의 힘이 모두 빠져버린 듯 한 걸음도 옮기지 못했다.

"그럼 어떡해요?"

양과가 다급하게 외치자 구양봉은 잠시 신음을 흘렸다.

"방법이 있다. 네가 다른 종의 대들보를 끊어 내가 종 안으로 들어가도록 떨어뜨려라."

"그럼 어떻게 나오시려고요?"

"종 안에서 7일간 운기를 하고 원래 있던 무공을 되돌리기만 하면 혼자서 종을 들고 나올 수 있다. 7일 사이에 그 장님이 또 원수를 갚으러 오더라도 그자의 능력으로는 이 종을 들어 올릴 수 없을 거다. 황용이라는 계집만 오지 않으면 아무도 알아채지 못할 것이다. 만약 황용이 오면 그땐 모두 틀려버린 거야."

양과는 그 방법 외에는 다른 방도가 없다는 것을 알았다.

"7일 동안 아무것도 드시지 않아도 괜찮겠어요?"

"너는 가서 사발에 맑은 물을 가득 담아 내 옆에 두어라. 그리고 여기 아직 만두가 몇 개 있으니 천천히 먹으면 7일은 견딜 수 있을 거다."

양과는 주방에 가서 사기그릇을 찾았다. 거기에 맑은 물을 가득 담아 높이 걸린 또 다른 쇠 종 아래에 두었다. 그리고 구양봉을 부축해 종 아래에 자리를 잡고 앉도록 했다.

"얘야, 네가 그 곽가라는 자를 따라가더라도 내가 꼭 찾아갈 것이다."

양과는 고개를 끄덕이고 종대로 기어올라가 대들보를 끊었다. 커다란 종이 아래로 떨어지고 구양봉의 모습은 보이지 않았다.

"아버지!"

양과는 구양봉을 몇 차례 불러보았지만 대답을 들을 수 없었다. 종 안에서는 바깥의 소리가 들리지 않는구나 싶어 막 발길을 돌리려던 순간, 번득 떠오르는 생각이 있었다. 양과는 대전 뒤로 돌아가 사발을 하나 가져다 맑은 물을 가득 채웠다. 그리고 사발을 바닥에 두고 몸을 거꾸로 하여 왼손을 사발 속으로 뻗었다. 구양봉이 가르쳐준, 경맥을 역행시켜 독혈을 빼내는 방법이었다. 이 무공은 매우 힘든 것이었다. 가장 기초적인 것만 조금 배운 터라 검은 피 몇 방울을 나오게 하는 데도 양과는 온통 땀투성이가 되었다.

잠시 쉬고 난 후, 신상 앞에 있는 천 조각을 몇 개 가져다가 바늘을 싸서 그릇에 담긴 핏물에 적셨다. 그리고 이것을 종 여기저기에 골고루 펴놓았다. 만일 그 장님이 다시 와서 이 종을 들려고 한다면 손이 독에 중독될 터였다.

그러고 보니 의부가 종 안에서 7일 동안 숨이 막혀 죽을까 걱정이 되었다. 양과는 칼로 종 옆쪽 바닥의 돌을 파내어 통풍이 되도록 주먹만 한 구멍을 뚫어놓았다. 그런데 구멍을 파느라 칼이 돌 아래의 딱딱한 바위에 부딪치자 탁, 하는 소리와 함께 칼이 부러지고 말았다. 도우도는 날카로웠지만 그만큼 칼날은 얇았다. 양과는 이 칼이 얼마나 진귀한 것인지 알지 못했고 어차피 자기 것도 아닌지라 별로 아깝다는 생각도 없이 아무렇게나 던져버렸다. 그리고 바닥에 엎드려 종 아래의 구멍에 대고 구양봉에게 인사를 했다.

"아버지, 저 가요. 빨리 데리러 오세요. 그리고 종 바깥에 독이 있으니까 나올 때 조심하시고요."

말을 마치고 구멍에 귀를 갖다 대니 구양봉의 힘없는 목소리가 들려왔다.

"착하기도 하구나. 내가 독을 겁내겠느냐? 독이 나를 무서워할 거다. 몸조심하거라. 내 꼭 데리러 가마."

양과는 일어나서도 여전히 발걸음이 떨어지지 않았다. 한참을 그렇게 서 있다가 결국 객점을 향해 달렸다. 담을 넘어갈 때는 조심조심 주위를 살피며 가진악이 깰까 봐 숨소리조차 죽였다. 그러나 방에 들어와 보니 뜻밖에도 가진악은 아직 들어오지 않았다.

다음 날 아침, 양과는 누군가 몽둥이로 방문을 탕탕탕, 두드려대는 소리에 잠에서 깼다. 얼른 침상을 뛰어내려가 문을 열자 가진악이 나무 몽둥이를 들고 얼굴빛이 창백해져 서 있었다. 그는 문이 열리자마자 무엇에 홀린 듯 들어오더니 그대로 바닥에 쓰러졌다.

양과는 그의 두 손이 시커멓게 변해 있는 것을 보았다. 그가 구양봉을 다시 찾아갔다가 독에 중독된 것이 틀림없었다.

'역시 뿌려놓은 독이 적중했구나.'

양과는 은근히 기뻤지만 겉으로는 짐짓 놀란 표정으로 가진악을 부축했다.

"할아버지, 무슨 일이세요?"

곽정과 황용이 양과의 외침을 듣고 무슨 일인지 달려왔다가 바닥에 쓰러진 가진악을 보고 깜짝 놀랐다. 곽정은 걸어 다니기는 했지만 기운이 없었다. 그래서 황용이 가진악을 침상으로 부축해 눕혔다.

"대사부님, 어찌 된 일이에요?"

가진악은 고개만 저을 뿐 대답이 없었다. 황용은 그의 손이 검은 것을 보고 날카로운 목소리로 외쳤다.

"또 그 이막수라는 계집이군요. 제가 가서 만나보겠어요."

황용은 말을 마치기가 무섭게 허리띠를 매고 방을 나섰다.

가진악이 간신히 입을 열었다.

"그 여자가 아니야."

막 방문을 나서던 황용이 걸음을 멈추고 고개를 돌렸다.

"그럼 누구란 말씀이세요?"

가진악은 닭 한 마리 잡을 힘도 없는 사람을 이기지도 못하고 도리어 부상을 당하고 돌아온 일이 부끄러워 견딜 수가 없었다. 원래 강직하던 성품이 나이가 들면서 더 강해져서인지 부상을 입은 연유에 대해서 입을 꾹 다물었다.

곽정과 황용은 그의 성품을 잘 알고 있는지라 그가 얘기를 하고 싶으면 스스로 입을 열 것이고, 그렇지 않다면 아무리 물어보아도 화만 돋울 뿐 말하지 않을 것이란 걸 예감했다. 다행히 그는 피부에만 독이 퍼졌고 독성도 그다지 강하지는 않았다. 가진악은 잠시 정신을 잃었다가 구화옥로환을 먹고 다시 멀쩡히 일어났다.

황용은 계획을 세우느라 여념이 없었다. 이렇게 눈앞에서 곽정과 가진악이 부상을 당하고, 이막수의 독은 예측 불허하니, 우선 두 부상자와 아이들을 데리고 도화도로 돌아가는 것이 급선무라는 생각이 들었다. 그리고 이막수와는 후일 다시 돌아와 결판을 내기로 생각을 굳혔다.

그날 오전 일행은 객점에서 한나절을 쉬고 오후에 배를 빌려 동쪽으로 향했다. 양과는 황용이 구양봉을 찾아가지 않는 것을 보고 마음이 놓였다.

'아버지는 곽 백모가 찾아올까 봐 두려워했는데 설마 이렇게 가냘

픈 여인이 저 장님보다 강하단 말인가?'

배를 타고 한나절을 보내고 나니 날이 어둑어둑해졌다. 일행은 배를 물가에 정박해두고 식사를 했다. 곽부는 양과가 자신을 상대해주지 않자 화가 나기도 하고 심심하기도 해서 창가에 기대고 앉아 바깥을 내다보았다. 그때 버드나무 가지 아래로 두 아이가 목 놓아 울고 있는 것이 눈에 들어왔다. 모습을 살펴보니 바로 무돈유, 무수문 형제였다. 곽부는 형제를 알아보고 소리를 질러 그들을 불렀다.

"애들아, 뭐 하는 거야?"

무수문이 고개를 돌려 곽부를 바라보았다.

"울고 있는 거 안 보여?"

"왜 우냐고! 엄마한테 맞았어?"

"우리 엄마가 죽었어!"

무수문의 울음소리가 한층 더 커졌다. 황용이 곽부 곁으로 다가왔다.

"저 아이들의 엄마가 누구냐?"

"쟤들은 무씨 아저씨, 아주머니의 아들이에요."

황용 역시 무삼통 부부가 이막수에 맞서 싸웠다는 것을 들어 알고 있었다. 그리고 무삼통이라면 그들의 은인인 일등대사의 제자가 아니던가. 황용은 얼른 해안으로 뛰어올라갔다.

형제는 어머니의 시신을 쓰다듬으며 목 놓아 울고 있었다. 무 부인은 얼굴이 온통 까맣게 변해 있었고 죽은 지 이미 오래된 듯했다.

황용은 무삼통이 어디로 갔는지 물어보았다.

"아버지는 어디로 갔는지 몰라요."

무돈유가 울며 대답하자 무수문이 뒤를 이었다.

"엄마가 아버지 상처의 독을 빨아주니까 시커먼 피가 막 나왔어요. 그리고 아버지는 좋아졌는데, 엄마는 죽었어요. 아버지는 엄마가 죽은 걸 보고 또 이상해졌어요. 우리가 부르는데도 들은 척도 하지 않고 가 버렸어요."

형제는 울음을 그칠 줄 몰랐다.

'무 부인이 목숨을 버려가면서 남편을 살렸구나. 정말 열녀라고 할 만하다.'

황용은 잠시 생각에 잠겼다가 고개를 들고 아이들을 돌아보았다.

"너희 배고프지?"

형제는 고개를 끄덕였다. 황용은 한숨을 내쉬고 사공에게 배로 아이들을 데려가 밥을 먹이라고 지시했다. 그리고 자기는 마을에서 관을 사다가 무 부인의 시신을 수습했다. 그날 저녁에는 너무 늦어 안장하지 못하고 다음 날 새벽이 되어서야 땅을 구해 관을 묻을 수 있었다.

무씨 형제는 무덤 앞에서 절을 올리며 울음을 터뜨렸다.

"이 아이들은 부모를 잃었는데 우리가 도화도로 데리고 가 돌봐주는 게 어떻겠어?"

곽정의 말에 황용도 고개를 끄덕였다. 그래서 당장 무씨 형제에게 이야기하고, 바닷가까지 배를 몰고 간 후 더 큰 배를 구해 도화도를 향해 돛을 올렸다.

황약사가 섬을 떠난 지 이미 오래되었고, 그간 곽정과 황용이 섬에서 살며 더 이상 사람을 해치는 일이 없었기 때문에 인근 사공들도 이제는 도화도에 들어가기를 꺼려 하지 않았다.

사부님을 찾아 종남산으로

무수문이 얼른 양과의 몸 위로 올라탔다. 무씨 형제는 양과를 깔고 앉은 채 마구 치고 때려댔다. 양과는 이를 악문 채 신음 소리 한번 내지 않았다. 곽부는 무씨 형제가 자신을 대신해 분풀이를 해주자 속이 후련해졌다. 그래서 크게 소리를 질렀다. "세게 때려! 더 세게!"

곽정은 도화도로 돌아가는 배에서 운공하며 상처를 치료했다. 며칠 사이 상처도 거의 아물고 건강도 많이 좋아졌다.

"한 10년 안 보이더니 구양봉의 무공이 옛날보다 훨씬 고강해졌는데요."

"만약 가슴의 급소를 맞았다면 쉽게 낫지 못했을 거야."

"그나저나 홍칠공 사부님의 소식을 알 수가 없으니 걱정이군요."

홍칠공에 대한 염려로 부부의 표정이 다시 어두워졌다. 황용은 비록 도화도에 은거하고 있기는 하나, 여전히 개방의 방주로서 노유각魯有脚을 통해 방내 사무를 처리하고 있었다. 그녀가 이번에 강남에 온 것은 방내 장로들을 만나 개방의 일을 논의하고, 또한 홍칠공의 근황을 알아보기 위해서였다. 그러나 곽정이 부상을 당했으니 부득이 다시 도화도로 돌아갈 수밖에 없었다.

황용은 양과를 선실로 불러 그동안의 일을 물었다. 양과는 어머니가 병으로 돌아가신 후 홀로 가흥을 떠돌던 과정을 이야기했다. 곽정 부부는 목염자와의 친분을 떠올리며 슬픔을 감추지 못했다.

양과가 선실 밖으로 나가자 곽정이 입을 열었다.

"내 평생의 소원이 뭔지 당신도 잘 알 거야. 다행히 양과를 만났으니 이제 그 소원을 이룰 수 있을 것 같아."

원래 곽정의 부친 곽소천郭嘯天과 양과의 조부 양철심楊鐵心은 의형제였다. 두 사람의 아내가 비슷한 시기에 임신을 하게 되자 앞으로 태어날 아이의 성별이 다르면 부부의 연을 맺어주고, 성별이 같으면 의형제를 맺어주기로 약속했다. 후에 두 사람은 모두 아들을 낳았고, 곽정과 양과의 아버지 양강은 약속대로 의형제를 맺었다. 그러나 양강은 원수를 아비로 삼고 불의를 일삼다가 결국 가흥 철창묘에서 비참한 최후를 맞았다.

곽정은 항상 이 일을 마음에 걸려 했다. 황용은 곽정의 말이 무슨 뜻인지 잘 알고 있었다.

"안 돼요."

황용이 단호하게 고개를 저었다.

"아니, 왜 그래?"

"우리 부를 어찌 저 아이에게 시집보낸단 말이에요?"

"비록 부친은 바른길을 가지 못했으나, 양쪽 집안은 대대로 교분이 두터웠어. 내 저 아이를 보니 용모도 수려하고 영리한 것이 앞으로 우리가 잘 가르치면 훌륭한 인재가 될 것 같아."

"지나치게 영리하니까 걱정이 되는 거예요."

"무슨 소리야, 당신도 영리하잖아. 그게 뭐가 나쁘다는 거야?"

"전 당신같이 어수룩한 남자가 좋아요."

두 사람은 정겨운 시선으로 마주 보았다.

"부가 자라서 꼭 당신처럼 어수룩한 남자를 좋아하라는 법은 없잖아. 게다가 나처럼 어수룩한 사람이 세상에 또 있겠어?"

"어수룩한 게 무슨 자랑인 줄 아는군요?"

황용은 눈을 살짝 흘기면서 웃었다. 곽정은 미소를 지으며 다시 말을 꺼냈다.

"부친께서 남기신 유언이라고는 오직 두 집안이 사돈을 맺는 것 하나뿐이었어. 양철심 숙부 역시 돌아가시기 전에 내게 부탁했잖아. 옛날에야 양강 아우와 목 낭자의 관계도 있고 해서 이런 이야기를 꺼낼 상황은 아니었지만 지금은 다르지. 만약 과를 가족처럼 대하지 않으면 내 무슨 면목으로 아버님과 양 숙부를 뵐 수 있겠어? 전부터 양과 모자를 우리 집으로 데려와 편안하게 살게 해주고 싶은 마음이 간절했지만, 혹여 당신이 오해할까 봐 그렇게 하지 못했는데, 목 낭자가 이렇게 일찍 세상을 떠나버렸으니……."

곽정은 긴 한숨을 내쉬었다.

"오해는 무슨 오해예요? 당신이 딴생각이 있었던 건 아니고요?"

황용이 놀리자 곽정은 얼굴이 벌개졌다.

"내가, 내가 무슨 딴생각이 있었다는 거야?"

"어머, 얼굴 붉히는 것 좀 봐. 화내시는 거예요? 그러다 사람 때리겠는데요?"

"흥, 못 때릴 줄 알고?"

곽정이 웃으며 팔을 뻗어 아내를 껴안았다. 곽정의 힘 있는 팔에 안긴 황용은 꼼짝도 할 수가 없었다.

"사람 살려! 살려주세요!"

곽정은 미소를 지으며 아내의 뺨에 가볍게 입을 맞춘 후 팔을 풀어주었다.

황용이 부드러운 목소리로 달랬다.

"아직 아이들이 어리니까 너무 급하게 서두르지 말아요. 시간을 두고 지켜본 다음 과의 사람됨이 괜찮은 것 같으면, 그때 당신 마음대로 하세요."

곽정은 자리에서 일어나 정색을 하며 황용을 향해 손을 모았다.

"그렇게 말해주니 고맙군, 고마워."

황용도 정색을 하며 대답했다.

"기다려보자는 말이지, 아직 동의한 건 아니에요."

허리를 숙이던 곽정은 황용의 말에 멈칫했다.

"양강 아우는 어려서부터 금국의 왕부에서 자랐기 때문에 나쁜 성품을 배웠던 거야. 과는 앞으로 우리가 키울 건데 어찌 나쁜 성품을 배울 수 있겠어? 그 아이의 이름도 당신이 지어주었잖아. 그 아이의 이름을 양과라고 짓고 자字를 개지改之라고 지었으니, 설사 무슨 잘못을 범하더라도 고칠 수 있을 거야. 걱정하지 마."

"이름과 성품이 무슨 상관이 있어요? 당신은 뭐 이름이 곽정이어서 성격이 그리 조용한가요? 어렸을 때부터 항상 원숭이처럼 뛰어다녔잖아요."

황용의 말에 곽정은 아무 대꾸도 하지 못했다. 황용은 미소를 지으며 화제를 다른 데로 돌렸다.

일행은 드디어 도화도에 도착했다. 부는 갑자기 같은 나이 또래의 친구가 셋씩이나 생기자 좋아서 어쩔 줄을 몰랐다.

양과는 황용이 준 해독제를 먹고 몸에 남아 있던 독을 모두 없앴다. 양과와 곽부는 처음 대할 때는 다소 서먹했지만 역시 아이들인지라 며칠 되지 않아 금세 모든 것을 잊고 친하게 지냈다. 네 아이들은 귀뚜라미를 잡아 싸움을 시키며 즐겁게 놀았다.

그날도 네 아이는 귀뚜라미를 잡으러 나갔다. 탄지각彈指閣을 넘어서 양망봉兩忘峯을 지나 청소정淸嘯亭의 산등성이 너머까지 다니면서 돌을 들춰가며 귀뚜라미를 잡았다.

곽부는 뚜껑이 달린 그릇을 들었고 무돈유는 작은 대나무 통을 들고 있었다. 무수문이 돌을 젖히자 귀뚜라미 한 마리가 펄쩍 뛰어올랐다. 무수문은 얼른 몸을 뻗어 두 손으로 귀뚜라미를 잡고 큰 소리로 즐거워했다. 곽부가 졸라댔다.

"나 줘, 나 줘."

무수문이 귀뚜라미를 들어 올리며 말했다.

"좋아, 너 줄게."

곽부는 뚜껑을 열고 귀뚜라미를 그릇 안에 넣었다. 다리도 굵직하고 허리도 통통한 것이 꽤 큰 놈이었다. 무수문이 말했다.

"정말 크군. 천하무적이겠는데. 양과 형, 형이 가진 귀뚜라미로는 이 놈을 이길 수 없을 거야."

이 말에 발끈한 양과는 품속에서 대나무 통을 꺼내 가장 사납고 흉포한 놈으로 골라 무수문이 잡은 것과 싸움을 붙였다. 한참 동안 싸우더니, 무수문이 잡은 귀뚜라미가 양과의 귀뚜라미 허리를 물어뜯고 훌쩍 뛰어오르더니 날개를 떨며 울어댔다. 매우 의기양양한 모습이었다.

곽부는 박수를 치며 기뻐했다.

"내 귀뚜라미가 이겼다."

"아직 일러."

양과는 또 다른 귀뚜라미를 꺼내 싸움을 붙였다. 그러나 세 마리 모두 지고 말았다. 그뿐만 아니라, 마지막 귀뚜라미는 무수문의 귀뚜라미에게 허리를 물려 몸이 두 동강이 나기도 했다. 양과는 무안한 나머지 버럭 고함을 쳤다.

"그만 놀 거야!"

막 몸을 돌려 가려는데, 문득 풀숲에서 귀뚜라미 우는 소리가 들렸다. 그런데 우는 소리가 어쩐지 이상했다.

"또 귀뚜라미다."

무돈유는 풀숲을 헤치며 귀뚜라미를 찾으려 했다. 그러다 깜짝 놀라며 펄쩍 뛰어 뒤로 물러났다.

"뱀, 뱀이다!"

양과도 몸을 돌려 바라보니, 과연 화려한 무늬를 가진 독사 한 마리가 풀숲에서 머리를 쳐들고 기어가고 있었다. 양과는 큰 돌덩이를 들어 뱀을 향해 던졌다. 다행히 돌은 뱀의 머리에 정확히 맞았다. 뱀은 몸을 꼬며 몇 차례 떨더니 이내 죽어버렸다. 뱀 곁에 매우 독특하게 생긴 검고 작은 귀뚜라미가 있었다. 바로 이놈이 괴상한 소리로 울어댔던 것이다.

"양과 오빠, 이 못생긴 귀뚜라미를 잡아서 다시 도전해봐."

곽부가 웃으면서 놀리듯 말했다. 양과는 곽부의 비웃는 듯한 말투에 은근히 화가 났다.

"좋아, 한번 해보자."

양과는 귀뚜라미를 잡았다. 곽부가 말했다.

"그 작고 못생긴 놈으로, 내 천하무적 귀뚜라미에게 덤비려고?"

양과는 버럭 화를 냈다.

"왜? 못 이길까 봐? 한번 해보자고."

양과는 방금 잡은 귀뚜라미를 곽부의 그릇에 넣었다. 그런데 이상하게도 곽부의 커다란 귀뚜라미가 양과의 작고 못생긴 귀뚜라미를 보더니 마치 공포에 질리기라도 한 듯 움츠러들었다.

곽부와 무씨 형제는 큰 소리로 고함을 치며 자기들의 귀뚜라미를 응원했다. 작은 귀뚜라미가 고개를 쳐들더니 훌쩍 뛰어 큰 귀뚜라미에게 다가갔다. 큰 귀뚜라미는 감히 상대하지 못하고 그릇 밖으로 나가려고 했다. 그러자 작은 귀뚜라미가 더 높이 뛰어오르더니 공중에서 큰 귀뚜라미의 꼬리를 물었다. 두 마리가 한꺼번에 그릇으로 떨어지더니 맹렬히 싸우기 시작했다. 잠시 후 큰 귀뚜라미는 배를 하늘로 향한 채 죽고 말았다.

원래 귀뚜라미 중에는 독충과 함께 사는 놈들이 있는데 전갈과 같이 사는 것은 '전갈 귀뚜라미蝎子蟀', 독사와 같이 사는 것은 '뱀 귀뚜라미蛇蟀'라고 불린다. 이놈들은 몸에 독 기운을 품고 있기 때문에 일반 귀뚜라미는 적수가 될 수 없었다. 양과가 잡은 작은 귀뚜라미가 바로 뱀 귀뚜라미였던 것이다.

곽부는 자기의 천하무적 귀뚜라미가 죽자 몹시 화가 났지만, 금세 배시시 웃으며 양과에게 부탁을 했다.

"오빠, 그 작고 못생긴 귀뚜라미 나한테 줘."

"뭐, 얼마든지 줄 수는 있지만 너는 이놈을 작고 못생겼다고 비웃었잖아?"

양과의 거들먹거리는 듯한 말투에 곽부는 입을 삐죽거렸다.

"흥, 주기 싫으면 관둬."

곽부가 그릇을 거꾸로 든 채 흔들자 양과의 귀뚜라미가 땅으로 떨어졌다. 곽부는 오른발을 들어 작은 귀뚜라미를 밟아 죽여버렸다. 양과는 너무 화가 나 얼굴이 벌겋게 달아올랐다. 도저히 참을 수가 없었다. 양과는 곽부의 뺨을 힘껏 때렸다. 곽부는 깜짝 놀라 멍하니 서 있었다. 너무나 놀라 눈물도 나오지 않았다.

"사람을 때리다니!"

무수문이 화를 내며 양과의 가슴을 주먹으로 쳤다. 무씨 형제는 어려서부터 집안 대대로 이어지는 무공을 배웠기 때문에 어느 정도 무공의 기초가 닦인 상태였다. 그런 그가 힘을 실어 때렸으니 위력이 상당했다.

양과는 화가 나 무수문을 향해 주먹을 휘둘렀다. 무수문은 몸을 살짝 구부려 간단히 피했다. 양과가 다시 무수문을 향해 달려들려는데 무돈유가 발을 걸었다. 양과는 무돈유의 발에 걸려 땅바닥에 넘어졌다. 무수문이 얼른 양과의 몸 위로 올라탔다. 무씨 형제는 양과를 깔고 앉은 채 마구 치고 때려댔다. 양과는 비록 무씨 형제보다 한두 살 위였으나, 혼자서 둘을 상대하기는 무리였다. 게다가 무씨 형제는 상승 무공을 배운 바 있지만, 양과는 목염자에게서 간단한 무공을 배운 것 외에는 전혀 무공을 할 줄 몰랐다.

양과는 이를 꼭 악문 채 신음 소리 한 번 내지 않았다.

"살려달라고 빌면 용서해주지."

무돈유의 말에 양과는 콧방귀를 뀌었다.

"흥! 웃기네!"

무수문이 다시 두세 차례 더 주먹질을 했다. 곽부는 무씨 형제가 자기 대신 분풀이를 해주자 속이 후련해졌다. 만약 양과의 얼굴에 상처가 나면 나중에 곽정과 황용에게 들켜 야단맞을 것이 뻔하기에 무씨 형제는 일부러 몸 부위만 때렸다.

곽부는 싸움이 거칠어지자 은근히 겁이 났다. 그러나 양과에게 맞아 부은 볼을 만져보니 화가 치솟아 더 크게 소리를 질렀다.

"세게 때려, 더 세게!"

무씨 형제는 곽부의 말을 듣고 더욱 신이 나서 양과를 때렸다.

양과는 땅바닥에 엎드려 매를 맞다가 곽부의 목소리를 듣자 분한 마음이 들었다.

'너 이 계집애, 꼭 복수하고 말 테다!'

무씨 형제의 구타는 쉴 새 없이 이어졌다. 어른이라도 무공이 없다면 견디기 힘들 정도였다. 그나마 내공을 조금 익혔기에 망정이지 그렇지 않았다면 벌써 기절하고 말았을 것이다. 그러나 허리, 등, 옆구리의 통증이 점점 심해져 더 이상 견딜 수가 없었다. 양과는 이를 악물고 빠져나가려고 몸부림을 쳤다. 문득 손에 무언가 매끈하고 물컹한 것이 잡혔다. 바로 양과가 돌로 죽인 뱀이었다. 양과는 뱀을 잡아 들고 마구 흔들었다. 무씨 형제는 독사를 보자 깜짝 놀랐다. 양과는 그 틈을 타 몸을 뒤집어 무돈유를 향해 주먹을 휘둘렀다. 무돈유의 코에서 피가 흘렀다. 양과는 그 틈에 간신히 몸을 일으켜 멀리 도망갔다. 무씨 형제가 화를 내며 뒤쫓았다.

곽부는 은근히 재미있기도 하고 신이 나 연신 고함을 질렀다.

"빨리 뛰어! 어서 잡아!"

양과는 한참 도망가다 뒤를 돌아보았다. 무돈유가 피범벅이 된 얼굴을 한 채 씩씩거리며 달려오고 있었다.

'만약 잡히면 더 심하게 얻어맞겠지?'

양과는 두려운 마음에 시검봉試劍峰 정상을 향해 달렸다. 무돈유는 코피를 흘리기는 했으나 사실 그다지 아프지는 않았다. 다만 피를 보자 약간 무섭기도 하고 화가 날 뿐이었다. 양과가 산을 타고 높이 도망갈수록 무씨 형제는 더욱 속력을 내어 뒤쫓았다. 곽부는 더 이상 쫓아가지 않고 산등성이에 서서 위를 바라보았다. 한참 기어올라가다 보니 눈앞에 절벽이 나타났다. 양과는 더 이상 갈 곳이 없었다. 옛날 황약사는 매번 새로운 초식을 생각해낼 때면 이 절벽을 뛰어넘어갔다. 그리고 봉우리 정상의 위험한 장소를 찾아 새로운 초식을 시험해보곤 했다. 그러나 양과가 어찌 황약사처럼 이 절벽을 뛰어넘을 수 있겠는가.

'절벽에서 떨어져 죽으면 죽었지, 저놈들한테 잡혀 맞고 싶지는 않아.'

양과는 몸을 돌려 소리쳤다.

"더 이상 가까이 오면 뛰어내릴 테다!"

무씨 형제는 놀라 걸음을 멈췄지만 곧 코웃음을 쳤다.

"뛰어내릴 테면 뛰어내려보시지. 누가 겁난대? 무서워서 뛰어내리지도 못할 거면서."

무수문이 소리치며 몇 걸음 더 다가갔다.

양과는 분한 마음에 정말로 뛰어내리려고 몸을 돌렸다. 문득 바로 옆에 있는 큰 바위가 눈에 들어왔다. 가파른 길 위에 바위 밑 절반이 작은 돌들로 받쳐져 있었다. 그 돌 때문에 바위가 이제껏 버티고 있는 것 같았다. 양과는 매우 화가 나 있던 터라 이것저것 생각해보지도 않고 손을 뻗어 바위를 받치고 있던 작은 돌들을 치워냈다. 과연 큰 바위가 서서히 움직이기 시작했다. 양과는 뒤쪽으로 가서 힘을 주어 바위를 밀었다. 바위가 한두 차례 흔들거리더니 마침내 우레와 같은 소리를 내며 산 밑을 향해 굴러내리기 시작했다.

무씨 형제는 양과가 바위를 미는 것을 보자 안색이 하얗게 질렸다. 두 사람은 급히 몸을 돌려 피했다. 바위는 진흙이며 자갈들과 함께 굴러내리다가 바다로 떨어졌다. 무씨 형제는 가까스로 바위를 피할 수 있었다. 그러나 무돈유는 놀라고 당황한 나머지 발을 헛디뎌 그만 넘어지면서 구르기 시작했다. 무수문이 황급히 잡으려 했으나 중심을 잡지 못하고 오히려 서로 껴안은 채 산 밑으로 굴러떨어지고 말았다. 한참 구르다 다행히 큰 나무에 부딪쳐 겨우 멈출 수 있었다.

황용은 집에 있다가 멀리서 우레 같은 소리가 나자 급히 밖으로 나와 소리가 나는 쪽으로 달려갔다. 시검봉 기슭에 가보니 진흙이며 모래, 자갈들이 어지럽게 흩어져 있고, 딸은 겁에 질린 채 풀숲에 숨어 있었다. 또 한쪽에는 무씨 형제가 얼굴이 온통 상처와 피투성이가 된 채 넘어져 있었다. 황용은 얼른 다가가 딸을 품에 안고 물었다.

"무슨 일이니?"

곽부는 엄마를 보자 엉엉 울음을 터뜨렸다. 한참을 울다가 겨우 마음을 가라앉히고 방금 있었던 일을 엄마에게 이야기했다. 양과가 자기를 때린 이야기, 무씨 형제가 자기를 도와준 이야기, 양과가 바위를 밀어 두 사람을 죽이려 한 이야기 등을 울먹이며 말했다. 곽부는 모든 잘못을 양과에게 덮어씌웠다. 자기가 양과의 귀뚜라미를 밟아 죽인 거며, 무씨 형제가 둘이서 양과를 무자비하게 때린 이야기는 하지 않았다. 황용은 딸의 말을 들으며 놀라움을 금치 못했다. 딸의 벌겋게 부어오른 볼을 보니 모든 게 사실인 것 같았다. 황용은 가여운 생각에 딸의 볼을 쓰다듬으며 부드러운 목소리로 달랬다.

"이제 괜찮아. 자, 내가 안아줄게."

그때 곽정도 시검봉으로 달려왔다. 잠시 상황을 살핀 후 어찌 된 연유인지를 물었다. 전후 상황을 들은 곽정은 화가 났지만 양과에게 무슨 일이 생기지는 않았는지 걱정이 되어 산봉우리를 향해 올라갔다. 그러나 아무리 찾아도 양과는 보이지 않았다.

곽정이 큰 소리로 양과를 불렀다.

"과야! 과야!"

그러나 양과의 모습은 보이지 않았고, 목소리도 들리지 않았다. 곽정은 한참 동안 기다려도 양과를 찾을 수 없자 점차 불안해지기 시작했다. 봉우리를 내려와 작은 배를 타고 섬 주위를 한 바퀴 돌았다. 날이 어두워져가는데도 양과는 여전히 보이지 않았다.

한편 양과는 바위를 밀어 굴려버린 후 밑을 내려다보니 무씨 형제가 산등성이로 굴러떨어지고 있었고 멀리서 황용이 다가오는 것이 보였다. 양과는 틀림없이 큰 벌을 받게 되리라는 생각에 일단 바위틈에 몸을 숨겼다. 곽정이 부르는 소리가 들렸지만 감히 대답할 수가 없었다. 점점 배가 고파왔으나 그는 바위틈에 숨은 채 꼼짝도 하지 않았다.

주위는 점점 어두워지고 적막에 싸였다. 또 한참이 지났다. 하늘에는 하나둘 별이 뜨고 찬 바람이 불기 시작했다. 한기를 느낀 양과는 바위틈에서 나와 사방을 둘러보았다. 멀리 집에서 새어나오는 불빛이 보였다. 지금쯤이면 곽정 부부와 가진악, 곽부, 무씨 형제 여섯 명이 닭고기에 생선 등으로 가득한 풍성한 식탁에 둘러앉아 맛있게 저녁을 먹고 있을 터였다. 양과는 자기도 모르게 침을 꿀꺽 삼켰다. 그러나 문득 그들이 다 같이 자기를 욕하고 있을 거라는 생각이 들자 울분이 치밀어 올랐다. 캄캄한 밤에 절벽 위에 서서 불어오는 바닷바람을 맞으며 서 있으려니 그동안 힘들고 서러웠던 기억들이 하나둘 떠올랐다. 외롭고 고독한 마음을 억제할 수가 없었다.

사실 곽정은 양과가 돌아오지 않자 식사할 기분이 아니었다. 황용은 근심에 찬 남편을 바라보며 자신도 식사를 거른 채 남편 곁에 말없이 앉아 있었다.

다음 날 해가 채 뜨기도 전에 두 사람은 다시 양과를 찾으러 밖으로 나갔다. 양과는 전날 오후부터 아무것도 먹지 못했기 때문에 아침이 되자 배고픔을 참을 수가 없었다. 살금살금 산봉우리를 내려가 시냇가에서 개구리 몇 마리를 잡아 껍질을 벗긴 후 마른 나뭇가지를 모아 불을 피웠다. 어려서부터 떠돌이 생활을 해왔기 때문에 이런 식으로 끼니를 때우는 데 익숙했다. 연기 때문에 들킬까 봐 개구리가 노랗게 구워지자 얼른 불을 껐다.

멀리서 곽정이 부르는 소리가 들려왔다.

"과야, 과야!"

'아무리 불러도 절대 나가지 않을 거야.'

그날 밤 양과는 동굴 속에 자리를 깔고 누웠다. 막 잠이 들려는데 갑자기 구양봉이 동굴 안으로 들어오는 것이 보였다. 실로 놀라운 일이었다. 그가 어떻게 도화도에 나타난 것일까.

"내가 무공을 가르쳐줄 테니 다시는 그 녀석들한테 맞지 말거라."

양과는 너무 기뻐 얼른 그를 따라 동굴을 나섰다. 구양봉은 땅바닥에 쭈그려 앉더니 입으로 이상한 소리를 내며 쌍장을 뻗었다. 양과는 그가 하는 대로 따라 했다. 그러자 장을 발할 때나 발을 뻗을 때 매우 자연스럽고 위력이 생기는 것 같았다. 그런데 갑자기 구양봉이 주먹을 휘둘렀다. 양과는 미처 피하지 못하고 정수리를 얻어맞았다. 어찌나 아프고 고통스러운지 큰 소리를 지르며 펄쩍 뛰었다. 퍽, 소리와 함께 잠에서 깨어났다. 알고 보니 꿈을 꾼 것이었다. 양과는 머리를 만져보았다. 작은 혹이 생겼는데 꽤 아팠다.

'아버지는 지금쯤 상처도 다 아물고 종 밑에서도 빠져나오셨겠지? 언제쯤 나를 찾아와 무공을 가르쳐주실까? 아버지가 무공을 가르쳐주시면 이런 놈들한테 무시당하지 않을 텐데…….'

양과는 한숨을 내쉬었다. 동굴을 빠져나와 저 멀리 수평선을 바라보았다. 하늘에는 별 몇 개가 드문드문 빛나고 있었다. 꿈에서 본 구양봉의 무술을 떠올려보려 했으나 도무지 생각이 나지 않았다. 땅바닥에 쭈그려 앉아 구양봉이 가흥에서 가르쳐주었던 합마공의 구결口訣에 따라 손과 발을 놀려보았다. 그러나 아무리 해도 행동으로 옮겨지지 않았다. 어렵게 두 팔을 뻗었지만 꿈에서처럼 자유자재로 움직여지지 않았다.

양과는 홀로 절벽 위에 서서 망망대해를 바라보았다. 외로움이 밀려들었다. 문득 멀리서 또다시 자기를 부르는 소리가 들렸다.

"과야, 과야!"

양과는 자신도 모르게 산등성이를 달려 내려가며 대답했다.

"저 여기 있어요. 여기 있어요."

곽정은 멀리서 양과가 달려오는 것을 보자 너무 기뻐 급히 노를 저어 해안으로 다가가 모래사장으로 뛰어내렸다. 두 사람은 별빛 아래에서 서로를 향해 뛰어갔다. 곽정은 양과를 품에 안고 목멘 소리로 말했다.

"어서 가서 밥 먹자."

황용은 집으로 돌아온 곽정과 양과를 위해 저녁 식사를 차려주었다. 모두들 아무 일도 없었던 듯 어제 일에 대해서 언급하지 않았다.

다음 날 새벽, 곽정은 양과와 무씨 형제, 곽부를 대청으로 불렀다. 그리고 가진악도 모셨다. 곽정이 가진악을 바라보며 입을 열었다.

"대사부님, 이 네 아이를 제자로 삼고자 하여 사부님의 허락을 구하려 합니다."

가진악은 크게 기뻐했다.

"잘됐구나. 축하한다."

곽정은 진지한 표정으로 말을 이었다.

"10여 년 전, 그러니까 과의 어머니가 세상을 뜨기 전에 과는 이미 나를 사부로 모신 바 있다. 그러나 오늘 다시 정식으로 과를 제자로 삼을 터이니 우선 사조님께 절을 하도록 해라."

양과 모자는 어렸을 때 장흥長興에서 곽정 부부를 만난 적이 있었다. 당시 양과는 어머니 목염자의 명에 따라 곽정을 사부로 모시기로 했다. 그러나 그때는 양과가 워낙 어렸기 때문에 후에 이 일을 까마득히 잊고 있었다. 곽정 부부 역시 가흥에서 양과를 다시 만난 이후에는 당시의 일을 전혀 언급하지 않았다.

곽정은 양과와 무씨 형제에게 가진악을 향해 절을 하게 한 후, 주총 등 강남육괴의 위패를 향해서도 절을 하도록 했다. 그런 다음, 자기와 황용에게도 사부의 예를 갖추도록 했다.

곽부가 웃으며 물었다.

"엄마, 저도 절을 해야 하나요?"

"당연하지."

곽부도 세 사람을 향해 절을 했다. 곽정이 정색을 하고 입을 열었다.

"오늘부터 너희 네 사람은 사형 관계다."

"아니에요. 정확히 말하면 사형 사매 관계지요."

곽정이 중간에 끼어드는 딸을 향해 눈을 치떴다.

"내 말이 아직 끝나지도 않았는데 어디서 말대꾸냐?"

곽부는 목을 움츠리며 입을 다물었다.

"오늘부터 너희 네 사람은 서로를 아끼고 돌봐주어야 한다. 좋은 일이 생기면 함께 나누고 어려운 일이 있으면 서로 도와야 한다. 만약 다시 한번 싸우는 일이 있으면 내가 가만두지 않겠다."

곽정의 눈이 양과와 마주쳤다. 양과는 마음속으로 생각했다.

'백부님은 당연히 딸의 편이겠지. 좋아요. 다음부터 따님을 건드리지 않으면 될 거 아니에요.'

가진악이 곽정의 말을 받아 약한 자를 괴롭히지 말고, 무고한 사람을 해치지 말 것 등 앞으로 지켜야 할 규율을 설명해주었다. 사실 강남칠괴는 각기 출신이 달랐기 때문에 가진악도 그 많은 규율을 모두 기억하지는 못했다. 그러나 악을 버리고 의를 행하고자 하는 요지는 대충 비슷했다. 곽정이 말을 이었다.

"내가 배운 무공은 여러 가지가 섞여 있다. 강남칠협에게 무공의 기초를 배웠고, 전진파全眞波의 내공을 배웠으며, 도화도의 황약사와 개방의 홍칠공에게 무공을 전수받았다. 사람이란 자신의 근본을 잊어서는 안 되는 법. 오늘부터 우선 가진악 대사부님의 무공을 전수하겠다."

그때 양과를 바라본 황용은 문득 두려운 생각이 들었다. 고개를 푹 숙인 채 뭔가 이상한 표정을 짓고 있는 양과의 모습이 양강의 모습과 너무 닮았기 때문이었다.

'내가 직접 양강을 죽인 것은 아니지만, 결국은 나 때문에 죽은 셈이지……. 저 아이를 거두는 건 호랑이 새끼를 키우는 꼴이 될 거야. 언젠가 큰 화근을 불러올지도 몰라.'

영리한 황용은 벌써 마음속에 대책을 마련했다.

"혼자서 네 아이를 가르치려면 힘들 거예요. 양과는 제가 가르치도록 하지요."

곽정이 미처 대답도 하기 전에 가진악이 박수를 치며 찬성했다.

"좋은 생각이구나! 두 사람이 각자 제자를 가르쳐 누구의 제자가 더 뛰어난지 보는 것도 좋겠지."

곽정은 아내가 자기보다 훨씬 영리하다는 것을 알기에 가르치는 기술도 더 뛰어나리라 생각했다. 그래서 반대할 이유가 없었다. 곽부는 엄격한 아빠보다 엄마에게 배우는 편이 더 좋을 것 같았다.

"엄마, 나도 엄마에게 배울래요."

"너는 나한테 배우면 절대 무공을 익히지 못할 거다. 엄격한 아빠에게 배우는 게 널 위해 좋아."

곽부는 자기를 노려보고 있는 아버지를 보고 더 이상 아무 말도 하지 못했다.

"우리 규칙을 정해요. 당신은 양과를 가르쳐서는 안 돼요. 나 역시 다른 아이들을 가르치지 않을게요. 물론 아이들끼리도 자기가 배운 무공을 서로에게 가르쳐주어서는 안 돼요. 혹시 잘못 가르쳐주게 되면 도리어 큰일이 날 수 있으니까요."

"그야 당연하지."

"과야, 넌 날 따라오너라."

양과는 곽부와 무씨 형제에 대한 미움이 사라지지 않은 터라, 그들과 함께 무공을 배우지 않아도 된다고 하니 다행스러운 일이 아닐 수 없었다. 양과는 흡족한 마음으로 황용을 따라 안으로 들어갔다. 황용은 양과를 데리고 서재로 들어가더니 책 한 권을 꺼내 들었다.

"너희 사부님에게는 일곱 명의 사부님이 계셨다. 강남칠괴라고 불리는 분들이었지. 지금 계시는 대사부님이 바로 그중 한 분이시다. 둘째 사부님께서는 손재주가 좋은 주총이라는 분이셨다. 그분은 선비이기도 하셨지. 우선 그 사부님의 무공부터 전수해주겠다."

황용은 책을 펼쳐 들고 낭랑한 목소리로 읽기 시작했다.

"공자 왈, 배우고 또 그것을 익히니 이 어찌 즐겁지 아니한가? 친구가 있어 멀리서 찾아오니 이 어찌 즐겁지 아니한가?"

바로 《논어 論語》의 한 부분이었다. 양과는 이상한 생각이 들었으나 감히 묻지 못하고 황용을 따라 글을 읽었다. 며칠이 지났지만 황용은 양과에게 책 읽는 것만 가르칠 뿐 무공에 대해서는 아무 말도 하지 않았다.

어느 날 양과는 책을 다 읽은 후 홀로 산 위를 거닐고 있었다.

'구양봉 의부님은 지금쯤 어디에 계실까?'

이런저런 생각으로 머리가 복잡했다. 양과는 구양봉을 흉내 내어 거꾸로 물구나무를 섰다. 구양봉이 가르쳐준 구결에 따라 경맥을 역행시켜보니 점점 편안한 느낌이 들었다. 그런 뒤 훌쩍 뛰어 반듯하게 서서 쌍장을 발했더니 전신이 상쾌하고 힘이 느껴졌다. 온몸이 금세 땀으로 흠뻑 젖었다. 양과는 이런 훈련이 어떤 효과를 불러일으키는지 정확히 알지 못했으나 이것을 통해 서서히 내공이 진전되고 있었다. 구양봉의 무공은 일가를 이루지는 못했지만 한 시대를 풍미한 상승 무공이었다. 양과는 머리가 좋아서 대충 배웠는데도 자주 연습을 하다 보니 천천히 내공이 쌓여갔던 것이다.

그날부터 양과는 매일 황용과 함께 책을 읽고 아침과 저녁의 한가한 시간에는 혼자서 한적한 곳을 찾아 무공을 연습했다. 딱히 무슨 엄청난 무공을 익힌다기보다는 그렇게 연습을 하고 나면 온몸이 편안하고 상쾌해졌기 때문에 나중에는 며칠 연습을 하지 않으면 어딘가가 불편해지기도 했다. 곽정과 황용은 양과가 혼자 무공을 연습하는 사실을 전혀 알지 못했다.

석 달이 지나지 않아 황용은 양과에게 《논어》를 다 가르쳤다. 양과는 기억력도 매우 좋았고, 책의 내용에 대해서 이것저것 질문을 하기도 했다. 사실 황용은 양과에게 책 읽는 것을 가르치는 것이 결코 즐겁지 않았다. 다만 양과의 품성이 제 아비를 닮았다면 무공을 가르쳐서 좋을 것이 없으니, 차라리 학문을 가르쳐 좋은 품성을 갖게 하는 것이 낫겠다고 생각한 것이다. 《논어》를 마치자 《맹자孟子》를 가르치기 시작했다. 양과는 총명하고 기억력이 매우 좋을 뿐만 아니라 호기심도 많아 대충 넘어가는 법이 없었다. 이해가 되지 않거나 의심나는 부분이 있을 때마다 꼬치꼬치 캐묻곤 했다. 그런 양과를 바라보며 황용은 종종 자신의 아버지를 떠올렸다.

'정말 머리가 영리해. 아버지랑 닮은 데가 많은 것 같아. 만약 아버지가 이 아이를 가르친다면 두 사람이 정말 잘 맞을 텐데.'

몇 개월이 지났다. 그동안 황용은 무공에 대해서는 일절 언급하지 않았고 양과 역시 아무것도 묻지 않았다. 몇 달 전 귀뚜라미 일로 싸운 이후로 양과는 아이들과 어울리지 않고 항상 혼자 다녔다. 외롭기도 하고 화가 나기도 했다.

'날 제자로 삼았다고는 하지만 백모님은 무공을 가르쳐줄 생각이 없는 것 같다. 나는 처음부터 무씨 놈들의 적수가 되지 못했는데, 곽정 사부님이 직접 그들에게 무공을 가르쳐주고 있으니 1년 후에 만약 다시 싸운다면 그들 손에 죽고 말 거야.'

양과는 기회가 된다면 어떻게 해서든 이 섬을 빠져나가리라 결심했다. 하루는 황용과 함께 《맹자》를 다 읽고 나니 오후가 훌쩍 넘어버렸다. 그는 서재를 나와 한가로이 바닷가를 거닐었다.

'언제쯤 이 섬에서 나갈 수 있을까?'

파도가 일렁이는 바다를 바라보니 수면 위를 나는 하얀 갈매기가 보였다. 자유자재로 날아다니는 모습이 그렇게 부러울 수가 없었다. 한참 넋을 잃고 보고 있는데 갑자기 숲 쪽에서 휙휙 바람을 가르는 소리가 들려왔다. 양과는 호기심이 일어 조용히 다가가 나무 뒤에 숨어 소리 나는 쪽을 살펴보았다.

곽정이 숲속 공터에서 무씨 형제에게 무공을 가르치고 있었다. 막 금나수법 중 탁량환주托梁換柱 초식을 가르치던 참이었다. 곽정은 입으로 초식의 구결을 읊으면서 동시에 손발을 움직여 시범을 보였고, 무씨 형제는 옆에서 곽정의 움직임을 따라 배우고 있었다.

양과는 딱 한 번 보았을 뿐인데도 이 초식의 핵심이 무엇인지를 깨달았다. 그러나 무씨 형제는 몇 차례를 따라 하면서도 비결을 터득하지 못하는 듯했다.

곽정은 본인 역시 총명하다기보다 노력을 통해 무공을 익힌 터라 무씨 형제의 우둔함을 충분히 이해했다. 곽정은 전혀 짜증 내지 않고 몇 번이고 반복해서 가르쳐주었다.

그 모습을 바라보던 양과는 속이 상했다.

'백부님이 내게 무공을 가르쳐주신다면 저 녀석들보다 훨씬 잘할 수 있는데.'

우울해진 양과는 자기 방으로 가서 자리에 누워 낮잠을 잤다. 저녁 식사를 마친 후 잠시 책을 보려 했으나 눈에 들어오지도 않고 무료하여 다시 바닷가로 나갔다. 양과는 낮에 본 곽정의 동작을 따라 손과 발을 움직였다. 그러나 딱 한 가지 초식만을 계속 반복하려니 금세 지루해졌다. 문득 좋은 생각이 떠올랐다.

'몰래 가서 배워볼까? 내가 그 녀석들보다 훨씬 잘할 거야. 그러면 그 녀석들도 다시는 날 괴롭히지 못할 테지.'

그러나 곧 다시 풀이 죽었다.

'백부님이 가르쳐주시지 않는데 내가 어찌 몰래 배울 수 있겠어. 흥! 무공을 가르쳐주겠다고 사정을 해도 안 배울 테다. 무공을 못한들 남들한테 맞아 죽기밖에 더 하겠어?'

이렇게 생각하니 뭔가 자존심이 서는 것 같기도 했지만 한편으론 처량한 마음을 숨길 수 없었다. 양과는 바위에 앉아 파도치는 소리를 듣다가 어느덧 잠이 들었다.

다음 날 새벽, 양과는 아침도 먹지 않고 서재로도 가지 않고, 홀로 바다로 나가 굴을 잡아 불에 구워 먹었다.

'흥, 그 집 밥이 아니면 내가 굶어 죽을까 봐?'

문득 바닷가에 묶여 있는 큰 배와 작은 조각배가 눈에 들어왔다.

'저 큰 배는 내가 몰 수가 없고 조각배로는 멀리 못 가겠지. 어떻게 하면 이 섬을 빠져나갈 수 있을까?'

아무리 생각해도 좋은 방법이 떠오르지 않았다. 양과는 무료해서 큰 바위 뒤로 돌아가 물구나무를 한 후 구양봉이 가르쳐준 내공을 수련하기 시작했다. 막 혈행血行이 빨라지면서 전신이 편안해지려는데, 갑자기 등 뒤에서 시끄러운 소리가 들렸다. 깜짝 놀란 양과는 그만 물구나무 자세에서 넘어지고 말았다. 순간 손발이 마비되면서 움직일 수가 없었다. 다행히도 양과의 공력이 깊지 않았기에 망정이지 그렇지 않고 공력이 깊은 상태에서 수련을 하다가 경맥이 흐트러졌다면 그야말로 전신 마비가 되었을 것이다. 시끄러운 소리의 주인공은 바로 곽부와 무씨 형제였다. 원래 이 바위 뒤는 매우 조용하고 한적한 곳으로 평소에는 오는 사람이 거의 없었다. 도화도의 길은 모두 오행五行의 변화에 따라 만들어진 것이기 때문에 아이들은 함부로 돌아다니지 못하고 익숙하게 잘 아는 길로만 다녀야 했다. 그러다 보니 서로 다니는 길이 뻔해 양과가 무공을 연습하는 장소에까지 오게 된 것이다.

"여기서 뭐 하는 거야?"

곽부가 양과의 모습을 보고 손뼉을 치며 웃어댔다. 양과는 바위를 붙잡고 겨우겨우 일어났다. 양과는 곽부를 한 번 흘겨보더니 몸을 돌려 자리를 피하려 했다.

"야, 곽 사매가 물어보는데 대답도 하지 않다니, 너무 무례한 거 아냐?"

무수문의 말에 양과는 냉랭한 목소리로 대답했다.

"무슨 상관인데?"

화가 난 무돈유가 퉁명스럽게 말했다.

"미친 개 상대하지 말고 우리끼리 놀러 가자."

양과도 지지 않고 말을 받았다.

"그러게 말이야. 미친 개는 사람을 보면 무조건 문다더니, 혼자 잘 있는데 어디서 갑자기 미친 개 세 마리가 와서 함부로 짖어대는지 모르겠군."

무돈유가 말했다.

"미친 개 세 마리? 지금 욕하는 거야?"

"난 개를 욕했지, 사람을 욕한 적 없는데."

무돈유는 화가 나서 양과를 향해 주먹을 휘둘렀다. 양과는 얼른 몸을 날려 피했다. 무수문은 사부님의 엄한 분부가 떠올라 걱정이 됐다. 만약 또 싸우게 되면 사부님께 엄한 벌을 받을 것이 뻔했다. 무수문은 얼른 형의 팔을 잡아 말리며 양과에게 말했다.

"양 형, 형은 사모님께 무공을 배웠고 우린 사부님께 무공을 배웠는데, 이 몇 개월 동안 서로의 무공이 얼마나 늘었는지 한번 겨뤄보는 게 어때? 자신 있어?"

양과는 분하고 속이 상했다.

'그래, 난 너희처럼 복이 없어서 사모님에게 아무런 무공도 배우지 못했다. 어쩔래?'

그러나 무수문이 비웃는 듯한 말투로 '자신 있어?'라고 말하는 것을 듣자 차마 사실대로 말할 수가 없었다. 양과는 흥, 하고 코웃음만 쳤을 뿐 아무 말도 못 한 채 냉정한 눈빛으로 무수문을 째려보았다. 무수문이 말했다.

"우리 사형, 사제끼리 무공을 겨루되 누가 이기고, 누가 지든지 간에 사부님이나 사모님께 고자질하지 말기로 하자. 설사 머리가 깨져서 피가 나는 한이 있어도 그냥 혼자 넘어져서 그렇게 된 거라고 말하는 거야. 만약 누군가 어른들께 고자질하는 사람이 있다면, 그 사람은 천하의 비열하고 천한 개가 되는 거야. 어때? 자신 있어?"

그런데 무수문은 마지막 한마디를 마치기도 전에 갑자기 눈앞이 까매지더니 그만 푹 쓰러져버렸다. 양과의 주먹에 왼쪽 눈을 제대로 얻어맞은 것이다.

무돈유가 화를 내며 소리쳤다.

"이 무슨 비열한 짓이야?"

무돈유는 곽정에게서 배운 권법으로 양과의 허리를 때렸다. 양과는 미처 피하지 못하고 그대로 얻어맞았다. 무수문이 뒤이어 양과를 향해 발길질을 하려 했다. 양과는 문득 어제 곽정이 무씨 형제에게 가르쳐주던 초식이 생각났다. 즉시 오른발을 약간 굽히고 왼손으로 자기를 향해 날아오는 무돈유의 오른발 종아리를 힘주어 밀었다. 이것은 바로 강남칠괴 전금발全金發의 금나수법 중 탁량환주 초식이었다. 비록 상승 무공에 속하는 것은 아니나 위급한 상황에서는 매우 유용하게 쓸 수 있는 초식이었다. 어제 곽정이 여러 번 반복해서 가르쳐주었기 때문에 무씨 형제도 이미 그 초식을 익혀 알고 있었으나 실전에서는 어깨너머로 몰래 배운 양과보다 훨씬 못했다. 무돈유는 양과의 탁량환주 초식에 맞아 멀리 나자빠졌다. 무수문은 눈을 얻어맞고 화가 머리끝까지 나 있는 상태에서 형까지 양과에게 맞아 넘어지자 참을 수가 없었다. 무수문은 양과에게 다가가 왼손을 허로 휘둘렀다. 양과는 얼른 피했다. 양과는 이것이 권법 중에서 매우 기초적인 초식으로 뒤이어 오른손이 진짜 공격인 것을 전혀 몰랐기 때문에 오른쪽 턱을 제대로 얻어맞았다.

무돈유도 얼른 다가가 합세했다. 두 형제는 무공의 기초가 있는 데다 몇 달 동안 곽정에게서 무공을 배웠으니 양과를 능히 이기고도 남았다. 무씨 형제는 양과의 머리와 얼굴, 허리 등을 발로 차고 주먹으로 마구 때렸다.

'네놈들한테 맞아 죽는 한이 있어도 도망가지 않을 테다.'

양과는 오기가 생겨 이를 악물고 두 팔을 되는대로 휘저었다. 무수문은 이를 악문 채 목숨을 걸고 덤비는 듯한 양과의 모습을 보고 은근히 겁이 났다. 이미 분은 풀었으니 그쯤에서 그만두는 게 좋을 것 같았다.

"저 녀석이 졌으니 이쯤에서 용서해주자. 그만 때려."

"누가 너희더러 용서해달래?"

양과가 무수문의 얼굴을 향해 주먹을 날렸다. 무수문은 왼팔을 뻗어 양과의 팔을 막고 오른손으로 양과의 멱살을 잡아 앞으로 당겼다. 그때 무돈유가 양과의 등을 향해 쌍권을 날렸다. 양과는 중심을 잡지 못하고 앞으로 쓰러졌다. 그러자 또 무돈유가 양손으로 양과의 목을 잡아 눌렀다.

"항복하시지."

"누가 너희 같은 미친 개들한테 항복한대?"

무돈유는 화가 나서 양과의 머리를 모래사장에 처박았다.

"항복하지 않으면 죽여버릴 테다."

양과는 눈, 코, 입 할 것 없이 모래에 막혀 숨을 쉴 수가 없었다. 숨을 쉴 수 없는 상태가 잠시 계속되자 전신이 터질 것만 같았다. 무돈유가 양손으로 양과의 머리를 누르고 무수문은 양과의 목 위를 올라타고 있었기 때문에 아무리 몸부림을 쳐도 빠져나올 수가 없었다. 숨이 막혀 더 이상 견딜 수 없다고 느낀 순간, 요 며칠 구양봉에게서 전수받은 방법대로 수련했던 내공이 갑자기 터져 나왔다. 단전으로부터 뜨거운 열기가 위로 올라오더니 어찌 된 일인지 온몸에 힘이 불끈 넘쳤다. 양과는 벌떡 일어나 미처 눈도 뜨지 못한 상태에서 쌍장을 날렸다. 양과의 쌍장이 무수문의 아랫배에 정통으로 맞았다. 무수문은 비명을 내지르며 그 자리에서 기절했다. 구양봉의 절기 합마공이 무수문에게 적중된 것이다. 그 위력은 물론 구양봉의 절반에도 미치지 못했고, 양과가 정확하게 운용하지도 못했지만 위급한 순간에 자신도 모르게 폭발한 힘이었기 때문에 무수문이 당해낼 재간이 없었다. 무돈유는 급히 동생에게 다가갔다. 무수문은 두 눈의 흰자위를 드러낸 채 땅바닥에 누워 꼼짝도 하지 않았다. 무돈유는 동생이 양과에게 맞아 죽었다고 생각했다. 놀라고 당황한 무돈유는 집을 향해 뛰기 시작했다.

"사부님, 사부님, 동생이 죽었어요! 동생이 죽었어요."

무돈유는 눈물을 흘리며 뛰었다. 곽부도 더럭 겁이 나 무돈유를 따라 뛰었다. 양과는 입안에 가득한 모래를 뱉어내며 눈의 모래를 털었다. 온몸에 힘이 빠져 한 발짝도 움직일 수 없었다. 주위를 둘러보니 무수문이 땅바닥에 누운 채 꼼짝도 하지 않았고, 무돈유가 '동생이 죽었다'며 외치는 소리가 들렸다. 양과는 정신이 멍해지며 대체 무슨 일이 일어났는지 파악이 되지 않았다. 무언가 무서운 일이 벌어진 듯했으나 움직일 수조차 없었다.

얼마나 지났을까. 곽정과 황용이 뛰어왔다. 곽정은 무수문을 일으켜
가슴에 손을 대보았다. 황용이 물었다.

"구양봉은? 구양봉은 어디 있느냐?"

양과는 뭐라 대답해야 할지 몰랐다.

"구양봉이 언제 네게 합마공을 가르쳐주었느냐?"

양과는 넋이 나간 듯 멍하니 앞을 바라본 채 아무 말도 하지 못했다.
황용이 양과의 어깨를 잡아 흔들며 물었다.

"어서 말하지 못해? 구양봉은 어디에 있느냐?"

잠시 후, 무수문이 깨어났다. 곽정이 내공을 실어 가슴을 문지른 것
이 효력이 있었던 것이다. 가진악도 곽부를 따라 현장에 도착했다. 가
진악은 양과가 물구나무를 선 채 무언가를 하고 있었고, 또 어떤 식으
로 무수문을 때렸는지를 곽부에게 듣고서 '알고 보니 양과가 구양봉
의 제자였구나'라고 생각했다. 그러자 마음에 쌓였던 한과 복수심이
끓어올랐다. 그는 황용이 묻는 말에 아무 대답도 하지 않는 양과를 보
자 화가 치밀어 철장을 높이 치켜들고 소리를 질렀다.

"구양봉, 그 더러운 놈이 어디에 있느냔 말이다! 말하지 않으면 내
가 널 때려죽일 테다!"

양과는 이미 생사를 초월한 듯했다.

"그분은 더러운 놈이 아니에요! 좋은 사람이에요. 죽일 테면 죽이세
요. 난 절대 말하지 않을 테니!"

가진악은 화가 나서 철장을 내리쳤다.

"사부님, 안 돼요!"

픽, 소리와 함께 철장이 양과의 곁을 스쳐 모래사장에 꽂혔다. 가진악

도 어린아이를 죽일 수는 없는지라 양과를 겨냥해 내리치지는 않았다.

"절대 말하지 않겠다?"

"날 죽일 테면 죽여요! 늙은 장님 따위는 겁날 것 없어요."

무례한 말을 듣자 곽정이 양과의 뺨을 세차게 쳤다.

"이 무슨 버릇없는 짓이냐?"

양과는 울지도 않고 차가운 목소리로 말했다.

"날 죽이려면 수고하실 필요 없이 제가 직접 죽어드리지요."

양과는 몸을 돌려 바다를 향해 뛰어갔다.

"과야, 돌아와!"

양과는 더욱 빨리 뛰었다. 곽정이 막 뒤를 쫓으려는데 황용이 소매를 잡으며 말렸다.

"기다려요."

양과는 그대로 달려 파도가 넘실대는 바다로 뛰어들었다.

"과는 수영을 할 줄 몰라. 어서 가서 구해야 돼."

"죽지 않을 테니 걱정 말아요."

황용은 양과의 강단 있는 모습에 내심 탄복했다. 잠시 시간이 흘렀으나 양과가 돌아오지 않자 결국 황용이 바다로 뛰어들었다. 그녀는 워낙 수영을 잘했기 때문에 이런 얕은 바다에서 사람 하나 구하는 것쯤은 아무 일도 아니었다. 잠시 후 황용이 양과를 끌고 물 밖으로 나왔다. 그녀는 양과를 바위 위에 눕혔다. 양과는 잠시 바닷물을 토해내더니 천천히 정신이 드는 모양이었다. 곽정은 사부님과 아내를 번갈아 바라보았다.

"어찌할까요?"

황용이 말했다.

"도화도에 오기 전에 배운 모양이에요. 구양봉이 이곳엘 왔다면 우리가 모를 리 없어요."

곽정이 고개를 끄덕였다.

"수문이의 상처는 좀 어때?"

"다 나으려면 한두 달은 걸릴 듯싶어요."

가진악이 입을 열었다.

"나는 내일 가흥으로 돌아가야겠다."

곽정과 황용은 서로를 마주 보았다. 두 사람 모두 가진악의 의도를 알고 있었다. 구양봉의 제자와 함께 기거하지 않겠다는 뜻이었다. 황용이 말했다.

"사부님, 여긴 사부님의 집이에요. 사부님이 이 아이에게 양보를 하실 필요가 있겠어요?"

그날 밤, 곽정이 양과를 불렀다.

"과야, 지나간 일은 모두 잊기로 하자꾸나. 네가 사조님께 무례하게 굴었기 때문에 난 더 이상 너를 내 문하에 둘 수 없다. 앞으로는 그냥 백부라고 부르면 된다. 내가 부족함이 많아 널 제대로 가르치지 못할까 걱정이 되는구나. 며칠 후에 널 종남산終南山의 중양궁重陽宮으로 데려가 전진교全眞敎의 장춘자長春子 구 진인丘眞人에게 맡길 생각이다. 전진파의 무공은 무학의 정종正宗이다. 중양궁에서 열심히 배우고 수양하여 훌륭한 사람이 되어라."

"예, 백부님."

양과는 즉시 곽정에 대한 호칭을 사부님에서 백부로 고쳤다.

곽정은 아침 일찍 짐을 챙겨 대사부, 아내, 딸 그리고 무씨 형제와 작별을 고하고 양과와 함께 배를 타고 길을 나섰다. 절강浙江 해안에 도착하자, 곽정은 말 두 필을 샀다. 두 사람은 들에서 밤을 보낸 후 말을 타고 북으로 향했다. 양과는 말을 타본 적이 없었지만 약간의 내공이 있었기 때문에 며칠이 지나자 금방 익숙하게 말을 몰 수 있었다. 호기심이 많아 항상 곽정보다 앞서서 말을 달렸다.

며칠이 지나자, 두 사람은 황하黃河를 건너 섬서陝西에 도착했다. 당시 대금국은 이미 몽고에 의해 멸망당한 상태라 황하 이북은 온통 몽고인의 천하였다. 곽정은 소년 시절 몽고군에서 대장을 지낸 적이 있었기 때문에 혹시 아는 사람을 만나 귀찮은 일이 생길지도 모른다고 생각했다. 그래서 그는 타고 있던 좋은 말을 늙고 비쩍 마른 볼품없는 노새로 바꾸고, 찢어지고 남루한 옷을 구해 시골 농사꾼처럼 꾸몄다. 양과에게도 낡고 거친 옷을 입히고 푸른 천으로 머리를 싸맨 후 늙은 노새를 타도록 했다. 노새는 성질이 보통이 아닌 데다 걸음이 매우 느려 하루 종일 씨름을 해야만 했다.

드디어 종남산이 있는 번천樊川에 도착했다. 번천은 일찍이 한나라 초 개국대장開國大將인 번쾌樊噲의 식읍食邑이 있던 곳이었다. 굽이굽이 이어진 산등성이에 송백松柏이 울창하고, 사이사이 논과 밭이 자리한 것이 전형적인 강남 지역의 풍경을 보여주고 있었다.

양과는 마음속의 울분이 쌓여 도화도를 떠난 이후 도화도에 관한 일은 단 한마디도 꺼내지 않았다. 그러나 눈앞에 펼쳐진 풍경을 보고 자기도 모르게 도화도를 입에 올렸다.

"백부님, 이곳 경치가 '우리 도화도'랑 비슷한 것 같아요."

곽정은 양과가 도화도를 '우리 도화도'라고 표현하는 것을 듣고 가여운 생각이 들었다.

"과야, 전진교 문하에서 무공을 잘 익히고 있어야 한다. 도화도와 종남산은 그리 먼 거리가 아니니 몇 년 후 내가 널 데리러 오마."

"다시는 도화도로 돌아가지 않을 거예요."

곽정은 양과의 단호한 태도에 당황해 뭐라 대답해야 할지 몰랐다. 잠시 후, 곽정이 다시 입을 열었다.

"백모 때문에 화가 난 거냐?"

"제가 어디 감히 화를 내겠어요? 백모님이 저 때문에 화가 나신 거 겠지요."

언변에 서툰 곽정은 대답할 말이 없었다.

점심때가 되자 두 사람은 산봉우리의 한 절에 도착했다. 절 문 앞에 '보광사普光寺'라는 글씨가 새겨진 현판이 걸려 있었다. 곽정과 양과는 노새를 절 밖 소나무에 묶어두고 절 안으로 들어가 밥을 먹기로 했다. 절에는 일고여덟 명의 승려가 있었는데, 그들은 두 사람의 초라한 행색을 보고 무시하는 빛이 역력했다.

한 승려가 국수 두 그릇과 만두 대여섯 개를 가져다주었다. 곽정과 양과는 소나무 밑 돌 의자에 앉아 국수를 먹었다. 문득 고개를 돌리니 소나무 뒤 수풀 속에 비석 하나가 있었는데, 길게 자란 풀 사이로 '장춘長春'이라는 두 글자가 보였다. 곽정은 문득 생각나는 바가 있어 비석이 있는 쪽으로 가서 풀을 헤치고 비석에 쓰인 글자를 살펴보았다.

비석에 쓰여 있는 글은 장춘자 구처기丘處機*의 시였다.

창망한 하늘은 세상 만물을 굽어보면서

어찌하여 만백성의 고통을 구하지 않는가?

도탄에 빠진 백성들은 죽어가고

울분을 삼키며 입을 열지 않네.

하늘을 향해 절규하나 하늘은 응답하지 않고

몸부림쳐도 소용없네.

천하를 더욱 어지럽게 만들어

피조물이 정령이 생기는 것을 막기 위함이던가?

天蒼蒼兮臨下土 胡爲不救萬靈苦

萬靈日夜相凌遲 飮氣吞聲死無誤

仰天大叫天不應 一物細瑣枉勞形

安得大千復混沌 危敎造物生精靈

　곽정은 이 시를 보자 10여 년 전 몽고 대사막에서 겪었던 일들이 떠올라 비석을 어루만지며 생각에 잠겼다. 이제 곧 구처기를 만날 수 있으리라는 생각이 들자 새삼 감개가 무량했다.

　"백부님, 뭐라고 쓰여 있어요?"

　"이것은 너의 사부님이 될 구 진인께서 지으신 시란다. 도탄에 빠진 백성들을 보며 안타까운 마음에 이런 시를 쓰신 거지."

---

*《칠진연보七眞年譜》《구처기연보丘處機年譜》 등의 기록에 따르면 구처기는 1227년 7월 칭기즈칸과 같은 해 같은 달에 세상을 떠났다. 왕처일은 그보다 앞서 세상을 떠났다. 전진칠자와 금조金朝 및 몽고와의 관계는 소설 중의 내용과 다른 부분이 많다. 곽정이 양과를 데리고 종남산에 오르던 해에 그의 나이 중년에 접어들었으니 구처기는 이미 세상을 떠나고 없을 때였다. 무협소설은 역사소설이 아니기 때문에 일부 내용은 실제와 다를 수 있다는 점을 양해해주기 바란다.

곽정은 비석에 새겨져 있는 시의 내용을 설명해주었다.

"구 진인께서는 무공도 뛰어나시지만, 이처럼 백성을 아끼시는 마음은 더욱 본받을 만하다. 네 부친께서는 구 진인의 제자였으니, 구 진인께서도 분명 널 아껴주실 거다. 네가 열심히 배우기만 한다면 반드시 훌륭한 사람이 될 수 있을 거야."

잠시 후 양과가 말했다.

"백부님, 궁금한 게 있어요."

"무엇이 궁금하느냐?"

"저희 아버지는 어떻게 돌아가신 거예요?"

돌연 곽정의 안색이 딱딱하게 바뀌었다. 가흥 철창묘에서 있었던 일을 생각하니 떨리기까지 했다. 곽정은 어두운 표정으로 아무 말도 하지 않았다.

"누가 아버지를 죽게 만든 거예요?"

곽정은 여전히 아무 대답도 하지 않았다. 양과는 어머니도 아버지가 돌아가신 사연을 물을 때마다 곽정과 비슷한 반응을 보였던 것이 생각났다. 가만 생각해보면 곽정은 자신에게 따뜻하게 대해주는 편이지만, 황용은 항상 경계하는 빛을 보였다. 양과는 비록 나이는 어렸지만 황용이 뭔가를 숨기고 있다는 생각이 들었다.

"백모님이 저희 아버지를 죽게 만든 거죠? 그렇죠?"

양과의 말에 곽정은 크게 노하여 비석을 내리쳤다.

"함부로 입을 놀리다니!"

비석이 곽정의 힘을 이기지 못하고 쓰러질 듯 흔들거렸다. 양과는 곽정이 화를 내자 급히 고개를 숙여 사죄했다.

"잘못했어요. 다시는 그런 말 하지 않을 테니 화내지 마세요."

곽정은 본디 양과를 무척 아끼는 터라 금세 화를 풀고 양과를 위로했다. 그때 갑자기 누군가가 탄식을 내뱉는 소리가 들렸다. 매우 놀란 듯한 목소리였다. 고개를 돌려보니 중년의 도사 두 사람이 서 있었다. 매우 화가 나 있는 듯했다. 아마도 방금 곽정이 비석을 세게 내리치는 모습을 본 모양이었다.

두 도사는 서로 한번 마주 보더니 어디론가 사라졌다. 가벼운 발걸음으로 보아 무공을 하는 사람임에 틀림없었다. 이곳이 종남산에서 멀지 않은 곳이기에 아마도 그들은 중양궁 사람인 듯했다. 마흔 살 전후인 것으로 보아 전진칠자全眞七子의 제자일지도 몰랐다.

곽정은 도화도에 은거한 후 마옥馬鈺 등과 거의 연락을 하지 않았으므로 전진칠자의 제자들을 알 리 없었다. 최근 전진교는 크게 흥성하여 마옥, 구처기, 왕처일 등은 모두 제자를 많이 거느렸다. 전진교는 무림에서 의를 행하고 어려운 사람을 돕는 것으로 유명했다. 그리하여 강호에 이름을 떨치게 되었고 널리 존경받고 있었다.

곽정은 여기까지 생각하고는 산을 올라 구처기를 만나려면 저 두 도사를 따라가는 것이 좋을 거라는 느낌이 들었다. 그래서 발에 내공을 실어 빠른 속도로 그들을 뒤쫓았다. 두 도사가 앞에서 가볍게 산을 오르고 있었다. 곽정이 소리쳐 불렀다.

"두 분 잠시만 기다려주십시오. 드릴 말씀이 있습니다."

곽정의 내공이 실린 목소리가 멀리까지 울렸다. 그러나 두 도사는 발걸음을 멈추기는커녕 더욱 속도를 내 달려갔다.

'설마 귀머거리들인가?'

곽정은 금세 두 사람 앞을 가로막고 섰다.

"두 분 잠시만 제 말 좀 들어주십시오."

곽정은 예를 갖추어 읍을 올렸다. 두 도사는 곽정의 몸놀림이 재빠른 것을 보고 다소 안색이 변했다. 곽정이 예를 갖추자 무언가 내공을 운기하여 기습하려는 것은 아닌지 경계심이 일어 급히 좌우로 비켜섰다.

"무슨 일로 그러는 거요?"

"두 분께서는 종남산 중양궁에 계시는 분들인가요?"

둘 중 비쩍 마른 도사가 어두운 표정으로 대답했다.

"그건 물어 뭐 하려고요?"

"저는 장춘 진인 구 도장의 옛 지인입니다. 올라가서 인사를 드리고 싶은데 길을 알려주실 수는 없는지요?"

"갈 수 있으면 직접 찾아가보시지요. 이만 비켜주십시오!"

오 척 단신의 또 다른 도사가 냉소를 띠며 대답하더니 갑자기 손을 휘둘렀다. 손을 휘두르는 몸놀림이 매우 빨랐다. 곽정은 하는 수 없이 오른쪽으로 물러나 길을 비켜주었다. 그런데 뜻밖에도 비쩍 마른 도사가 뒤이어 오른쪽에서 왼쪽으로 일장을 뻗어 곽정을 가운데로 몰아 길을 가로막았다. 두 사람의 장을 휘두르는 속도와 각도 등이 척척 들어맞았다. 그들이 사용한 초식은 대관문식大關門式으로 전진파 무공 중 매우 고명한 것에 속했다.

곽정이 전진파 무공의 초식을 모를 리가 없었다. 곽정은 두 도사가 아무 이유 없이 다짜고짜 무공을 사용하는 것을 보고 영문을 몰라 깜짝 놀랐다. 무슨 오해가 있는지 알 수 없으니 응수를 할 수도 없었다.

휙휙, 바람을 가르는 소리와 함께 두 사람은 다시 곽정의 겨드랑이를 향해 쌍장을 날렸다. 곽정은 공격을 피하지 않고 공격해 들어오는 부위에 내공을 실어 그대로 장풍을 받았다. 내공을 적절하게 실었기 때문에 자신도 전혀 상처를 입지 않고 상대방에게 장력을 되돌려보내지도 않았다. 두 사람의 장풍을 받아보니 그들의 무공 수준을 쉽게 알 수 있었다. 무공을 보니 전진칠자의 제자임이 틀림없었고 자신과 같은 항렬인 듯싶었다.

두 도사는 10년 넘게 열심히 익힌 절묘한 초식을 사용해 상대방을 공격했는데, 뜻밖에 아무런 효과를 거두지 못하자 깜짝 놀라지 않을 수 없었다. 두 사람은 동시에 뛰어올라 발로 허공을 가르며 곽정을 향해 다가가 가슴을 겨냥해서 힘껏 찼다.

곽정은 이상한 생각이 들었다.

'전진파의 제자들은 모두 친절하고 온화하기로 유명한데 이들은 왜 함부로 사람을 공격하는 것일까?'

두 도사가 사용한 초식은 원앙연환퇴鴛鴦連環腿였다. 곽정은 이번에도 아까와 같은 방식으로 두 사람의 공격을 받아냈다. 탁탁탁, 팍팍팍, 소리와 함께 곽정의 가슴에 몇 개의 각인脚印이 남았다.

두 도사는 더욱 깜짝 놀랐다. 곽정의 가슴을 발로 차니 마치 부드러운 솜을 차는 기분이 들었다.

'대단한 놈이군. 사부님보다 한 수 위인 것 같은데.'

두 사람은 다시 한번 곽정을 자세히 훑어보았다. 짙은 눈썹에 큰 눈, 소박한 차림새하며 착해 보이는 표정이 영락없이 건실한 농부였다. 두 사람은 잠시 멍하니 선 채 아무 말도 할 수 없었다.

양과는 두 도사가 계속해서 곽정을 공격하는데도 곽정이 반격하지 않고 그대로 당하고만 있자 화가 치솟았다.

"참 이상한 도사들이네, 당신들이 뭔데 우리 백부님을 때리는 거예요?"

"과야, 입 다물고 어서 두 분께 인사를 올려라."

양과는 이해할 수 없었다.

'백부님은 왜 저들을 두려워하시는 걸까?'

두 도사는 잠시 서로를 마주 보더니 갑자기 허리에 꽂혀 있던 장검을 빼 들었다. 키 작은 도사는 탐해도룡探海屠龍 초식으로 곽정의 하반신을 공격해 들어오고, 다른 사람은 강풍소엽罡風掃葉으로 양과의 오른발을 공격했다. 곽정은 그들이 자신을 공격하는 것에 대해서는 마음에 두지 않았으나 양과를 공격하는 것을 보고 화가 났다.

"이 아이가 당신들과 무슨 원한이 있다고 어린애를 공격하는 겁니까? 검으로 다리를 공격하다니 아이의 다리를 끊어놓겠다는 심산이오?"

곽정은 몸을 약간 돌려 왼손을 키 작은 도사가 휘두른 검의 손잡이에 대고 왼쪽으로 가볍게 밀었다. 그러자 키 작은 도사의 검이 왼쪽으로 방향을 바꾸더니 쟁, 소리를 내며 비쩍 마른 도사의 장검과 맞부딪쳤다. 곽정이 사용한 이적공적술以敵攻敵術은 적을 이용해 적을 공격하는 것으로 공수입백인空手入白刃 무공을 변형시킨 것이었다. 적이 둘일 때뿐만 아니라 여러 명의 적이 동시에 공격해온다고 해도 적의 칼을 이용해서 적의 검을 물리칠 수 있는 초식이었다.

두 도사는 손목이 마비되는 것을 느꼈다. 놀라운 한편 두려운 마음에 잠시 곽정을 노려보다가 또다시 검을 들고 덤벼들었다.

'이제 막 천강북두진의 기초를 배운 모양이군. 천강북두진이 비록

상승 무공이기는 하나 상대는 겨우 둘뿐이고 아직 완벽하게 익히지 못한 듯하니 무슨 위력이 있을까?'

곽정은 두 도사의 무공은 전혀 두렵지 않았으나 행여 양과가 다칠까 봐 몸을 날려 검을 피하며 손을 뻗어 양과를 들어 안았다.

"저는 구 진인의 지인입니다. 두 분께서 이토록 경계하실 필요가 없습니다."

"누가 그 거짓말에 속아 넘어갈 것 같으냐?"

"마 진인께서도 제게 무공을 가르쳐주신 적이 있습니다."

"쓸데없는 소리! 중양 조사님께서도 당신에게 무공을 가르쳐주셨다고 할 판인가?"

키 작은 도인이 화를 내며 검을 들어 곽정의 가슴을 노렸다. 곽정은 두 사람이 분명 전진파의 제자인 듯한데 왜 자기를 적으로 취급하는지 이해할 수가 없었다. 그러나 곽정은 전진칠자와 교분이 남다른 데다 양과를 중양궁에 부탁하려는 처지이니 전진파의 제자들과 낯을 붉힐 일을 만들 수는 없었다. 그래서 그저 피하기만 할 뿐 응수하지 않았다.

두 도사는 아무리 공격을 해도 곽정을 제압할 수 없자 곽정의 무공이 자신들보다 훨씬 뛰어나다는 것을 알고 놀랍기도 하고 두려운 생각도 들었다. 두 사람은 서로 손짓을 주고받더니 갑자기 검법을 바꾸어 공격하기 시작했다. 검이 허공을 가르는 소리가 연이어 나더니 양과의 가슴과 등을 향해 공격해 들어왔다. 사람의 생명을 앗아갈 수도 있는 검법이었다.

곽정은 두 사람이 어린아이에게 이토록 잔인한 검법을 사용하는 것을 보고 화가 났다. 곽정은 키 작은 도사가 맹렬하게 휘두르던 검을 주시하다가 오른손을 뻗어 식지와 중지로 검의 날을 잡아 손목을 안쪽으로 돌리며 오른손 팔꿈치로 상대방의 콧등을 때렸다. 키 작은 도사는 힘을 주어 검을 다시 당기려 했으나 움직여지지 않았다. 검을 놓고 피하지 않으면 곽정의 팔꿈치에 얼굴을 맞게 될 상황이었고, 자칫 잘못하면 중상을 입을지도 몰랐다. 키 작은 도사는 하는 수 없이 검을 놓고 몸을 뒤로 날렸다.

곽정의 무공은 이미 상당한 경지에 올라 힘을 자유자재로 조절할 수 있었고, 손과 발을 원하는 만큼의 힘으로 정확하게 움직여 상대방을 공격할 수 있었다. 곽정은 검의 날을 잡고 있는 두 손가락을 살짝 밑으로 당겼다. 검의 자루가 하늘을 향해 치솟으면서 마침 양과의 목을 향해 날아 들어오던 비쩍 마른 도사의 검과 맞부딪쳤다. 비쩍 마른 도사는 오른팔 어깨가 뻐근해지는 것을 느끼며 전신이 격렬히 떨려와 그만 손에서 검을 놓치고 말았다.

"음흉한 놈, 무공이 대단하군. 가자!"

두 사람은 몸을 돌려 급히 산을 올라갔다. 곽정은 살면서 종종 '멍청한 놈'이나 '아둔한 녀석'과 같은 욕을 먹기는 했지만 '음흉한 놈'이라는 욕은 들어본 적이 없었다. 화가 난 곽정은 양과를 안은 채 두 도사의 뒤를 쫓았다. 두 도사를 바짝 따라붙은 곽정은 오른발로 땅을 박차고 두 사람의 몸을 넘어 앞을 가로막고 섰다.

"방금 나한테 뭐라고 한 겁니까?"

키 작은 도사는 내심 깜짝 놀랐으나 여전히 굽히지 않았다.

"용 낭자를 넘보러 온 게 아니라면 대체 종남산엔 무엇 하러 온 것이냐?"

키 작은 도사는 비록 강경하게 대꾸하긴 했지만 혹 곽정이 공격할까 봐 연신 뒷걸음질을 쳤다.

곽정은 깜짝 놀랐다.

'내가 용 낭자를 넘보러 왔다고? 용 낭자가 누구지? 아내가 있는데 내 어찌 다른 여자를 넘본단 말인가?'

곽정은 어찌 된 영문인지 알 수가 없었다.

두 도사는 곽정이 잠시 멍해 있는 틈에 서로 눈짓으로 신호를 주고받은 후 쏜살같이 도망을 쳤다. 양과는 멍하니 생각에 잠겨 있는 곽정을 보고 내려달라며 몸을 비틀었다.

"백부님, 그 도사 놈들이 도망갔어요."

곽정은 그제야 정신을 차리고 양과를 내려놓았다.

"응, 그렇구나. 저들이 내가 용 낭자를 넘보려 한다는데 대체 그게 누굴까?"

"제가 어떻게 알겠어요. 다짜고짜 무공을 사용하는 것으로 봐서 분명 사람을 잘못 본 거겠지요."

양과의 말에 곽정은 절로 실소를 했다.

"그렇겠지. 우리도 어서 가자."

양과는 두 도사가 떨어뜨린 두 개의 장검을 집어 들었다. 검의 손잡이에는 '중양궁'이라는 글자가 새겨져 있었다.

한 시진쯤 걸었을까, 마침내 금련각金蓮閣에 도착했다. 여기서부터 길은 더 험해졌다. 곳곳에 놓인 바위와 깎아지른 듯한 절벽을 지나야 했다. 두 사람이 굽이굽이 굽은 길을 지나 일월암日月嵓에 도착했을 때는 날이 이미 저물었고, 포자암抱子嵓에 이르자 밝은 달이 높게 떠 있었다. 이 포자암은 마치 어머니가 아이를 안고 있는 것 같은 형태를 띠고 있었다. 두 사람은 그곳에서 잠시 숨을 돌렸다.

"피곤하지는 않느냐?"

양과가 고개를 저었다.

"괜찮습니다."

"그래, 또 가보자꾸나."

얼마나 걸었을까, 갑자기 눈앞에 커다란 바위가 길을 가로막았다. 바위의 생김새며 놓인 모습이 어쩐지 매우 음산하고 공포스러웠다. 마치 늙은 요괴가 허리를 굽어 산 밑을 내려다보고 있는 듯했다. 양과는 어쩐지 무서운 생각이 들었다. 바로 그때 바위 뒤에서 네 명의 도사가 뛰어나오더니 장검을 들고 길을 막아섰다.

곽정이 앞으로 나서 예를 갖추었다.

"저는 도화도의 곽정입니다. 구 진인을 뵈러 왔습니다."

키 큰 도사가 앞으로 성큼 나서더니 냉소를 띠며 말했다.

"곽 대협의 명성은 익히 들어 알고 있습니다. 도화도 황약사 님의 사위 되시는 분 아닙니까? 곽 대협께서 어찌 이토록 파렴치한 행동을 하려 하십니까? 어서 돌아가시지요."

'내가 무슨 파렴치한 행동을 하려 한단 말인가?'

곽정은 화를 눌러 참으며 다시 공손하게 말을 받았다.

"제가 분명 곽정이 맞습니다. 구 진인을 뵈면 모든 것이 밝혀질 터이니 안내해주시지요."

그러나 키 큰 도사는 도리어 목청을 높여 곽정을 꾸짖었다.

"아무리 무공이 강하다고 이렇게 횡포를 부려서야 되겠습니까? 우리 중앙궁을 무시하는 겁니까?"

키 큰 도사는 말을 마치자마자 장검을 휘두르며 분화불류分花拂柳 초식으로 곽정의 허리를 공격했다. 곽정은 이 모든 상황이 도무지 이해가 되지 않았다.

'10여 년 동안 강호에 나오지 않았다고 무림의 법도가 이리 달라졌단 말인가?'

곽정이 막 몸을 돌려 피하면서 뭔가 대답을 하려는데 또 다른 도사 세 명이 각기 장검을 빼 들고 다가오더니 곽정과 양과를 에워쌌다.

"대체 어떻게 하면 제가 곽정인 것을 믿어주시겠습니까?"

"내 손에 들고 있는 검을 한번 빼앗아보시오. 그러면 믿어드리지."

키 큰 도사가 또 검을 곧게 들고 곽정의 가슴을 곧장 찌르려 했다. 검은 원래 단도와 달라 가볍게 비스듬히 휘둘러야 하는 법인데 이렇게 검을 곧게 들고 똑바로 찌르는 것은 곽정을 전혀 안중에 두고 있지 않다는 뜻이었다. 곧 곽정을 경멸하는 행동이었다.

곽정은 서서히 화가 나기 시작했다.

"당신의 검 하나 못 빼앗을 것 같소?"

곽정은 가슴을 향해 들어오는 검의 날을 식지와 엄지로 잡아 다시 가볍게 튕겼다. 윙, 하는 소리가 나더니 키 큰 도사는 결국 버티지 못하고 검을 놓쳐버렸다. 검이 허공을 향해 날아갔다. 곽정은 그 검이 땅에 떨어지기 전에 다시 다른 세 명의 도사가 휘두르는 세 개의 장검까지 하늘로 튕겨 보냈다. 달빛 아래 검의 날이 빛을 발했다. 양과가 그 풍경을 보고 큰 소리로 환호성을 질렀다.

"이젠 믿을 수 있겠죠?"

곽정은 평소 웅수를 할 때 항상 상대방이 반격할 수 있는 여지를 남겨두곤 했다. 그러나 지금은 은근히 화가 난 터라 탄지신공彈指神功의 절기를 선보인 것이다. 이 무공은 황약사의 절학絶學으로 도화도에서 직접 황약사에게 전수받은 것이다. 곽정의 내공이 상당히 강하기 때문에 그 위력이 대단할 수밖에 없었다. 네 명의 도사는 눈앞에서 검을 놓쳤는데도 상대가 어떤 초식을 사용했는지조차 간파할 수 없었다. 키 큰 도사가 외쳤다.

"이 음흉한 놈이 사악한 수법을 쓰는 모양이군. 가자!"

네 명의 도사는 커다란 바위를 넘어 급히 산을 올라갔다. 순식간에 네 사람의 모습이 어둠 속으로 사라졌다.

곽정은 '음흉한 놈'이라는 말에 이어 '사악한 수법을 쓴다'는 말까지 듣자 어이가 없어 웃음을 지었다.

"과야, 이 검들을 길가 돌 위에 잘 놓아두어라."

"예."

양과는 곽정이 시키는 대로 네 개의 검을 들어 손에 들고 있던 검 두 개와 함께 바위 위에 가지런히 놓아두었다. 양과는 곽정의 무공을 보고 감탄을 금치 못했다. '백부님, 저는 저 사람들한테 말고 백부님에게 무공을 배우고 싶어요'라는 말이 입까지 나왔지만, 도화도에서 있었던 일이 떠오르자 차마 입 밖에 낼 수가 없었다.

산모퉁이를 돌자 지세가 다소 평탄해졌다. 갑자기 병기 소리가 들리더니 숲속에서 일곱 명의 도사가 장검을 들고 뛰어나왔다. 일곱 명은 각각 왼편에 네 명, 오른편에 세 명씩 갈라섰다. 곽정이 보니 바로 천강북두진天罡北斗陣의 진법이었다.

'골치 아파지겠는데.'

곽정은 목소리를 낮추어 양과에게 당부했다.

"너는 뒤쪽 큰 바위 뒤에 숨어서 날 기다리거라. 너 때문에 마음이 분산되어서는 안 되니 약간 멀리 가서 잘 숨어 있어야 한다."

양과는 고개를 끄덕였다. 아무리 소년이지만 도사들 앞에서 도망가는 모습을 보이고 싶지는 않았기에 양과는 바지를 풀어 헤치며 큰 소리로 말했다.

"백부님, 가서 오줌 누고 올게요."

양과는 뒤쪽 큰 바위 뒤로 가서 오줌을 누었다.

'그 녀석, 역시 영리하구나. 제발 바른길을 걸어 훌륭한 사람이 되면 좋으련만.'

곽정은 양과에게서 눈을 돌려 일곱 명의 도사를 바라보았다. 달을 등지고 있는지라 얼굴은 제대로 보이지 않았지만 그중 여섯 명이 수염을 길게 기르고 있는 것이 젊은 나이는 아닌 듯싶었다. 나머지 한 명만 약간 왜소한 몸집에 비교적 젊은 사람인 것 같았다.

'얼른 구 진인을 만나 뵙고 오해를 푸는 것이 중요하다. 이들과 오래 다퉈서 무엇 하겠는가?'

곽정은 순식간에 몸을 날려 왼쪽 북극성 자리를 차지했다. 일곱 명의 도사는 곽정이 아무 말도 하지 않고 있다가 갑작스레 움직여 깜짝 놀랐다가, 뜻밖에 북극성 자리를 빼앗기자 더욱 깜짝 놀랐다. 천권天權 위치의 도사가 낮게 호령을 내리자 여섯 명이 한꺼번에 왼쪽으로 돌며 곽정을 에워쌌다. 그러나 곽정도 오른쪽으로 두 걸음을 옮겨 여전히 북극성 자리를 지켰다. 천권 도사는 원래 세 명의 도사가 먼저 측공을 펼치도록 하려 했으나 곽정의 방위가 워낙 독특해서 세 사람의 장검이 곽정에게 닿을 수가 없었다. 도리어 일곱 명의 방어선에 허점이 뚫렸다.

곽정이 공격해 들어가자 천권 도사는 왼손을 휘둘러 뒤로 물러나게 했다. 그러나 뜻밖에도 곽정이 또다시 앞을 향해 두 걸음을 옮겨 여전히 북극성 자리를 차지했다. 일곱 명은 여전히 공격도 방어도 어려운 위치에 놓이게 되었다.

천강북두진은 원래 전진교의 상승 무공으로 만약 이 진법을 완벽하게 익힌 일곱 명의 고수가 함께 공격을 한다면 그야말로 천하무적이라 할 만한 위력을 지니게 된다. 다만 곽정은 이 진법의 핵심, 즉 북극성 자리만 빼앗기지 않는다면 천강북두진을 제압할 수 있다는 것을 잘 알고 있었다. 물론 일곱 명의 도사가 이 진법을 아직 완벽하게 익히지 못한 탓도 있었다. 만약 마옥, 구처기 등이었다면 결코 적에게 북극성 자리를 내주지는 않았을 것이다.

곽정과 일곱 명의 도사는 몇 차례 방위를 바꾸었지만 매번 곽정이 기선을 제압했다. 곽정은 힘들이지 않고 손쉽게 북극성 자리를 차지하곤 했다. 진을 지휘하던 도장은 나이도 많고 식견도 넓은지라 상황이 불리함을 깨달았다.

"진을 바꾸어라!"

일곱 명의 도사는 순식간에 흩어지더니 한두 사람은 왼쪽으로 뚫고 나가고, 또 한두 사람은 오른쪽으로 뚫고 들어왔다. 그리고 나머지 한두 사람은 각기 동서로 흩어졌다. 그들은 진법의 변화가 매우 어지럽고 몸놀림이 빨랐기 때문에 적을 혼란시킬 수 있으리라 생각했다. 순식간에 일곱 명의 도사는 다시 진을 형성했다. 두병斗柄과 두괴斗魁의 위치가 바뀌었고 진세도 서쪽에서 동남쪽으로 전환되었다. 진세가 갖추어지자 천선天璇, 옥형玉衡의 두 도사가 검을 들고 공격해 들어왔다. 그러나 곽정이 두병의 정북 방향에 서서 쌍장을 서로 교차한 채 미소를 머금고 서 있는 것을 보자, 문득 이대로 공격했다가는 개양開陽과 천선에 있는 두 도사가 중상을 입게 된다는 것을 깨달았다. 잠시 멍해 있는 사이, 천추天樞에 있는 도사가 다급히 외쳤다.

"물러서시오!"

천권 도사는 놀라고 화가 나 큰 소리로 호령을 내려 여섯 명의 도사를 지휘하며 계속 진법을 변화시켰다.

양과는 이 광경을 멀리서 지켜보면서 일곱 명의 도사는 미친 듯이 곽정을 에워싸고 달리는 반면, 곽정은 동서남북으로 몇 발짝만 움직이고 있는데도 그가 우위를 차지하는 상황을 이해할 수가 없었다. 한창 흥미진진하게 바라보고 있는데 갑자기 곽정이 쌍장을 마주치더니 왼쪽으로 급히 두 걸음을 옮겼다.

"실례하겠소이다!"

이미 북두진은 곽정의 통제 아래 놓였다. 곽정이 왼쪽으로 달릴 때 만약 따라서 왼쪽으로 가지 않으면 각각의 등 뒤가 무방비 상태에 놓일 터였다. 등 뒤의 적을 방어하지 않는 것은 무학에서 절대 있어서는 안 될 매우 위험한 일이었다. 그러니 하는 수 없이 곽정을 따라 왼쪽으로 움직이는 수밖에 없었다. 이렇게 되니 일곱 명의 도사는 이미 스스로를 통제할 수 없는 상황에 처해 있었다. 곽정이 빨리 뛰면 도사들도 빨리 뛸 수밖에 없고, 반대로 곽정이 천천히 움직이면 도사들도 천천히 움직여야 했다. 그중 젊은 도사가 내공이 가장 약했기 때문에 곽정을 따라 몇 바퀴 돌고 나자 이미 지칠 대로 지쳤고 곧 쓰러질 것처럼 보였다. 그러나 북두진에서 한 사람만 빠져도 전체가 위험해진다는 것을 잘 알기 때문에 이를 악물고 버티고 있을 따름이었다.

곽정은 이미 적지 않은 나이였지만 황용과 함께 도화도에 은거한 이래 거의 외부와 접촉하지 않고 살았기 때문에 소년 시절의 성격이 아직 많이 남아 있었다. 일곱 명의 도사가 자기를 따라 도는 모습을 보자 자기도 모르게 동심이 일었다.

'이유 없이 나를 음흉한 놈이라고 욕하고 무슨 요술을 부리는 것처럼 욕했것다? 억울해서 이대로는 안 되지. 한번 맛 좀 봐라.'

곽정은 목소리를 높여 양과를 불렀다.

"과야, 내가 요술을 부리는 것을 좀 보겠느냐?"

곽정은 몸을 훌쩍 날려 높은 바위 위로 올라섰다. 만약 일곱 명의 도사도 따라 올라가지 않으면 북두진의 약점이 훤히 드러날 것이기에 일곱 명의 도사는 어찌해야 할지 몰라 망설였다. 천권 도사가 황급히 호령을 내려 모두들 바위 위로 올라가게 했다. 일곱 명의 도사가 자리를 잡고 서기도 전에 곽정은 또 몸을 날려 소나무 위로 올라갔다. 비록 도사들과 약간 거리가 있었지만, 그다지 멀지는 않아서 여전히 북극성 위치를 차지했다. 게다가 높은 곳에서 아래를 내려다볼 수 있었기 때문에 상대의 허점을 찾기가 더 쉬웠다.

일곱 명의 도사는 당황스러움을 감추지 못했다.

'정말 귀신 같은 놈이군. 전진교의 체면이 말이 아니구나.'

머릿속으로 이런 생각을 하면서도 발은 잠시도 지체할 수 없었다. 일곱 명의 도사는 각자 적합한 나뭇가지를 찾아 뛰어올라갔다.

"내려갑시다!"

곽정은 웃으며 연이어 뛰어내리면서 개양 도사의 발목을 잡아당겼다. 북두진법의 핵심은 좌우가 서로 호응하며 서로 호흡을 맞추는 데 있었다. 곽정이 개양을 공격한 이상, 요광瑤光과 옥형은 어쩔 수 없이 함께 뛰어내려와 개양을 도와줄 수밖에 없었다. 이렇게 되자 천추, 천권 두 도사도 내려올 수밖에 없었고, 그 까닭에 순식간에 대열이 흐트러지고 말았다. 이 모습을 지켜보는 양과는 그저 신이 났다.

'백부님 같은 무공을 배울 수 있다면 어떤 어려움이 있더라도 다 견뎌낼 거야. 그렇지만 어느 세월에 백부님처럼 될 수 있겠어. 곽부나 무 씨 놈들은 복도 많지. 전진파의 무공이 백부님보다 훨씬 못하다는 것을 뻔히 알면서 나를 이 사람들에게 보내시다니…….'

양과는 생각할수록 화가 나서 울고 싶은 심정이었다. 더 이상 그들이 싸우는 모습을 지켜보고 싶지 않았다. 그렇지만 어린아이의 호기심이 어디 가겠는가? 결국 그는 또다시 넋을 잃고 싸움 구경에 빠져들었다.

'이 정도 했으면 이제 내가 곽정이라는 것을 믿어주겠지? 구 진인의 얼굴을 봐서 그만둬야겠다.'

곽정은 양손을 마주 잡고 공손히 인사를 했다.

"제 무례함을 용서하시고 이제 그만 길을 안내해주십시오."

천권 도사는 곽정의 무공이 상당하고 북두진법을 잘 알고 있는 것으로 보아 분명 꿍꿍이속이 있는 것이라고 생각했다. 그는 원래 성격이 급한 편이라 곽정의 말을 듣고 버럭 화부터 냈다.

"음흉한 놈, 우리 전진교의 진법을 잘도 연구했구나. 독한 놈 같으니라고. 너희가 아무리 종남산에서 파렴치한 짓을 꾸미려 해도 우리가 가만있지 않을 것이다."

"대체 무슨 파렴치한 짓을 꾸민다는 겁니까?"

"보아하니 무공도 강하고, 저질의 무리는 아닌 듯한데, 좋은 뜻으로 권할 때 그만 돌아가시오!"

그의 말투에 곽정의 무공에 대한 탄복이 묻어났다. 곽정은 공손히 말을 받았다.

"저는 볼일이 있어 구 진인을 뵙기 위해 멀리서 찾아온 사람입니다. 그분을 뵙지 않고 어찌 이대로 산을 내려갈 수 있겠습니까?"

"기어이 구 진인을 만나려는 이유가 뭐요?"

"저는 어려서부터 마 진인과 구 진인의 은혜를 많이 입었습니다. 10여 년 동안 뵙지 못해 궁금하던 차에 이번에 특별히 볼일이 있어 왔습니다."

천권 도사는 곽정의 말을 듣자 얼굴이 더욱 굳어졌다.

강호에서는 '은혜'나 '원수'라는 말은 매우 조심스레 사용해야 한다. 어떤 경우에는 '복수를 한다'는 말을 '은혜를 갚는다'고 표현하기도 했던 것이다. 이를테면 "20년 전 네놈이 내 팔을 베어버린 은혜를 내 어찌 잊을 수 있겠느냐?" 하는 식이 바로 그런 표현이다. 게다가 '볼일이 있다'는 말 역시 악한들이 비유적으로 쓰는 경우가 많았다. 남의 돈을 강탈하면서 "볼일이 있어 그러니 은자 몇만 냥만 빌려줘야겠는데"라는 식이 바로 그런 표현이다.

전진교는 큰 적의 침입을 눈앞에 두고 있는 데다 곽정에 대한 선입견이 있었기 때문에 도사들은 그의 말이 곱게 들리지 않았다. 그래서 매우 냉랭한 태도로 말했다.

"우리 스승님이신 옥양 진인께서도 은혜를 베푸신 적이 있다 하실 거요?"

곽정은 문득 소년 시절 조왕부에 있을 때 옥양자玉陽子 왕처일이 위험을 무릅쓰고 자신을 구해주었던 일이 생각났다. 정말 큰 은혜가 아닐 수 없었다.

"도형께서 옥양 진인의 문하이시군요. 왕 진인께서도 제게 큰 은혜를 베풀어주셨습니다. 만약 위에 계시다면 정말 반가울 것입니다."

일곱 명의 도사는 모두 왕처일의 제자였다. 그들은 곽정의 말을 듣자 더욱 화를 내며 장검을 치켜들었다. 일곱 개의 검이 달빛에 푸른빛을 발하며 곽정의 몸을 향해 공격해 들어왔다.

곽정은 미간을 찌푸렸다.

'내가 겸손하게 대하면 대할수록 거칠게 나오는군. 대관절 어찌 된 영문일까? 용이가 있었으면 이유를 쉽게 알아낼 수 있었을 텐데……'

곽정은 몸을 옆으로 피하며 여전히 북극성 자리를 지켰다.

"저는 강남의 곽정이라는 사람으로 전혀 나쁜 뜻이 없는데 어찌 이러시는지 알 수가 없습니다. 대관절 어떻게 하면 제 말을 믿어주시겠습니까?"

"당신은 이미 전진교 제자의 검 여섯 개를 빼앗았소. 그렇다면 우리가 가진 검도 빼앗아보시오."

천선 자리에서 침묵을 지키던 도사가 갑자기 입을 열었다. 찢어지는 듯한 음성이었다.

"음흉한 놈 같으니, 용 낭자 앞에서 힘자랑이라도 하고 싶은 모양인데, 우리 전진교가 그리 만만해 보이더냐?"

"대체 용 낭자가 누구입니까? 저는 전혀 모르는 사람입니다."

천선 도사가 비웃듯이 웃어댔다.

"하하하! 당연히 모를 테지. 천하에 그녀를 아는 남자가 어디 있겠느냐? 용기가 있으면 용 낭자를 욕해보아라."

'대체 용 낭자가 어떤 사람인데, 내 어찌 알지도 못하는 사람을 욕한단 말인가?'

곽정은 어이가 없어 다소 화가 난 듯 말했다.

"내가 그녀를 욕해 무엇 한단 말이오?"

그러자 네 명의 도사가 한꺼번에 소리쳤다.

"지금 네놈의 행동이 바로 네 죄를 인정하는 것 아니냐?"

곽정은 아무 잘못도 없이 자꾸 욕을 먹게 되자 갈수록 미궁에 빠진 듯 혼란스럽기만 했다. 아무래도 중앙궁까지 뚫고 들어가 마옥과 구처기, 왕처일 등을 만나 모든 오해를 푸는 수밖에 없을 것 같았다.

"어쨌든 저는 중앙궁에 가야 하니 혹 저를 막으려 드시면 제가 실례를 범하더라도 용서해주십시오."

일곱 명의 도사는 각각 장검을 들고 앞으로 다가섰다. 천선 도사가 큰 소리로 외쳤다.

"요술을 부리지 말고 무공만으로 승부하자!"

곽정은 웃음을 지었다.

"기어이 요술을 좀 써야겠소이다. 내 양손으로 당신들의 병기를 만지지 않고도 당신들의 검을 빼앗아 보일 테니 한번 구경들 하시지요."

도사들은 서로를 마주 보았다. 믿을 수 없다는 기색이었다.

'무공이 아무리 강하다고 해도 양손을 사용하지 않고 우리의 무기

를 빼앗을 수 있겠어? 공수입백인 무공이 최고 경지에 이르렀다고 하더라도 손을 사용해야만 할 텐데.'

"좋소이다. 발로 무공을 보여주실 모양이지요?"

"발을 사용할 필요도 없습니다. 어쨌든 당신들의 무기든 손발이든 전혀 건드리지 않고 무기를 빼앗아보겠습니다. 만약 건드리게 되면 내가 진 셈 치고 즉시 산을 내려가지요."

일곱 명의 도사는 곽정이 큰소리치는 것을 듣고 반신반의했다. 천권 도사가 장검을 휘두르자 일곱 명의 도사가 진법을 갖추어 곽정을 에워쌌다. 곽정은 측면 방향으로 진을 뚫고 나가 북극성 자리를 차지하더니 즉시 북두진의 왼쪽 방향을 향해 움직였다.

천권 도사는 상황이 위급함을 알고 급히 진을 지휘해 오른쪽으로 움직였다. 무릇 두 사람이 싸울 때는 반드시 적을 앞에 두고 있어야 한다. 그렇지 않고 적이 등 뒤로 돌아가면 반드시 즉시 몸을 돌려야 하는 게 싸움의 이치였다. 지금 곽정이 차지한 위치는 바로 북두진의 등에 해당하는 쪽이었다. 굳이 공격을 하지 않아도 일곱 명의 도사는 곽정과 마주 보기 위해 어쩔 수 없이 진법을 바꿀 수밖에 없었다. 그러나 곽정은 계속해서 왼쪽을 향해 움직일 뿐 몸을 돌리지 않았다. 빨리 혹은 느리게, 정면으로 혹은 측면으로 계속해서 왼쪽으로 달릴 뿐이었다.

곽정이 북극성 자리를 차지하고 있었기 때문에 일곱 명의 도사도 어쩔 수 없이 그를 따라 왼쪽으로 달려야 했다. 곽정은 갈수록 빨리 달렸다. 나중에는 마치 전속력으로 달리는 말처럼 눈앞을 획 지나가며 이미 수 장 밖으로 떨어졌다.

도사들의 무공도 상당한 수준이었다. 비록 불리한 위치에 있긴 했지만 진법은 전혀 흔들리지 않았다. 각자의 위치를 정확하게 지키면서 곽정을 따라 달렸다. 곽정은 속으로 감탄을 금치 못했다.

'전진파의 제자들이라 역시 다르군.'

곽정은 숨을 깊이 들이쉬고는 더욱 빨리 달렸다. 마치 발이 땅에 닿지 않는 것 같았다. 일곱 명의 도사는 처음에는 어느 정도 곽정의 속도를 따라잡을 수 있었으나 시간이 길어지자 각자 경공술의 수준 차이가 드러나기 시작했다. 천권, 천추, 옥형의 자리를 맡은 세 명의 무공이 가장 뛰어나 비교적 빨리 달렸고, 나머지는 점차 뒤처지기 시작했다. 당연히 북두진에도 허점이 생겼다. 모두들 두려운 마음이 들었다.

'만약 이때 적이 공격해오면 꼼짝없이 당하겠구나.'

그러나 지금 상황에서는 다른 생각을 할 틈이 없었다. 다만 평생 갈고닦은 내공을 있는 대로 발휘해 곽정을 따라 뛸 뿐이었다. 아이들은 보통 끈으로 돌을 묶어 빙빙 돌리다가 갑자기 손을 놓아 멀리 날려보내는 놀이를 좋아하는데 지금 그들의 상황이 꼭 그와 같았다. 일곱 명의 도사는 손에 든 검을 머리 위로 치켜든 채 곽정을 에워싸고 전속력으로 달렸다. 빨리 달리면 달릴수록 검을 쥔 손은 힘이 약해지게 마련이었다. 마치 어떤 큰 힘이 검을 밖으로 잡아당기는 것 같았다. 그때 갑자기 곽정이 큰 소리를 지르며 왼쪽으로 방향을 틀었다.

"검을 놓으시오!"

깜짝 놀란 도사들은 급히 왼쪽으로 방향을 돌리려 했다. 그런데 갑자기 손에 들고 있던 검이 일제히 허공을 향해 날아가는 것처럼 보이는 것이 아닌가. 마치 일곱 마리의 은색 뱀이 허공을 가르며 날아가는 것처럼 보이더니 소나무 숲 사이로 하나씩 떨어졌다.

곽정은 걸음을 멈추고 웃음을 머금은 채 고개를 돌려 도사들을 바라보았다. 도인들은 무엇에 홀리기라도 한 듯 멍하니 그 자리에 서 있었다. 그러나 각자가 서 있는 방위만큼은 여전히 잘 지키고 있었다. 이토록 빨리 달리면서도 진세가 흐트러지지 않다니 평소 얼마나 많은 수련을 쌓아왔는지 잘 알 수 있었다. 천권 도사가 숨을 몰아쉬며 낮은 소리로 뭐라 말하자 일곱 명의 도사가 바위 뒤로 물러났다.

"과야, 올라가자."

그러나 양과는 대답이 없었다. 곽정은 양과를 부르며 사방을 뒤져보았으나 찾을 수 없었다. 다만 나무 숲 뒤에서 양과의 신발 한 짝만 발견했을 뿐이다. 곽정은 깜짝 놀랐다.

'일곱 명 외에 누군가 숨어 있다가 양과를 데려간 모양이구나.'

그러나 전진파의 무리들이 사람을 잘못 보았기에 함부로 자신을 공격했을 뿐이지 어린아이를 해치지는 않을 것이라고 생각했다.

곽정은 정상을 향해 달리기 시작했다. 그는 외부에 나오지 않고 도화도에서만 10여 년을 살았다. 비록 날마다 무공을 수련하긴 했으나 오랫동안 실제 적과 싸워본 적이 없었기에 가끔은 답답하기도 했는데, 오늘 여러 사람과 자유롭게 각 초식을 사용하며 한바탕 싸우고 나자 더없이 흡족하고 후련했다.

산세는 더욱 험해졌다. 어떨 때는 절벽 사이로 난 길이 워낙 좁아서 옆으로 걸어야만 했다. 반 시진쯤 걸었을까, 갑자기 먹구름이 달을 가리면서 사방이 어두워졌다.

'이곳 지형에 익숙하지 못하고, 그들이 또 공격을 해올지도 모르니 조심해야겠다.'

3. 사부님을 찾아 종남산으로

곽정은 주위를 살피며 천천히 걸었다. 시간이 조금 지나자 구름이 걷히면서 사방이 훤해졌다. 다소 답답하던 마음이 트이려는 순간, 어디선가 미세한 호흡 소리가 들렸다. 비록 소리는 약했으나 여러 사람인 듯했다. 곽정은 허리띠를 단단히 매고 산모퉁이를 돌았다. 눈앞에 아주 넓은 평원이 펼쳐졌다. 사방에 높고 낮은 산들이 평원을 둘러쌌고, 발밑에는 큰 연못이 있었다. 달빛에 비친 수면이 은빛을 발했다.

연못 앞에 100여 명 정도의 도사가 황색 도포를 입고 장검을 든 채 서 있었다. 서슬 푸른 검날이 눈부시도록 빛났다. 자세히 보니 일곱 명씩 조를 이루어 열네 개의 천강북두진을 이루고 있었다. 열네 개는 각각 일곱 개로 나뉘어 두 개의 더욱 큰 천강북두진을 형성했다. 천추부터 요광까지 위세가 자못 당당해 보였다. 두 개의 큰 천강북두진이 하나는 정正으로, 하나는 기奇로 서로 상극을 이루었다.

'이런 복잡한 천강북두진은 처음 보는군. 틀림없이 최근에 연구해 내신 모양이야. 중양 조사부님이 전수하신 진법보다 더욱 심오해 보이는구나.'

곽정은 느린 걸음으로 다가갔다. 진중의 누군가가 낮게 휘파람을 불었다. 98명의 도사가 전후좌우로 흩어지더니 순식간에 곽정을 가운데 두고 에워쌌다. 모두 장검을 땅으로 향한 채 곽정을 노려보며 아무 소리도 내지 않았다.

곽정은 양손을 모으고 한 바퀴 빙 돌며 예를 갖추었다.

"저는 마 진인, 구 진인, 왕 진인을 뵈러 온 사람입니다. 나쁜 의도로 온 것이 아니니 제발 저를 막지 말아주십시오."

수염을 길게 기른 도인이 대답했다.

"대단한 무공을 갖추었다 들었는데 어찌 스스로를 아끼지 않고 악한 무리들과 한패가 되었습니까? 자고로 여색은 사람을 망하게 한다 하였습니다. 수십 년 동안 쌓아온 무공을 하루아침에 폐하게 되어서야 되겠습니까? 전진교와 원한이 있는 것도 아닌데 어찌 악한 무리들과 함께 저희를 공격하려 하십니까? 좋은 말로 권고할 때 돌아가시지요."

목소리는 굵고 낮았지만 매우 분명하게 들렸다. 내공이 상당히 깊은 듯했다.

곽정은 화가 나고 어이가 없기도 했다.

'대체 날 누구로 오해하고 있는지 모르겠군. 만약 용이가 옆에 있었다면 이런 오해가 생기지도 않았을 텐데.'

"악한 무리는 무슨 말이고, 여색은 또 무슨 말입니까? 저는 그저 마 진인과 구 진인을 만나 뵈려는 것일 뿐 다른 뜻은 없습니다. 두 분을 만나면 모든 게 밝혀질 것입니다."

긴 수염을 기른 도사가 근엄한 태도로 말을 받았다.

"끝까지 잘못을 뉘우치지 않고 마 진인과 구 진인에게 도전을 하시겠다면 우선 이 북두대진부터 무너뜨리셔야 할 것입니다."

"한낱 개인의 미천한 무공으로 어찌 전진교의 천강북두진을 무너뜨릴 수 있겠습니까? 그보다 여러분이 데려가신 제 아이나 돌려주시고 구 진인께 안내해주십시오."

"끝까지 거짓을 가장하여 악을 행하겠다는 말이오? 중양궁이 당신의 음험한 짓을 그저 두고 볼 줄 아시오?"

수염이 긴 도사가 장검을 빼 들더니 허공에다 한 바퀴 휘둘렀다. 검의 날에서 웡, 하는 소리가 오래도록 귓가를 울렸다. 각 도사들도 장검을 빼 들었다. 98개의 검을 한꺼번에 휘두르니 한바탕 질풍이 일면서 검에서 발하는 빛으로 눈이 부실 지경이었다. 곽정은 어떻게 해야 할지 걱정이 되었다.

'이렇게 되면 나 혼자 싸워서는 북극성 자리를 차지할 수 없는데, 정말 난처하게 되었군.'

곽정이 어떻게 해야 할지 몰라 갈팡질팡하고 있는 틈에 98명의 도사는 이미 사방에서 물샐틈없이 곽정을 에워싸고 있었다. 그야말로 파리 한 마리도 뚫고 나가기 어려울 정도였다. 수염이 긴 도사가 곽정을 향해 외쳤다.

"어서 무기를 꺼내시오. 전진교는 무기를 갖지 않은 사람을 공격하지 않소."

곽정은 잠시 생각에 잠겼다.

'이 북두진법을 무너뜨리기는 힘들 테지만 저들이 나를 공격하기도 쉽지는 않을 거야. 사람도 많고 위력이 대단하기는 하지만, 개인마다 무공의 수준은 다를 터이니 분명 허점이 있을 거야. 우선 저들의 진법을 좀 살펴본 후 다시 방법을 생각해보자.'

곽정은 갑자기 몸을 돌려 서북 방향을 향해 달리면서 항룡십팔장 중의 잠룡물용潛龍勿用 초식으로 장을 뻗었다 거두었다. 그러자 일곱 명의 젊은 도사가 검을 왼손으로 바꾸어 잡고 오른손을 뻗어 서로 연결해 곽정의 초식을 막으려 했다.

곽정은 이 초식을 너무나 완벽하게 사용할 줄 알았기 때문에 장을 뻗을 때의 힘도 막강하지만 장을 거둘 때 발하는 힘도 대단했다. 일곱 명의 도사는 비록 곽정이 장을 뻗을 때 생긴 엄청난 장력을 막아내기는 했지만, 곧이어 곽정이 장을 거두자 엄청난 힘이 자신들을 앞으로 끌어당기는 것을 느꼈다. 일곱 명의 도사는 결국 중심을 잡지 못하고 한꺼번에 앞으로 넘어졌다. 비록 즉시 일어나기는 했지만, 보통 망신이 아니었다. 수염이 긴 도사는 곽정의 일장에 일곱 명의 사질이 한꺼번에 쓰러지는 것을 보고 놀라움을 금치 못했다. 그는 긴박하게 호령을 내렸다. 그러자 열네 개의 천강북두진이 곽정을 겹겹이 에워쌌다. 곽정의 장력이 아무리 강하다 해도 설마 98명을 한꺼번에 쓰러뜨릴 수는 없지 않은가.

곽정은 전에 군산君山에서 황용과 함께 개방을 상대로 싸우던 일이 생각났다. 상대의 무공이 그다지 강하진 않았지만 서로 연합해서 덤비니 상대하기가 굉장히 까다로웠다. 곽정은 상대의 수가 너무 많기에 감히 정면 대응을 하지 못하고 경공을 써서 진중을 오가며 빈틈을 노렸다. 곽정은 번개같이 오고 가며 진세를 교란시키려 했으나 얼마 되지 않아 혼자의 힘으로는 도저히 열네 개의 천강북두진을 무너뜨릴 수 없다는 사실을 깨달았다. 우선은 그 자신이 그들을 다치게 하고 싶지 않았다. 그리고 진법이 워낙 치밀해 전혀 허점을 찾을 수가 없었다. 게다가 곽정은 민첩한 사고를 지닌 사람이 아니어서 설사 허점이 있다 하더라도 금방 발견해낼 수가 없었다.

밝은 달빛 아래 수없이 많은 검이 푸른빛을 발했고, 또한 수없이 많은 사람의 그림자가 조수처럼 이리저리 밀려 다녔다. 얼마나 싸웠을까, 진세가 점점 중앙으로 좁혀 들어왔다. 그러니 허점을 노려 공격하기는 더욱 어려워졌다.

'어떻게든 뚫고 나가 중양궁으로 가서 마 도장과 구 도장을 직접 뵙는 게 좋겠다.'

고개를 들어 사방을 바라보니 서쪽 산등성이에 30여 채의 집이 보였다. 그중 몇 채는 상당히 크고 위풍당당했다. 그곳이 바로 중양궁임에 틀림없었다. 곽정은 동쪽으로 쏜살같이 달리다가 갑자기 서쪽으로 방향을 바꾸었다. 도사들은 곽정의 몸놀림이 갑자기 빨라지면서 번개처럼 진중을 오가자 눈으로 뒤쫓기에도 힘들었다. 한참을 보고 있으려니 눈앞이 어지러워지면서 진세가 다소 흐트러졌다. 긴 수염의 도사가 큰 소리로 주의를 주었다.

"모두들 정신 차리시오. 저놈의 간교한 꾀에 넘어가서는 안 되오!"

곽정은 은근히 화가 났다.

'간교한 꾀라니? 음흉한 놈이라 하질 않나……. 이런 말이 강호에 전해지면 어떻게 얼굴을 들고 다닌단 말인가? 저 도사가 전체 진을 지휘하는 모양이니 저 사람만 공격하면 진을 뚫을 수 있겠군.'

곽정은 쌍장을 뻗은 채 긴 수염의 도사를 향해 달려갔다. 그런데 뜻밖에도 이 진법의 오묘한 핵심 중 하나가 바로 적을 유인해 지휘관을 공격하도록 하는 것이었다. 적이 지휘관을 공격해 들어오면 각각의 소진小陣이 동서남북에서 에워싸 적을 함정에 빠뜨리는 것이다.

곽정은 예닐곱 걸음 정도 달리다 문득 상황이 불리해진 것을 깨달았다. 곽정이 오른쪽으로 급히 돌아서자 두 개 소진의 열네 개 검이 동시에 곽정을 향해 공격해왔다. 각각의 검의 방위가 얼마나 교묘한지 피해나가기가 힘들 것 같았다. 곽정은 극히 위험한 상황에 놓이자 두렵다기보다 은근히 화가 났다.

'대체 나를 어떤 음험한 놈으로 오해하는지 알 수 없으나 출가한 도사라 하면 자비를 제일로 삼는 사람이거늘 어찌 이리 실수를 쓴단 말

인가? 정말 죽이기라도 하겠다는 건가? 무기가 없는 사람은 공격하지 않겠다더니 잘도 공격하는군.'

곽정은 몸을 날려 허공으로 떠오르며 오른발과 왼손을 동시에 뻗어 젊은 도사 하나를 발로 걷어차면서 그의 검을 빼앗았다. 그때 오른쪽 허리로 일곱 개의 검이 날아들었다. 곽정은 왼손에 든 검을 오른쪽으로 휘둘렀다. 금속 부딪치는 소리가 연이어 나더니 일곱 개의 검이 모두 부러졌다. 물론 곽정의 검은 멀쩡했다. 곽정이 빼앗은 검은 여느 검이나 다를 바 없이 평범했지만 그가 내공을 실어 휘둘렀기 때문에 상대방의 검이 모두 부러진 것이었다.

일곱 명 도사의 얼굴이 흙빛이 되었다. 그들이 잠시 명해 있는 사이 바로 옆에 있던 두 개의 북두진이 다가오며 검을 들어 이들을 보호했다. 열네 명이 각자 왼손으로 바로 옆 사람의 오른쪽 어깨를 감싸안고 있어 열네 명의 힘이 하나가 되도록 했다. 곽정은 이번 기회에 자신의 공력이 얼마나 되는지 시험해봐야겠다는 생각이 들었다. 곽정은 즉시 장검을 휘둘러 열네 번째 도사가 들고 있는 검에 갖다 댔다. 그 도사는 급히 검을 물리려 했으나 마치 곽정의 검에 붙어버리기라도 한 듯 꼼짝도 하지 않았다. 나머지 열세 명이 각기 운공하여 열네 명의 힘으로 곽정과 맞섰다. 곽정은 더욱 힘을 주어 검을 끌어당기며 큰 소리로 외쳤다.

"조심하시오!"

열네 명의 도사가 오른팔에 강한 진동을 느끼는 순간, 열두 개의 검이 순식간에 절반으로 부러졌다. 마지막 두 개의 검은 허공으로 날아올랐다. 열네 명의 도사는 깜짝 놀라 뒤로 물러섰다. 곽정은 속으로 탄식했다.

'두 개나 부러뜨리지 못하다니…… 아직 완벽하지 못하구나.'

이렇게 되자 도사들은 곽정을 더욱 경계하기 시작했다. 스물한 명의 도사는 비록 수중의 검은 잃었지만 그 위력은 전혀 감하지 않았다.

곽정은 조금 전 검을 부러뜨릴 때 자기 뜻대로 모두 부러지지 않았고, 도사들이 더욱 치밀하게 방비를 하자 다소 짜증스러워졌다. 게다가 마 도장과 구 도장이 최근 몇 년 사이 새로운 북두진법을 만들어냈을는지도 모르고, 만약 도사들이 그 생소한 변법을 사용하면 더욱 상대하기가 어려울 것 같았다. 그래서 그들에게 제압당하기 전에 먼저 기선을 잡아야겠다고 결심했다.

곽정은 목소리를 높여 외쳤다.

"계속 제 길을 막으시면 저도 더 이상 가만히 있지 않겠습니다."

수염이 긴 도사는 자신들에게 상황이 점점 유리해지자 다소 느긋해졌다. 보아하니 곽정의 무공도 한계가 온 듯싶었고 설사 98개의 검을 모두 부러뜨린다 해도 전진교의 천강북두대진을 뚫고 나갈 수는 없을 것 같았다. 도사는 곽정이 큰소리치는 것을 듣고 아무 말 없이 냉소를 지으며 진법을 더욱 좁혀가라고 지시했다. 곽정은 몸을 낮추어 동북쪽 모서리를 향해 돌진했다. 그러자 서남쪽에 있던 두 개의 소진이 방향을 바꾸어 다가오더니 순식간에 열네 개의 검이 곽정을 향해 공격해왔다. 순간 곽정의 손끝이 떨리더니 열네 번의 동작이 이어졌다. 그때마다 각 도사의 오른쪽 손목 바깥쪽에 있는 양곡혈陽谷穴을 찔렀다. 이 검법은 최상에 속하는 상승 무공으로 검을 번개같이 빨리 움직여야 하며 찌를 때 한 치의 오차도 없어야 했다. 이것이 성공하기만 하면 마치 열네 개의 암기를 한꺼번에 발하는 것과 같은 위력을 지니게 된다.

도사들은 손목에 힘이 빠지면서 검을 놓치고 말았다. 모두들 깜짝 놀라 급히 뒤로 물러나면서 자신들의 손목을 살폈다. 양곡혈에 붉은 반점이 있을 뿐 피가 나지는 않았다. 검 끝으로 혈을 건드려 혈도에 상처를 입혔을 뿐 외피는 건드리지 않았던 것이다. 도사들은 깜짝 놀라면서도 적이 살수를 쓰지 않은 것에 안도의 한숨을 내쉬었다. 이렇게 되자, 서른다섯 명의 도사가 이미 검을 잃었다.

수염이 긴 도사는 화가 나기도 하고 창피하기도 해 분을 감추지 못했다. 적이 살수를 쓰지 않았는데도 이렇게 당했으니 전진교의 체면이 말이 아니었다. 이렇게 강한 적이 궁에 침입한다면 보통 위험한 일이 아니었다. 그는 즉시 명령을 내려 진을 더욱 견고히 했다. 98명의 도사로 하여금 곽정을 완전히 포위해 꼼짝할 수 없게 만들 심산이었다.

'계속 봐주었더니 안 되겠군. 더 뜨거운 맛을 보여줘야지.'

곽정은 왼쪽 장을 비스듬히 끌어올리면서 오른쪽 장을 왼쪽으로 뻗었다. 한 소진의 일곱 명 도사가 다가오며 곽정의 공격을 받았다. 곽정은 급히 북극성 자리로 달려갔다. 두 번째 소진이 공격해 들어왔다. 모두 열네 개의 북두진이었기 때문에 열네 개의 북극성 자리가 존재했다. 그러나 곽정은 혼자의 몸이니 열네 개의 요지를 모두 차지할 수는 없었다. 곽정은 경공을 써서 제1진의 북극성 자리를 차지한 후 즉시 방향을 바꾸어 제2진의 북극성을 차지했다. 이렇게 몇 바퀴 돌고 나자 진세가 흐트러지기 시작했다.

수염이 긴 도사는 상황이 불리해지자 급히 호령을 내려 도사들로 하여금 멀리 흩어져 대열을 다시 정비하도록 했다. 만약 모두들 곽정을 따라 뛰다가는 금세 허점이 드러나고 말 터였다. 약간 멀리 떨어져서 진을 움직이지 않으면 곽정이 아무리 빠르다 해도 서로 멀리 떨어져 있는 북극성을 차지할 수는 없으리라 생각했다.

곽정은 속으로 갈채를 보냈다.

'진법의 요결을 제대로 파악하고 있군. 잘됐다. 저들이 움직이지 않는 틈을 타서 중양궁으로 가야겠다.'

바로 그때 불길한 생각이 들었다.

'이런…… 마 도장과 구 도장이 중양궁에 없는 건 아닐까? 그렇지 않고서야 이렇게 오랫동안 싸우는데 전혀 모습을 드러내지 않을 리가 없잖아.'

고개를 들어 중양궁 쪽을 바라보니 어느 한 건물 모퉁이에서 햇빛에 반사되는 빛이 보였다. 누군가 무기를 사용해서 싸우고 있는 듯했다. 그러나 거리가 너무 멀어 정확히 알아볼 수는 없었다.

'대체 누구이기에 중양궁에서 무기를 사용해 싸운단 말인가? 정말 이상한 일투성이군.'

순간, 열네 개의 북두진이 또다시 곽정을 향해 좁혀오기 시작했다. 곽정은 조급한 마음에 왼손으로는 현룡재전見龍在田 초식을 오른손으로는 항룡유회亢龍有悔 초식을 사용하며 좌우를 동시에 공격했다. 왼쪽의 북두진과 오른쪽의 북두진이 각기 곽정의 초식을 막아냈다.

곽정은 모든 초식을 다 사용하기 전에 양손의 초식을 바꾸었다. 곽정은 좌우호박술左憂互搏術을 써서 양손에 서로 다른 초식을 전개했다. 곽정이 사용한 두 초식은 서로 완전히 상반되는 것이었다.

모두들 놀라는 사이 곽정의 그림자가 획 눈앞을 지나가더니 두 소진 사이의 뚫린 틈으로 빠져나갔다. 좌우의 도사들은 열심히 곽정의 초식을 막아내다가 곽정이 갑자기 빠져나가자 얼른 뒤쫓으려 했으나 결국 대열이 흐트러지면서 두 소진이 서로 부딪치고 말았다. 검이 끊어지고 팔이 부러지고, 코가 깨지고 서로 부딪쳐 넘어지는 등 난장판이 되었다.

진을 지휘하던 수염이 긴 도사는 비록 재빨리 피해 다치지는 않았으나 어쨌든 낭패가 아닐 수 없었다. 화가 머리끝까지 난 그는 급히 호령을 내려 진세를 정비했다. 곽정은 이미 옥청지玉淸池를 향해 달리고 있었다. 수염이 긴 도사는 열네 명을 이끌고 뒤를 쫓았다. 전진교의 무공은 본디 조용하고 정적인 청정무위淸靜無爲를 강조하고, 유柔함으로 강剛을 꺾는 무공이라 할 수 있는데 지휘관이 화가 났으니 이미 전진교 무공의 금기가 깨진 거나 마찬가지였다.

수염이 긴 도사는 화가 난 나머지 적의 상황을 살필 여유도 없었다. 곽정은 연못가에 도착해 검을 휘둘러 버드나무의 굵은 가지를 베어 물에 띄운 후 검을 던져버렸다. 발에 힘을 주어 몸을 허공으로 날려 오른발 끝으로 나뭇가지를 밟았다. 나뭇가지가 가라앉는 순간, 다시 힘을 받아 훌쩍 뛰어올라 맞은편 연못가로 뛰어내렸다.

도사들은 너무 빨리 뒤쫓은 나머지 미처 힘을 거두지도 못하고 그대로 풍덩풍덩 물에 빠지고 말았다. 40~50명이 물에 빠지고 나서야 나머지 사람들은 겨우 연못가에서 걸음을 멈출 수 있었다. 그중 일부는 헤엄을 칠 줄 몰라 허우적댔다. 헤엄을 칠 줄 아는 사람들은 이들을 구하느라 분주했다. 옥청지 연못가는 물에 빠진 사람, 허우적대는 사람, 살려달라 외치는 사람, 구하러 들어가는 사람 등으로 그야말로 아수라장이 되었다.

전진교의 제자들

옥봉 떼가 마치 연기처럼 허공을 가로지르며 곽정과 구처기
가 있는 쪽으로 날아왔다. 곽정이 막 몸을 돌려 달아나려는
데, 구처기가 기를 단전에 모으고 벌 떼를 향해 후, 하고 입
김을 불어냈다. 앞쪽에서 날아오던 벌 떼는 그 막강한 입김
에 막혀 옆으로 비켜났다.

곽정은 귀찮은 도사들을 떨쳐버린 후, 중앙궁을 향해 달렸다. 땡, 땡, 땡, 땡! 중앙궁 쪽에서 종소리가 울려 퍼졌다. 종소리가 매우 빠르고 급한 것으로 봐서 위험을 알리는 소리 같았다. 고개를 들어보니 중앙궁의 후원 쪽에서 화염이 치솟고 있었다.

'정말로 적이 침입한 모양이군. 어서 가서 도와줘야겠다.'

그런데 등 뒤에서 여전히 도사들이 고함을 치며 쫓아오고 있었다. 곽정은 그제야 어느 정도 사태 파악이 되었다.

'내가 적과 한패라고 생각한 모양이구나. 이렇게 된 이상 목숨을 걸고 덤벼들 터인데.'

곽정은 더욱 속도를 내 달렸다. 순식간에 수십 장을 달려 곧 중앙궁 앞에 이르렀다. 후원은 화염이 치솟고 있었고, 자욱한 연기 때문에 앞을 잘 볼 수가 없었다. 그런데 어느 누구도 불을 끄는 사람이 보이지 않았다. 곽정은 이상한 생각이 들었다. 후원의 불길은 거셌으나 아직 주원主院까지 번지지는 않았다. 군데군데 흩어진 10여 채의 숙사도 아직까지는 안전했다. 주위를 살피며 가까이 다가가니 주원 쪽에서 무기 부딪치는 소리, 고함 소리 등 싸우는 소리가 들렸다. 곽정은 발에 힘을 주어 땅을 박차고 뛰어올라 높은 담장 위로 올라섰다. 넓은 광장에 많은 사람이 서로 뒤엉켜 싸우고 있었다. 자세히 보니 누런 도포를 입은

49명의 도사가 일곱 개의 북두진을 이루어 100여 명의 적과 싸우고 있었다. 침입자들은 생김새뿐 아니라 옷차림, 사용하는 무기와 무공 등이 모두 제각각이었다. 사람 수도 많고 무공 실력도 만만치 않아 아무래도 전진파가 수세에 몰린 듯했다.

그들은 저마다 공격을 하고 있었는데 전진파는 북두진을 이루어 연합 공세를 펼치며 방어만 하고 있었다. 진세가 워낙 치밀했기 때문에 적이 비록 수적으로 많고 강하나 쉽게 뚫지 못하는 것 같았다.

곽정이 막 나서려는 순간, 대전 안에서도 싸우는 소리가 들렸다. 바람을 가르는 권풍拳風 소리로 보아, 바깥에 있는 무리보다 더 고강한 고수들인 듯했다. 곽정은 담장에서 뛰어내려 동서남북을 종횡무진으로 누비며 북두진의 틈새로 빠져나가 대전 쪽으로 다가갔다. 도사들은 곽정이 빠져나가는 것을 뻔히 보면서도 눈앞의 적을 상대하느라 뒤를 쫓을 수가 없었다.

대전 안에는 10여 개의 굵은 초에 불이 켜져 있었다. 그러나 후원에서 일어난 화염의 불빛이 대전 안을 훤히 비추고 있어 촛불은 무용지물이나 마찬가지였다. 그 아래 도사들이 방석을 깔고 정좌를 틀고 앉아 왼손을 서로 마주 댄 채 오른손으로 장을 뻗어 주위를 에워싸고 있는 열 명의 적을 상대하고 있었다.

곽정이 우선 일곱 명의 도사를 자세히 살펴보니 낯익은 세 분의 모습이 보였다. 바로 마옥, 구처기, 왕처일이었다. 그리고 젊은 도사 네 명도 함께 대적하고 있었는데 그중 윤지평尹志平의 얼굴이 보였다. 일곱 명의 도사는 천추에서 요광까지 북두진을 이룬 채 꼼짝도 하지 않고 앉아 있었는데, 그 가운데에 백발이 성성한 한 노도사가 바닥에 누위 있는 것이 보였다. 정황으로 보아 일곱 도사는 위급한 상황에서 이 노도사를 호위하고 있는 것 같았다.

곽정은 마옥 등이 위험에 처한 것을 보자 뜨거운 피가 솟구쳐 올랐다. 적이 누구인지도 살피지 않고 분노에 차 고함을 질렀다.

"어떤 놈들이 감히 중양궁에 와서 행패를 부리는 거냐?"

곽정은 양손을 뻗어 순식간에 두 명의 뒷덜미를 낚아채서 밖으로 내던지려 했다. 그러나 뜻밖에 적도 만만치 않은 고수였던지 땅바닥에 단단히 발을 붙이고 선 채 전혀 흔들리지 않았다.

'어디서 이런 강적들이 몰려왔을까? 중양궁의 피해가 크겠구나.'

곽정은 정신을 가다듬으며 갑자기 덜미를 잡았던 손에 힘을 풀고 발로 땅바닥을 쓸 듯 두 사람의 다리를 걸어찼다. 두 사람은 천근추千斤墜 무공으로 곽정이 끌어당기는 힘을 버티고 있었는데, 곽정이 갑자기 초식을 바꾸어 다리를 공격하자 미처 피하지 못하고 쓰러지면서 문밖으로 튕겨나갔다. 상대방은 갑자기 나타난 곽정을 보고 다소 놀랐으나 그다지 대수롭지 않게 생각했다.

"너는 누구냐?"

에워싸고 있던 열 명 중에서 두 명이 앞으로 나서며 다그쳤다. 곽정은 대답 대신 잽싸게 쌍장을 뻗었다. 두 사람은 상당히 멀리 떨어져 있었는데 곽정의 장력이 얼마나 센지 몸이 뒤로 튕겨나가면서 벽에 부딪치고 말았다. 쓰러진 두 사람의 입에서 검붉은 피가 쏟아져 나왔다. 연이어 네 사람을 해치우는 것을 본 상대방은 그제야 몹시 놀라며 감히 나서는 사람이 없었다.

마옥, 구처기, 왕처일 등은 곽정이 온 것을 보고 뛸 듯이 기뻐했다.

"곽정이 왔구나. 마침 잘 왔다, 잘 왔어."

곽정은 안도의 숨을 내쉬는 세 분 앞에 절을 했다.

"제자 곽정 문안 여쭙겠습니다."

마옥, 구처기, 왕처일은 미소를 지으며 고개를 끄덕였다. 그때 윤지평이 소리쳤다.

"곽 형, 조심해요!"

곽정도 등 뒤에서 바람을 가르는 소리를 듣고 이미 누군가 공격해오는 것을 파악했다. 그러나 곽정은 일어나지도 않고 팔꿈치를 땅에 대고 몸을 허공으로 날렸다가 떨어지면서 무릎으로 등 뒤의 적을 내리쳤다. 등 뒤에서 공격해오던 두 명의 적은 무릎에 혼문혈魂門穴을 맞고 그 자리에 쓰러졌다. 곽정은 쓰러진 두 사람을 방석 삼아 여전히 무릎을 꿇고 앉아 있었다.

마옥이 미소를 지었다.

"정아, 그만 일어나거라. 10여 년 동안 못 만난 사이 무공이 많이 늘었구나."

"이놈들을 어떻게 처리할지 분부만 내리십시오."

마옥이 미처 대답하기도 전에 곽정의 등 뒤에서 기괴한 목소리로 웃어대는 자가 있었다. 고개를 돌려 바라보니, 붉은 도포에 금관을 쓴 비쩍 마른 중년의 승려와 담황색 옷을 입은 서른 살쯤 된 젊은 남자가 서 있었다. 젊은 남자는 귀공자 차림에 손에는 부채를 들고 있었는데 표정이 매우 오만해 보였다. 곽정은 풍기는 기상으로 봐서 그가 범상치 않은 자임을 느끼고 포권의 예를 갖추며 물었다.

"두 분은 뉘시며, 무슨 일로 중양궁엘 오셨습니까?"

"당신은 뉘시오? 무슨 일로 여길 오셨소?"

귀공자가 되물었다. 발음이 분명치 않은 것으로 보아 분명 중원 사람은 아닌 듯했다.

"저는 여기 계신 이분들의 제자입니다."

"오호, 전진파에 이런 고수가 계셨던가?"

목소리에 냉소가 섞여 있었다. 귀공자의 나이는 곽정보다 어린 듯했으나, 말투는 마치 손아랫사람을 대하듯 오만불손했다. 듣고 있자니 곽정은 은근히 화가 났다. 처음에는 자기가 전진파의 제자가 아님을 밝히려 했으나 너무 무례한 상대방에게 군이 자세히 설명하고 싶지가 않았다. 그는 다소 냉랭한 목소리로 예를 갖추고 물었다.

"대체 전진교와 무슨 원한이 있기에 이런 행패를 부리시는 겁니까?"

귀공자는 여전히 안하무인격의 말투였다.

"이 자리는 전진파의 제자 따위가 나설 자리가 아닌 듯싶은데……."

"말씀이 너무 무례하지 않습니까?"

불길이 점점 대전 쪽으로 번지고 있었다. 머지않아 중앙궁의 주원까지 불이 옮겨 붙을 태세였다.

귀공자가 부채를 접었다 폈다 하면서 앞으로 한 걸음 나섰다.

"여러 소리 할 것 없소. 만약 당신이 나와 30초식을 겨룰 수 있다면 저들을 데리고 물러나드리지. 어떻소?"

곽정은 위급한 상황에 그런 제의가 나온 이상 망설일 필요가 없다고 생각했다. 그 즉시 팔을 뻗어 귀공자의 부채를 잡아 힘껏 당겼다. 만약 귀공자가 부채를 놓지 않으면 곽정 쪽으로 쓰러지게 될 판이었다. 그러나 귀공자는 잠깐 휘청거리기는 했지만 부채를 놓지 않았다. 곽정은 예상치 못한 일이라 다소 놀라지 않을 수 없었다.

'나이도 어린데 내공이 대단하군. 내공을 운기하는 방법이 영지상인과 비슷한데, 영지상인보다 훨씬 뛰어난 것 같기도 하고……. 부챗살이 철로 되어 있는 걸 보니 무기로 사용하는 부채인 것 같은데 아마도 밀교密敎파의 일당인 것 같군.'

곽정은 손에 힘을 주며 소리를 질렀다.

"손을 놓으시오!"

귀공자의 얼굴이 잠시 붉어졌다가 가라앉았다. 내공을 운기하여 버티고 있었기 때문에 만약 곽정이 더욱 힘을 주어 잡아당기면 아예 얼굴이 검붉어질 것이고 결국 내장에 큰 부상을 입게 될 것이었다. 곽정은 이 점을 잘 알고 있었지만, 상대방을 해치고 싶지 않아 미소를 지으며 부채를 밀치면서 갑자기 손을 놓았다. 귀공자는 전력을 다해 부채를 당기고 있었기 때문에 곽정이 손을 놓으면 뒤로 나동그라질 터였다. 하지만 곽정이 부채를 통해 자신의 장력을 살짝 밀어서 귀공자가 당기는 힘을 없애버렸기 때문에 뒤로 휘청거리지 않고 중심을 잡을 수 있었다.

그러자 귀공자의 안색이 변했다. 그는 조금 전 있는 힘을 다해 부채를 잡아당겼지만 전혀 움직일 수가 없었기에 곽정의 무공이 자신보다 훨씬 뛰어나다는 것을 알 수 있었다. 곽정이 자신의 체면을 살려주려고 부채를 빼앗지 않았다는 것도 알았다. 거만하고 오만불손하던 귀공자는 태도를 바꾸어 공손하게 물었다.

"존함이 어찌 되시는지요?"

"제 이름은 거론할 만한 것이 못 됩니다. 다만 여기 계신 마 진인, 구 진인, 왕 진인은 저의 은사님들이십니다."

귀공자는 반신반의하는 듯했다. 이들과 반나절을 대치하고 조금 전까지 싸웠지만 전진교는 계속 수세에 몰렸다. 그들이 구축하고 있는 천강북두진의 위력은 대단했으나 그래도 만약 단독으로 싸운다면 자신의 적수가 될 수 없을 것 같았다. 그런데 저들의 제자가 이토록 대단한 무공을 가졌다니, 귀공자는 놀라서 다시 한번 곽정을 위아래로 훑어보았다. 보아하니 소박한 태도에 남루한 옷차림새가 영락없이 평범한 촌부였는데 그 힘은 정말 대단했다.

"정말 훌륭한 무공이십니다. 감히 제가 상대할 분이 아니니 오늘은 이만 물러가겠습니다. 그러나 10년 후 다시 와서 가르침을 청하겠습니다."

귀공자의 공손한 인사에 곽정은 포권의 예를 갖추어 답례했다.

"10년 후 이곳에서 기다리겠습니다."

귀공자는 몸을 돌려 대전을 나가려다 문 입구에 서서 뒤를 돌아보며 말했다.

"전진파와의 대결은 제가 졌습니다. 그러나 앞으로 제가 하는 일에 함부로 간섭하지 마시기를 바랍니다."

강호의 규칙에 따르면, 상대가 패배를 인정하고 다시 싸울 날을 기약하면 그날이 오기 전까지는 우연히 마주친다 하더라도 무공을 사용할 수 없게 되어 있었다.

곽정은 귀공자의 말에 흔쾌히 대답했다.

"그야 당연하지요."

귀공자는 엷은 미소를 짓고 몽고어로 승려와 몇 마디 대화를 나누면서 밖으로 나가려 했다. 그때 구처기가 갑자기 입을 열었다.

"10년을 기다릴 필요 없이, 나 구처기가 직접 찾아가겠소이다."

엄청난 목소리에 대전 전체가 흔들리는 듯했다. 구처기의 내공이 얼마나 강한지 알 수 있었다. 귀공자는 귀가 다 멍멍해지는 것 같아 내심 놀라움을 감추지 못했다.

'알고 보니 내공이 대단하군.'

귀공자는 감히 더 이상 지체할 엄두가 나지 않아 발걸음을 재촉했다. 붉은 도포를 입은 승려도 곽정을 한 번 노려보더니 나머지 사람들을 이끌고 대전을 나갔다. 그러고 보니 무리 중에는 독특한 외모를 지닌 자들이 적지 않았다. 콧대가 높은 사람, 곱슬머리를 한 사람, 눈이 쑥 들어간 사람 등 중원에서는 볼 수 없는 모양새를 하고 있었다.

곽정은 뭔가 석연찮은 느낌이 들었다. 밖에서 들려오던 무기 부딪치는 소리, 고함 소리들도 점차 조용해졌다. 적들이 모두 물러간 모양이었다.

마옥 등 일곱 명은 모두 자리에서 일어났다. 그러나 그들 중앙에 누워 있는 수염이 긴 도사는 여전히 움직이지 않았다. 곽정이 다가가 살펴보니 바로 광녕자廣寧子 학대통郝大通이었다. 마옥 등이 위급한 상황에서도 자리에 앉아 움직이지 않았던 것은 바로 학대통을 보호하기 위해서였다. 학대통은 얼굴이 창백하고 호흡이 가는 것으로 보아 중상을 입은 것 같았다. 그의 도포를 풀고 가슴을 살펴보던 곽정은 가슴에 새겨진 손자국을 보고 깜짝 놀랐다. 이미 붉게 물든 것이 살 깊숙이 상처를 입은 모양이었다.

'이건 대수인大手印 무공인데 밀교과 일당이 틀림없군. 장掌에 독은

없는 것 같으나, 무공의 수준은 영지상인보다 훨씬 높은 것 같다.'

곽정은 학대통의 맥박을 짚어보았다. 다행히 현문정종玄門正宗의 내공을 오랫동안 수련해온지라 심한 부상을 입기는 했으나 생명에는 지장이 없을 것 같았다. 불길이 점점 대전 쪽으로 번지고 있었다. 구처기가 학대통을 들어 안으며 말했다.

"우선 여기서 나가야겠다!"

곽정은 그제야 양과가 생각났다.

"제가 데려온 아이는 어디 있습니까? 다치면 안 되는데."

구처기 등은 적을 응수하느라 바깥에서 무슨 일이 벌어졌는지 전혀 알지 못했다.

"누구 말이냐? 그 아이가 어디에 있는데?"

곽정이 막 대답하려는데 불빛 속에 검은 그림자가 어른거리더니 어린아이 하나가 대들보에서 뛰어내려왔다.

"저 여기 있어요."

바로 양과였다. 곽정은 반갑기도 하고 다행스럽기도 해 안도의 숨을 내쉬었다.

"그런데 어찌 거기서 나오느냐?"

"아저씨랑 저 노인네들이……."

"말조심하거라. 바로 사조님들이시다. 어서 인사를 올려라."

양과는 혀를 날름거리더니 마옥, 구처기, 왕처일 세 사람을 향해 절을 했다. 윤지평 차례가 되었는데, 그가 아직 젊은 것을 보고 곽정에게 물었다.

"이분은 사조님이 아닌 것 같은데 절을 해야 하나요?"

"이분은 윤 사숙님이시다. 어서 인사를 올려라."

양과는 마지못해 윤지평에게도 절을 했다. 곽정은 양과가 나머지 세 명의 중년 도사에게는 절을 하지 않는 것을 보고 엄하게 꾸짖었다.

"과야, 어찌 이리 무례를 범하느냐?"

"제가 절을 다할 때까지 기다리시면 이미 늦어버릴 텐데요. 그때 가서 절 꾸짖으시면 안 돼요."

"늦다니? 뭐가 늦는단 말이냐?"

"도사 한 분이 저쪽 방에 묶여 있는데 지금 가서 구하지 않으면 불에 타서 죽을 거예요."

곽정은 깜짝 놀라며 급히 물었다.

"어디냐? 어서 말해라!"

"저쪽이에요. 저도 누가 그랬는지는 몰라요."

양과는 동쪽의 한 숙사를 가리키며 히죽히죽 웃었다. 윤지평은 양과를 한 번 흘겨보고서는 동쪽 숙사를 향해 뛰어갔다. 발로 문을 차서 열었으나 방 안에는 아무도 없었다. 다시 그 옆에 있는 제3대 제자들이 내공을 연마하는 방으로 갔다. 문을 열어보니 자욱한 연기 속에 누군가가 침대 기둥에 묶인 채 신음하고 있었다. 윤지평은 급히 칼로 밧줄을 끊고 그를 들쳐 업고 밖으로 나왔다.

마옥, 구처기, 왕처일, 곽정, 양과 등도 이미 대전에서 나와 산비탈에 선 채 타오르는 불길을 멍하니 바라보고 있었다. 후원은 화염이 충천해서 온 하늘이 붉게 물들었다. 산에는 평소 물을 길어 마시는 한 줄기 작은 냇물을 제외하고는 달리 수원水源도 없는 터라 불을 끌 방법이 없었다. 그저 속수무책으로 웅장한 후원 건물이 불에 타 잿더미가 되는 것을 지켜보는 수밖에 없었다. 그나마 전진교 제자들이 불이 다른 곳으로 번지는 것을 막기 위해 사방팔방으로 노력한 덕분에 나머지 숙사나 전당에는 불이 옮겨 붙지 않았다.

마옥의 성품은 이미 달관의 경지에 이른 터라 평정심을 유지할 수 있었다. 그러나 성격이 급한 구처기는 활활 타오르는 불길 앞에서 이를 갈며 분을 삭이지 못했다.

곽정이 마침 적이 누군지, 왜 이런 독수毒手를 쓴 것인지 물어보려는데, 윤지평이 체구가 큰 도사를 부축하며 연기를 뚫고 다가왔다. 체구가 큰 도사는 연기 때문에 연신 기침을 해댔고, 심지어 눈물까지 흘렸다. 그런데 그 도사가 양과를 보자마자 불같이 화를 내며 다짜고짜 달려들었다. 양과는 히죽거리며 얼른 곽정의 등 뒤로 숨었다. 그 도사는 곽정이 누구인지 알 턱이 없었다. 그는 곽정을 밀치고 양과를 잡으려 했다. 그러나 화가 난 김에 힘주어 곽정의 가슴을 밀었는데도 마치 담벼락을 민 것처럼 미동도 하지 않았다. 도사는 잠시 멈칫했다가 양과를 가리키며 욕을 퍼부어댔다.

"나쁜 자식, 어른을 죽이려 들다니!"

"무슨 일이냐?"

왕처일이 소리쳤다. 그 도사는 왕처일의 제3대 제자인 녹청독鹿淸篤이었다. 그는 죽다 살아난 터라 정신이 없는 나머지 어른들이 있는 것도 모르고 양과에게 달려들었고, 왕처일의 고함 소리를 듣고서야 비로소 자신이 무례를 범했다는 것을 깨달았다. 녹청독은 고개를 푹 숙인 채 풀이 죽어 말했다.

"죽을죄를 지었습니다."

"대관절 무슨 일이냐?"

"다 저의 불찰입니다. 무거운 벌을 내려주십시오."

왕처일이 이마를 찌푸리며 물었다.

"내가 누구의 잘못인지를 물었느냐? 무슨 일이냐고 묻지 않았느냐?"

"예, 저는 조지경趙志敬 사숙의 명을 받들어 후원을 지키고 있었습니다. 그런데 조 사숙께서 이 자…… 자……."

녹청독은 자꾸만 '이 자식'이라는 말이 나오려고 했으나, 어른들 앞이라 차마 욕설을 내뱉을 수 없어 말을 바꾸었다.

"적이 데려온 아이라면서 절대로 도망가지 못하도록 잘 감시하라 했습니다. 그래서 동쪽 수련방으로 데리고 갔는데 글쎄, 이 아이가 화장실에 가고 싶다며 손에 묶인 밧줄을 풀어달라는 겁니다. 저는 설마 이렇게 어린아이가 무슨 잔꾀를 부릴까 싶어 밧줄을 풀어주었지요. 그런데 글쎄, 소변을 보는 척하더니 갑자기 똥통을 들고 나와 그것을 제게 쏟아부었습니다."

그때 양과가 키득, 하고 웃음을 터뜨렸다. 녹청독이 화가 나서 소리쳤다.

"너 이 자…… 자…… 왜 웃는 거냐?"

양과는 고개를 들어 하늘을 쳐다보며 태연히 대답했다.

"내가 웃든 말든 무슨 상관이에요?"

녹청독이 말대꾸를 하려는데 왕처일이 말을 막았다.

"어린아이와 똑같이 굴지 말고, 그래서 어찌 되었는지 계속 이야기해보아라."

"예, 얼마나 교활하고 간사한 녀석인지 모릅니다. 저 아이가 오물을 붓기에 얼른 뒤로 물러나 피했더니 글쎄, 천연덕스럽게 '아이고, 이런, 죄송해서 어쩌죠?' 그러는 겁니다."

녹청독은 양과의 목소리를 흉내 내어 말했다. 그 목소리가 하도 우스꽝스러워 듣는 사람들도 은근히 웃음이 나왔다.

왕처일이 미간을 찌푸렸다.

'외부 손님도 와 있는데, 대체 이게 무슨 망신인가!'

"저는 너무 화가 나 이 녀석을 때려주려 했습니다. 그런데 이 녀석이 똥통을 들어 또다시 제게 뿌리는 겁니다. 저는 급히 급류용퇴急流勇退 초식을 써서 피하려 했지만 결국 한쪽 발에 오물을 밟고 말았습니다. 다행히 넘어지지는 않았지만 미끄러워서 휘청대는 사이에 글쎄, 이 녀석이 제 허리에 차고 있던 검을 빼앗아 제 심장을 겨누더니 움직이면 죽이겠다는 겁니다. 사내대장부가 잠시 분을 못 참아 이런 꼬마 녀석에게 죽음을 당해서야 되겠나 싶어 시키는 대로 가만히 있었지요. 그랬더니 이 녀석이 왼손에 칼을 들고 오른손으로는 밧줄을 가져다가 저를 기둥에 묶고 나서 제 옷을 찢어 입을 틀어막는 거예요. 그러니 불길이 점점 번져오는데 움직일 수도 없고, 소리를 지를 수도 없지 뭡니까? 만약 윤 사숙께서 구해주지 않았다면 전 아마 불에 타 죽었을 겁니다."

녹청독은 아직도 화가 가라앉지 않은 듯 양과를 노려보았다. 녹청독의 말이 끝나자 모두들 양과와 녹청독을 번갈아 쳐다보았다. 비대하고 건장한 어른이 조그마한 어린아이에게 당해 죽을 뻔했다니, 모두들 어이가 없어 웃음을 터뜨렸다. 녹청독은 영문을 몰라 귀까지 빨개지며 어찌할 바를 몰랐다.

마옥이 웃으며 입을 열었다.

"정아, 네 아들이냐? 영리하고 민첩한 것이 제 어미를 닮은 모양이 구나."

"아닙니다. 이 아인 제 의형제인 양강의 유복자입니다."

구처기는 양강이라는 이름을 듣자 깜짝 놀라며 양과를 자세히 훑어 보았다. 과연 눈매가 양강을 닮은 듯싶었다.

양강은 구처기의 하나밖에 없는 속가俗家의 제자였다. 비록 바른길 을 가지 못하고 부귀영화에 마음을 빼앗겨 오랑캐를 아비로 삼기는 했으나, 구처기의 애제자임은 분명했다. 더군다나 그는 항상 자기가 잘못 가르친 탓이라며 애석해하고 있었다. 그런데 이렇게 양강의 아들 을 만나고 보니 만감이 교차하며 반가운 마음이 들었다. 구처기는 어 찌 된 상황인지 자세히 물었다. 곽정은 양과를 만나게 된 과정과 양과 가 처한 상황을 대충 설명한 후 양과를 전진파의 문하로 받아달라고 간청했다.

"정아, 지금은 네 무공이 우리보다 훨씬 뛰어난데 어찌 네가 직접 가르치지 않느냐?"

구처기의 말에 곽정이 대답했다.

"그 연유는 천천히 말씀드리겠습니다. 먼저 오늘 이곳까지 오면서 여러 도형께 실례를 범하게 되어 마음이 불편합니다. 그분들을 뵙고 사죄를 올리고 싶습니다."

곽정은 도사들이 자신을 적으로 오인한 나머지 싸울 수밖에 없었던 과정을 이야기했다. 그러자 마옥이 말했다.

"만약 네가 제때 와서 구해주지 않았더라면 지금쯤 전진교는 큰 화를 면치 못했을 것이다. 모두 한 식구나 마찬가지인데 사죄는 무어며, 감사는 다 뭐냐? 모두 덮어두자꾸나."

구처기가 눈썹을 치켜세우며 입을 열었다.

"적과 우리 편도 구분 못 하는 한심한 놈들 같으니! 어쩐지 그토록 철저하게 북두진을 배치해두었는데 적들이 쉽게 쳐들어왔다 싶었다. 흥! 알고 보니 북두대진을 이끌고 가서 널 가로막고 있었던 모양이로구나."

구처기는 매우 화가 난 듯 날카로운 목소리로 두 명의 제자를 불러들였고, 어찌하여 곽정을 적으로 오인하게 되었는지 캐물었다. 두 제자는 당황해 더듬더듬 대답했다.

"사, 산 아래서 지키고 있던 푸…… 풍馬 사제와 위衛 사제가 여기 계신 과…… 곽 대협께서 보…… 보광사에 있는 비석을 내…… 내리치셨다며, 트…… 틀림없이 적과 한패라고……."

곽정은 그제야 어찌 된 영문인지를 알 수 있었다.

"이분들을 탓할 수도 없겠습니다. 올라오던 중 보광사에서 잠시 쉬었는데, 이 아이와 무슨 대화를 나누다가 무의식중에 도장께서 시를 새겨두신 비석을 세게 내리쳤습니다. 아마도 그래서 오해하신 것 같습니다."

"그랬구나. 그것 참 공교롭게 되었구나. 우리가 알아본 바에 따르면 오늘 중양궁에 오기로 한 적들이 그 비석을 치는 것을 그들 사이의 신호로 삼는다고 했거든. 그러니 오해할 수밖에 없었겠지."

"그런데 대체 그자들은 누구이기에 이리 대담한 짓을 한 것입니까?"

구처기가 길게 한숨을 내쉬었다.

"말하자면 길구나. 정아, 나와 같이 가자꾸나. 보여줄 것이 있다."

구처기는 마옥과 왕처일을 향해 고개를 끄덕여 보인 후 뒷산을 향해 걸음을 옮겼다.

"과야, 넌 여기서 기다리거라."

곽정은 양과에게 함부로 돌아다니지 말라고 주의를 준 후 구처기를 따라나섰다. 구처기는 빠른 걸음으로 뒷산으로 향했다. 발걸음이 가볍고 민첩한 것이 젊었을 때와 전혀 달라지지 않은 것 같았다.

두 사람은 마침내 산봉우리에 도착했다. 구처기는 큰 바위 옆으로 다가갔다.

"여기 새겨진 글씨를 만져보아라."

날이 이미 어두워진 뒤라 바위 뒤쪽은 칠흑 같은 어둠에 싸여 있었다. 바위를 만져보니 과연 글자가 새겨져 있었다. 더듬더듬 만져가며 글자를 읽어보니 놀랍게도 시 한 편이 적혀 있었다.

> 자방子房이 진秦을 멸하려다 실패하고, 다리 밑에서 기거하며
> 한漢을 보필하여 거사하니 그 뜻 하늘을 향해 우뚝 솟네.
> 적송赤松과 함께 세월을 보내다가 뜻을 이루자 훌쩍 떠나네.
> 출중한 인물과 훌륭한 책은 조물주도 함부로 하지 못하는 것.
> 중양重陽이 전진교를 일으켜 높은 기상으로 강호를 굽어보네.
> 빼어난 영웅의 기질도 때를 만나야 할거할 수 있으니
> 지난날들 모두 부질없어 활사묘活死墓에 마음을 접네.
> 한 사람이 그를 불러내니 두 신선이 이곳에서 만나

이제 종남산 아래 세워진 전각이 희뿌연 구름에 휩싸이네.

바위에 새겨진 글씨의 획을 따라 손가락으로 더듬어가던 곽정은 너무나 놀랐다. 한 획 한 획이 손가락과 너무나 맞아떨어져 마치 손가락으로 쓴 글씨처럼 보였다.

"설마, 손가락으로 쓴 건 아니겠죠?"

"믿기지 않겠지만, 분명 손가락으로 쓴 것이다."

"신선이 아닌 이상 어떻게 손가락으로 바위에다 글씨를 새길 수 있습니까?"

"이 시는 두 사람이 쓴 것이야. 둘 모두 무림에서 유명한 사람들이지. 특히 앞의 몇 구절을 쓴 분은 문무를 겸한 대단한 사람이었다. 비록 신선은 아니지만 그야말로 100년에 한 번 나올까 말까 한 걸출한 인물이셨어."

곽정은 절로 존경과 흠모의 마음이 일었다.

"어떤 분인지, 저도 만나 뵐 수 있는지요?"

"나도 만나본 적은 없다. 앉거라. 이제 오늘 어찌하여 적들이 쳐들어오게 되었는지 설명해주마."

곽정은 바위 위에 걸터앉았다. 아래를 내려다보니 중양궁의 불길은 거의 잡힌 듯했다.

"용이와 함께 와서 들었다면 좋았을 걸 그랬습니다."

"이 시가 무슨 뜻인지 대충 알겠느냐?"

곽정의 나이도 어느덧 중년에 접어들었건만, 구처기는 여전히 소년 시절의 곽정을 대하듯 말했다.

신조협려

"앞부분은 장량張良의 이야기죠? 용이에게서 들은 적이 있습니다. 장량이 시황제를 습격하려다 실패로 돌아가자 하비에 은신하고 있다가 다리 밑에서 한 노인을 만났는데, 그 노인에게 대단한 병법 한 권을 받았다지요. 후에 장량은 유방을 도와 한漢을 일으켜 한나라의 제3대 개국공신이 되었고, 물러난 후에는 은거하여 적송을 벗 삼아 자연을 즐기며 살았다 들었습니다. 뒷부분은 중양 조사님의 사적에 대한 글인 듯한데 무슨 뜻인지 정확히는 모르겠습니다."

"중양 조사님은 어떤 분인지 알고 있느냐?"

"중양 조사님은 사부님의 사부님이 아니십니까? 전진교를 세우신 분이고, 당시 화산논검대회에서 최고수 자리를 차지한 분이지요. 무공으로 말할 것 같으면 천하제일이셨던 분을 어찌 모르겠습니까?"

"네 말이 맞다. 그럼 그분의 젊은 시절에 대해서는 알고 있느냐?"

곽정은 고개를 가로저었다.

"잘 모릅니다."

"그럼 여기 이 '빼어난 영웅의 기질도 때를 만나야 할거할 수 있으니'의 대목부터 얘기해주마. 사부님께서는 처음부터 출가해 도사가 되려 했던 것은 아니다. 소년 시절에는 학문을 익히고 그 후에 무공을 연마해 강호를 누비는 영웅이 되셨다. 금병金兵이 침입해 백성들을 죽이고 약탈을 일삼자, 이를 참다못해 군사를 일으켜 금군에 대항하셨지. 그러나 금병의 세력이 너무 강해 사부님께서는 많은 병사를 잃게 되자, 그 한을 이기지 못해 출가하시게 된 것이다. 사부님께서는 출가하신 후, 이 산에 있는 오래된 고묘古墓에 기거하시면서 몇 년 동안 나오지 않으셨다. 그리고 스스로를 '활사인活死人'이라 부르셨다. 말 그대로

227

살아 있지만 죽은 것과 같다는 뜻이지. 금국의 도적들과 같은 하늘 아래 살기를 거부하신 거야. 이게 바로 불공대천 不共戴天이라는 것이다."

"그렇군요."

"사부님께서 여러 해 동안 묘에서 나오시지 않자, 매일같이 지인들과 벗들이 찾아와 묘에서 나와 큰일을 도모하시도록 권했지. 그러나 사부님은 이미 뜻을 접으셨던 터라 나오시려 하지 않았단다. 8년이 지난 후, 사부님의 적이 묘를 찾아와서 며칠 밤낮을 온갖 욕을 퍼부어대며 싸움을 청했지. 견디다 못한 사부님은 결국 묘 밖으로 나오셔서 싸우려 했어. 그런데 뜻밖에 그 사람이 웃으면서 '이왕 나오셨으니 이제 다시 들어갈 필요가 없겠군요!' 했다는구나. 비록 적이기는 하지만 아까운 인물이 무덤 안에서 썩는 것을 안타깝게 여겨 일부러 그랬던 거야. 사부님은 그제야 상대방이 도전을 하러 온 게 아니라 호의로 자신을 불러낸 사실을 깨달으셨지. 두 사람은 그때부터 화해를 하고 적이 아닌 친구가 되었단다."

곽정은 무림 선배들의 호기 넘치는 이야기를 듣고 감탄을 금치 못했다.

"그분은 도대체 누구신가요? 동사, 서독, 남제, 북개 중 한 분이신가요?"

"아니다. 무공으로 따지면, 그 네 분보다도 한 수 위일 거다. 다만 여자의 몸이라 함부로 나서지 않다 보니 아는 사람이 많지 않았을 뿐이지."

"아하, 여자분이셨군요."

구처기가 고개를 끄덕이며 탄식했다.

"사실 그분은 내심 사부님을 사모하고 부부의 연을 맺길 원하셨지. 그 당시 두 분이 만나기만 하면 말다툼을 했던 것도 사실은 서로가 관심이 많아서였어. 그분은 워낙 자존심이 강해 자신의 의사를 잘 표현하지 않았단다. 나중에는 사부님도 그분의 마음을 아셨지만 한 여자의 인생을 희생시킬 수는 없다며 괴로워하셨지. 자신은 이미 나라를 위해 몸을 바치겠다고 다짐한 몸이라 망국의 한을 갚지 못한 상황에서 가정을 이룰 수 없다고 생각하셨던 거야. 그래서 그분의 마음을 뻔히 알면서도 모른 척하셨던 거지. 그런데 그분은 사부님이 자기를 무시한다고 생각하고 마음에 한이 쌓여 결국 등을 돌리게 됐어. 그리고 두 분은 이곳 종남산에서 무공을 겨루기로 했단다."

"정말 안타까운 이야기로군요."

구처기는 마치 자신의 과거를 얘기하듯 침울한 모습이었다. 그의 이야기는 계속되었다.

"사부님께서는 그분의 마음을 잘 알기 때문에 항상 양보하고 참아주셨지. 그러나 그분의 성격이 워낙 까다로운지라, 사부님이 양보할수록 자신은 무시당하는 기분이 들었던 거야. 그래서 사부님은 어쩔 수 없이 싸움에 응하게 되었단다."

구처기는 주위를 한 번 둘러보며 말을 이어갔다.

"결국 두 분이 바로 이곳에서 무공을 겨루게 되었는데, 수천 초식을 교환하고도 좀처럼 승패가 나질 않았어. 사부님께서 일부러 승부수를 전개하지 않았던 거야. 그러나 그분은 오히려 자기를 얕본 거라고 화를 내셨지."

구처기는 말을 하면서 씁쓸하게 웃었다.

"그래서 사부님은 또 다른 제안을 하셨어. 무공으로는 승패를 겨루기 어려우니 학문으로 겨뤄보자고. 그분도 흔쾌히 승낙하며 만약 자기가 지면 평생 동안 다시는 사부님을 보지 않겠다고 했어. 편히 수심修心을 할 수 있도록 내버려두겠다는 뜻이었지. 그래서 사부님께서 만약 당신이 이기면 어떻게 할 건지 물었더니, 그분은 잠시 얼굴을 붉히더니 '당신의 활사인묘에서 살 수 있게 해달라'고 하셨다는 거야."

구처기의 입가에 잔잔한 미소가 스쳤다.

"사실 그건 의미심장한 말 아니겠니? 만약 자기가 이기면 사부님과 함께 활사인묘에서 살겠다는 뜻이니까. 사부님은 이러지도 저러지도 못할 상황에 놓인 거지. 결국 사부님께서는 그분께 미안하기는 하지만 귀찮은 문제를 피하려면 이기는 수밖에 없다고 생각하셨단다. 그리하여 대결 방법을 물었더니, 오늘은 둘 다 지쳤으니 내일 만나서 겨루자고 하셨다더군."

곽정은 계속 귀를 기울였다.

"며칠이 지난 후 두 사람은 다시 이곳에서 만났는데 그분은 몹시 초췌해 보였어. 그리고 대결에 앞서 한 가지 약속을 해달라고 했어. '만약 당신이 이기면 나는 그 자리에서 자결하여 다시는 당신을 보지 않겠어요. 그러나 만약 내가 이기면 당신의 활사인묘에서 살게 해주세요. 평생 내가 시키는 대로 해야 되고 절대 거역해선 안 돼요. 만약 그게 싫다면 중이나 도사로 출가를 해서 이 산에 사당을 짓고 10년 동안 나와 함께 지내야 해요.' 사부님께서도 그분의 뜻을 알아채셨지. 활사인묘에서 함께 살 수 없다면 사부님 또한 중이나 도사가 되어 이 산에 살아야 하며, 최소한 다른 사람을 아내로 삼아서는 안 된다는 뜻이었던 거야."

구처기는 가볍게 한숨을 내쉬었다.

"만약 그분이 지면 자결하겠다는데 사부님이 이길 수도 없는 노릇이고, 출가해서 도사가 된다 한들 10년 동안 이 산에 머물러 있을 수도 없는 노릇이 아니냐. 사부님은 어떻게 해야 할지 몰랐어. 사실 그분은 재능과 미모, 무공이 모두 빼어나 사부님도 마음이 흔들렸던 거야. 다만 부부의 인연은 아니라고 생각했던 거지. 사부님은 궁리 끝에 결국 결심을 하게 되었어. 그분의 성품으로 보아 한번 내뱉은 말은 반드시 이행하는 사람이니 지면 자결할 게 뻔하니까 사부님은 자신을 희생하기로 작심한 거야. 어떤 방법으로 겨루든 져주기로. 그리고 상대방의 제안을 받아들이셨지."

구처기는 쉬지 않고 말을 이어갔다. 오래된 일이지만 그의 기억은 또렷했다.

"사부님이 승낙하자, 그분은 어떤 방법으로 겨룰 것인지를 제안했지. 우선 바위에 손가락으로 글자를 새기자고 말했어. 사부님은 당황하며 어떻게 바위에다 손가락으로 글을 쓸 수 있냐고 반문했지. 그러나 그분은 한사코 지력指力을 겨루어 더 깊게 새기는 사람이 싸움에서 이기는 것으로 하자고 했어. 사부님은 도저히 불가능한 일이라고 생각했지. 사람이 신선도 아닌데 어떻게 손가락으로 바위에 글을 새길 수 있단 말인가. 그러나 그분은 자신 있게 말했지. '만약 내가 바위에 글을 새긴다면 당신이 졌다고 시인하실 겁니까?' 그분의 물음에 사부님은 내심 절대로 그런 일은 있을 수 없다고 생각하며 흔쾌히 대답했지. '만약 당신이 할 수 있다면 당연히 내가 지는 것이지만 만약 당신도 못한다면 우린 비긴 셈이 되니까 더 이상 겨루지 맙시다.' 그러자 그분은 처연한 표정으로 웃으면서 말했지. '기어이 출가하여 도사가 되겠다는 말이군요.' 그러더니 왼손을 들어 바위를 쓰다듬으며 잠시 생각에 잠겼어. '무슨 글이 좋을까요? 아, 그렇지. 역사적으로 출가한 사람 중에 가장 뛰어난 영웅을 들라면 장자방張子房을 들 수 있겠군요. 진시황의 폭정에 항거하고, 개인의 명예와 이익을 탐하지 않았으니 당신의 선배라 할 수 있겠죠.' 말을 마친 후, 그분은 오른손 식지를 들어 바위 위에 글을 쓰기 시작했어. 놀랍게도 그분의 손이 닿는 곳에 돌가루가 날리면서 정말 글씨가 새겨졌단다. 정말 놀라운 무공이 아닐 수 없었지. 그분이 그날 바위 위에 새긴 글자가 바로 이 시의 앞부분이란다."

구처기의 말은 대충 끝나가고 있었다.

"사부님께서는 탄복하지 않을 수 없었고, 그날로 활사인묘를 그분께 양보하고, 다음 날 출가해서 도사가 되셨지. 사부님은 활사인묘 부근에 작은 도관道觀을 짓고 그곳에 기거하셨는데, 그게 바로 중양궁의 전신이란다."

곽정은 감탄한 나머지 말이 나오지 않았다. 다시 한번 바위에 글씨가 새겨진 부분을 자세히 만져보았다. 분명 손가락으로 쓴 글씨임에 틀림없었다.

"지력이 정말 대단하군요."

그런데 갑자기 구처기가 큰 소리로 웃어젖혔다.

"하하하. 정아, 너 역시 속아 넘어가는구나. 용이였다면 절대 속지 않았을 텐데."

"속다니요?"

곽정의 눈이 휘둥그레졌다.

"생각해보아라. 당시 지력을 논한다면 누구를 천하제일로 꼽을 수 있겠느냐?"

"그야 물론 일등대사님의 일양지겠지요."

"그렇지. 그 신출귀몰한 일등대사님이라 할지라도 바위는커녕 나무에조차 글씨를 새길 수는 없을 것이다. 그분을 제외한 다른 사람이라면 더 말할 것도 없겠지. 사부님께서는 출가한 후 대체 어떻게 바위에 글씨를 새길 수 있었을까 매우 궁금해하셨지만, 아무리 생각해도 납득이 가지 않았어. 하여 너의 장인이신 황약사를 종남산으로 불러 가르침을 청했단다. 황약사께서는 지략이 뛰어나시지 않느냐. 황약사께서는 사부님에게 믿기지 않은 이야기를 듣고 한참 동안 생각하시더니 하하, 웃으면서 '나도 할 줄 아는 무공이오. 아직 완벽하게 익히지는 못했으니 한 달 후에 다시 와서 보여드리리다'라고 하셨단다. 한 달 후, 황약사께서 다시 찾아와 사부님과 함께 이 바위를 보러 왔어. 지난번 그분이 '출중한 인물과 훌륭한 책은 조물주도 함부로 하지 못하는 것'까지 쓰셨지. 황약사는 한 손으로 바위를 오랫동안 문지르더니 갑자기 손가락에 힘을 주어 바위 위에 글씨를 쓰기 시작했어. '중양이 전진교를 일으켜……'에서부터 '종남산 아래 세워진 전각이 희뿌연 구름에 휩싸이네'까지가 바로 너의 장인께서 쓴 부분이란다."

곽정은 의아하여 눈이 휘둥그레졌다.

"아…… 아니…… 그게 사실입니까?"

"사실이지. 사부님께서는 황약사가 바위에다 손가락으로 글씨를 써 내려가자 황당해하셨지. 황약사의 무공이 사부님만 못한 줄 뻔히 알고 있었기 때문에 그가 바위 위에 어떻게 글씨를 쓸 수 있는지 이해가 가지 않았던 거야. 사부님은 이상한 생각이 들어 손가락으로 바위를 눌러보았지. 그런데 이게 웬일이냐? 손가락으로 누른 자리가 쑥 들어가더니 바위 위에 구멍이 뚫리는 게 아니겠니? 자, 여길 보아라."

구처기는 곽정의 손을 잡아끌어 바위 옆쪽을 만져보게 했다. 곽정이 만져보니 과연 손가락으로 뚫은 듯한 작은 구멍이 나 있었다.

'그렇다면 이 바위가 다른 바위와 달리 손가락에 파일 만큼 단단하지 않단 말인가?'

곽정은 손가락 끝에 기를 모아 바위를 힘껏 눌러보았다. 그러나 손가락이 아프기만 할 뿐 바위는 전혀 파이지 않았다.

"하하하하! 바보 같은 녀석! 아직도 모르겠느냐? 그 여자분께서 글씨를 쓰기 전에 왼손으로 바위를 오랫동안 문질렀다고 했지? 알고 보니 왼손에 화석단化石丹을 가지고 계셨던 거야. 화석단으로 문지르면 바위 표면이 부드러워지고 잠깐 동안은 딱딱해지지 않거든. 황약사는 그분의 비밀을 간파했던 거지. 그래서 산을 내려가 약초를 캐어 화석단을 만든 후 돌아와서 똑같이 흉내를 냈던 것이야."

곽정은 잠시 황약사를 생각하면서 아무 말도 하지 못했다.

'아, 장인어른의 지혜가 그분보다 못할 리 없겠지. 그나저나 지금은 대체 어디에 계시는 것일까?'

곽정이 황약사의 안위를 걱정하며 잠시 생각에 잠겨 있는 사이 구처기는 그의 사정을 모르는지라 이야기를 계속해나갔다.

"사부님께서는 처음에 원치도 않는 출가를 하여 도사가 되었기 때문에 마음이 편치 않았지. 그러나 그곳에서 많은 책을 읽으면서 점차

도를 깨우치기 시작했어. 그래서 점점 더 수련에 몰두했고, 마침내 오늘날과 같은 전진교를 창건할 수 있었던 거야. 이 모든 것이 따지고 보면 그분이 사부님을 활사인묘에서 나오도록 유도한 덕분이라 할 수 있지. 그렇지 않았더라면 우리 전진교도 없었을 터이고 당연히 나도, 그리고 너도 지금쯤 어디서 어떤 생활을 하고 있을지 알 수 없겠지."

곽정은 고개를 끄덕였다.

"그분의 존함이 어찌 되는지요? 아직도 살아 계십니까?"

"당시 강호에 많은 이야기를 남겼지만, 워낙 독특하고 기이한 분이라 진면목을 본 사람은 거의 없다고 들었다. 사부님 외에 그분의 진짜 이름을 아는 사람은 없고, 사부님 또한 다른 사람에게 그분에 대한 이야기를 하신 적이 없다더구나. 항간에는 첫 번째 화산논검대회가 열리기 전에 이미 세상을 떴을 거라는 말이 있어. 그렇지 않다면 그분 성격에 게다가 무공도 그렇게 고강한데 대회에 참가하지 않았을 리 없겠지."

"그렇군요. 그분에게 제자는 없었나요?"

곽정의 질문에 구처기가 한숨을 쉬었다.

"문제는 바로 거기에 있다. 그분은 평생 동안 제자를 거두지 않았고, 다만 옆에서 시중들던 여자애가 한 명 있었단다. 두 사람은 활사인묘에 들어가 근 10년 동안 바깥세상에 나오지 않았다고 한다. 그분은 자신의 무공을 모두 그 시중들던 여자에게 전수했지. 그 시중들던 여자도 강호에 전혀 발을 들여놓지 않았으니 무림에서 아는 이가 있을 리 없고…… 그런데 그녀가 나중에 두 명의 제자를 거뒀는데, 그중 하나가 바로 적련선자 이막수란다."

"아!"

곽정은 깜짝 놀라지 않을 수 없었다.

"그런데 왜 이막수가 그토록 잔인하고 사악하게 되었을까요?"

"그녀를 아느냐?"

"몇 달 전에 강호에서 한 번 만난 적이 있었습니다. 무공이 대단하더군요."

"그녀를 다치게 했느냐?"

"아닙니다. 사실 그녀를 직접 만난 건 아니고, 여러 사람을 죽인 것을 봤어요. 수법이 정말 잔인하더군요. 철시 매초풍과 비교해도 더하면 더했지 덜하진 않겠던데요."

"그녀를 다치게 하지 않아 다행이다. 그렇게 했더라면 앞으로 좀 복잡해질 뻔했다. 이막수의 사매가 바로 용……."

곽정이 말을 가로챘다.

"용 낭자라는 분이군요?"

구처기는 놀라며 눈이 휘둥그레졌다.

"네가 그걸 어찌 아느냐? 그녀도 만난 적이 있느냐? 무슨 일이 있었느냐?"

"아닙니다. 그런 게 아니라, 이번에 산에 오를 때 여러 사형과 부득이하게 싸웠다 하지 않았습니까? 그때 그분들이 저더러 용 낭자 때문에 왔다느니, 음흉한 놈이라느니 하는 바람에 어리둥절했습니다."

구처기는 큰 소리로 웃더니 금세 긴 한숨을 내쉬었다.

"사실 이번에 중양궁이 이런 재난을 당한 것도 다 그 때문이다. 만약 그런 오해가 생기지 않았다면 그 나쁜 놈들이 북두대진을 무너뜨리지도 못했을 테고, 너도 일찍 와서 우리를 도와줄 수 있었을 것이 아니냐. 그랬으면 학 사제도 다치지 않았을 텐데……."

구처기는 곽정의 어리둥절한 표정을 바라보며 말을 이었다.

"오늘이 바로 그녀가 열여덟 살이 되는 생일날이란다."

"아, 그래요!"

곽정은 대답을 하긴 했지만, 그것과 이번 일이 어떤 관계가 있는지 도무지 이해가 가지 않았다.

"그녀의 이름이 뭔지는 아는 사람이 없단다. 오늘 우리를 공격해온 적의 무리들은 그녀를 소용녀_{小龍女}라고 부르더구나. 그러니 우리도 일단 소용녀라고 부르는 수밖에. 그러니까 이야기는 18년 전으로 거슬러 올라가겠다. 18년 전 어느 날 밤, 중양궁 밖에서 갑자기 아기 우는 소리가 들려왔다. 누군가가 이불에 싸인 아기를 중양궁 앞에 버리고 간 것이지. 사실 중양궁에서 아이를 기른다는 것은 매우 힘든 일이지만 출가한 자들은 자비를 베푸는 것이 원칙이기에 모른 척할 수 없었단다. 그 시기에 나와 마옥 사형은 중양궁에 없었으니 제자들은 어떻게 해야 할지 고민했다고 한다. 그때 마침 어디선가 중년의 부인이 나타나 아이가 가엾으니 자기가 키우겠다고 하여 제자들은 다행이라고 여기며 아이를 그 부인에게 맡겼단다. 나중에 나는 마 사형과 돌아와 상황을 전해 들었지. 그 부인의 생김새를 물어본 뒤에야 그녀가 바로 활사인묘에서 시중을 들었던 여자라는 걸 알았다. 전에 그녀를 몇 번 만난 적이 있지만 한 번도 이야기를 해본 적은 없었지. 서로 아주 가까이 사는데도 선대에 얽힌 문제들이 있다 보니 전혀 왕래가 없었단다. 어쨌든 그 일은 그렇게 대수롭지 않게 지나갔다. 그로부터 몇 년이 지난 후, 그녀의 제자 이막수가 산을 내려가 온갖 잔인한 짓을 일삼으며 강호를 흔들어놓는다는 소식을 들었지. 전진교는 여러 차례 제재를 해야 한다고 논의했지만 아무래도 활사인묘와의 인연을 생각해 함부로 행동할 수 없었단다. 그래서 정중하게 편지를 써 활사인묘에 전달했지. 그런데 아무리 기다려도 답변은커녕 이막수의 악행을 전혀 간섭하지 않고 내버려두는 게 아니냐. 그렇게 또 몇 년이 지났을까, 활사인묘 밖 가시덤불 위에 흰 깃발이 걸려 있었다. 활사인묘에 사는 누군가가 죽은 것이겠지. 그래서 전진교의 여섯 형제가 묘 앞으로 가서 제를 올렸어. 막 예를 마치고 돌아가려는데 가시덤불 속에서 열너덧 살정도 되어 보이는 어린 여자아이가 걸어 나와 공손하게 예를 갖추며 인사를 하는 거야. '사부님께서 세상을 떠나시면서, 자기가 데리고 있는 아이가 악행을 많이 저지르고 다니나 다 처리할 방법이 있으니 너무 걱정하지 말라고, 전진교에 전하라 하셨습니다.' 전진파 형제들은 좀 더 자세히 물어보고 싶었지만 소녀는 순식간에 무덤 안으로 들어가버렸지. 사부님께서 돌아가시기 전에, 전진파의 제자는 그 무덤 안으로 들어가서는 절대 안 된다고 명하셨기에 소녀가 들어가버리자 모두들 멍하니 쳐다보고만 있었지. 어쨌든 소녀가 자신의 사부님이 세상을 떠났다고 했는데, 정녕 사부님이 죽었다면 어떻게 이막수를 처리하겠다는 건지 참으로 납득이 가지 않았다. 전진교 형제들은 어린 소녀가 홀로 남게 된 것이 가련해 음식과 생필품을 보내주었지. 그러나 그 소녀는 매번 손도 대지 않은 채 중년 하녀를 시켜 되돌려 보냈단다. 아마 그 소녀의 성격도 자기 사조나 사부와 비슷한 것 같았어. 그래서 달리 도와줄 방법도 없고 또 어쨌든 하녀가 옆에서 돌봐주니 전진교 제자들은 더 이상 신경을 쓰지 않았지. 전진교 또한 크고 작은 일이 벌어져 나는 중앙궁을 비우는 일이 잦았다. 그리고 언제부터인지 이막수도 강호에서 종적을 감춘 채 더 이상 나쁜 소식이 들려오지 않았고. 그래서 사람들은 모두 활사인묘의 사부가 죽기 전에 과연 모종의 묘책을 세워두었던 모양이라 생각해 감탄을 금치 못했단다. 그런데 지난해 봄, 나는 왕 사제와 함께 서북 지역에 볼일이 있어 중앙궁을 나서 감주甘州의 한 협객 집에 머물렀다가 뜻밖의 소식을 접했다. 1년 후, 각지의 사악한 무리들이 종남산에 모이기로 했다는 소식이었지. 종남산은 전진교의 본거지인데 사파邪派 무리들이 종남산으로 모인다는 것은 곧 전진교를 공격하겠다는 뜻이라고 봐야지. 그것이 사실이라면 큰일이었다. 그래서 나는 헛소문이기를 간절히 바라며 여러 방면으로 좀더 자세히 알아보았지. 일인즉, 그들이 종남산에 모이는 것은 사실이나, 표적이 전진교가 아니라 바로 활사인묘의 소용녀라는 것을 알아냈다."

잠자코 듣고 있던 곽정이 고개를 갸우뚱하면서 입을 열었다.

"아니, 그렇게 어린 소녀가 게다가 활사인묘에 갇혀 사는 사람이 어찌 사파 무리들과 원한이 있단 말씀입니까?"

"처음에는 우리도 그 이유를 알 수 없었지. 그러나 어쨌든 그들이 종남산으로 온다면 우리 또한 관망만 할 수는 없는 노릇이라 사람을 보내 알아보니 소용녀의 사자師姉가 또 말썽을 일으킨 탓이더구나."

"이막수 말씀이세요?"

구처기가 고개를 끄덕였다.

"그래. 알고 보니 사연이 이렇더구나. 이막수의 사부는 몇 년 동안 이막수를 가르쳐본 후, 그녀의 심성이 좋지 못하다는 것을 알았지. 그 래서 더 이상 무공을 전수해서는 안 된다는 결론을 내리고 이제 가르 칠 것이 없으니 하산할 것을 명했단다. 이막수는 불만스러웠으나 순 순히 따를 수밖에 없었겠지. 그런데 사부가 살아 있을 때는 그나마 눈 치를 보느라 함부로 행동하지 않았는데, 사부가 돌아가셨다는 것을 알 고 곧장 활사인묘로 되돌아왔다는 거야. 그곳에 틀림없이 어떤 무공 의 비급 같은 것이 숨겨져 있다고 생각했던 것이지. 그런데 활사인묘 에 돌아와보니 사방에 각종 함정이나 장치 같은 것이 있어서 각각의 문을 통과하기가 매우 힘들었다고 한다. 이막수가 간신히 두 개의 문 을 통과하고 세 번째 문으로 들어서려는데, 그곳에 사부가 남긴 유서 가 있었지. 사부는 이막수가 활사인묘로 다시 돌아올 것을 미리 알고 그녀에게 편지를 남겨둔 것이야. 거기에는 앞으로 잘못을 뉘우치지 않 고 계속해서 악행을 저지르면 사문의 이름으로 처단한다는 경고의 말 이 쓰여 있었단다. 그리고 이막수의 사매가 열여덟 살이 되는 생일날, 그녀를 장문掌門으로 삼는다는 말과 함께 사문에 누를 끼치면 사매가 장문의 자격으로 엄히 벌하도록 하겠다고 쓰여 있었지. 이막수는 몹 시 화를 내며 세 번째 문을 뚫고 들어가려다가 그만 사부가 미리 설치 해둔 독계毒計에 걸려들고 말았단다. 소용녀가 독을 치료해주지 않으 면 목숨을 잃을 상황이었지. 그래서 그녀는 이를 갈며 물러날 수밖에 없었단다. 그러나 그대로 포기할 이막수가 아니었다. 그 후로도 몇 차 례 활사인묘에 들어가려 했지만 번번이 실패하자 결국 마지막에는 사 매와 싸우게 되었는데, 그때 소용녀의 나이는 불과 열여섯 살밖에 되 지 않았지. 하지만 무공은 이미 사자보다 훨씬 앞서 있었기에 이막수의 행패를 충분히 저지할 수 있었고, 죽이는 것도 그리 어려운 일이 아니었지."

곽정이 다시 끼어들었다.

"뭔가 소문이 잘못 난 모양인데요."

"그게 무슨 말이냐?"

"제 은사님이신 가 대협께서 전에 이막수와 겨룬 적이 있습니다. 사부님 말씀이 그녀의 무공은 참으로 독특해 일등대사의 제자이신 무삼통께서도 그녀에게 패했다 했습니다. 만약 소용녀가 스무 살도 되지 않았다면 아무리 무공이 뛰어나다고 해도 이막수를 이기기는 어려울 텐데요."

"사실 그 이야기는 신빙성이 없을 수도 있다. 왕 사제가 개방 사람들에게 들었다고 했으니까. 소용녀와 이막수가 대결하는 것을 본 사람이 없으니 누가 이겼는지는 더더욱 알 수가 없지. 어쨌든 이막수는 사부가 사매만 편애하여 상승 무공을 전수해주자 마음속 깊이 원망하게 되었다고 하더구나. 그래서 강호에 소문내기를, 모월 모일 활사인묘에 사는 소용녀가 '비무초친比武招親'을 한다고……."

곽정은 '비무초친'이라는 말을 듣자 문득 양강과 목염자가 생각나 자기도 모르게 탄식을 내뱉었다. 구처기도 곽정의 마음을 알고 한숨을 내쉬었다.

"만약 누구든지 소용녀를 이기면 소용녀뿐만 아니라 무덤 안에 숨겨진 온갖 진귀한 보물과 무공의 비급을 모두 차지할 수 있다고 소문을 낸 것이다. 사실 사악한 사림의 무리들도 원래는 소용녀가 어떤 사람인지 알 턱이 없지. 그런데 이막수가 소용녀의 미모가 자신보다 훨썬 뛰어나다고 떠들어낸 거야."

구처기는 혀를 끌끌 찼다.

"소문에 따르면 적련선자의 미모가 아주 뛰어나다고 하더구나. 무림에서 보기 드문 자색姿色일 뿐만 아니라 양갓집 규수 중에도 그녀의 미모를 따를 사람이 거의 없다고 하던데……."

곽정은 마음속으로 그 말에 동의할 수가 없었다.

'우리 용이가 그 여자보다 훨씬 아름다운데.'

"강호의 사악한 무리들 중 이막수의 미모에 빠진 사람이 적지 않다 더구나. 그런데 이막수는 누구든지 조금이라도 그런 마음을 내색하거나 무례하게 굴면 즉시 독수를 쓴다는 거야. 그런 상황에서 그녀보다 훨씬 아름다운 사매가 비무초친을 한다 하니 귀가 솔깃하지 않을 수 있겠느냐?"

곽정은 그제야 깨달았다.

"아, 그래서 그 많은 사람이 이곳에 몰려온 거로군요. 어쩐지 여러 도형께서 저보고 음흉하다느니 음탕하다느니 하더라고요."

구처기는 곽정의 말을 듣고 너털웃음을 터뜨렸다.

"우리가 알아본 바로는 그들 역시 우리 전진교가 마음에 걸렸던 거야. 그래서 모두 패를 지어 함께 종남산에 올라오기로 한 거지. 만약 전진교가 방해하면 이 기회에 눈엣가시처럼 여기던 우리 전진교를 처리해버릴 속셈도 있었던 거지. 나와 왕 사제는 이 소식을 듣고 사교의 무리들과 한판 겨루기로 결정하고 즉시 여러 곳에 흩어져 있는 전진교의 제자들을 소집했단다. 유 사형과 손 사매만 산서에 있어서 미처 도착하지 못하고 나머지는 사교의 무리들보다 열흘 앞서 종남산에 도착했지. 북두진법을 연습하는 한편, 활사인묘에 서신을 보내 조심하라고 일러주었지. 그런데도 소용녀는 회신은커녕 전혀 신경도 쓰지 않는 것 같더구나."

"혹시 이미 활사인묘를 떠난 게 아닐까요?"

"아니다. 산 정상에서 내려다보면 매일 밥 짓는 연기가 피어오르는 게 보인다. 바로 저기가 활사인묘가 있는 쪽이야."

구처기가 서쪽을 가리켰다. 곽정은 그가 가리키는 방향을 돌아보았다. 그러나 울창한 숲에 막혀 활사인묘가 어디에 있는지 정확히 알 수는 없었다. 곽정은 생각했다.

'열여덟 살의 소녀가 하루 종일 무덤 안에서만 살다니. 만약 용이였다면 답답해서 견디지 못했을 텐데.'

구처기의 말이 계속되었다.

"전진교는 며칠 동안 적에 맞설 대책을 세웠지. 닷새 전, 여러 경로를 통해 알아본 결과 사도의 무리 중 가장 막강한 두 사람이 먼저 보광사에서 만나기로 했는데 그들 사이의 암호가 바로 비석을 내리치는 것이었다고 한다. 그런데 공교롭게도 네가 비석을 내리쳤고 무공이 대단했으니 사도의 무리로 오인한 것은 당연했을 거야. 사도의 무리 중 무공이 높다는 그 두 사람은 사실 실력이 대단한 고수였다. 다만 그들이 올해 처음으로 중원에 발을 들여놓았기 때문에 뒤늦게야 명성이 알려지기 시작한 것일 뿐이지. 넌 도화도에 은거해 있었기 때문에 모르는 게 당연하지. 귀공자 차림의 그 사람은 곽도霍都라는 몽고의 왕자인데, 대칸의 후손이라고 하더구나. 넌 몽고 사막에서 오랫동안 살았으니 몽고 왕족을 비교적 잘 알 텐데, 혹시 곽도 왕자에 대해 들어본 적이 있느냐?"

"곽도 왕자라……."

곽정은 준수한 용모에 다소 거만하고 교활해 보이는 외모를 떠올려 보았지만 얼른 연상되는 사람이 없었다.

대칸에게는 아들이 넷 있었다. 장자長子인 출적朮赤은 용맹스럽고 무공이 뛰어났다. 차남 찰합태察合台는 성격이 급하고 괴팍하면서도 매우 영리했고, 셋째 와활태窩闊台는 현재 몽고의 황제로서 현명하고 성격이 온화했다. 넷째 타뢰拖雷는 정열적인 사람이었다. 아무리 생각해도 곽도 왕자는 이 네 사람과 닮은 데가 없는 것 같았다.

"제가 본 바로는 네 왕자와 비슷한 인물이 없는 것 같은데요."

"어쩌면 그 사람이 허풍을 치는 건지도 모르겠구나."

구처기는 자신이 아는 대로 말해주었다.

"그의 무공으로 봐서는 밀교파의 무공을 전수받은 것이 분명하다. 올해 초 중원에 오자마자 하남삼웅河南三雄과 겨루어 부상을 입혔고, 감량甘涼에서 오랫동안 군림해온 난주칠패蘭州七覇를 죽여 순식간에 유명해졌다고 하더구나. 또 한 사람은 달이파達爾巴라는 승려인데 그의 무공이 곽도 왕자와 같은 계통인 것으로 보아, 곽도의 사형이나 사숙쯤 되는 것 같다. 그 사람이야 승려이니 '비무초친'에 응하러 온 것은 아닐 테고, 곽도를 도와주려고 온 것 같았다. 다른 음탕한 무리들은 이 두 사람의 특이하고 가공할 만한 무공을 보고 대부분 소용녀에게 품었던 음심淫心을 접었다고 한다. 그러나 이막수가 활사인묘 안에 진귀한 보물이 가득하고 항룡십팔장이니 일양지법 등의 무공 비급이 많다고 소문을 냈기 때문에 활사인묘의 문이 개방되면 뭐든 얻어갈 게 있겠지 하는 생각으로 종남산으로 오게 된 것이겠지. 이번에 종남산에 온 사람은 무려 100명이 넘었단다. 원래 그런 오합지졸들은 전진교의 북두진으로 충분히 막을 수 있었는데……. 설혹 그들을 사로잡지는 못할지라도 최소한 중앙궁에는 접근하지 못하도록 막을 수 있었을 텐데 오해가 생기는 바람에 일이 이렇게 되었구나.”

곽정은 미안한 마음이 들어 연신 사죄를 했다. 구처기가 웃으며 손을 내저었다.

“출문일소무구애出門一笑無拘礙, 운재서호월재천雲在西湖月在天'이라 했다. 타버린 건물이며 전각들은 다 몸 밖의 것들이다. 몸을 아끼는 것도 부족할 터인즉, 그까짓 몸 밖의 것들이 뭐 그리 아깝겠느냐? 마음에 둘 것 없다. 10여 년이 넘게 내공을 수련한 네가 아직 그 정도 이치도 깨닫지 못했느냐?”

“예, 사부님.”

곽정이 웃으며 대답하자, 구처기는 고개를 끄덕였다.

“사실 중앙궁 후원에 불이 붙었을 때 나 역시 화가 나서 어쩔 줄 몰랐다. 그런 상황에서도 마 사형처럼 평상심을 유지하려면 나 역시 아직 멀었지.”

“사도의 무리들이 까닭 없이 중앙궁을 공격하는데 어찌 화가 나지 않을 수 있겠습니까?”

구처기는 곽정의 말은 듣지도 않고 불탄 전당을 처연하게 바라보았다. 그러고는 한숨을 내쉬며 말을 이었다.

“북두대진이 전력을 다해 너를 상대하고 있는 사이, 사도의 그 우두머리가 한 무리를 이끌고 중앙궁까지 공격해 들어왔다. 그들이 중앙궁에 오자마자 불을 질러 중양궁 주변이 삽시간에 불바다가 되었고 학 사제가 가장 먼저 나서 사도와 싸우기 시작했는데, 적을 너무 과소평가한 데다 곽도의 무공이 워낙 독특해 고전을 면치 못했단다. 학 사제는 승부가 빨리 나지 않자 급히 서두르다 그만 가슴에 일장을 맞고 말았지."

구처기는 또 나지막이 한숨을 내쉬었다.

"그래서 다들 급히 진을 구축해 대항했지. 그러나 학 사제가 부상을 입게 되니 그를 대신해 들어온 제자의 공력이 약한 탓에 진법의 위력을 제대로 발휘할 수 없었단다."

바로 그때 곽정이 대전에 들어섰던 것이다.

"만약 네가 제때 와주지 않았다면 전진교는 큰 화를 면치 못했을 것이야. 지금 생각해보면, 제자들이 널 적으로 오인하지 않았다고 해도 다른 적들은 막아냈겠지만 달이파와 곽도는 막지 못했을 거다. 설사 우리가 북두진을 성공적으로 구축했어도 너처럼 깨끗이 물리치지는 못했을 거야."

그때 갑자기 서쪽에서 무슨 소리가 들려왔다. 누군가가 호각을 울린 것이다. 호각 소리는 어딘지 황량한 느낌을 주면서도 급박해 듣는 이로 하여금 가슴이 서늘해지게 만들었다. 호각 소리에서 점차 살기가 느껴졌다. 마치 적에게 도전하는 듯한 소리였다.

"이런 나쁜 놈들!"

숲 쪽을 바라보는 구처기의 얼굴에 노기가 서렸다.

"정아, 너는 그놈들과 10년 후 다시 겨루기로 약속했으니 앞으로 10년 동안은 그들이 무슨 짓을 하든 간여할 수가 없는 입장이 되었다.

큰일이구나. 이런 나쁜 놈들, 어서 가보자!"

"곽도 왕자라는 사람인가요?"

"당연하겠지. 소용녀에게 도전하고 있는 모양이야."

구처기가 빠른 걸음으로 산을 내려갔다. 곽정도 뒤를 따랐다.

호각 소리가 점점 빨라졌다. 가까이 다가가자 무기 부딪치는 소리가 났다. 구처기는 마음이 다급해지며 화가 치밀어 올랐다.

"무공의 고수라는 사람들이 어린 소녀 하나를 공격하다니, 정말 파렴치한 놈들이로구나!"

구처기는 더욱 발걸음을 재촉했다. 두 사람은 순식간에 산허리에 도착해 가파른 석벽을 끼고 돌았다. 눈앞에 울창한 숲이 나왔는데, 숲 옆 다소 평평한 공터에 수많은 사람이 모여 있었다. 족히 100여 명은 넘어 보였다. 바로 조금 전 중양궁을 공격한 무리들이었다. 두 사람은 석벽 뒤에 몸을 숨기고 동정을 살폈다.

무리의 앞에서 곽도 왕자와 달이파가 어깨를 나란히 하고 서 있었다. 곽도 왕자는 호각을 불고 있었고, 달이파는 왼손에 든 커다란 금색 추를 오른 손목에 두르고 있는 금팔찌에 내리치고 있었다. 그는 그 소리로 호각 소리와 호응을 이루며 소용녀에게 도전의 뜻을 전하고 있었다. 그러나 두 사람이 한참 동안 시끄럽게 해도 숲속은 조용할 뿐 아무런 변화가 없었다.

곽도 왕자가 호각을 내려놓더니 목소리를 높여 외쳤다.

"저는 몽고의 곽도라는 사람인데 용 낭자의 생신을 경하드리러 왔소이다."

그의 말이 끝나자마자 숲속에서 쟁, 쟁, 쟁, 하고 금쟁이 날카롭게 울렸다. 마치 소용녀가 금을 울려 화답하는 것 같았다.

곽도 왕자는 크게 기뻐했다.

"용 낭자께서 오늘 비무초친 하신다 하여 감히 뵈러 왔습니다. 내 비록 여러모로 부족하나 용 낭자의 가르침을 받고 싶소이다."

뒤이어 금음琴音이 다시 들려왔다. 그 소리로 미루어보아 연주자가 굉장히 화가 나 있고 축객逐客의 의사가 담겨 있음을 쉽게 짐작할 수 있었다.

곽도 왕자가 웃으며 넉살 좋게 말했다.

"내 비록 부족하나 귀한 가문의 자손으로 외모도 추하지 않소이다. 낭군을 원하신다면 나만 한 사람을 찾기 어려울 것이오. 낭자께서는 무공을 익힌 협녀俠女이실 텐데 뭘 그리 부끄러워하시오?"

이번에는 금 소리가 더욱 격앙되게 들려왔다. 질책의 의미가 분명했다. 곽도 왕자가 달이파를 향해 눈짓을 하자 그가 고개를 끄덕였다.

"낭자께서 나오기를 거부하신다면 실례를 범할 수밖에 없습니다."

곽도 왕자는 호각을 내려놓고 오른손을 흔들며 숲속을 향해 성큼성큼 걸어갔다. 무리들이 우르르 그의 뒤를 따랐다.

'그 막강한 전진교도 우릴 막지 못했는데, 어린 계집의 몸으로 우릴 어찌 막겠어?'

모두들 이런 생각을 하고 있었다. 혹여 남보다 묘에 늦게 들어가면 보물을 차지하지 못할까 봐 앞다투어 숲을 향해 잰걸음을 옮겼다.

구처기가 보다 못해 목소리를 높여 외쳤다.

"여기는 전진교의 시조인 중양 진인께서 기거하시던 곳이다. 어서 물러나지 못할까?"

무리들은 그의 음성을 듣고 잠시 멈칫했으나 아랑곳하지 않고 다시 숲속을 향해 몰려가기 시작했다.

"정아, 안 되겠다. 저들을 막아야겠다!"

구처기와 곽정은 석벽 뒤에서 박차고 나와 무리들의 뒤를 쫓으려 했다. 그런데 그때 숲속을 향해 달려가던 무리들이 비명을 지르며 되돌아 나오는 것이 보였다. 자세히 보니 수십 명의 사람이 죽을힘을 다해 뛰어오고 있었다. 뒤이어 곽도와 달이파도 급히 뛰어나오고 있었는데, 그 꼴이 조금 전 중양궁에서 물러날 때보다 더욱 큰 낭패를 당한 듯한 모습이었다.

곽정과 구처기는 어찌 된 영문인지 알 수 없었다.

"소용녀가 무슨 묘책을 썼길래 저들이 이리 기겁을 한단 말인가?"

그들이 어리둥절해 있는데 갑자기 웅웅, 소리가 들리면서 달빛에 무언가 희끄무레한 것이 무리를 지어 날아와 달아나는 사람들의 머리 위를 덮쳤다.

"저게 뭐죠?"

곽정의 말에 구처기는 아무 말 없이 고개만 저었다.

자세히 보니 도망가는 사람들의 걸음이 조금만 뒤처지면 금세 그 희끄무레한 것들이 머리 위를 덮쳤고, 사람들은 그 자리에서 머리를 감싸며 땅에 나뒹굴었다.

갑자기 곽정이 놀란 목소리로 외쳤다.

"벌 떼예요. 근데 왜 하얗게 보이죠?"

하얀색 벌떼는 이미 대여섯 명의 장정을 쓰러뜨리고 달아나는 사람들을 향해 다가가고 있었다. 숲 앞에도 10여 명의 장정이 땅을 구르며 고통스러운 비명을 질러댔다.

'벌에게 쏘였다고 해서 저렇게 돼지 멱따는 소리로 비명을 질러대다니, 저 벌의 침은 다른 일반 벌과 다르단 말인가?'

곽정이 생각하고 있을 때 구처기가 소리쳤다.

"옥봉玉蜂이구나. 조심해야겠다."

잠시 후, 옥봉 떼가 마치 연기처럼 허공을 가로지르며 곽정과 구처기가 있는 쪽으로 날아왔다. 그 기세가 어찌나 맹렬한지 도저히 당해낼 수가 없을 것 같았다. 곽정이 막 몸을 돌려 달아나려는데, 구처기가 기를 단전에 모으고 벌 떼를 향해 후, 하고 큰 숨을 불어냈다. 벌들은 빠른 속도로 날아오다가 갑자기 강한 바람에 부딪치자 속도를 내지 못했다. 구처기가 또 기를 모아 숨을 불었다.

곽정도 얼른 구처기를 따라 기를 한껏 모았다가 숨을 내뿜었다. 두 사람은 모두 현문정종의 상승 무공을 사용했기 때문에 벌 떼가 당해낼 수 없었다. 순식간에 수백 마리의 벌이 바람에 밀려 양옆으로 갈라지더니 곧 두 사람을 스쳐 지나 곽도 왕자와 달이파 등을 향해 날아갔다. 땅바닥에 나뒹굴던 사람들의 비명 소리가 더욱 처절해졌다.

"잘못했습니다. 소용녀 님, 제발 살려주십시오!"

심지어는 울며 애걸하는 사람까지 있었다. 곽정은 이상한 생각이 들었다.

'저들은 강호에서 내로라하는 자들로 설사 다리나 팔이 잘려도 살려달라고 저렇게 애걸하지는 않을 텐데 정말 이상하군. 그까짓 벌에 쏘였다고 저렇게 되다니……. 저 작은 벌의 독이 그리도 독하단 말인가?'

그때 또다시 숲속에서 쟁, 쟁, 하고 금 소리가 울려 퍼졌다. 뒤이어

숲 위로 하얀 연기가 피어오르더니 매우 진한 꽃향기가 풍겼다. 그리고 얼마 지나지 않아 윙, 윙, 소리가 가까워지고 뒤이어 벌 떼들이 꽃향기를 따라 숲으로 되돌아갔다. 소용녀가 향기를 이용해 벌 떼를 불러들인 것이다.

구처기는 소용녀와 18년 동안 이웃으로 살았어도 그녀가 이런 재주를 가지고 있는 줄은 전혀 몰랐기에 탄복하지 않을 수 없었다.

"그녀에게 이런 신통한 재주가 있었다니 전진교가 괜한 걱정을 했구나."

구처기는 곽정에게 말을 건네고 있었지만, 사실 소용녀가 들을 수 있도록 일부러 기를 모아 소리를 멀리까지 보냈다. 과연 금을 퉁기는 소리가 금세 완곡하고 부드럽게 변했다. 아마도 감사의 뜻을 전하는 듯했다. 구처기가 크게 웃으며 그에 화답했다.

"예를 갖추실 필요 없습니다. 저 구처기, 제자 곽정과 함께 낭자의 생일을 축하드립니다."

쟁, 쟁, 금 소리가 두 번 울리더니 더 이상 들리지 않았다. 곽정은 비명을 질러대며 땅바닥을 구르고 있는 이들이 불쌍했다.

"저들을 구할 방법은 없을까요?"

"글쎄다. 용 낭자가 알아서 하시겠지. 우린 그만 가자꾸나."

돌아가는 길에 곽정은 구처기에게 양과를 제자로 거두어줄 것을 부탁했다. 구처기도 쾌히 승낙했다.

"네 숙부 양철심은 호걸이었는데 양강이 비참하게 죽어 항상 마음에 걸렸다. 서로 연고가 있는데 어찌 양과를 소홀히 대할 수 있겠느냐? 내가 그 아이를 잘 돌볼 터이니 넌 걱정하지 마라."

곽정은 너무 기쁜 나머지 그 자리에서 절을 올리며 감사를 표했다. 두 사람은 이런저런 이야기를 주고받으며 중양궁에 도착했다. 이미 날이 훤히 밝았다. 모두들 후원의 타다 남은 잔재며 기와들을 정리하느라 분주했다. 구처기는 제자들을 모두 불러 한자리에 모이게 한 후 곽정과 인사를 시켰다. 그러고는 북두대진을 지휘하던 수염이 긴 도사를 가리키며 말했다.

"왕 사제의 수제자로 이름은 조지경이라 한다. 제3대 제자들 중 무공이 가장 뛰어나지. 양과를 그에게 맡길 생각이다."

곽정은 조지경과 무공을 겨루어보았기 때문에 그의 무공이 상당히 뛰어나다는 것을 파악했다. 곽정은 매우 기뻐하며 양과에게 사부에 대한 예를 갖추도록 명했다. 그런 뒤 조지경에게 몇 차례 더 양과를 잘 부탁한다고 당부했다.

곽정은 종남산에서 수일을 머무르면서 양과에게 이것저것 당부의 말을 해주었다. 사실 전진교의 무공은 천하 무학의 정종으로 인정받았고, 당시 왕중양의 무공은 천하제일로 아무도 그를 이길 자가 없었다. 곽정이 전진교의 도사들을 이길 수 있었던 것은 다만 그들이 전진교의 무공을 완벽하게 익히지 못했기 때문이지 전진교의 무공이 하찮아서가 아니었다. 곽정은 양과에게 이런 사정을 자세히 설명해주었다.

그러나 양과는 곽정 부부가 자신을 제자로 삼고 싶지 않아 다른 사람에게 미룬 것이라고 믿었다. 그리고 전진교의 도사들이 당하는 모습을 직접 보았기 때문에 전진교의 무공 수준을 인정하고 싶지 않았다. 그래서 곽정의 말에 그저 대충 대답만 할 뿐이었다. 곽정은 양과가 어느 정도 안정이 되는 듯하자 모두에게 작별 인사를 고하고 도화도로 돌아갔다.

구처기는 과거 양강에게 무공을 전수할 때, 양강이 왕부에서 사치스럽고 안일한 생활을 하도록 내버려두었기 때문에 성품이 나빠지게 된 것이라고 생각했다.

'자고로 엄한 스승 밑에 뛰어난 제자가 있고, 회초리가 효자를 길러낸다 했지. 양과는 좀 엄격하게 교육시켜 제 아비의 전철을 밟지 않도록 해야겠다.'

구처기는 당장 양과를 불러 냉정하고 호된 어조로 사부님의 말씀에 따라 열심히 배우고 추호도 태만해서는 안 된다고 당부했다. 양과는 애초부터 종남산에 있기 싫었는데 별 잘못도 없이 호된 질책을 듣고 보니 갑자기 신세가 처량해졌다. 구처기 앞에서는 애써 눈물을 삼키며 대답했지만, 구처기가 나가고 나자 설움이 북받쳐 울음이 터져 나왔다. 그런데 갑자기 등 뒤에서 냉랭한 목소리가 들려왔다.

"어쩐 일이냐? 사백님께 야단을 맞았느냐?"

양과는 깜짝 놀라 울음을 그치고 뒤를 돌아보았다. 등 뒤에 서 있는 사람은 바로 사부인 조지경이었다.

양과는 급히 손을 저었다.

"아닙니다."

"그럼 왜 울고 있느냐?"

"곽정 백부님이 보고 싶어서 울었습니다."

조지경은 구 사백이 양과를 심하게 꾸짖은 일을 뻔히 알고 있는데 양과가 거짓말을 하자 불쾌한 생각이 들었다.

'어린것이 이렇게 교활하니 제대로 가르치지 않으면 안 되겠구나.'

"사부님에게 거짓말을 하려 드느냐?"

양과는 사실 곽정이 전진교의 여러 도사를 한꺼번에 물리쳤고, 구처기 등이 적에게 당해 쩔쩔매고 있을 때도 곽정이 나서 구해준 것을 보고 전진교의 무공이 별것 아니라고 생각했다. 구처기에 대해서도 그다지 존경하는 마음이 없었으니 조지경에 대해서는 더 말할 것도 없었다. 양과는 사부의 성난 모습을 보고 심사가 뒤틀렸다.

'난들 뭐 당신이 좋아서 사부로 모시는 줄 알아? 내가 당신한테 배워 무공 실력이 당신처럼 된다 한들 그게 뭐 대단하다고…….'

양과는 고개를 모로 꼰 채 아무 말도 하지 않았다. 그 모습을 본 조지경은 더욱 화를 내며 목소리를 높였다.

"감히 사부님이 묻는 말에 대답을 안 해?"

"사부님이 대답하라는 대로 할게요."

조지경은 양과의 무례한 말대꾸에 화가 나 대뜸 뺨을 세차게 후려쳤다. 양과는 깜짝 놀라고 아프기도 해서 울음을 터뜨리며 도망가려 했으나, 곧 조지경에게 잡히고 말았다.

"어딜 가려는 거냐?"

"놔주세요. 아저씨한테 무공 안 배울 거예요."

조지경은 더욱 화가 났다.

"쥐새끼 같은 녀석, 뭐라고? 다시 한번 말해봐."

양과는 더욱 오기가 났다.

"더럽고 냄새나는 개 같은 도사 같으니! 어디 죽일 테면 죽여봐요!"

사실 무림의 도는 사제 간의 예를 매우 중요하게 여겼는데, 그것은 마치 부자지간과 다를 바 없었다. 그래서 사부가 제자를 벌하여 죽인다 하더라도 제자 된 자로서는 함부로 반항해서는 안 되는 것이 관례였다. 그런데 양과는 사부에게 감히 욕까지 했으니 그야말로 대역무도한 죄를 지었다고 할 수 있었다.

조지경은 화가 나서 얼굴이 붉으락푸르락해지더니 또 한 차례 양과의 뺨을 호되게 후려쳤다. 그러자 양과가 갑자기 조지경에게 달려들어 그의 팔을 끌어당긴 뒤 오른손 식지를 꽉 깨물었다. 양과는 구양봉에게 내공의 비결을 배운 이후 간간이 혼자 수련을 해왔기 때문에 내공의 기본이 갖추어져 있었다. 조지경은 상대가 어린아이이고 또 너무 화가 나 있던 터라 전혀 경계하지 않고 있다가 미처 피할 겨를도 없이 당하고 말았다. 속담에 "손가락은 심장과 연관되어 있어서 손가락이 다치는 것만큼 큰 고통은 없다"는 말이 있다. 조지경은 너무 고통스러워 왼손으로 양과의 어깨를 내리쳤다.

"죽고 싶으냐? 어서 놓지 못해?"

그러나 양과 역시 오기가 날 대로 나 있었기 때문에 칼을 들이댄다해도 물러나지 않을 판이었다. 어깨를 세게 얻어맞고 나자 입을 더욱악다물었다. 결국 뚝, 소리가 나더니 조지경의 손가락뼈가 부러지고말았다.

"아악!"

조지경은 비명을 내지르며 왼 주먹으로 양과의 정수리를 세게 내리쳤다. 양과는 그 충격으로 기절해버렸다. 조지경의 손가락에서 붉은피가 뚝뚝 떨어졌다. 손가락뼈는 다시 접골할 수 있겠으나 앞으로 이손가락의 힘은 예전보다 훨씬 못할 게 뻔했다. 그렇게 되면 무공도 약해질 터였다.

조지경은 너무 화가 나 양과를 두어 차례 더 힘껏 걷어찼다. 그리고 양과의 옷소매를 찢어 손가락을 싸맸다. 사방을 둘러보니 다행히 아무도 없었다. 만약 이 일이 강호에 알려지게 되면 큰일이었다. 전진교의 조지경이 어린 제자에게 물려 손가락뼈가 부러졌다는 말이 나돌면 그 야말로 체면이 보통 깎이는 일이 아니었다.

조지경은 찬물을 한 대야 가져다가 양과에게 끼얹었다. 양과는 정신이 들자마자 다시 미친 듯이 달려들었다. 조지경은 양과의 멱살을 움켜쥐고 흔들며 소리 질렀다.

"이 짐승 같은 놈! 정말 죽고 싶으냐?"

양과도 지지 않고 대들었다.

"더러운 도사야, 우리 백부님한테 맞아서 빌빌거릴 때는 꼴좋더군. 흥! 당신이야말로 짐승만도 못한 사람이야!"

조지경은 양과의 뺨을 다시 한번 호되게 때렸다. 양과도 이에 질세라 덤벼들려 했지만, 오히려 조지경에게 연거푸 서너 차례 호되게 걷어차였다. 사실 조지경이 마음만 먹으면 어린 녀석 하나 혼내주는 것쯤은 문제도 아니었다. 그러나 어쨌든 명색이 제자인데, 지나치게 때렸다가 무슨 일이라도 생기면 사부님께 뭐라 변명하겠는가.

양과는 마치 불구대천의 원수라도 만난 듯 미친 듯이 덤벼들었다. 여러 차례 얻어맞으면서도 아프지도 않은지 전혀 물러설 기세가 아니었다.

조지경은 점차 후회가 되었다. 양과는 부상을 입어가면서도 갈수록 사나워졌다. 하는 수 없이 조지경은 왼손으로 양과의 겨드랑이 밑 혈을 짚어 더 이상 움직일 수 없게 만들었다. 양과는 땅바닥에 쓰러진 채 꼼짝도 할 수 없었다. 얼굴은 분노로 잔뜩 일그러져 있었다.

"도덕도 모르는 놈 같으니, 이제 항복하겠느냐?"

양과는 눈을 부릅뜨고 조지경을 노려보았다. 전혀 굴복할 의사가 보이지 않았다. 조지경은 큰 돌 위에 앉아 숨을 가다듬었다. 그 정도로 숨이 가쁠 리는 없었지만 다만 극도로 화가 난 상태이다 보니 마음을 진정시키기가 어려웠던 것이다.

사부와 제자는 화난 얼굴로 서로를 노려보았다. 조지경은 이 골치 아픈 녀석을 어찌 처리해야 할지 곰곰이 생각해보았으나 좀체 좋은 계책이 떠오르지 않았다. 잠시 고민에 빠져 있는데, 전진교의 모든 제자를 소집하는 종소리가 울려 퍼졌다. 조지경은 깜짝 놀라 일어났다.

"다시는 내 말을 어겨서는 안 된다."

조지경은 양과의 혈을 풀어주었다. 그런데 양과는 벌떡 일어나더니 또다시 조지경을 향해 달려들었다. 조지경은 너무나 당황스러웠다.

"지금 널 때리지 않는데 대체 왜 이러는 게냐?"

"다음부터 또 날 때릴 거예요?"

종소리가 급해지고 있었다. 더 이상 지체할 시간이 없었다.

"말을 잘 들으면 어찌 널 때리겠느냐?"

"좋아요. 날 때리지 않으면 사부님이라고 불러드리지요. 그러나 한 번만 더 때리면 다시는 사부님으로 모시지 않겠어요."

조지경은 쓴웃음을 지으며 고개를 끄덕였다.

"장문인掌門人께서 전진 문하의 제자들을 소집하신다. 어서 가자."

조지경은 양과의 옷소매가 찢겨나가고 얼굴이 퉁퉁 부어오른 것을 보고 무슨 일이 있었는지 물어볼까 봐 잠시 양과의 옷이며 머리를 정리해준 후 그의 손을 잡아끌고 궁 앞으로 달려갔다. 조지경과 양과가 도착했을 때는 이미 대열이 모두 정비되어 있었다.

마옥, 구처기, 왕처일이 대열 앞 바깥쪽을 향해 앉아 있었다. 마옥이 입을 열었다.

"장생 진인長生眞人과 청정산인淸淨散人이 산서山西에서 소식을 보내왔다. 이막수 때문에 어려운 일이 생겼다고 한다. 장춘 진인과 옥양 진인이 열 명의 제자를 이끌고 산서로 가 그곳의 일을 도울 것이다."

장내가 소란스러워졌다. 도사들은 의아한 표정으로 서로를 마주 보았다. 구처기가 제자 열 명을 호명했다.

"호명된 사람은 즉시 짐을 꾸려 내일 아침 일찍 산서로 떠나야 한다. 나머지는 해산하도록 해라."

모두들 수군대기 시작했다.

"이막수라는 자는 여자인데도 무공이 대단한 모양이야. 장생자長生子 유 사숙도 그 여자를 당해내지 못하다니."

"청정산인 손 사숙도 무공이 대단하신데 여자잖아. 여자라고 해서 무시하면 안 된다니까."

"구 사백과 왕 사숙이 나선 이상 이막수도 별수 없을 거야."

그때 구처기가 조지경에게 다가왔다.

"원래는 널 데리고 가려 했다만, 그러자면 양과가 무공을 배우는 데 지장이 있을 것 같아 함께 가지 않기로 결정했다."

그러다가 양과의 통통 부어오른 얼굴을 보고 깜짝 놀라 물었다.

"어찌 된 일이냐? 누구와 싸웠느냐?"

조지경은 다급해졌다. 만약 구 사백이 사실을 알게 되면 틀림없이 크게 꾸중할 것 같았다. 조지경은 급히 양과를 향해 눈짓을 보냈다. 양과는 조지경의 다급한 모습을 보고 이미 눈치를 챘다. 그래서 일부러 조지경의 눈짓을 못 본 척하며 우물쭈물 대답하지 않았다.

"누가 널 이 모양으로 만들었느냐? 대체 무슨 일인지 어서 말하지 못할까?"

구처기의 말투가 엄해지자 양과는 더욱 긴장한 조지경을 보고 놀리기라도 하듯 천천히 입을 열었다.

"싸운 게 아니라, 제가 실수로 넘어져서 이렇게 된 거예요."

구처기가 그 말을 곧이 믿을 리 없었다.

"거짓말 마라. 넘어져서 생긴 상처가 아니다."

"조금 전 사조님께서 열심히 무공을 익히라고 꾸짖으셔서……."

"그래, 그게 어쨌다는 거냐?"

"사조님께서 나가신 후, 말씀대로 열심히 노력해서 기대를 저버리지 말아야겠다고 생각했습니다."

구처기는 그대로 믿으면서 오히려 기특한 생각까지 들어 점차 노기를 누그러뜨렸다.

"그런데 갑자기 어디서 미친 개 한 마리가 오더니 냅다 덤비지 뭡니까? 저는 발로 차고 주먹을 휘두르기도 하면서 미친 개를 쫓아보려 했지만, 갈수록 사납게 덤비기에 하는 수 없이 도망가려다가 그만 넘어지고 말았습니다. 다행히 그때 사부님이 오셔서 저를 구해주셨습니다."

구처기는 반신반의하는 표정으로 조지경을 바라보았다. 조지경은 사실 양과의 말에 화가 치밀어 올랐다.

'흥, 네놈이 지금 날 미친 개라고 욕하고 있것다?'

그러나 지금은 그걸 따질 상황이 아니었다. 조지경은 하는 수 없이 고개를 끄덕였다.

"예, 제가 구해주었습니다."

"정말 그만 하기 다행이다. 내가 떠난 후, 이 아이에게 우리 문파의 현공玄功을 잘 전수해주어라. 그리고 너는 열흘에 한 번씩 장문 사백께 점검을 받도록 하고 초식의 요결을 지도받도록 해라."

조지경은 양과에게 무공을 전수해주고 싶은 마음이 눈곱만큼도 없었지만 구처기의 명을 거역할 수는 없었다. 하는 수 없이 허리를 굽혀 인사하며 그렇게 하겠다고 대답했다.

양과는 자신의 잔꾀에 조지경이 결국 스스로를 미친 개로 인정하고 만 것에 신이 나 구처기의 말은 귀담아듣지도 않았다. 구처기가 막 몸을 돌려 가려 하자, 조지경이 손을 뻗어 양과를 때리려 했다. 그걸 보고 양과는 큰 소리로 구처기를 불렀다.

"구 사조님!"

구처기가 뒤를 돌아보았다.

"왜 그러느냐?"

조지경은 뻗은 손을 미처 거두지 못한 상태에서 구처기가 뒤를 돌아보자 어색하게 손을 위로 올려 머리를 긁적거렸다.

양과가 구처기 곁으로 달려가며 말했다.

"사조님, 사조님이 가시면 절 돌봐줄 사람이 없어요. 여기 계시는 사백님, 사숙님들은 항상 절 때리려고 하세요."

구처기가 정색을 하며 야단을 쳤다.

"쓸데없는 소리! 그게 무슨 말이냐?"

구처기는 겉으로는 엄격하게 대하면서도 마음속으로는 양과의 딱한 처지가 가여웠다. 결국 구처기는 조지경에게 특별히 당부했다.

"지경아, 이 아이를 잘 돌봐야 한다. 만약 무슨 문제가 생기면 모두 네 책임이니 명심하거라."

조지경은 그렇게 하겠노라고 대답했다.

그날 저녁, 양과는 저녁 식사를 마친 후 조지경이 있는 수련실 앞으로 갔다. 양과는 잠시 우물쭈물하다가 조지경을 불렀다.

"사부님!"

조지경은 이미 정좌를 하고 수련을 하는 중이었으나 머릿속에는 온통 괘씸한 양과 생각뿐이었다.

'아이가 영악해 지금도 다루기가 쉽지 않은데 후에 무공이 강해지면 어떻게 통제를 하겠는가. 그러나 구 사백님과 사부님이 무공을 전수하라 명하셨으니 이를 거역할 수도 없고……'

아무리 생각해도 좋은 방법이 떠오르지 않았다. 그러던 중 웃는 듯 마는 듯 쭈뼛쭈뼛 걸어 들어오는 양과를 보니 더욱 화가 치밀었다. 그때 문득 좋은 생각이 떠올랐다.

'옳지. 저 녀석은 우리 문파의 무공을 전혀 알지 못하니 현공의 구결만 가르치고 수련법은 가르쳐주지 않으면 되겠군. 수련법을 가르쳐주지 않으면 수백 개의 구결을 외운들 무슨 소용이 있겠어. 사부님과 사백님이 물어보시면 우선 되는대로 핑계를 대고 양과가 열심히 배우지 않은 탓이라고 둘러대면 될 것 아닌가.'

그렇게 생각한 후 조지경은 온화한 얼굴로 양과를 바라보며 말했다.

"과야, 이리 오너라."

"또 때리실 건가요?"

"널 때려 무엇 하겠느냐? 무공을 전수해주려는 것이다."

양과는 조지경이 온화하게 대하는데도 경계심을 늦추지 않았다. 조지경은 슬금슬금 다가오며 경계하는 듯한 양과의 태도가 뻔히 눈에 보였지만 못 본 척했다.

"우리 전진파의 무공은 내공으로 외공을 수련하는 것이다. 다른 일반 무공은 외공으로 내공을 수련하니 보통 것과 다르지. 우선 네게 내공의 구결을 일러줄 터이니 잘 기억하거라."

조지경은 전진파 내공의 구결을 읊어주었다. 양과는 한 번만 듣고도 금세 기억했다. 그러나 조지경에 대한 의심이 풀리지 않았다.

'사부님이 내게 진짜 무공을 가르쳐줄 리 없어. 틀림없이 자기 멋대로 꾸며낸 걸 거야.'

양과는 일부러 잊어버린 척하며 다시 한번 가르쳐줄 것을 부탁했다. 조지경은 똑같이 읊어주었다.

다음 날 양과는 또 한 번 알려줄 것을 부탁했다. 조지경이 세 번째도 똑같은 구결을 읊는 것을 보고서야 비로소 믿을 수 있었다. 만약 마음대로 지어낸 것이라면 세 번 모두 똑같이 읊을 수는 없을 터였다.

그렇게 열흘이 흘렀다. 조지경은 구결만 알려줄 뿐 수련하는 실제 방법에 대해서는 전혀 언급하지 않았다. 열흘 째 되던 날, 조지경은 양과를 데리고 마옥을 뵈러 가서 이미 내공의 심법을 모두 전수했다고 보고한 후 양과에게 읊어보라고 지시했다. 양과는 처음부터 끝까지 하나도 틀리지 않고 제대로 읊었다. 마옥은 크게 기뻐하며 칭찬을 아끼지 않았다. 마옥은 성실하고 진실된 사람이었다. 그래서 설마 조지경이 다른 생각을 품고 있으리라고는 꿈에도 생각지 않았다.

여름이 가고, 가을이 오고, 또 가을이 가고, 겨울이 왔다. 그동안 양과는 수없이 많은 구결을 외웠으나 실제 무공은 전혀 배우지 못했다. 내공으로 따진다면 종남산에 오르기 전과 전혀 다를 바가 없었다. 양과는 진작에 조지경의 의중을 꿰뚫어보았다. 이런 사실을 장교 사조님께 말한다 해도 인자하신 사조님은 조지경을 몇 마디로 나무랄 테고, 그러고 나면 조지경은 또 다른 교활한 수법으로 자신을 괴롭힐 게 뻔했다. 그래서 양과는 우선 구처기가 돌아올 때까지 기다리기로 했다. 그러나 몇 달이 지나도록 구처기는 돌아오지 않았다. 사실 양과는 전진교의 무공을 그리 대단치 않게 여겼기 때문에 전진교의 무공을 배우지 못하는 것에 미련을 두지 않았다. 다만 조지경이 더욱 교활한 수단으로 자신을 괴롭힐까 봐 겉으로는 공손히 사부님을 모시는 척했다.

조지경은 득의양양했다.

'그래, 어떠냐? 사부를 거스른 죄가 어떤 것인지 이제 알겠지? 결국 네놈이 손해를 보는 것이다.'

음력설이 다가오고 있었다. 전진파는 왕중양 때부터 매년 섣달그믐 사흘 전에 문하의 제자들이 모두 모여 무공을 겨루는 관례가 있었다. 1년 동안 개인의 무공이 얼마나 진보했는지를 겨루는 것이다. 무공을 겨루는 날이 점차 다가옴에 따라 모두들 밤낮으로 열심히 수련에 매진했다.

12월 15일. 전진칠자의 제자들이 조별로 무예를 겨루는 것을 소교小較라고 불렀고 마지막 결전은 대교大較라고 했다. 각 제자들은 일곱 개 조로 나누어 싸웠다. 마옥의 제자들이 한 조를 이루었고, 구처기,

왕처일 등의 제자들이 각각 한 조를 이루었다. 담처단譚處端은 비록 죽었지만 그의 제자들의 세력은 교내에서 여전히 한 축을 이루었다. 마옥, 구처기 등도 담처단이 일찍 세상을 떠난 것을 애도하는 뜻에서 그의 제자들을 별도로 가르쳐왔다. 그 결과 매년 대교 때 담처단의 제자들이 나머지 여섯 명의 제자에 비해 결코 처지지 않았다.

올해는 중양궁이 큰 위험에 처한 해였기 때문에 전진파의 제자들은 깨닫는 바가 컸다. 비록 전진파의 무공이 천하 무학의 정종이기는 하나 자칫 방심했다가는 전진파의 명성이 땅에 떨어질 수도 있었다. 그런 연유로 전진교의 제자들은 그 어느 때보다도 더욱 수련에 열중해왔다.

전진교는 왕중양이 지반을 다졌고, 마옥 등 일곱 명이 왕중양에게 직접 무공을 전수받은 제2대 제자였다. 조지경, 윤지평, 정요가程瑤迦 등이 제3대 제자였고, 양과 등이 제4대 제자가 되는 셈이었다.

그날 오후, 왕처일 문하의 조지경, 최지방崔志方 등이 동남쪽 들판에 모여 무공 연습을 하고 있었다. 왕처일이 출타 중이었기 때문에 수제자 조지경이 책임지고 소교를 진행했다. 제4대 제자들이 권법이나 장법, 각법, 검법, 암기 사용법, 내공 등을 선보인 후 조지경이 각자의 우위를 가리는 방식이었다.

양과가 가장 늦게 전진파에 들어왔기 때문에 가장 말석에 앉았다. 양과와 나이가 비슷한 제자들 중 나름대로 상당한 수준의 무공을 익힌 사람도 적지 않았다. 양과는 그들을 바라보며 부럽다기보다 증오심이 생겼다. 조지경은 양과의 심기가 불편한 것을 보고 일부러 모두가 지켜보는 앞에서 창피를 주려는 의도로 그를 불러냈다.

"양과야, 나오너라!"

양과는 깜짝 놀랐다.

'아무것도 배운 게 없는데 날 보고 뭘 어쩌라고?'

양과가 머뭇거리고 있자 조지경이 다시 양과를 불렀다.

"양과야, 내 말이 들리지 않느냐? 어서 나오너라!"

하는 수 없이 양과는 앞으로 나가 허리를 굽혀 예를 갖추었다.

"제자 양과, 사부님께 인사드립니다."

전진파 문하의 사람들은 대부분 도사들이었지만 양과처럼 속가의 제자들도 있었다. 속가의 제자들은 속가의 예를 갖추도록 되어 있었다. 조지경은 조금 전 무예를 겨루던 어린 도사 한 명을 가리키며 말했다.

"너보다 몇 살 많지 않으니 둘이 한번 겨루어보거라."

"제자, 전혀 무공을 할 줄 모르는데 어찌 사형과 겨룰 수 있겠습니까?"

양과의 말에 조지경은 화를 버럭 냈다.

"반년 동안 무공을 가르쳐주었거늘 전혀 무공을 할 줄 모른다니 무슨 말이냐? 그럼 반년 동안 대체 무얼 했다는 말이냐?"

양과는 뭐라 대답할 말이 없어 고개를 숙인 채 아무 말도 하지 않았다.

"게으르고 안일함을 탐해 열심히 수련하지 않았으니 무공을 못할 수밖에. '진정한 수련을 하려면 어떻게 해야 하는가? 마음을 비워야 속세의 모든 잡념이 생겨나지 않는다.' 그다음 구절이 어찌 되더냐?"

"'정기精氣가 충만하면 행공行功을 이룰 수 있고, 영감이 충만하면 정신이 맑아진다'입니다."

"잘 아는구나. 그 구결에 따라 사형과 겨루어보아라."

"할 줄 모릅니다."

조지경은 양과가 난처해하는 모습에 속이 다 시원할 지경이었지만, 겉으로는 전혀 내색하지 않고 짐짓 화를 내는 척했다.

"구결을 배웠으면서 무공을 할 줄 모른다니. 헛소리 그만하고 어서 겨루지 못할까?"

조금 전 조지경과 양과가 외운 구결은 확실히 내공을 수련하는 요지로서, 마음을 비우고 수련에 전념하여 기를 익히라는 내용이었다. 각 구절마다 손발의 동작이 있고 이것이 함께 어우러지면서 전진파의 입문 권법을 이루었다.

제자들은 조금 전 분명히 양과가 구결을 외우고 있는 것을 들었기 때문에 겁이 나서 빼는 것이라고 여겼다. 호의적인 사람은 양과를 격려하려 들었고, 고소하게 생각하는 사람은 비웃고 놀려댔다. 원래 전진교 문하에는 선량한 사람이 많았다. 다만 일전에 곽정에게 망신당한 일을 분하게 여겨 그 원망을 양과에게 돌리려는 사람들이 더러 있었다. 비록 악의는 없지만 한두 마디 비웃어주고 싶은 것이 인지상정이었다.

양과는 사람들이 자꾸 재촉하고 어떤 이들은 비웃기까지 하자 점차 화가 나면서 오기가 생겼다.

'좋다. 목숨 걸고 한번 해보겠다.'

양과는 성큼 앞으로 나서더니 양팔을 위아래로 흔들며 어린 도사를 향해 맹렬히 공격해 들어갔다. 어린 도사는 양과가 나오자마자 예를 갖추지도 않고 다짜고짜 미친 듯이 공격해오자 당황한 나머지 자기도 모르게 뒤로 물러났다. 양과는 이미 생사를 염두에 두지 않기로 작정했기 때문에 무서울 것이 없었다.

어린 도사는 양과의 기세에 눌려 연신 뒤로 물러나다가 양과의 무릎 아래가 비어 있는 것을 보고 풍소낙엽風掃落葉 초식으로 발을 낮게 비스듬히 휘저었다. 양과는 미처 피하지 못하고 넘어지면서 코피를 흘렸다.

양과가 당한 모습을 보면서 일부는 웃음을 터뜨렸다. 양과는 벌떡 일어나더니 코피를 닦을 생각도 하지 않고 고개를 숙인 채 어린 도사를 향해 다시 달려들었다. 어린 도사는 양과의 기세가 하도 거칠어 얼른 몸을 날려 옆으로 피했다. 양과의 공격에는 초식이 따로 없었다. 그냥 막무가내로 달려들어 어린 도사의 왼발을 껴안았다.

어린 도사는 오른손 장을 휘둘러 양과의 어깨를 내리쳤다. 자신의 하반신을 공격하는 적을 막는 초식이었으나 양과는 지금까지 정식으로 무공을 배운 적이 없었기 때문에 상대방이 무슨 초식을 사용하는지 아랑곳하지 않았다.

픽, 소리와 함께 양과는 어깨에 강한 통증을 느꼈다. 양과는 갈수록 오기가 생겼다. 머리를 뒤로 젖혔다가 상대방의 오른쪽 다리를 세게 받았다. 어린 도사는 중심을 잡지 못하고 쓰러졌다. 양과는 되는대로 주먹을 휘둘러 어린 도사의 머리를 때렸다. 그러자 어린 도사는 팔꿈치로 양과의 가슴을 세게 쳤다. 양과가 통증을 이기지 못해 신음하는 사이 어린 도사는 일어나 다시 양과의 팔을 뒤로 꺾어 잡고 다리를 걸어 넘어뜨리더니 예를 갖추며 말했다.

"양 사제, 미안하네."

동문들끼리 무공을 겨룰 때는 원래 우열을 가리는 것이 목적이기 때문에 지나치게 과격한 행동을 삼가는 게 원칙이었다. 그런데 뜻밖에도 양과는 벌떡 일어나더니 마치 미친 호랑이처럼 다짜고짜 달려들었다. 비록 두서너 초식 만에 또 쓰러지기는 했으나 시간이 갈수록 더욱 맹렬하게 공격해갔다.

조지경이 소리쳤다.

"양과야, 네가 졌는데 뭘 더 겨루려는 거냐?"

그러나 양과는 못 들은 체하며 닥치는 대로 발과 주먹을 휘둘러댔다. 전혀 물러설 기미가 보이지 않았다. 모두들 처음에는 어이가 없어서 웃을 수밖에 없었다.

'전진파 무공 중에 저렇게 무식하고 야만적인 동작이 다 있었던가.'

그러나 목숨을 걸고 덤비는 양과의 모습을 보고 점차 걱정이 되기 시작했다.

"그만하는 것이 좋겠습니다. 동문끼리 무공을 겨루는데 저렇게까지 할 필요가 있을까요?"

얼마나 시간이 흘렀을까, 어린 도사는 점차 두려운 마음이 들어 피하기만 할 뿐 양과를 공격할 엄두를 내지 못했다. 속담에도 "목숨을 걸고 덤비면 당해낼 재간이 없다"는 말이 있다. 양과는 종남산에 기거한 후 반년 동안 수모를 당해왔다. 그에 대한 분노가 오늘 다 폭발하는 것 같았다. 어린 도사의 무공이 양과보다 훨씬 뛰어났지만 양과처럼 오기와 투지는 없었다. 그래서 양과의 기세에 눌려 교장校場을 맴돌며 그저 피하기만 할 뿐이었다.

양과가 미친 듯이 뒤쫓으며 소리를 질렀다.

"나쁜 도사 놈! 때릴 때는 언제고 도망을 가?"

제자들 중 대다수가 도사였기 때문에 그들은 양과가 도사라는 말을 써가며 욕을 해대자 우습기도 하고 은근히 화가 나기도 했다.

"이 녀석은 잘 가르치지 않으면 안 되겠군."

모두들 한마디씩 양과를 비난했다. 어린 도사는 다급한 나머지 사부를 불러댔다.

"사부님! 사부님!"

조지경이 양과를 말려주기를 바랐던 것이다. 그러나 조지경이 아무리 큰 소리로 화를 내도 양과는 아랑곳하지 않았다. 모두들 어찌해야 할지 몰라 당황하고 있을 때 갑자기 우레와 같은 소리가 들리더니 무리 중에서 몸집이 큰 도사 하나가 앞으로 걸어 나왔다. 그는 대뜸 양과의 뒷덜미를 낚아채서 뺨을 세 차례 때렸다. 소리만 들어도 얼마나 세게 때리는지 짐작할 수 있었다. 양과의 뺨이 금세 퉁퉁 부어올랐다. 양과는 하마터면 기절까지 할 뻔했다. 정신을 차리고 보니 바로 자기에게 당한 적이 있는 녹청독이었다.

양과가 종남산에 오르던 첫날, 하마터면 녹청독은 양과 때문에 불에 타 죽을 뻔했다. 그 뒤로 녹청독은 사형과 사제들 사이에서 얼굴을 들 수 없었다. 내내 그 일을 마음에 두고 있던 그는 양과가 함부로 날뛰는 모습을 보자 설욕할 때가 왔다는 듯 양과의 뒷덜미를 낚아챘다. 양과는 어차피 죽기로 각오한 이상 녹청독이라고 해서 무서울 것이 없었다. 하지만 그에게 뒷덜미를 잡힌 상태라 움직일 수가 없었다.

녹청독은 냉정한 미소를 짓더니 또다시 양과의 뺨을 세차게 때렸다.

"사부님의 말을 어기는 놈은 우리 전진파의 제자가 아니다. 그러니 오늘 네놈의 나쁜 버릇을 단단히 고쳐놓겠다."

조지경의 사제 최지방은 양과가 싸우는 모습을 보니 실제로 전혀 무공을 할 줄 모르는 것 같고, 평소 조지경의 속 좁은 사람됨을 잘 아는지라 무언가 남모르는 사정이 있을 것이라는 생각이 들었다. 최지방은 녹청독이 계속해서 양과를 때리려 하자 급히 나서서 말렸다.

"청독, 멈추지 못할까!"

녹청독은 사숙의 명령을 차마 거역하지 못하고, 양과를 내려놓았다.

"사숙님께서는 이 아이가 얼마나 교활하고 못된 놈인지 몰라서 하시는 말씀입니다. 이런 놈은 제대로 가르치지 않으면 안 됩니다."

최지방은 녹청독을 상대하지 않고 양과에게 다가갔다. 코피가 줄줄 흘러 입가에 피범벅이 되었고 양 뺨은 퉁퉁 부어올라 퍼렇게 멍이 들어 있었다. 최지방은 그 모습이 너무 가여워 부드러운 목소리로 말했다.

"양과야, 사부님이 무공을 가르쳐주셨는데 어찌 열심히 연습하지 않았느냐?"

"무슨 사부님요? 무공이라고는 하나도 가르쳐주지 않았어요!"

양과의 목소리는 울분에 차 있었다.

"네가 구결을 외우는 것을 들었는데 그러는구나. 전혀 틀리지 않고 외우지 않았느냐?"

양과는 도화도에 있을 때 황용도 무공과는 상관없는 경전을 가르쳐주어서 조지경이 가르쳐준 것도 무공과는 상관없는 무슨 경전의 내용일 것이라고 생각했다.

"내가 과거를 볼 것도 아니고 그런 쓸데없는 경전을 외워서 무엇에 쓴단 말입니까?"

최지방은 양과가 정말 전진파의 무공을 전혀 모르는지 시험해봐야겠다는 생각에 짐짓 화를 내는 척하며 말했다.

"어른에게 그런 무례한 말이 어디 있느냐?"

최지방은 손을 뻗어 양과의 어깨를 밀었다. 최지방은 전진 문하의 제3대 제자들 중 고수에 속했다. 비록 조지경이나 윤지평보다는 못했지만 내외공을 두루 갖춘 고수였다. 그런데 양과의 어깨를 밀어보니 양과에게서 내공이 분출되며 최지방이 미는 힘의 절반 정도를 다시 밀어내는 것이었다. 급히 두어 걸음 뒤로 물러서며 다행히 넘어지지는 않았다. 최지방은 의구심이 생겼다.

'나이도 어리고 전진교에 입문한 지 이제 반년밖에 안 되었는데 언제 이런 내공을 쌓은 걸까? 이 정도 내공이 있는데 조금 전 그렇게 막무가내로 싸우다니, 이 아이는 정말 교활하여 뭔가 기만하고 있는 게 아닐까?'

사실 양과는 구양봉에게서 내공을 전수받은 후 무의식중에 수련을 거듭해 내공이 상당히 강해져 있었다. 구양봉의 사문師門 백타산白駝山 일파의 내공은 기초를 중시하는 전진파의 내공과는 달리 배우기 쉽고 수련 속도가 빨랐다. 그래서 백타산의 내공과 전진파의 내공을 비교한다면 처음 10년은 백타산의 내공을 배우는 사람이 훨씬 앞서게 되고, 10년이 지나면 전진파의 내공이 서서히 앞지르게 된다. 양측의 내공이 크게 달라 쉽게 구분할 수 있으나, 최지방은 되는대로 슬쩍 민 것이었기 때문에 그것만으로 양자의 차이를 구분할 수는 없었다.

양과는 최지방에게 어깨를 밀리고 나자 잠시 숨을 쉴 수가 없었다. 양과는 그 역시도 자기를 때리려 한다고 생각했다. 그러나 독이 오른 그는 무서울 것이 없었다. 설사 구처기가 온다 해도 싸울 수 있을 것 같았다.

양과는 머리를 숙인 채 최지방의 아랫배를 향해 달려들었다. 최지방은 미소를 지으며 살짝 비켜섰다. 최지방은 양과의 진짜 무공 실력을 시험해보고 싶었다.

"청독아, 양과와 한번 겨루어보아라. 심하게 하지 말고, 적당히 해야 한다."

녹청독은 그야말로 바라던 바였다. 즉시 나서서 왼손을 허로 휘둘러 양과가 오른쪽으로 피하기를 기다렸다가 오른손을 쭉 내뻗었다. 호문수虎門手 초식이었다. 퍽, 하는 소리와 함께 양과는 가슴을 얻어맞았다. 만약 양과가 합마공의 내공 구결을 익히지 않았더라면 그 자리에서 피를 토하며 쓰러졌을 것이다. 양과는 가슴에 통증을 느끼며 얼굴이 백지장처럼 새하얗게 변했다. 녹청독은 양과가 자신의 일장을 맞고도 쓰러지지 않자 고개를 갸우뚱했다. 다시 오른손 주먹을 뻗어 양과의 얼굴을 공격했다.

양과는 팔을 뻗어 막아보려 했으나 가장 기본적인 권법도 알지 못해 막아낼 수가 없었다. 녹청독은 그 틈을 타 오른손 장을 아래로 내리쳐 양과의 목덜미를 후려쳤다. 마지막 일격을 가해 양과를 쓰러뜨리려는 속셈이었다. 양과는 목덜미를 얻어맞고 잠시 비틀거렸으나 오기로버터 쓰러지지 않았다. 그러나 머리가 너무 어지러워 반격할 힘이 전혀 없었다. 이 모습을 지켜보던 최지방은 양과가 확실히 무공을 할 줄 모른다는 것을 알았다.

"청독아, 멈춰라!"

그러나 녹청독도 제정신이 아닌 듯 굶주린 사자처럼 양과한테 달려들었다.

"방자한 놈! 항복할 테냐?"

녹청독의 윽박지르는 말에 양과도 지지 않고 맞받아쳤다.

"더러운 도사 놈, 내가 언젠가 네놈을 죽이고 말 테다!"

화가 난 녹청독은 두 주먹을 뻗어 양과의 콧등을 후려쳤다. 양과는 계속 얻어맞은 터라 온 세상이 빙빙 돌면서 비틀비틀 그 자리를 맴돌았다. 더 이상 버티지 못하고 금방이라도 쓰러질 것 같았다. 그런데 그 순간 갑자기 단전에서 열기가 확 끓어올랐다. 녹청독이 또다시 양과의 얼굴을 향해 주먹을 날렸다. 피하려야 피할 수가 없는 공격이었다. 순간 양과는 무릎을 꿇으며 일갈 괴성과 함께 쌍장을 내뻗어 녹청독의 아랫배를 쳤다. 그런데 이게 웬일인가! 녹청독의 육중한 몸이 붕 날아오르더니 저만치 나가떨어지는 것이 아닌가. 녹청독은 흙먼지를 부옇게 일으키며 나가떨어지더니 꼼짝도 하지 않았다.

구경하던 제자들은 어른인 녹청독이 어린아이를 인정사정없이 때리는 모습을 보고 불공평하다고 생각했다. 조지경을 제외한 그 연배의 도사들도 모두 녹청독을 말리려 했다. 그런데 뜻밖에 이런 변고가 생기자 깜짝 놀라지 않을 수 없었다. 녹청독이 꼼짝도 하지 않자 모두들 우르르 달려가 살펴보았다.

양과는 원래 합마공의 내공을 사용할 줄 몰랐다. 다만 생명이 위협을 받자 자신도 모르게 내공을 발하게 된 것이다. 도화도에 있을 때도 무수문을 이런 식으로 기절시켰다.

녹청독을 둘러싼 도사들이 저마다 한마디씩 소리를 질렀다.

"큰일 났다, 죽었나 봐!"

"숨을 안 쉬어요. 내장이 터졌나 봐요."

"어서 장교 사조님께 알려야겠다."

사태가 심각해졌음을 알고 양과는 깊이 생각할 겨를도 없이 달아나기 시작했다. 제자들은 녹청독의 생사를 걱정하느라 양과가 도망가는 것을 눈치채지 못했다. 녹청독이 흰자위를 드러내며 숨을 쉬지 않자 조지경은 두렵기도 하고 화가 나기도 했다.

"양과! 네 이놈! 어디서 이런 요사스러운 무공을 배운 것이냐?"

조지경은 비록 무공은 강하지만, 줄곧 중양궁에서만 살아왔기 때문에 바깥세상에 대한 견문이 넓지 않았다. 그런 그가 합마공을 알아볼 리 없었다. 몇 번을 불러도 양과가 대답하지 않자 그제야 양과가 사라진 것을 알아챘다. 조지경은 제자들을 풀어 양과를 잡아오라고 했다. 어린 녀석이 도망가봤자 멀리 가지 못했을 것이라 생각했다.

다급해진 양과는 앞뒤 따져볼 생각도 없이 무조건 앞만 보고 달렸다. 울창한 숲 사이를 뚫고 한참 동안 달리다 보니 등 뒤에서 함성이 들려왔다. 사방에서 자신의 이름을 부르는 소리가 들렸다.

"양과야, 양과야! 어서 나오너라."

한껏 두려워진 양과는 더욱 빨리 달렸다. 갑자기 앞쪽에서 사람의 그림자가 보이더니 도사 한 명이 나타났다.

"여기 있다!"

양과가 급히 서쪽으로 몸을 돌렸다. 그러나 서쪽에서도 사람이 다가오고 있었다.

"여기 있다!"

양과는 몸을 낮추어 빽빽한 나무숲 사이를 뚫고 들어갔다. 키가 크고 몸집도 건장한 도사가 키 작은 나무 사이를 통과하기란 쉽지 않았다. 하는 수 없이 그들은 숲 반대편으로 돌아 양과가 나오기만을 기다렸다. 그러나 아무리 기다려도 양과는 나오지 않았고, 이미 어디로 행방을 감추어버렸는지 찾을 수가 없었다.

한편, 양과는 나무숲 사이를 이리저리 헤쳐나간 후 전속력으로 앞을 향해 달렸다. 한참 동안 달렸더니 자신을 뒤쫓는 소리가 점차 멀어지는 듯했다. 그러나 무서워 잠시도 쉴 수 없었다.

양과는 길을 피해 수풀이나 바위 사이로 미친 듯이 달렸다. 그러다 보니 온몸이 녹초가 되어 더 이상 움직일 수가 없었다. 그래서 양과는 바위 위에 걸터앉아 잠시 숨을 돌렸다. 하지만 마음은 계속 불안했다.

'어서 도망가야 해.'

그러나 두 다리가 천근만근 무거워 도저히 일어날 수가 없었다. 그때 갑자기 등 뒤에서 차가운 웃음소리가 들렸다. 양과는 깜짝 놀라 뒤를 돌아보았다가 그만 심장이 멎는 줄 알았다. 웃음소리의 주인공은 다름 아닌 긴 수염을 가슴까지 늘어뜨린 조지경이었다. 조지경은 눈에 쌍심지를 켜고 양과를 노려보고 있었다.

두 사람은 잠시 동안 서로를 노려보며 꼼짝도 하지 않았다. 그러다 양과가 갑자기 큰 소리를 지르며 몸을 돌려 달아나기 시작했다. 조지경이 얼른 뒤를 쫓았다. 조지경이 막 양과의 뒷덜미를 잡으려는 순간, 양과가 앞으로 엎드리는 바람에 그도 따라서 넘어지고 말았다.

4. 전진교의 제자들

양과는 얼른 돌 하나를 집어 들어 조지경을 향해 던졌다. 조지경은 몸을 돌려 피한 후, 다시 양과의 뒤를 쫓았다. 둘 사이의 거리가 점차 좁혀졌다. 그때 갑자기 양과의 눈앞에 절벽이 펼쳐졌다. 절벽 아래가 낭떠러지인지, 물이 흐르는 계곡인지 자세히 살펴보지도 않고 그는 무작정 절벽 아래로 뛰어내렸다.

"으악!"

양과의 짧은 비명 소리가 허공에 메아리쳤다. 조지경은 벼랑 끝에 서서 아래를 내려다보았다. 경사가 비교적 완만한 낭떠러지여서 양과가 절벽 아래 나무숲 사이로 굴러떨어지는 것이 보였다. 경사가 완만하다고는 하나 꽤 높은 낭떠러지여서 조지경은 직접 내려갈 엄두가 나지 않았다. 하는 수 없이 그는 길을 돌아 급히 절벽 아래로 내려가 양과가 굴러떨어진 숲속으로 갔다. 그러나 어디에서도 양과의 흔적을 찾아볼 수 없었다. 게다가 숲이 어찌나 울창한지 햇빛조차 들지 않았다. 한참 동안 양과를 찾아 헤매던 조지경은 문득 거기가 바로 활사인묘가 있는 지역임을 깨달았다. 전진파에는 활사인묘에 접근을 금하는 엄한 규율이 있었다. 그러나 조지경은 양과를 눈앞에 두고 그대로 돌아설 수 없었다.

"양과야, 양과야, 어서 나오지 못하겠느냐?"

몇 차례 불러보았으나 돌아오는 건 메아리뿐이었다. 조지경은 점차 담이 커져 몇 걸음 더 앞으로 다가갔다. 바로 앞에 희미하게 비석같이 생긴 것이 보였다. 고개를 숙여 자세히 들여다보니 '외부인 출입 금지'라고 쓰여 있었다. 조지경은 한참 망설이다 결심한 듯 고함을 쳤다.

"양과 이 도둑놈아, 어서 나오지 않으면 정말 때려죽일 테다."

그때 갑자기 윙, 하는 소리가 들리더니 희끄무레한 것이 다가왔다. 한 떼의 하얀 벌이 숲속에서 조지경을 향해 날아오고 있었다. 조지경은 깜짝 놀라 소매를 휘둘러 벌 떼를 쫓았다. 내공이 강했기 때문에 소매를 휘두르는 힘도 매우 컸다. 그러나 소매를 몇 차례 휘두르자 벌 떼가 갑자기 양쪽으로 나뉘더니 한 무리는 정면에서, 한 무리는 후면에서 공격을 해왔다. 다급해진 조지경은 정신없이 소매를 휘두르며 방어했다. 그러자 벌 떼들이 전후좌우로 흩어지더니 사방팔방에서 공격해 들어왔다. 조지경은 더 이상 막아낼 방도가 없어 얼굴을 감싸고 줄행랑을 쳤다. 옥봉 떼가 계속해서 따라왔다. 조지경이 동쪽으로 도망가면 벌들도 동쪽을 향해 쫓아왔고, 서쪽으로 도망가면 서쪽으로 쫓아왔다. 지칠 대로 지친 조지경이 소매를 휘두르는 속도가 잠시 느려진 순간, 벌 한 마리가 그 틈에 조지경의 오른쪽 뺨을 쏘았다. 그러자 순식간에 온몸이 따끔거리면서 마치 오장육부 전체가 가려운 듯 참을 수가 없었다. 조지경은 그 자리에 쓰러져 풀밭을 데굴데굴 구르며 비명을 질렀다.

"아이고, 여기서 죽는구나."

벌 떼가 조지경의 몸 위를 몇 바퀴 선회하더니 숲속으로 되돌아갔다.

활사인묘

양과는 침상 밑에 두꺼운 얼음이 깔려 있는 듯해 시간이 지날수록 한기가 점점 강하게 느껴졌다. 소용녀를 바라보니 웃는 듯 마는 듯한 표정이었다. 소용녀는 밧줄 하나를 꺼내더니 동쪽의 철못에 한쪽을 걸고 서쪽 벽의 또 다른 못에 한쪽 끝을 걸었다. 그러고는 살짝 몸을 솟구쳐 밧줄 위에 반듯하게 누웠다.

양과는 절벽에서 뛰어내린 후 정신을 잃었다. 얼마나 지났을까, 어렴풋하게 따끔따끔한 통증을 느껴 눈을 떠보니 수많은 흰색 벌이 주위를 돌며 날아다니고 있었다. 귀에는 온통 윙윙거리는 벌 소리뿐이고 온몸이 미친 듯 가려웠다. 눈앞이 온통 하얀 벌로 가득하니 이것이 꿈인지 생시인지 모른 채 다시 정신을 잃고 말았다.

다시 정신이 들었을 때, 양과는 차갑고 향기로운 즙이 입을 달콤하게 적시며 천천히 목구멍으로 넘어오는 것을 느꼈다. 몽롱한 의식 속에서도 꿀꺽 받아 마시니 뭐라 말할 수 없는 상쾌한 느낌이 들었다.

양과는 천천히 눈을 떴다. 앞을 보니 온통 부스럼투성이인 추한 얼굴이 자신을 내려다보고 있었다. 양과는 너무 놀라 다시 기절할 뻔했다. 그 추한 얼굴은 왼손으로는 양과의 아래턱을 잡고 오른손으로는 조심스럽게 달콤한 즙을 입에 넣어주고 있었다.

그렇게 가렵고 참기 어렵던 통증이 싹 없어진 양과는 자신이 침상에 누워 있다는 것을 알았다. 그 얼굴이 추한 사람은 노파였는데, 자신을 구해준 은인이라고 짐작되어 양과는 미소로 고마움을 표시했다. 그러자 노파도 한 번 웃고는 즙을 마저 먹인 후 잔을 탁자에 내려놓았다. 그녀의 웃는 얼굴은 상상할 수 없을 만큼 추했지만, 그런 얼굴에서 인자함과 따뜻함이 풍겨났다.

양과는 저도 모르게 마음이 훈훈해져서 사정을 했다.

"할머니, 사부님이 저를 잡아가지 못하도록 해주세요."

노파는 부드러운 목소리로 물었다.

"애야, 네 사부가 누구냐?"

양과는 너무나 오랫동안 이처럼 자신을 걱정해주는 온화한 목소리를 들어본 적이 없었다. 순간 가슴이 뭉클해지면서 엉엉 울음을 터뜨렸다. 노파는 양과의 손을 꼭 잡더니 아무런 위로의 말도 건네지 않은 채 그저 미소를 머금고 울고 있는 그를 바라보기만 했다. 노파의 눈은 연민과 사랑으로 가득했다.

울음을 그치기를 기다린 후 노파가 다시 물었다.

"이제 괜찮아졌니?"

양과는 온정이 넘치는 노파의 말을 듣고 또다시 눈물을 주르르 흘렸다. 노파는 손수건으로 눈물을 닦아주면서 위로했다.

"애야, 울지 마라. 조금만 있으면 안 아플 거야."

노파가 위로를 할수록 양과는 더욱 서럽게 울었다. 그때 휘장 밖에서 고운 여인의 목소리가 들렸다.

"할멈, 왜 아이가 자꾸 우는 거지?"

하얗고 부드러운 손이 휘장을 걷더니 한 열여섯 살 정도 되어 보이는 소녀가 걸어왔다. 소녀가 입은 하늘거리는 흰색 비단옷이 마치 안개처럼 신비하게 느껴졌다. 그녀는 선녀처럼 너무 아름다웠다. 그런데 새까만 머리카락에 비해 피부가 백지장처럼 창백해 보였다.

양과는 창피한 생각이 들어 즉시 울음을 그쳤다. 그러다 곧 눈을 살짝 위로 떠 소녀를 몰래 바라보다가 눈이 마주치자 황급히 고개를 숙였다. 그런 양과의 모습을 보고 노파는 미소를 지으며 조용히 일어났다.

"내가 달랠 때는 아무 반응이 없더니 아가씨 말 한마디에 울음을 그치는군요."

소녀는 침대 곁으로 가서 옥봉에 찔린 양과의 머리 상처를 살펴본 후 열이 있는지 손을 뻗어 이마를 만져보았다. 양과는 소녀의 손이 얼음장같이 차갑자 움찔했다.

"꿀을 마셨으니 반나절 뒤면 괜찮을 거다. 그런데 왜 여기로 왔니?"

소녀의 목소리는 부드럽고 아름다웠지만 따뜻한 느낌은 전혀 찾아볼 수 없었다. 양과는 아무런 대답도 하지 못했다. 양과는 고개를 들어 소녀를 마주 보았다. 너무나 맑고 아름다운 소녀의 얼굴을 대하니 똑바로 쳐다볼 수가 없었다. 그러나 소녀의 눈빛은 냉랭하기 그지없어 마치 빙설氷雪을 마주하고 있는 듯했다. 지금 기뻐하고 있는지 화를 내는지 도무지 알 수 없는 표정에 양과는 자신도 모르게 공포감을 느꼈다.

'저 낭자는 마치 사람이 아니라 수정으로 빚은 인형 같아. 눈으로 만든 설인雪人 같기도 하고, 하늘나라 선녀가 내려온 것 같기도 하고……. 혹시 귀신이 아닐까?'

양과가 이런 생각을 하며 멍하니 쳐다보고 있자, 노파가 웃으며 끼어들었다.

"용 낭자는 이곳의 주인이시다. 묻는 말에 대답하는 게 좋아."

이 아름다운 소녀가 바로 활사인묘의 주인인 소용녀였다. 소용녀는 18년 동안 줄곧 무덤에 살면서 햇빛을 보지 못한 데다 수련한 내공도 모두 마음을 억제하는 것이라 보통 소녀들보다 훨씬 어려 보였다. 손노파는 그녀의 사부를 모시는 여종이었는데 사부가 돌아가시자 두 사람은 그 무덤 속에서 서로 의지하며 살아왔다. 이날 두 사람은 옥봉의 소리를 듣고 누군가 무덤 밖 숲으로 들어온 것을 알게 되었고, 손 노파가 나가서 살펴보다가 독에 쏘여 기절해 있는 양과를 발견해 구해주었다. 문중 규율에 따르면 외부인, 특히 남자가 무덤 안으로 들어와서는 안 되었지만, 온몸이 상처투성이인 어린아이가 쓰러져 있어 금기를 어기고 데리고 들어온 것이다.

양과는 돌침상에서 일어나 바닥으로 내려온 후 손 노파와 소용녀에게 절을 했다.

"양과가 할머니와 용 낭자께 인사드립니다."

손 노파는 미간을 활짝 펴고 웃으며 황급히 부축해 일으켰다.

"아, 네 이름이 양과로구나. 너무 예를 차릴 필요는 없다."

손 노파는 무덤에서 몇십 년을 살면서 외부인과 접촉이 일체 없다가 양과가 깍듯이 예를 올리자 뭐라 말하기 힘든 기쁨이 밀려왔다. 그러나 소용녀는 고개만 끄덕이곤 침상 옆 돌의자에 앉았다. 손 노파가 말했다.

"어쩌다 부상을 당한 거냐? 세상에 어떤 나쁜 사람이 너를 이 모양으로 때렸느냐?"

손 노파는 이것저것 묻고는 대답을 기다리지도 않고 나가서 맛있는 떡을 가지고 와 먹으라고 권했다. 양과는 몇 개 집어먹은 후, 자신의 처지에 대해서 처음부터 끝까지 이야기했다.

그의 감칠맛 나는 말주변에 손 노파는 탄식을 하다가 중간에 끼어들어 한두 마디씩 거들기도 하면서 줄곧 양과의 편을 들어주었다. 황용이 딸만 편애하고 공정하지 않다고 말하는가 하면, 또한 조지경이 속이 좁아 어린아이를 괴롭힌다고 질책하기도 했다.

그러나 소용녀는 아무런 표정 변화 없이 그저 앉아서 듣기만 했다. 그러다 양과가 이막수에 대해 이야기하자 손 노파와 눈빛을 주고받았다. 손 노파는 양과가 말을 마치자 팔을 뻗어 양과를 품에 안고는 한숨을 내쉬었다.

"아이고, 불쌍한 것."

소용녀는 천천히 일어났다.

"이제 상처는 괜찮은 것 같으니 데리고 나가게!"

손 노파와 양과는 순간 멍해졌다. 양과는 팔을 저으며 소리치기 시작했다.

"안 돌아갈래요. 죽어도 안 돌아가요!"

"아가씨, 이 아이가 만약 중양궁에 간다면 사부라는 사람이 또 괴롭힐 거예요."

"돌려보내. 그리고 이 아이를 괴롭히지 말라고 아이의 사부에게 전하면 되지."

"아이고, 다른 문파의 일에는 우리도 관여하지 못합니다."

"그럼 옥봉꿀을 가지고 가서 이야기해보게. 그럼 그 도인들도 어쩌지 못할 거야."

소용녀의 목소리는 매우 부드러웠지만 너무나 단호하여 아무도 감히 거역하지 못했다. 손 노파는 한숨을 쉬었다. 어릴 때부터 고집이 세서 아무리 말해봤자 소용없다는 것을 잘 알고 있었다. 그래서 그저 가련한 눈빛으로 양과를 바라볼 수밖에 없었다.

양과는 자리에서 일어나 두 사람에게 인사하며 말했다.

"할머니와 용 낭자의 치료에 감사드립니다. 그럼 저는 이만 가보겠습니다!"

"어디를 가려고?"

노파의 물음에 양과는 잠시 대답하지 못하다가 입을 열었다.

"천하가 이렇게 넓은데 어딘들 제 몸 하나 붙일 곳이 없겠습니까?"

말은 이렇게 했지만 어디로 가야 할지 알 수 없었다. 자신도 모르게 처량한 기색이 얼굴에 드러났다.

"애야, 우리 아가씨가 너를 이곳에 있지 못하게 하는 것은 외부인을 절대 들여서는 안 된다는 엄한 규칙 때문이란다. 그러니 너무 서운하게 생각하지 말거라."

양과는 씩씩하게 말했다.

"할머니, 은혜를 입었는데 서운할 리가 있겠습니까? 저는 영원히 두 분의 은혜를 잊지 못할 것입니다."

말투는 의젓하지만 아직 앳된 어린아이니 손 노파는 불쌍한 마음을 금할 수 없었다. 눈에는 눈물이 그렁하면서도 억지로 눈물을 참고 있는 모습을 보니 더욱 측은해졌다.

"아가씨, 밤이 깊었으니 내일 아침에 가라고 하시지요."

그러나 소용녀는 고개를 흔들었다.

"할멈, 사부님이 말씀하신 규칙을 잊었어?"

손 노파는 한숨을 쉬고 일어서서는 가라앉은 목소리로 말했다.

"이리 오너라, 애야. 너에게 뭘 좀 주마."

양과는 손등으로 눈물을 훔치더니 고개를 숙이고 문밖으로 달려 나가며 소리쳤다.

"필요 없어요. 난 죽어도 그 빌어먹을 도사 놈한테는 안 가요."

손 노파는 고개를 흔들며 말했다.

"너는 길을 모르니 내가 입구까지 데려다주마."

손 노파는 양과의 손을 잡고 앞장섰다. 눈앞은 칠흑처럼 어두워 한 치 앞도 분간하기 힘들었다. 손 노파는 양과의 손을 끌고 깜깜한 어둠 속을 헤치며 이리저리 길을 돌아서 나갔다.

활사인묘는 실은 무덤이라기보다는 아주 넓은 지하 공간이었다. 지 난날 왕중양이 금나라에 항거할 때, 수천 명의 인력을 동원해 수년에 걸 쳐 이 공간을 만들었다. 그리고 이곳을 병기와 식량을 숨겨두는 근거지 로 삼았다. 금나라 군사들의 눈을 속이기 위해 외형을 무덤 형태로 위장 했고, 혹시 모를 금병의 공격에 대비하고자 무덤 안에 무수히 많은 함정 을 설치해놓았다. 의거가 실패로 돌아가자 왕중양은 이곳에 은거했다. 무덤 안에는 방이 무수히 많고 통로도 복잡해 아무리 사방에 불을 밝혀 둔다 하더라도 외부인이 들어오면 십중팔구 길을 잃게 마련이었다.

두 사람은 무덤을 나와 수풀 안으로 들어갔다. 그때 우렁찬 목소리 가 들려왔다.

"전진 문하의 제자 견지병甄志丙이 사부님의 명을 받들고 용 낭자를 뵈러 왔습니다."

목소리가 멀리서 들려오는 걸로 보아 그는 금지 구역 밖에 서 있는 듯했다.

"누가 너를 찾아왔구나. 나가지 말거라."

양과는 놀라고 화가 나 온몸이 떨려왔다.

"할머니, 걱정하지 마세요. 제 일은 제가 알아서 하겠습니다. 제가 실수로 사람을 죽였으니 그들이 저를 죽이려고 하면 죽으면 됩니다."

양과는 큰 걸음으로 성큼 걸어 나갔다.

"내가 같이 가마."

손 노파는 양과의 손을 이끌고 수풀을 건너 공터로 나섰다. 달빛 아래 예닐곱 명의 도사들이 진을 치고 있었고, 나머지 네 명의 도사들은 중상을 입은 조지경과 녹청독을 부축하고 있었다. 무리들은 양과를 보자 뭔가 낮은 소리로 중얼거리더니 일제히 앞으로 걸어 나왔다.

양과는 손 노파의 손을 뿌리치고 앞으로 나가며 당당하게 말했다.

"나 여기 있다. 죽이든지 구워삶든지 너희 마음대로 해라."

도사들은 뜻밖에도 어린아이가 이렇게 기세 좋게 나오자 조금 당황해했다. 그중 한 도인이 앞으로 나와 냅다 양과의 뒷덜미를 잡아끌고 갔다.

양과는 차갑게 웃으며 말했다.

"도망가지도 않는데 왜 이렇게 잡아끌어!"

그 도인은 조지경의 수제자였다. 조지경은 지금 양과 때문에 옥봉침에 쏘여 생명이 위독한 상태였다. 그는 사부를 하늘같이 떠받드는 제자였는데, 양과가 도발적으로 나오자 참지 못하고 양과의 머리에 주먹을 날렸다.

손 노파는 도사들과 좋은 말로 잘 이야기해보려다가 양과가 강제로 끌려가자 내심 화가 치밀었다. 그런데 이제 얻어맞기까지 하니 노기를 억누를 수 없었다. 손 노파는 즉시 앞으로 나가서 그 도사의 옷소매를 휙 낚았다. 그러자 도사는 손목에 힘이 쭉 빠져 양과를 붙잡은 손을 놓을 수밖에 없었다. 그가 고함을 치려는데 손 노파가 이미 양과를 안고 몸을 솟구쳐 저만치 걸어가고 있었다. 늙고 쇠약한 노파가 이렇게 잽싸게 양과를 낚아채 가자 지켜보던 도인들은 그저 어안이 벙벙할 따름이었다. 그사이 손 노파는 이미 양과를 데리고 수 장 밖으로 멀어져갔다. 도사 세 명이 소리쳤다.

"그 녀석을 내놔요!"

그러면서 일제히 손 노파에게 달려들었다. 노파는 걸음을 멈추고 고개를 돌려 냉소를 머금었다.

"내주지 않으면 어쩌겠다는 거냐?"

견지병은 활사인묘와 싸움이 벌어져서는 안 된다는 생각에 그들을 급히 저지했다.

"모두들 물러나십시오. 선배님 앞에서 무례를 범해서는 안 됩니다."

견지병은 앞으로 가서 고개를 숙여 예를 올린 후 말했다.

"견지병, 선배님께 인사드립니다."

"원하는 게 뭐냐?"

"그 아이는 전진교의 제자이니 우리한테 돌려주십시오."

손 노파는 두 눈을 치켜올리며 무서운 소리로 호통을 쳤다.

"내 앞에서도 무자비하게 때리는데 도관으로 끌고 가면 얼마나 괴롭힐지 안 봐도 뻔하다. 아이를 돌려줄 수 없다!"

견지병은 화를 꾹 참고 말했다.

"그 아이는 사부를 우롱하고 문파의 규율을 어겼습니다. 무림에서는 사부를 존경하는 것을 매우 중시합니다. 저희 문파에서 양과에게 벌을 주는 것은 당연하다고 생각합니다."

"사부를 업신여기고 규율을 어겼다고? 모두 핑계일 뿐이다."

손 노파는 들것에 누워 있는 녹청독을 가리키며 말했다.

"이 아이를 저 뚱뚱한 도사와 무예를 겨루게 했느냐? 그것이 너희 전진교가 정한 규율이더냐? 아이는 원래 하고 싶지 않았는데 너희가 강제로 겨루게 하여 실컷 두드려 맞게 하지 않았느냐? 그리고 무예 대결에 승자가 있으면 패자가 있는 것이 당연한 이치! 저 뚱뚱한 도사의 실력이 부족해서 어린애한테 당한 것인데 누구를 탓하는 것이냐?"

원래 용모가 추한 손 노파가 화가 나서 얼굴까지 찌푸리니 인상이 더욱 무시무시해졌다. 손 노파가 말하는 도중에 10여 명 넘는 도사가 속속 몰려와 견지병의 뒤에 섰다. 그들은 대체 큰 소리로 호통을 치는 저 추하고 늙은 노파가 누구인지 궁금해 자기들끼리 수군거렸다.

견지병은 원래 녹청독이 부상을 입은 일은 양과를 탓해서는 안 된다고 생각했지만 지금 이 자리에서 그것을 인정하는 것은 전진교의 위신이 떨어지는 일이어서 그렇게 할 수는 없었다.

"이번 일의 시시비비는 장문인께서 공정하게 밝혀주실 것입니다. 선배님께서는 아이를 내놓으십시오."

손 노파는 냉소를 지으며 말했다.

"너희 장문인이 공정하게 밝힐 거라고? 흥! 전진교는 왕중양 때부터 좋은 놈은 하나도 없었다. 그렇지 않다면 이렇게 가까운 곳에 있으면서 왜 서로 왕래가 없었겠느냐?"

'그건 당신네들이 우리와 왕래하지 않은 것인데 어찌 전진교를 탓한단 말인가? 우리 시조님까지 욕하다니, 너무 무례하지 않은가!'

견지병은 이렇게 생각하면서도 말싸움을 벌여 서로의 우애를 상하게 하고 싶지는 않았다.

"선배님께서 도와주십시오. 저희 문파에서 잘못한 점이 있으면 장문인의 분부를 받들어 사죄를 드리러 오겠습니다."

양과는 손 노파의 목을 끌어안고 귀에다 속삭였다.

"저 도인은 교활한 사람이니 속지 마세요."

손 노파는 18년 동안 소용녀를 키우면서 아쉬움이 많았다. 기회가 있다면 남자아이를 하나 키우고 싶었다. 그녀는 자신을 살갑게 대해주는 양과가 든든해 보였다. 그래서 스스로 생각을 굳혔다.

'누가 뭐래도 이 아이를 빼앗기지 않을 것이다.'

손 노파는 냉랭하게 소리쳤다.

"이 아이를 데려가서 어떻게 할 셈이냐?"

견지병은 순간 멍해졌으나 곧 대답했다.

"저는 그 아이의 망부亡父와 동문지간입니다. 결코 동문이 남기고 간 아들을 괴롭히지는 않을 것이니 선배님께서는 안심하십시오."

손 노파는 절레절레 고개를 흔들었다.

"흥! 이 늙은이는 말이 많은 사람은 딱 질색이다. 이만 가봐야겠다."

손 노파는 말을 하면서 성큼 수풀 속으로 들어갔다. 조지경은 들것에 누워 있었지만, 정신은 말짱했다. 도무지 끝날 줄 모르는 견지병과 손 노파의 말싸움을 듣고 있자니 화를 참을 수가 없었다. 그는 돌연 들것에서 뛰어내려 손 노파 앞으로 달려가 호통을 쳤다.

"그 아이는 내 제자요. 때리든 욕하든 모두 내 마음이오. 사부가 제자를 나무라지 못하게 하다니, 대체 무림에 그런 법도가 어디 있단 말이오?"

손 노파는 빰이 돼지 머리만큼 크게 부어오른 이 사람이 바로 양과의 사부라는 것을 알았다. 무림의 법도를 논하자 순간 대꾸할 말을 찾지 못한 그녀는 그저 되는대로 억지를 부릴 수밖에 없었다.

"어쨌든 난 애를 내줄 수 없으니 어쩔 셈이냐?"

"그 아이와 무슨 관계라도 있소? 대체 왜 끼어드는 것이오?"

조지경의 호통에 손 노파는 지지 않고 소리를 질렀다.

"이 아이는 이제 전진교 문하가 아니다. 우리 소용녀 아가씨를 사부로 섬기게 되었으니 이 아이가 잘하고 잘못하고는 소용녀 아가씨만 간섭할 수 있다. 그러니 쓸데없이 참견하지 말고 돌아가라."

이 말이 떨어지자 한바탕 소동이 일었다. 무림 법규에 따르면, 사부의 허락이 있기 전에는 절대 다른 사람을 사부로 삼아서는 안 된다. 그것은 대역무도한 짓으로 모든 무림인의 지탄을 받을 일이었다. 예전에 곽정이 강남칠괴를 사부로 모신 후 홍칠공에게 무학을 배우면서도 결코 그를 '사부'라고 호칭하지 않았던 것도 바로 그 때문이었다. 곽정은 나중에 가진악이 정식으로 허락한 후에야 홍칠공을 '사부'라고 부를 수 있었다. 그런데 손 노파는 무림 사람들과 교분이 없어서 이와 같은 규율을 알지 못했다. 그저 생각나는 대로 내뱉은 것이 그만 무림의 금기를 어긴 게 되고 말았다.

전진교의 도사들은 원래 양과를 불쌍히 여기며 조지경의 처사가 합당하지 않다고 생각했다. 그런데 양과가 감히 공공연하게 사문을 배신한 것이 드러나자 분노하지 않을 수 없었다.

조지경은 상처 부위가 무척 아프고 가려워서 참을 수가 없었다. 차라리 그냥 죽어버리는 것이 나을 것 같았다. 그는 이를 악물고 양과에게 물었다.

"양과야, 사실이냐?"

양과는 자신을 감싸주는 손 노파의 마음이 고마웠다. 손 노파가 자기더러 천하 대역죄를 지었다고 말하게 하더라도 그렇다고 대답할 판이었다. 양과에게는 손 노파의 말이 단순히 사문을 바꾸는 일에 불과했다. 게다가 그것은 자신이 원하는 일이기도 했다. 전진교에서 벗어날 수만 있다면 소용녀가 아니라 돼지와 개에게라도 사부라고 부를 수 있을 것만 같았다. 그래서 아무런 망설임 없이 큰 소리로 외쳤다.

"이 썩을 도사야! 이 말대가리, 염소수염, 돼지 콧구멍아! 나를 그렇게 개 패듯이 때리는데 내가 왜 널 사부로 섬기겠느냐? 난 이미 할머니와 소용녀 아가씨를 사부님으로 모시기로 했다."

조지경은 화가 나서 머리가 폭발할 것 같았다. 그는 즉시 몸을 날려 두 손으로 양과의 어깨를 움켜쥐었다. 그런 그를 보고 손 노파가 소리쳤다.

"이런 잡것이! 죽고 싶으냐?"

손 노파는 오른팔을 날려 조지경의 손목을 후려쳤다. 조지경은 전진교의 제3대 제자 중 최고수였다. 무공으로 따지자면 구처기의 수제자인 윤지평이나 견지병과 대등할 정도였다. 중상을 입었음에도 그의 출수는 맹렬하기 그지없었다.

두 사람은 손과 팔을 부딪치면서 각자 두 걸음 물러났다. 손 노파는 콧방귀를 날리며 말했다.

"아무 쓸모 없는 잡것들은 아니었군!"

조지경은 첫 번째 출수가 실패로 돌아가자 즉시 두 번째 공격을 전개했다. 이번에는 손 노파도 그를 얕보지 않고 몸을 살짝 비키며 치마 속 발을 바람같이 날렸다. 조지경은 바람 소리를 듣고 옆으로 피하려다가 옥봉에 쏘인 곳이 미칠 듯이 가려워서 자신도 모르게 비명을 지르며 머리를 감싸고 꿇어앉았다. 그가 비명을 지르는 사이, 손 노파의 발은 정확히 그의 옆구리를 걷어찼다. 조지경은 허공으로 날아가면서도 가려워서

"아이고, 아이고"를 외쳐댔다. 그러자 견지병이 재빨리 앞으로 다가가 팔을 뻗어 떨어지려는 조지경을 받아 뒤의 제자에게 넘겨주었다. 그는 자신과 실력이 엇비슷한 조지경이 단 한 번의 공격으로 나가떨어지는 것을 보고 안 되겠다 싶어 얼른 휘파람을 불었다. 그러자 여섯 명의 도인이 양쪽으로 갈라지며 천강북두진법을 펼쳐 손 노파와 양과를 에워쌌다.

"공격!"

견지병의 명이 떨어지자 좌우 천추와 요광 자리의 도사들이 먼저 공격을 전개했다. 손 노파는 진법을 몰라 되는대로 몇 초식 응대하다가 금세 위험해졌다는 것을 깨달았다. 그리고 한 손으로 적을 막을 수밖에 없는 상황이라 갈수록 궁지에 몰렸다. 매번 공격을 전개할 때마다 견지병이 변화시키는 북두진의 공세에 밀려 무위로 돌아갔다. 다시 10여 초식을 주고받다가 손 노파의 오른손이 두 도사들에게 걸려들었고, 좌측도 두 도사의 공격을 받게 되었다. 그래서 손 노파는 양과를 내려놓고 왼손으로 대항했다. 그때 북두진에서 휘파람 소리가 들리더니 두 도사가 달려 나와 양과를 낚아채려 했다. 손 노파는 내심 놀라움을 금치 못했다.

'예사로운 도사들이 아니군. 나 혼자선 당해내지 못하겠다.'

손 노파는 발을 날려 두 도사를 물리친 후 입으로 나지막한 소리를 내뱉었다. 소리가 매우 미세하여 도사들은 전혀 개의치 않았다. 그런데 뒷소리와 앞소리가 겹치면서 소리가 점점 커져갔다.

견지병은 손 노파를 방어하는 데 모든 정신을 집중했다. 그는 예전 이곳 무덤 주인이 전진교 시조인 왕중양과 무공이 막상막하라는 사실을 알고 있던 터라 계속 긴장을 늦추지 않았다. 그는 웅웅거리는 소리를 듣고 정신을 혼란시키는 섭심술攝心術이라 생각해 황급히 숨을 고르고 기를 가라앉혔다. 그런데 손 노파가 내는 소리는 계속 커지기만 할 뿐 자신의 마음에 어떤 동요도 일으키지 않았다. 소리는 이제 멀리서도 울려 퍼졌다. 그 소리가 차츰 손 노파의 소리와 일치되며 묘한 분위기를 자아냈다.

그제야 견지병이 목청을 높여 외쳤다.

"모두들 어서 물러나시오!"

도사들은 어안이 벙벙했다.

"우리가 이미 기선을 잡고 있으니 조금만 있으면 늙은이와 아이를 한꺼번에 붙잡을 수 있습니다. 노파가 내는 괴상한 소리에 뭘 그리 당황하는 거요?"

바로 그때였다. 돌연 수풀 속에서 흰빛이 어른거리더니 옥봉 떼가 도사들의 머리를 향해 날아들었다. 도사들은 조지경이 겪고 있는 고통을 보았던 터라 모두 혼비백산하여 고개를 숙이고 도망가기 시작했다. 손 노파는 옥봉에게 쏘이지 않으려고 허겁지겁 달아나는 도사들의 모습을 보며 큰 소리로 웃음을 터뜨렸다.

그때 수풀 속에서 한 늙은 도사가 나타났다. 그는 손에 든 두 개의 횃불을 벌 떼를 향해 갖다 댔다. 그러자 벌 떼는 횃불에서 난 회색 연기를 피해 이리저리 흩어졌다.

손 노파는 흠칫 놀라 늙은 도사를 바라보았다. 백발에 흰 수염이 가슴까지 늘어진 것을 보니 전진교의 고수인 것 같았다.

"댁은 뉘시오? 왜 내 벌들을 쫓아버리는 것이오?"

손 노파의 호통에 노도사는 껄껄 웃으며 대답했다.

"빈도는 학대통이라고 하오. 인사드리겠소."

손 노파는 중양궁의 지척에서 살고 있었기 때문에 광녕자 학대통이 왕중양 문하 7대 제자 중 한 사람이라는 것을 알고 있었다. 손 노파는 조지경, 견지병 같은 도사들의 무공도 자신과 엇비슷하니 이 늙은 도사를 상대하기는 훨씬 힘들겠다는 생각이 들었다. 횃불에서 나는 연기는 독충을 물리치는 약초로 만든 듯했다. 냄새를 맡으니 구토가 일었다. 이제 벌 떼도 없고 하니 기회를 봐서 물러나야겠다고 생각을 굳혔다.

"우리 아가씨의 벌들을 해쳤으니 어떻게 변상할 건지 나중에 반드시 따지겠소."

말을 내뱉기 무섭게 손 노파는 양과를 안고 수풀 속으로 뛰어들어 갔다.

"학 사숙님, 쫓아가야 하지 않습니까?"

견지병의 말에 학대통은 고개를 저었다.

"사부님께서 절대 숲으로 들어가지 말라고 하셨다. 돌아가서 논의 한 후 다시 와서 시비를 가려야겠다."

손 노파는 양과의 손을 잡고 무덤으로 돌아왔다. 두 사람의 친밀감이 더욱 깊어졌다. 소용녀가 쫓아내지 않을까 걱정하는 양과를 보고 손 노파가 안심시켰다.

"걱정 말아라. 너를 머물게 해줄 때까지 내가 설득할 거다."

손 노파는 양과에게 석실로 가서 쉬라고 한 후 소용녀를 만나러 갔다. 양과는 한참을 기다려도 손 노파가 돌아오지 않자 점점 초조해졌다.

'용 낭자가 날 여기에 있게 허락해주지 않을 거야. 그리고 할머니가 억지로 설득해서 있게 된다 하더라도 별 재미가 없을 거야.'

양과는 잠시 생각하다가 마음을 굳히고 조용히 밖을 향해 걸어갔다. 막 문을 나서려는데 손 노파가 황급히 들어왔다.

"어디를 가려고?"

"할머니, 전 갈게요. 좀 더 크면 다시 찾아뵈러 오겠습니다."

"아니다. 아무도 너를 괴롭히지 않는 곳으로 데려다주마."

'과연 용 낭자가 허락하지 않았구나.'

양과는 자기도 모르게 마음이 저려와 고개를 푹 숙였다.

"괜찮아요. 난 쓸모없고 고집만 센 아이라 모두들 싫어할 거예요. 할머니, 너무 신경 쓰지 마세요."

손 노파는 소용녀에게 사정을 했지만 여전히 허락하지 않자 마음이 괴로웠다. 또 양과의 처량한 모습을 보니 가슴이 뭉클해졌다.

"애야, 다른 사람은 모두 너를 싫어해도 이 할미는 너를 아주 좋아한단다. 나와 함께 가자. 어디를 가든지 항상 너와 함께 있을 거야."

양과는 크게 기뻐하며 손 노파의 손을 잡았다. 두 사람은 함께 무덤 밖으로 걸어 나갔다. 손 노파는 너무 흥분하고 화가 난 나머지 옷 보따리도 챙기지 않았다. 손을 뻗어 품 안을 더듬으니 병 하나가 만져졌다. 바로 조지경의 독을 풀 수 있는 옥봉꿀이었다. 비록 그 도사가 사악하긴 하지만 죽을죄를 지은 것은 아니었다. 손 노파는 양과를 데리고 중양궁 쪽으로 발길을 돌렸다.

양과는 손 노파가 중양궁으로 향하자 놀라며 낮은 소리로 말했다.

"할머니, 왜 또 거기로 가세요."

"그 못된 도사한테 약을 줘야지."

두 사람은 구불구불한 길을 돌아서 마침내 도관 앞에 당도했다. 손 노파가 담장을 넘어서 뜰로 몸을 날리려는데 암흑 속에서 화급한 종소리가 들리더니 이내 사방에서 휘파람 소리가 들려왔다. 손 노파는 이미 자신이 포위되었음을 깨달았다.

그때 저 멀리서 한 무리의 도사들이 흩어졌다. 이미 잠입한 적을 포위하면서 혹시 있을지 모를 적의 후원군을 막기 위함이었다. 손 노파는 속으로 투덜댔다.

'싸우러 온 것도 아닌데 이렇게 사람을 놀라게 한담.'

"조지경! 어서 나와라. 너에게 할 말이 있다."

손 노파의 외침에 대전 안에서 중년 도인이 응답했다.

"야심한 밤에 무슨 가르침을 주시려고 저희 도관을 찾아오셨습니까?"

"이것은 독을 치료하는 약이니 가져가라."

손 노파는 옥봉꿀이 담긴 벌꿀통을 던졌다. 도사는 손을 뻗어 병을 잡았다.

"이것이 무슨 약입니까?"

"묻지 말고 어서 먹여라. 금방 효과를 볼 것이다."

"호의인지 악의인지, 또 해독약인지 독약인지 우리가 어찌 알겠습니까? 조 사형은 이미 당신 때문에 크게 다쳤는데 왜 갑자기 이런 자비심을 베푸는 것이오?"

손 노파는 자신의 호의를 악의로 받아들이는 불경한 말투에 화가 나서 참을 수가 없었다. 즉시 양과를 땅에 내려놓고 앞으로 달려들어 꿀병을 빼앗은 후 병마개를 열고 양과에게 말했다.

"입을 벌려라!"

양과는 왜 그러는지 몰랐지만 시키는 대로 입을 벌렸다. 손 노파는 병에 있는 옥봉꿀을 모두 양과의 입에 부어넣은 후 말했다.

"자, 이제 독약이라고 의심하지 않겠지. 과야, 가자!"

손 노파는 양과의 손을 잡고 담장 쪽으로 걸어갔다. 대전 안에 있던 도인의 이름은 장지광張志光으로 학대통의 두 번째 제자였다. 그는 해독약을 먹지 않으면 견디지 못할 조지경을 생각하며 황급히 뛰어나가 두 손을 맞잡고 간사한 웃음을 흘렸다.

"선배님, 왜 그리 불같이 화를 내십니까? 그저 몇 마디 농을 한 것을 진담으로 믿으셨습니까? 우린 오랫동안 이웃으로 지냈는데 이웃 간의 정이라는 게 있지 않습니까? 헤헤, 해독약을 주십시오."

손 노파는 그의 번지르르한 말투며 경박한 행동이 심히 눈에 거슬려 냉소를 지었다.

"해독약은 한 병뿐이다. 더 있다 하더라도 줄 생각이 없어졌다. 조지경의 부상은 네놈이 알아서 치료하거라!"

"설마 해독약이 한 병뿐이겠습니까? 빈도가 함께 가서 가져오겠습니다."

눈짓을 하며 헤헤 웃는 경박한 모습에 손 노파는 호통을 치며 뺨을 철썩 올려붙였다.

"선배에게 불손한 죄로 네놈을 가르치는 것이다."

그녀의 출수가 어찌나 빨랐던지 장지광은 미처 피하지 못하고 뺨을 맞고 말았다. 맞은 곳이 화끈거리고 따가웠다. 그러자 문 쪽에 있던 두 명의 도사가 일제히 소리를 내질렀다.

"아무리 선배라 해도 어찌 중양궁에서 함부로 소란을 피우는 것이오?"

두 도사는 왼손과 오른손을 뻗어내며 양쪽에서 협공을 전개했다. 손 노파는 이미 적진 깊숙이 들어와 있으니 그들과 대적해서 득이 될 게 없다는 것을 잘 알고 있었다. 그녀는 잽싸게 몸을 놀려 도인들의 협공에서 빠져나온 뒤 양과를 안고 담장으로 뛰어올랐다. 그런데 돌연 담장 밖에서 한 사람이 솟구쳐 오르며 쌍장을 날렸다.

"내려가시오!"

손 노파는 공중에 몸을 날린 후라 힘을 실을 곳이 없어 그저 오른손으로 방어를 할 수밖에 없었다. 오른손과 쌍장이 서로 부딪치며 두 사람은 각각 담벼락 양쪽으로 떨어졌다.

예닐곱 명의 도사가 연이어 고함을 치며 손 노파를 담장 모서리로 몰아갔다. 이들은 모두 전진교 제3대 제자들로 특별히 도관을 방어하기 위해 나온 것이었다. 이들은 삽시간에 이쪽저쪽에서 치고 물러나기를 거듭하며 파도처럼 손 노파에게 연거푸 공격을 퍼부었다.

손 노파는 담장 모서리에 내몰리자 아차 싶어 양과를 데리고 떠나려 했지만 도사들의 철옹성 같은 인간 장벽에 막혀버렸다. 수차례 포위망을 뚫으려고 시도해보았지만 번번이 수포로 돌아갔다. 다시 10여 초식을 주고받은 후 대전을 방어하던 장지광은 적이 이미 힘이 빠졌다는 사실을 간파하고 즉시 명령을 내려 촛불을 밝히게 했다. 그 즉시 10여 개가 넘는 거대한 촛불이 사방을 환하게 밝혔다. 촛불 아래에 노파의 참담한 표정과 흉하고 살벌한 얼굴이 드러났다.

"공격을 멈추어라!"

장지광의 명령에 예닐곱 명의 도사가 동시에 뒤로 물러나서 쌍장을 가슴에 모으고 방어 태세를 취했다.

손 노파는 숨을 몰아쉬면서도 냉소를 머금었다.

"전진교의 위력이 천하를 덮는다고 하더니 과연 명불허전이로군. 수십 명의 젊은 놈이 동시에 이 늙은 노파와 어린아이를 공격해? 허허! 역시 대단하군, 대단해.”

장지광은 순간 얼굴이 화끈 달아올랐다.

“우리는 그저 중양궁에 들어온 침입자를 잡으려 한 것뿐이오. 침입자가 노인이건 장정이건 들어올 때는 몸을 세워서 들어와도 나갈 때는 몸을 굽혀 나가야 할 것이오.”

손 노파는 다시 비웃음을 지으며 말했다.

“몸을 굽혀 나가라니? 이 늙은이더러 기어서 나가라는 말이냐?”

“당신을 놓아주는 것은 어렵지 않소. 그러나 세 가지 일을 반드시 이행해야 하오. 첫째, 벌을 풀어 조 사형을 해쳤으니 해독약을 놓고 가시오. 둘째, 이 아이는 전진교의 제자이니 장교 진인의 윤허 없이는 함부로 사문을 나갈 수 없소. 아이를 남겨두고 가시오. 셋째, 멋대로 중양궁에 잠입해 들어왔으니 중양 조사님 앞에서 사죄의 절을 올리시오.”

손 노파는 크게 소리 내어 웃어젖힌 뒤 말했다.

“내 일찍이 우리 아가씨한테 전진교의 도사들은 모두 싹수가 없다고 말했지. 이 늙은이의 말이 맞았군. 그래, 좋다. 그럼 너에게 사죄의 절을 하마.”

손 노파는 몸을 굽히면서 정말 꿇어앉을 태세였다. 손 노파는 허리를 굽히고 고개를 숙이는 척하며 은빛 암기 하나를 장지광에게 던졌다. 장지광은 아이코, 소리를 지르며 급히 몸을 피했다. 그러나 암기는 이미 그의 왼쪽 눈가에 명중되었다. 장지광의 얼굴이 이내 붉은 선혈로 뒤범벅되었다. 손 노파는 품을 더듬어 옥봉꿀을 담았던 빈 자기병이 만져지자 암기처럼 쏜살같이 던진 것이다. 손 노파가 구사한 무공은 여자들에게만 이어져온 초식으로 그 수법이 매우 부드럽고 변화무쌍했다. 이 수법을 전거후공前踞后恭이라 하는데 비록 빈 도자기병이었지만 바로 앞에서 순식간에 던진 것이라 장지광이 피하려야 피할 재간이 없었다.

뭇 도사들은 장지광의 얼굴이 온통 피범벅이 되자 놀라 소리를 지르며 병기를 뽑아 들었다. 주위는 전진교 도인들의 장검에서 뿜어져 나오는 검광劒光으로 눈이 부셨다.

손 노파는 주위를 살피며 천천히 양과를 안고 일어섰다. 위기의 순간이 닥치자 오히려 강한 모성애가 일어나 마음이 더욱 단단해졌다. 손 노파는 양과를 돌아보았다.

"애야, 겁나느냐?"

양과는 곳곳에서 싸늘하게 빛을 발하는 장검들을 보고 생각했다.

'만약 곽 백부님이 계셨더라면 이런 도사들이 아무리 많아도 겁이 안 날 텐데……. 할머니의 무공으로는 빠져나갈 수 없을 거야.'

양과는 손 노파의 질문에 또렷하게 대답했다.

"할머니, 제가 죽어주면 그만입니다. 이 일은 할머니와는 상관이 없으니 어서 도망가세요."

손 노파는 심지가 이렇듯 강한 아이가 사랑스럽고 가련했다.

"이 할미는 너와 함께 여기서 죽을 것이다. 그래야 이 도사 놈들의 속이 후련하겠지."

손 노파는 큰 소리로 기합을 토하며 질풍같이 앞으로 달려 나가 두 도사의 손목을 움켜쥐고 장검을 빼앗아왔다. 실로 오묘한 공수입백인이었다. 두 도사는 전혀 방비하지 못하고 있다가 삽시간에 무기를 빼앗겼다. 노파는 장검 하나를 양과에게 넘겨주면서 말했다.

"애야, 저 도사 놈들과 싸울 수 있겠느냐?"

양과는 큰 소리로 대답했다.

"네, 겁나지 않아요. 지켜보는 제삼자가 없어서 안타까울 뿐이에요."

"그게 무슨 말이냐?"

"천하에 명성을 날리고 있는 전진교가 고아와 노인을 무더기로 공격하는 모습을 널리 알리지 못하니 얼마나 애석해요."

양과는 씩씩한 목소리로 말했지만, 음성은 역시 어린아이의 것이었다. 뭇 도사들은 양과의 이 말을 듣고 대부분 수치심을 느꼈다.

누군가 낮은 소리로 말했다.

"제가 장교 사백께 가서 어찌할지 여쭤보겠습니다."

그때 마옥은 홀로 산 뒤편 작은 숙사에서 수련을 하며 교내의 일을 모두 학대통에게 맡긴 상황이었다. 방금 그 말을 꺼낸 자는 담처단의 제자로 일이 너무 확대되면 전진교의 명예가 손상되니 마옥이 직접 나서 처리해야 한다고 생각한 것이다.

장지광은 도자기 파편에 10여 군데가 넘게 찔려 얼굴이 온통 피투성이였다. 그는 놀라고 분통이 터져 이치를 따질 겨를이 없었다. 자애로운 성품을 지닌 장교 사백이 나서면 노파와 양과를 그냥 놓아줄 게 뻔했다. 그렇게 되면 자신만 억울하게 눈이 멀게 될 것이 아닌가. 그는 악을 쓰듯 소리쳤다.

"먼저 저 사악한 노파를 제압하고 나서 장교 사백께 아뢰도록 하자. 모두 힘을 합쳐 저 노파를 잡아라!"

이내 천강북두진이 펼쳐졌고, 손 노파와 양과는 궁지에 몰렸다. 이제 영락없이 사로잡히게 될 상황이었다. 일곱 명의 도사가 손 노파의 삼보 앞까지 공격해왔다. 손 노파는 있는 힘을 다해 장검을 휘두르며 물샐틈없는 방어를 펼쳤다. 그러자 도사들은 더 이상 전진하지 못했다.

진법을 장지광이 직접 주관했더라면 즉시 이 두 사람을 잡을 수 있었을 테지만, 그는 아까 얼굴에 맞은 암기에 독이 묻어 있지는 않을까 의심되어 쉽게 움직이지 못했다. 만약 독이 묻은 암기를 맞았다면 공력을 쓰는 과정에서 피의 흐름이 더욱 빨라지게 되고, 그러면 독이 더 빨리 퍼지게 될 것이다. 장지광은 왼쪽 눈을 감은 채 한쪽에서 명령을 내릴 수밖에 없었다. 그가 나서지 않으니 진법의 위력이 크게 약화되었다.

도사들은 한참을 싸워도 승부가 나지 않자 점점 초조해졌다. 손 노파는 돌연 기합을 내지르며 장검을 팽개치고 잽싸게 한 어린 도사의 멱살을 움켜잡았다. 그러고는 번쩍 위로 치켜들었다.

"이놈들아! 이래도 길을 비켜주지 않을 테냐?"

진을 구축하고 있던 도사들이 놀라는 사이 돌연 뒤에서 한 사람이 뛰어들어와 손을 뻗어 손 노파의 팔목을 내리쳤다. 워낙 갑작스러운 일이라 손 노파는 상대방의 얼굴도 확인할 겨를이 없었다. 팔목이 시큰거리고 마비가 되는 듯했다. 손 노파에게 붙잡혔던 어린 도사는 그 틈을 타서 도망갔다. 획! 다시 싸늘한 바람이 일며 상대방은 손 노파의 얼굴을 공격해 들어왔다.

'출수가 아주 빠르군!'

손 노파는 급히 일장을 날려 방어했다. 두 사람의 장풍이 서로 부딪치자 팍, 소리와 함께 손 노파는 한 걸음 뒤로 물러났다. 상대방은 약간 흔들리는 몸을 바로잡고 두 번째 장풍을 날렸다. 손 노파도 재빨리 초식을 전개해 방어했다. 서로의 장풍이 또다시 부딪쳤다.

상대방은 지체 없이 세 번째 장풍을 전개했다. 그의 장풍은 갈수록 빠르고 강해서 손 노파는 연거푸 세 걸음을 밀려났다. 아직도 그녀는 적의 얼굴조차 볼 여유가 없었다. 상대방의 네 번째 장풍이 다가왔을 때 손 노파는 담장에까지 내몰렸다. 결국 상대방이 뻗은 손이 손 노파의 손과 부딪쳤다. 그 사람은 오른손으로 손 노파의 손바닥을 누르며 쩌렁쩌렁한 목소리로 말했다.

"할멈, 해독약과 아이를 넘겨줘야겠소!"

손 노파는 고개를 들어 비로소 상대방의 모습을 보았다. 바로 학대통이었다. 삼 장을 주고받으며 상대의 내공이 자신보다 월등히 강하다는 사실을 간파한 손 노파는 더 이상 버틸 재간이 없었다. 그러나 강인한 성격을 지닌 손 노파는 죽을지언정 순순히 굴복할 생각은 없었다.

"아이를 빼앗아가려면 먼저 이 늙은이부터 죽여라!"

학대통은 선사의 연을 생각해 노파를 해치고 싶지는 않았다.

"우리는 수십 년 동안 이웃으로 지내왔는데 어찌 어린아이 하나 때문에 우의를 저버리겠소."

손 노파는 냉소를 지으며 말했다.

"나는 원래 약을 전해주러 온 것이다. 내 말이 맞는지 틀린지는 네 제자에게 물어보아라."

학대통은 제자들이 있는 곳으로 고개를 돌렸다. 그 순간, 손 노파가 돌연 다리를 뻗어 그의 하반신을 공격했다. 퇴법腿法이 어찌나 절묘하고 빠른지 치마도 들썩이지 않았다. 학대통이 알아차렸을 때는 상대방의 발끝이 이미 자신의 복부에 닿아 있었다. 뒤로 물러난다 해도 이미 늦은 터라 그는 그 즉시 기합 소리와 함께 손 노파를 밀쳐냈다. 이번에 내뿜은 장력에는 그가 수십 년 동안 연마해온 전진파의 상승 내공이 담겨 있었다. 쿠쿵, 하는 소리가 들리더니 담장의 흙과 기와가 무너져 내렸다. 손 노파는 붉은 피를 토하며 천천히 땅바닥에 쓰러졌다. 그러 고는 몸이 솜뭉치처럼 흐물흐물 축 늘어졌다.

양과는 대경실색하여 손 노파의 몸에 엎어지며 소리쳤다.

"죽이려면 날 죽여라! 아무도 할머니를 건들지 못해!"

손 노파는 눈을 가늘게 뜨고 희미한 미소를 지었다.

"애야, 우리 함께 죽자꾸나."

양과는 두 팔을 벌려 손 노파를 몸으로 감쌌다. 자신의 안위는 아랑 곳하지 않고 등을 학대통에게 그대로 노출시킨 상태였다. 학대통은 본 의 아니게 중수重手로 손 노파에게 중상을 입힌 것을 후회했다. 그는 노파의 상처를 살피고 약을 주어 치료해주고 싶었다. 몸으로 노파를 감싸고 있는 양과를 부드러운 말로 달랬다.

"양과야, 할멈을 살펴보게 좀 비켜서거라."

그러나 양과는 두 팔로 손 노파를 더욱 꼭 껴안았다. 학대통은 여러 번 설득해도 양과가 말을 듣지 않자 초조하여 양과의 팔을 잡아끌었 다. 그러자 양과는 고래고래 고함을 질렀다.

"이 나쁜 도사 놈아! 이 썩을 도사 놈아! 안 돼! 나를 죽여라. 우리 할머니는 절대로 못 죽인다!"

한창 실랑이를 벌이며 소란을 벌이고 있는데 뒤에서 냉랭한 목소리 가 들렸다.

"어린아이와 노파를 무더기로 공격하고도 영웅이라 할 수 있겠습니 까?"

학대통은 너무나 차갑고 냉랭한 목소리에 가슴이 섬뜩해 뒤돌아보았다. 한 절세 미모의 소녀가 눈처럼 하얀 옷을 입고 대전 문 앞에 서 있었다.

'도대체 어찌 된 일인가? 중양궁에 누군가 들어오면 사방에서 종소리가 났을 텐데. 그리고 10여 리 안팎을 제자들이 빽빽이 지키고 있는데 아무도 알아차린 사람이 없었다니……'

학대통이 의아해하며 물었다.

"낭자는 누구시오? 어인 일로 오셨소?"

소녀는 그를 한 번 쏘아보고는 대답도 하지 않고 노파의 곁으로 다가갔다. 양과가 고개를 들고 구슬프게 말했다.

"용 낭자! 이 나쁜 도사가, 할…… 할머니를 죽였어요!"

흰옷을 입은 소녀는 바로 소용녀였다. 그녀는 손 노파가 양과를 데리고 도관으로 들어가서 여러 사람과 싸우는 모습을 줄곧 뒤에서 지켜보았다. 학대통이 살수를 쓰지 않았더라면 모습을 드러내지 않으려 했는데 상황이 급변해 어쩔 수 없이 나타난 것이다. 그녀는 양과가 목숨을 걸고 손 노파를 보호하는 모습도 똑똑히 지켜보았다. 소용녀는 눈물이 그렁한 양과를 보고 고개를 끄덕이며 입을 열었다.

"사람은 누구나 다 죽는 것이니 대단한 일이 아니다."

손 노파는 소용녀와 모녀지간이나 다름없었다. 그러나 18년 동안 극도로 감정을 억누르고 생활해왔고, 어릴 때부터 내공을 연마한 탓에 마음속에 희로애락의 감정을 느낄 수 없었다. 그래서 손 노파가 치유할 수 없는 중상을 입었는데도 전혀 슬퍼하지 않았다. 잠시 비통한 감정이 스쳐 지나갔으나 겉으로는 전혀 드러내지 않았다.

학대통은 양과가 소녀를 '용 낭자'라고 부르는 것을 듣고 이 미모의 소녀가 바로 곽도 왕자를 쫓아버린 소용녀라는 것을 알았다. 곽도 왕자가 혼쭐이 나서 도망간 사건은 그동안 강호를 떠들썩하게 만들었다. 소용녀는 종남산에서 강호로 한 번도 내려간 적이 없지만 그녀의 이름은 무림에서 상당한 명성을 얻게 되었다.

소용녀는 천천히 고개를 들어 모여 있는 도사들의 얼굴을 훑어보았다. 학대통만이 깊은 내공으로 마음의 평정을 유지하고 있었다. 그들은 가을날 호수같이 맑고 얼음처럼 차가운 그녀의 눈빛을 보자 마음이 설렜다. 소용녀는 허리를 굽혀 손 노파를 보며 물었다.

"할멈, 괜찮아?"

손 노파는 띄엄띄엄 말을 이어갔다.

"아가씨, 내 평생 아가씨한테…… 한 번도 뭘 부탁한 적이 없었지? 그런데 지금…… 부탁을……."

소용녀는 아름다운 눈썹을 살짝 찌푸렸다.

"무슨 부탁을 하고 싶은 거지?"

손 노파는 힘겹게 눈을 뜨고 양과를 가리켰으나 말이 잘 나오지 않았다.

"나에게 저 아이를 보살펴달라고?"

손 노파는 겨우 고개를 끄덕였다.

"아가씨께서 저 아이를…… 다른 사람이 괴롭히지 못하도록 평생 돌봐주세요."

"평생을 돌보라고?"

"아가씨, 이 할멈이 죽지 않는다면 평생 아가씨를 보살폈을 것입니다. 나는 아가씨를 어릴 때부터 씻기고 먹이고 재우고 하지 않았습니까? 그런데 아가씨는 저한테 뭘 해주셨어요?"

손 노파의 목소리는 너무나 애절했다. 소용녀는 아랫입술을 지그시 깨물고는 대답했다.

"알았어요. 승낙하면 되잖아."

손 노파의 흉한 얼굴에 한 줄기 미소가 피어올랐다. 손 노파는 양과를 바라보며 뭔가를 말하려 했으나 말을 잇지 못했다. 양과는 무슨 뜻인지 알아채고 귀를 손 노파의 입가로 바짝 가져간 후 나지막이 말했다.

"할머니, 할 말이 있으세요?"

"애…… 애야, 고개를 더 숙여봐라."

양과는 허리를 더 굽혀서 귀를 손 노파의 입에 바짝 갖다 댔다.

"아가씨는 아무 데도 의지할 곳이 없단다. 네…… 네가…… 아가씨를…… 평생…… 보살펴라."

손 노파는 더 이상 말을 잇지 못하고 양과의 얼굴과 옷깃에 피를 토하며 눈을 감았다.

"할머니! 할머니!"

양과는 슬픔으로 가슴이 터질 것 같아 손 노파의 몸에 엎드려 통곡했다. 도사들은 옆에서 엄숙하게 서 있었고, 학대통은 자신의 경솔한 행동을 뉘우쳤다. 그는 손 노파의 시신 앞으로 가서 예를 올린 후 말했다.

"본의 아니게 이런 실수를 하게 된 것을 진심으로 사죄하오. 이 죗값은 내가 달게 받겠소. 내 명이 줄어든다 해도 할 말이 없소. 잘 가시오."

소용녀는 말없이 그의 옆에 서 있었다. 그의 말이 끝나고 한참 뒤, 소용녀는 눈썹을 찌푸리며 냉랭하게 말했다.

"어찌 자결하여 죄를 갚지 않으시죠? 내가 꼭 손을 써야 하나요?"

학대통은 순간 멍해졌다.

"뭐라고요?"

"사람을 죽였으면 스스로 목숨을 끊어 일을 매듭지어야죠. 도관의 다른 도사들의 목숨은 살려주겠습니다."

학대통은 말문이 막혀 대답을 하지 못했다. 그러자 대전에 한바탕 소란이 일었다. 이미 대전에는 40여 명의 도인이 모여 있었다. 그들은 잇달아 한마디씩 내뱉었다.

"낭자, 막지 않을 테니 어서 돌아가십시오."

"헛소리하지 마라! 뭐? 자결을 하면 도관의 모든 도사를 살려준다고?"

"어린 계집이 천지 무서운지 모르는군."

학대통은 여러 도사의 소란을 손을 저어 막았다. 소용녀는 도사들의 말을 들은 척도 하지 않고 품에서 생사로 짠 하얀 얼음 같은 물건을 꺼냈다. 그러고는 천천히 오른손과 왼손에 끼었다. 바로 장갑이었다. 또 흰색 비단을 양손에 친친 둘렀다. 그녀는 낮은 소리로 내뱉었다.

"죽는 것이 두려워 자결하지 않으려 하니 내가 손을 쓸 수밖에 없군요."

학대통은 어이가 없어 웃음을 지었다.

"빈도의 실수로 노파를 죽게 만들었는데 다시 낭자에게까지 실수를 범할 수는 없소. 어서 양과를 데리고 도관에서 나가주시오."

그는 소용녀가 비록 곽도 왕자를 쫓아 천하에 명성을 날렸으나 그것은 옥봉의 힘을 빌린 것뿐이라고 여겼다. 어린 나이에 무공이 아무리 높다 한들 노파보다 강하지 않을 것이니 다치기 전에 양과를 데리고 나가라고 말한 것이다. 그는 양측 사부 간의 인연을 존중해 여기서 일을 매듭짓고 싶었고, 또 노파가 죽었으니 최대한 양보하고 싶었다.

그러나 소용녀의 반응은 여전히 냉담했다. 그녀는 아무런 표정 없이 그저 왼손을 가볍게 날려 학대통의 얼굴에 흰색 비단을 흩뿌렸다. 그야말로 한 줄기 바람처럼 전혀 힘을 싣지 않고 상대를 공격한 것이다. 비단 끝에 달려 있는 금구金球가 촛불에 비쳐 반짝거렸다.

학대통은 상대의 출수가 재빠르고 병기 또한 기이해서 선뜻 대응하지 못했다. 그는 행동이 매우 신중한 편이어서 자신보다 무공이 훨씬 낮은 자에게도 함부로 공격하지 않았다. 그래서 소용녀의 공격에 응하지 않고 살짝 옆으로 피하기만 했다.

그러나 소용녀의 비단 병기가 돌연 공중에서 방향을 바꾸어 학대통이 피하는 쪽으로 날아왔다. 금구가 맑게 울리면서 곧장 영향迎香, 승읍承泣, 입증入憎 등 세 군데 혈도를 잇달아 공격해 들어왔다. 점혈수법이 신속하고 정확했다. 또한 금구에서 나는 맑은 소리는 크지 않았지만 매우 기묘해 학대통의 정신을 혼란하게 만들었다. 학대통은 놀란 가운데 급히 철판교鐵板橋 신법을 구사해 몸을 뒤로 젖혔다. 비단 띠는 얼굴을 아슬아슬하게 비켜 스쳐갔다.

학대통은 그 비단 띠 끝에 달린 금구가 다시 하반신을 공격할 것이라 예측했다. 그는 무공이 고강해 몸을 뒤로 젖힌 상태에서도 미끄러지듯 재빨리 석 자가량 옆으로 이동했다. 이 동작은 소용녀의 허를 찌른 것이었다. 쨍, 하는 소리와 함께 금구는 땅으로 떨어졌다. 학대통은 금구의 변화무쌍한 점혈수법과 연이은 공격을 절묘한 신법으로 가까스로 피할 수 있었다.

소용녀는 왼손으로 비단 띠와 금구를 천천히 거두었다. 만약 이 기회를 틈타 공격을 퍼붓는다면 학대통은 피할 수 없을 터였다. 그러나 소용녀는 상대의 사정을 봐주는 듯 공격하지 않았다.

학대통은 몸을 일으켰으나 전과는 달리 잔뜩 긴장한 표정이었다. 주위에 있던 도사들은 그의 제자가 아니라 사질師侄이었는데도 항상 학대통의 무공에 탄복해 마지않았다. 그런데 소용녀가 전개한 단 한 초식에 그가 크게 낭패를 당한 것을 보고 놀라움을 금치 못했다. 네 명의 도사는 즉시 장검을 들고 소용녀에게 달려들었다.

"그래, 진작 병기를 사용했어야지!"

소용녀가 두 손을 휘두르자 두 개의 하얀 비단 천이 마치 뱀처럼 구불구불 날아가더니 연달아 두 번의 금속성 소리를 냈다. 그러더니 네 명 도사의 손목 영도혈靈道穴을 찍었다. 쨍그랑, 소리가 연달아 울리며 두 자루의 검이 땅에 떨어졌다. 이 소리만으로도 뭇 도사들은 두려워 아무도 선뜻 공격하지 못했다.

학대통은 한 도사의 손에서 장검을 빼앗아 들며 정색을 했다.

"낭자의 무공이 실로 대단하오. 자, 빈도에게 한 수 가르쳐주시오."

소용녀는 아무 말 없이 고개를 끄덕이더니 댕댕, 소리를 내며 하얀 비단 띠를 왼쪽에서 오른쪽으로 날렸다. 계보로 따지자면 학대통이 윗사람이니 소용녀가 세 초식을 양보해야 하는 게 무림의 규율이었지만 그녀는 그것을 전혀 알지 못해 다짜고짜 살수를 전개했다.

'이 낭자는 무공은 대단하나 실제로 적과 싸워본 경험이 거의 없는 것 같군. 그렇다면 제아무리 강해봤자 실전에는 약할 게 뻔해.'

학대통은 이렇게 생각하고 오른손으로 장검을 휘두르며 소용녀의 공격에 맞섰다. 도사들은 주위를 에워싸고 싸움을 지켜보았다. 싸움은 갈수록 치열해졌다.

학대통은 수십 년간 검법 연마에 심혈을 기울였다. 그의 검법은 전진교에서 다섯 손가락 안에 꼽힐 정도였다. 그런데 이 어린 소녀와 수십 초식을 겨루었는데도 전혀 승기를 잡지 못했다.

소용녀는 두 필의 비단 띠를 자유자재로 다루며 공격을 전개했다. 게다가 비단 끝에 달린 두 개의 금구가 끊임없이 댕댕, 소리를 내며 상대방의 정신을 혼란스럽게 만들었다.

학대통은 작전을 바꾸어 검법을 느리게 구사했다. 그의 초식은 아까보다는 훨씬 느려졌지만 검에 실은 힘은 몇 배 강해졌다. 처음에는 비단의 공격을 피하는 데 급급했지만 이제는 오히려 비단을 압도했다. 다시 몇 초식을 겨루다가 쨍, 하는 소리와 함께 금구와 검이 서로 맞부딪쳤다. 학대통은 내공이 심후해 금구를 반대로 튕겨 소용녀 쪽으로 향하게 했다.

"우아!"

도사들의 환호성 속에 학대통은 비단을 쫓아 소용녀의 손목을 공격했다. 소용녀가 비단 띠를 놓지 않으면 손목에 상처를 입게 될 상황이었다. 그런데 소용녀는 돌연 오른손을 질풍같이 뻗더니 칼끝을 잡았다. 맨손으로 검을 잡다니 상상을 초월하는 행동이었다. 다음 순간 장검이 뚝, 하고 두 동강이 났다.

"아!"

도인들은 모두 놀라 소리를 질렀고, 학대통은 급히 뒤로 물러나서 부러진 검을 들고 멍하니 서 있었다.

알고 보니 소용녀가 끼고 있는 장갑에 의혹의 실마리가 감추어져 있었다. 이 장갑은 그녀의 사조가 물려준 것으로 가느다란 백금사_{白金絲}로 만든 것이었다. 장갑은 부드럽고 가벼우면서 얇았지만 어떠한 보검이나 예리한 칼로도 벨 수 없을 정도로 견고했다. 그래서 학대통의 검을 쉽게 부러뜨릴 수 있었던 것이다.

학대통은 낯빛이 창백해졌다. 상대방의 장갑에 그런 오묘한 비밀이 숨겨져 있으리라고는 생각지도 못하고, 그저 소용녀가 도검불입_{刀劍不入}의 상승 무공을 터득한 거라고만 생각했다.

그는 떨리는 목소리로 말했다.

"좋소, 빈도가 졌소이다. 용 낭자, 아이를 데리고 가십시오."

"할멈을 죽이고 그냥 졌다고 말하면 그뿐인가요?"

학대통은 하늘을 쳐다보며 마른침을 꿀꺽 삼키더니 비통한 목소리로 말했다.

"내가 정말 어리석었소!"

그는 반으로 동강 난 검을 들고 대뜸 자신의 목을 겨누었다. 스스로 목숨을 끊으려는 것이었다. 그때였다. 쨍, 하는 소리와 함께 학대통의 손목이 심하게 울렸다. 알고 보니 동전 하나가 담장 밖에서 날아와 검을 땅으로 떨어뜨린 것이다. 내공이 심후한 학대통의 검을 떨어뜨린다는 것은 실로 쉬운 일이 아니었다. 학대통은 잠시 놀랐으나 사형인 구처기가 온 것을 알았다.

"구 사형, 제가 무능하여 전진교에 누를 끼쳤습니다."

그러자 담장 밖에서 호탕한 웃음소리가 들려왔다.

"승패는 병가지상사라 하지 않았느냐? 싸움에 패했다고 자신의 목을 벤다면 무림인의 목은 열 개라도 모자라겠지."

학대통이 몸을 일으키자, 구처기가 장검을 들고 담장 밖에서 날아 들어왔다. 구처기는 성품이 호방하고 불필요한 말을 싫어하는지라 장검을 들고 곧장 소용녀의 팔을 공격하며 말했다.

"전진 문하 구처기가 한 수 가르침을 부탁하오."

"성격이 아주 화끈하시군요."

소용녀는 즉시 왼손을 쭉 뻗어 구처기의 장검을 낚아채갔다. 그것을 본 학대통이 다급하게 소리쳤다.

"사형! 조심하십시오!"

그러나 이미 때는 늦었다. 소용녀는 손에 공력을 실었고, 구처기는 칼끝에 힘을 모았다. 두 사람의 힘이 서로 맞닥뜨리자 쨍, 하는 소리와 함께 장검이 부러졌다. 그러나 이번에는 소용녀도 팔이 마비가 된 듯 저리고 가슴에 통증이 느껴졌다.

소용녀는 한 초식만 교환하고도 구처기의 무공이 학대통보다 훨씬 위라는 것을 알았다. 소용녀는 〈옥녀심경玉女心經〉을 완전히 연마하지 않은 상태에서 그를 이기기는 불가능하다고 판단하고 즉시 부러진 검을 땅에 던지고 왼손으로는 손 노파의 시신을, 오른손으로는 양과를 안고 깃털처럼 가볍게 담장 밖으로 몸을 날렸다.

구처기, 학대통 등은 소용녀의 절묘한 경공신법에 놀라 멍하니 쳐다만 볼 뿐이었다. 두 사람은 소용녀가 무공이 상당한 경지에 다다랐지만 그 깊이가 자신들보다 못하다는 것을 간파했다. 그러나 이런 놀라운 경공신법은 실로 처음 보는 것이었다.

학대통은 긴 한숨을 내쉬었다.

"이렇게 허망할 수가……."

"학 사제, 그동안 수심修心을 해온 게 모두 헛수고였단 말인가? 이런 작은 좌절 하나 극복하지 못해서야 어찌 되겠는가? 우리도 산서에 가서 큰 낭패를 보았네."

학대통이 놀라며 물었다.

"뭐라고요? 다친 사람은 없었습니까?"

"말하자면 이야기가 기네. 먼저 마 사형을 뵈러 가세."

구처기는 걸으면서 그동안의 일을 대충 들려주었다.

이막수는 강남 가흥에서 육립정 등을 죽인 후, 산서와 진북晉北 지방에서 또 여러 명의 무림 고수를 살해했다. 그 일로 말미암아 결국 무림의 공분公憤을 사게 됐고, 그곳의 무림 영수들은 힘을 합쳐 이막수를 처단하자는 영웅첩英雄帖을 각처로 보내기에 이르렀다.

전진교 또한 영웅첩을 받았다. 마옥과 구처기 등은 상의 끝에 이막수의 행각이 악랄하긴 하지만, 그녀의 사조와 왕중양 선사가 깊은 인연이 있으니 중재 역할을 잘해 그녀에게 개과천선할 기회를 주자는 쪽으로 의견을 모았다. 그래서 유처현劉處玄과 손불이孫不二를 먼저 진북으로 보냈으나 이막수가 어쩌나 신출귀몰한지 두 사람은 그녀의 그림자조차 찾지 못했다. 그러는 사이 이막수는 다시 진남晉南과 진북에서 몇 차례 더 살생을 저질렀다. 그래서 구처기와 왕처일이 열 명의 제자를 대동하고 산서로 달려간 것이었다.

이막수는 혼자 힘으로 여러 고수를 상대해서는 승산이 없다고 판단해 꾀를 짜내 일대일로 싸우자고 제의했고, 구처기 등도 쾌히 승낙했다. 이막수의 첫 번째 상대는 손불이였다. 이막수는 몰래 독수를 사용해 빙백은침으로 손불이에게 독상을 입혔고, 그 즉시 해독약을 건네주니 구

315

처기 등은 그것을 받지 않을 수 없었다. 전진교 도사들은 이막수의 은혜를 입게 된 셈이라 규율에 따라 이막수와 싸울 수가 없게 되었다. 그래서 구처기 등은 그저 쓴웃음을 지으며 뜻을 꺾고 돌아올 수밖에 없었다. 다행히 구처기가 성격이 급해서 왕처일 등과 태행산太行山을 유람하지 않고 곧장 돌아왔기에 학대통이 목숨을 구할 수 있었던 것이다.

구처기는 학대통이 왜 고묘파의 어린 낭자와 싸우게 되었는지 그 연유를 물었다. 그리고 곧 양과에 대한 조지경의 불공정한 처사가 사건의 발단이라는 것을 알았다. 구처기는 자신의 제자였던 양강을 생각해서 그의 아들인 양과를 전진교에서 잘 가르쳐 훌륭한 인재로 만들려고 생각했다. 그런데 이런 언짢은 일이 생겨 양과가 고묘파로 들어갔으니 억지로 끌고 올 수도 없는 노릇이었다. 곽정의 부탁도 있으니 언젠가 양과를 다시 데려와야겠다는 다짐밖에 할 수 없었다.

전진교의 제3대 제자 가운데 무공으로 치면 조지경이 가장 상위였다. 마옥, 구처기, 왕처일 등은 원래 제3대 수제자의 자리를 조지경에게 주려 했으나 일전 적의 무리가 종남산을 침범했을 때 북두대진을 지휘하며 큰 실수를 저지른 것과 양과 사건이 일어난 것을 보고 생각을 바꾸었다. 그들은 조지경이 무공은 높을지 모르나 덕이 부족하다고 판단해 장춘 문하의 견지병에게 제3대 수제자의 자리를 물려주기로 결정했다. 이 일이 있고 난 후 조지경은 양과를 더욱 증오하게 되었다.

소용녀는 중양궁을 빠져나와 양과를 내려놓은 후, 손 노파의 시신을 안고 활사인묘로 돌아갔다. 양과는 울면서 그 뒤를 따랐다. 소용녀는 시신을 평소 손 노파가 잠을 자던 침상에 내려놓고 그 옆 의자에 말없이 앉았다. 양과는 여전히 훌쩍거렸다. 한참이 지나서야 소용녀가 입을 열었다.

"사람은 누구나 다 죽는데 뭘 그리 슬피 울어? 그렇게 울어봤자 할멈은 몰라."

양과는 쌀쌀맞은 말에 그녀를 힐끔 쳐다보았지만, 자세히 생각해보니 정말 그렇겠구나 싶어 옷소매로 눈물을 훔치며 일어섰다. 소용녀는 차갑게 양과를 쳐다보며 조금의 흔들리는 빛도 없이 다시 입을 열었다.

"할멈을 묻으러 가자. 나를 따라와."

소용녀는 손 노파의 시신을 안고 문을 나섰다. 양과는 연신 소매로 눈물을 훔치며 그 뒤를 따랐다. 무덤 안에는 본디 불빛이 하나도 없어 칠흑처럼 캄캄했다. 양과는 최대한 눈을 크게 떠봐도 소용녀의 흰옷조차 잘 볼 수 없어서 그녀의 뒤를 바짝 쫓아갔다. 소용녀는 동서로 구불구불한 길을 한참을 돌아가다 무거운 석문石門을 밀고 들어가 품에서 부싯돌을 꺼내 돌 탁자 위에 있는 두 개의 등잔에 불을 붙였다.

양과는 어렴풋이 밝아오는 실내를 돌아보고 자신도 모르게 부르르 몸을 떨었다. 텅 비어 있는 방 안에는 다섯 개의 석관만이 놓여 있었다. 자세히 살펴보니 두 개의 석관 뚜껑은 꽉 닫혀 있고, 나머지 세 개의 관 뚜껑은 반만 열려 있었다. 그 안에 시신이 있는지는 알 수 없었다.

소용녀는 오른쪽 첫 번째 석관을 가리키며 말했다.

"사조님께서 여기에 잠들어 계신다."

이어 두 번째 관을 가리켰다.

"사부님께서 여기에 잠들어 계셔."

양과는 소용녀의 손이 세 번째 관을 가리키자 가슴이 콩닥콩닥 뛰었다. 누가 여기에 잠들어 있다고 말할지는 모르지만 관 뚜껑이 덮여 있지 않으니 만약 시신이 있다면 너무 무서울 것 같았다.

"할멈은 여기에 잠들 것이다."

양과는 그제야 빈 관이라는 것을 알고 절로 한숨을 토했다. 소용녀는 나머지 두 개의 빈 관을 턱으로 가리켰다.

"사자인 이막수의 것과 내가 잠들 곳이다."

양과는 어안이 벙벙하여 물었다.

"이막수…… 이막수가 돌아오나요?"

"사부님께서 이렇게 정해놓으셨으니 결국은 돌아오겠지. 이제 석관이 하나 모자라게 되었구나. 사부님께서는 네가 올 줄은 모르셨으니까."

양과는 깜짝 놀라 고개를 절레절레 흔들었다.

"난 싫어요. 싫어!"

"너를 평생토록 보살펴주기로 할멈과 약속했어. 내가 여기를 떠나지 않는 한 너 역시 이곳에 잠들어야 돼."

양과는 소용녀가 너무나 담담하게 생과 사를 이야기하자 자신도 더 이상 꺼릴 것이 없어졌다.

"날 못 나가게 한다 해도 당신이 죽으면 나갈 거예요."

"너를 평생 돌본다고 했으니 너보다 먼저 죽지는 않을 거야."

"왜요? 나보다 나이가 더 많잖아요."

소용녀는 차갑게 말했다.

"내가 죽기 전에 너를 먼저 죽일 테니까."

양과는 화들짝 놀랐다.

'그럴 수는 없지. 발이 있는데 도망가면 되지 뭐.'

소용녀는 세 번째 관 앞에 서서 뚜껑을 열고 손 노파를 그 안에 눕히려 했다. 양과는 너무나 안타까워 가슴이 저렸다.

"할머니를 한 번만 더 보고요."

소용녀는 양과가 손 노파와 만난 지 이틀도 되지 않았는데 이렇게 정이 깊게 든 것을 보고 한편으로는 이해가 되지 않았고, 한편으로는 짜증스럽고 귀찮아 눈살을 찌푸렸다.

소용녀는 손 노파의 시신을 안은 채 일언반구의 말도 하지 않고 서 있었다. 양과는 희미한 등불 아래 비친 손 노파의 모습이 마치 살아 있는 듯해서 다시 울음이 터져 나올 것 같았다. 소용녀는 그런 그를 한 번 흘겨보고는 손 노파의 시신을 석관에 집어넣고 뚜껑을 덮었다. 둔중한 소리를 내며 무거운 관 뚜껑이 석관의 아귀에 맞물리며 꽉 덮였다. 소용녀는 다시 울고 있는 양과에게 눈길 한 번 주지 않고 돌아섰다.

"가자!"

그녀가 왼쪽 소매를 휙, 떨치니 방 안의 등잔불 두 개가 모두 꺼졌고 사방은 암흑 속에 빠져들었다. 양과는 자신을 묘실 안에 가두고 그냥 가버릴까 봐 황급히 뒤따라갔다.

활사인묘 안에서는 낮과 밤을 구별할 수 없었다. 두 사람은 하루 동안 큰일을 겪었던 터라 너무 피곤했다. 소용녀가 양과에게 손 노파의 방에서 자라고 명령했다.

양과는 어릴 때부터 홀로 강호를 떠돌아다니며 주로 황량한 야산의 사당에서 잠을 잔 탓에 담이 크고 무서움이 없었다. 그런데 무덤 안에서 홀로 잠을 자자니 석관에 있는 시신들이 생각나서 너무 무서웠다. 소용녀가 연거푸 말해도 그는 대답을 하지 않았다.

"내 말 안 들려?"

"무서워요."

"뭐가 무서워?"

"몰라요. 혼자 못 자겠어요."

소용녀가 눈살을 찌푸렸다.

"할 수 없지. 그럼 나와 함께 가자."

소용녀는 양과를 데리고 방으로 들어갔다. 그녀는 어둠이 익숙해서 평소에는 촛불을 켜지 않지만 지금은 양과를 배려해 촛불을 하나 켰다.

양과는 소용녀가 절세의 미모에다 천사같이 하얀 옷을 입고 있으니 필시 방도 매우 우아하고 아름다울 것이라 기대했다. 그런데 방에 들어서자 실망을 금치 못했다. 텅 비어 있는 방은 석관을 놓아둔 묘실과 별반 차이가 없었다. 더군다나 가구는 하나도 없고 벽면에 침상만 덩그러니 놓여 있었다. 긴 청색 돌로 만든 침상 위에는 흰색 천이 덮여 있었고 그 밑에는 갈대풀이 깔려 있었다.

'난 어디서 자지? 땅에서 자라고 하겠지?'

양과는 못마땅한 표정으로 방 안을 살폈다.

"침상에서 자."

"아닙니다. 제가 바닥에서 잘게요."

소용녀는 단호하게 말했다.

"여기에 있는 한 내가 무슨 말을 하든 들어야 해. 네가 전진교의 도사와 싸우든 말든 그건 상관없어. 그러나 만약 나를 조금이라도 거역한다면 즉시 네 목숨을 빼앗을 거야."

"그렇게 무섭게 말하지 마세요. 말을 들으면 되잖아요."

"감히 말대꾸를 해?"

양과는 어리고 아리따운 여자가 무서운 사부 행세를 하며 냉정하게 말하자 혀를 삐죽 내밀고는 대꾸하지 않았다.

소용녀는 미동도 없이 그런 그를 바라보았다.

"왜 혀를 내미는 거야? 따르지 않겠다는 거야?"

양과는 대꾸도 없이 신을 벗고 침상으로 올라갔다. 침상에 등을 대자 뼛속까지 차가운 기운이 전해져왔다. 양과는 너무 놀라 맨발로 침상에서 펄쩍 뛰어내려왔다. 소용녀는 놀란 양과의 모습을 보고 하마터면 웃음이 터져 나올 뻔했다.

"왜 그래?"

양과는 소용녀의 눈가에 희미하게 웃음이 떠오른 것을 보고 저도 따라 웃었다.

"침상이 이상하잖아요. 일부러 날 놀리려는 거죠?"

소용녀는 얼른 얼굴 표정을 고치고 다시 정색을 했다.

"누가 너를 놀린다는 거야. 이 침상은 원래 이래. 어서 올라가서 자."

소용녀는 문 구석에서 빗자루를 가지고 왔다.

"만약 침상에서 빠져나오면 빗자루로 맞을 줄 알아."

소용녀의 말에 양과는 다시 침상에 올라갈 수밖에 없었다. 이번에는 놀라지 않았지만 풀 자리 밑에 차갑고 두꺼운 얼음이 깔려 있는 듯해 시간이 지날수록 한기가 점점 강하게 느껴졌다. 온몸이 덜덜 떨리고 아랫니와 윗니가 부딪쳐 딱딱, 소리가 났다. 좀 더 지나자 한기가 뼛속 깊이 파고들어 더 이상은 참을 수가 없었다.

소용녀를 쳐다보니 웃는 듯 마는 듯 한 표정이었다. 고소해하는 것이 틀림없다고 생각하니 화가 치밀어 이를 꽉 악물고 온몸에 힘을 주며 추위를 견뎌냈다.

소용녀는 밧줄 하나를 꺼내더니 동쪽의 철못에 한쪽을 걸고 서쪽 벽의 또 다른 못에 한쪽 끝을 걸었다. 그렇게 하니 밧줄의 높이가 사람 키 하나 정도가 되었다. 소용녀는 사뿐히 밧줄 위로 뛰어올라 마치 침상인 듯 눕더니 장을 날려 촛불을 껐다. 양과는 탄복해 마지않았다.

"내일 그 실력을 저한테도 가르쳐주세요."

"이건 대단한 것이 아니야. 잘 따라주기만 하면 정말 대단한 무공을 전부 가르쳐줄게."

양과는 소용녀의 말이 진심인 것 같아 감격해서 저도 모르게 목이 메었다.

"저한테 이렇게 잘해주시는데 전 방금 속으로 원망했어요."

"너를 쫓아내려고 했으니 날 원망하는 것도 당연하지."

"그것 때문이 아니라 예전에 나를 가르쳤던 사부님처럼 당신도 쓸데없는 것만 가르쳐주지 않을까 생각했어요."

양과의 목소리가 덜덜 떨렸다.

"춥니?"

"네, 침상 아래 이상한 게 있나 봐요. 아니면 이렇게 추울 수가 없을 거예요."

"자기 싫어?"

"난…… 난 자고 싶지 않아요."

그 말에 소용녀가 가볍게 콧방귀를 뀌었다.

"흥, 자고 싶지 않다고? 천하 무림의 고수들이 얼마나 그 침상에서 자고 싶어 하는데."

양과는 너무나 이상했다.

"왜 고생을 사서 하려고 하죠?"

"내 너를 아끼고 불쌍하게 여겨서 특별히 자게 해줬더니 고생을 사서 한다고? 들어온 복도 못 알아보는구나."

양과는 자신을 이 침상에 재운 것이 악의가 아니라는 것을 알고 목소리가 한풀 꺾였다.

"이 침상이 그렇게 대단한가요? 저한테 이야기해주면 안 돼요?"

"좀 지나면 자연히 알게 될 거야. 입 다물고 눈 감아."

어둠 속에서 옷이 바스락거리는 소리가 몇 번 났다. 소용녀가 몸을 뒤척이는 것 같았다. 허공에 매단 밧줄 위에서도 몸을 뒤척일 수 있다니 양과는 그저 놀라울 따름이었다.

양과는 자기 때문에 죽은 손 노파를 생각하니 괴로운 마음에 더욱 잠을 이룰 수 없었다. 한참 뒤, 조심스럽게 말을 꺼냈다.

"못 견디겠어요."

그러나 부드러운 숨소리만 들릴 뿐이었다. 소용녀는 이미 잠이 든 것 같았다. 그는 다시 조용히 두어 번 불러보았으나 여전히 대답이 없었다.

'침상에서 내려가 자도 모르겠지.'

양과는 조용히 침상에서 빠져나와 땅에 섰다. 들킬까 봐 숨도 제대로 쉬지 못했다. 그러나 발이 땅에 닿자마자 펑, 하는 소리가 나더니 소용녀가 어느새 밧줄에서 내려와 있었다. 그러고는 그의 왼팔을 등 뒤로 돌리고는 땅에 꿇어앉혔다.

양과는 놀라 소리를 질렀다. 소용녀는 빗자루를 가져와 그의 엉덩이를 힘껏 내리쳤다. 양과는 잘못을 빌어봤자 소용없다는 것을 알고 이를 악물고 고통을 참았다. 소용녀는 처음 다섯 대는 아주 세게 내리쳤다가 여섯 대째는 손에 힘을 조금 풀었고, 마지막 두 대는 아파서 견디지 못할까 봐 더욱 살살 내리쳤다. 그녀는 열 대를 때린 후 양과를 들어 올려 침상에 던지고는 호통을 쳤다.

"다시 내려오면 또 맞을 줄 알아!"

양과는 찍소리도 하지 않고 침대에 누웠다. 소용녀가 다시 밧줄 위로 올라가는 소리가 들렸다. 소용녀는 양과가 울며불며 소란을 피울 줄 알았는데 아무 소리도 내지 않자 의아한 생각이 들었다.

"왜 아무 말도 없어?"

"소리를 내봤자 좋을 게 없잖아요. 때린다고 하면 분명히 때리시니 용서를 구해봤자 소용도 없고요."

"흥! 속으로 날 욕하고 있지?"

"아니에요. 예전 사부님들보다 훨씬 좋으신걸요."

"뭐가 좋단 말이야?"

"절 때리긴 했지만 속으로는 절 불쌍하게 생각하시잖아요. 제가 아플까 봐 점점 살살 때리셨고요."

소용녀는 속마음을 들킨 듯하여 얼굴이 붉어졌다. 어둠 속이라 그나마 다행이라 여기며 짐짓 핀잔을 주었다.

"흥! 누가 너를 불쌍히 여긴다는 거야? 다음번에 또 말을 안 들으면 더 세게 때릴 테니 각오해."

양과는 그녀의 부드러운 말투에 웃음이 나왔다.

"더 세게 때려도 전 좋아요."

"이 고얀 녀석, 하루라도 맞지 않으면 잠이 안 오니?"

소용녀의 엄한 꾸짖음에도 양과는 아랑곳하지 않았다.

"누가 나를 때리느냐에 따라 달라요. 저를 좋아하는 사람이 때리면 전혀 화가 나지 않고 오히려 기쁜걸요. 하지만 나를 미워하는 사람이라면 평생 잊지 않고 기억할 거예요. 나중에 크면 꼭 찾아가 따질 거니까요."

"그래, 누가 너를 싫어하고 너를 좋아하는지 말해봐."

"나를 미워하는 사람은 너무 많아서 말할 필요도 없어요. 나를 사랑하는 사람은 돌아가신 엄마, 의붓아버지, 곽 백부님, 그리고 할머니와 당신이에요."

소용녀는 냉소를 지으며 말했다.

"흥, 난 너를 좋아하지 않아. 할멈이 보살펴주라고 했으니까 보살펴주는 것뿐이야. 내가 너에게 호의를 가질 거라고는 평생 기대하지 않는 게 좋을 거야."

양과는 그러잖아도 추위를 참기 힘들었는데 이 말을 들으니 머리에 찬물을 뒤집어쓴 듯했다. 오싹하는 한기를 억지로 참고 따지듯 물었다.

"내가 어디가 나빠서요? 왜 나를 미워하는 거죠?"

"네가 좋고 나쁜 것이 나하고 무슨 상관이야? 그리고 난 너를 미워하지 않아. 난 평생을 이 무덤 안에서 살았어. 아무도 사랑하지 않고 아무도 미워하지 않아."

"너무 심심했겠어요. 정말 바깥세상에 나가본 적이 없어요?"

"나가본 적 없어. 이 산 밖에는 또 산이 있고 풀, 태양, 달이 있겠지. 여기와 별반 다르지 않을 거야."

"에이 참, 정말 여태껏 헛살았네요. 바깥세상에 나가보면 형형색색 예쁜 것들이 얼마나 많은데요."

양과는 어릴 때부터 여기저기 다니면서 봤던 것들을 하나하나 이야기했다. 그는 원래 말재주가 좋은데 없는 일까지 보태어 과장되게 말하니 이야기가 더욱 흥미진진했다. 게다가 소용녀는 18년 동안 종남산을 내려가본 적이 없으니 그가 뭐라고 과장을 하든 모두 사실대로 믿을 수밖에 없었다. 그녀는 듣다가 자신도 모르게 한숨을 내쉬었다.

양과는 의기양양해져서 더 적극적으로 이야기했다.

"언제 저랑 같이 놀러 가요."

"헛소리하지 마! 사조님께서 이 활사인묘에서 사는 사람은 어느 누구도 종남산을 한 발짝도 벗어나서는 안 된다고 유언을 남기셨어."

양과는 깜짝 놀랐다.

"그럼 저도 산을 내려가서는 안 되나요?"

"당연하지."

'도화도 같은 외딴섬에서도 벗어났는데 설마 이런 무덤에서 벗어나지 못할까?'

양과는 이런 생각을 하며 별다른 걱정을 하지 않았다.

"이막수가 사자이니 그도 여기서 살았을 텐데 어떻게 내려갈 수 있었죠?"

"사부의 명을 듣지 않아서 사부님이 쫓아버리신 거야."

양과는 반색을 하며 한 줄기 희망이 보이는 듯했다.

'정말 좋은 규율이다. 그럼 나도 나가고 싶을 때 말만 듣지 않으면 되겠군.'

그러나 생각을 들킬까 봐 자신도 모르게 입을 꼭 다물었다. 두 사람이 이런저런 이야기를 나누는 중에 양과는 추위를 잊을 수 있었다. 그러나 입만 다물면 온몸에 한기가 밀려왔다.

"제발 용서해주세요. 여기서는 못 자겠어요."

"전진교 사부와 싸울 때는 한마디도 용서를 구하지 않더니 왜 지금은 애걸하는 거냐?"

양과가 웃으며 대답했다.

"저한테 못되게 대하는 사람이 절 때리면 한마디도 지지 않아요. 하지만 저한테 잘해주는 사람이라면 그 사람을 위해 기꺼이 죽을 수도 있어요. 그냥 사정 한마디 하는 것이 뭐가 어렵겠어요?"

소용녀는 콧방귀를 뀌었다.

"이런 뻔뻔한 것! 누가 너한테 잘해준단 말이야?"

양과는 소용녀의 말투에 전혀 노여움이 느껴지지 않자 한층 목소리를 키웠다.

"추워요, 추워! 못 참겠어요!"

"시끄러워. 이 옥침상이 어떤 것인지 알면 그렇게 소리칠 수 없을 거야."

"좋아요, 그럼 조용히 할게요. 말씀하세요."

"천하 영웅들이 모두 그 옥침상에서 자고 싶어 한다고 말했지? 거짓말이 아니야. 그 침상은 상고上古 시대의 차가운 옥으로 만든 것이어서 상승 내공을 수련할 때 큰 도움이 돼."

"그냥 돌이 아니었어요?"

양과가 신기해하자 소용녀가 미소를 지었다.

"넌 별의별 신기한 것을 다 봤다면서 얼음처럼 차가운 돌은 보지 못했나 보구나. 그것은 사조님께서 7년 넘게 온갖 심혈을 기울여 겨우 찾아낸 거야. 추운 북극에까지 가서 수백 장 두께의 얼음 밑에서 캐낸 차가운 한옥寒玉이지. 이 옥침상에서 1년만 내공을 수련하면 다른 곳에서 10년을 수련한 것보다 월등하게 돼."

"아, 그거참 신기하군요!"

"처음에 누웠을 때는 너무 추워서 견디기 힘들겠지만 온몸의 공력을 운행해서 추위를 누르면 점차 습관이 될 거야. 잠을 자면서도 내공을 수련하게 되는 셈이지. 보통 무공을 수련하려면 아주 부지런해야 해. 매일 몇 시진밖에 잠을 잘 수가 없지. 무공을 수련할 때는 천행을 어기고 기와 혈을 평소와 반대로 운행해야 하는 거야. 그러나 잠을 잘 때는 기와 혈이 평상시로 돌아오게 되어서 낮 동안 수련한 무공 중 열에 아홉은 사라지고 말지. 만약 이 침상에서 잠을 자면 낮에 수련한 내공을 잃지 않을 뿐 아니라 오히려 더 강해질 수 있어."

양과는 이제야 말뜻을 이해할 수 있었다.

"그럼 밤에 차가운 눈 위에서 잠을 자도 좋겠군요."

"그건 그렇지 않아. 눈은 몸의 열이 닿으면 물로 변해버리지. 차가운 물에서 잠을 잘 수는 없잖아. 그러나 한옥은 얼음이나 눈보다 몇 배 더 차갑지."

"그래서 겨울인데도 눈처럼 흰옷을 입고 있는 거군요. 정말 예뻐요. 그래서 몸도 아주 차가웠군요. 다른 사람들은 겨울에는 짙은 색 저고리를 입는데 흰옷을 입으니 참 예뻐요. 추위도 별로 타지 않죠?"

"물론 추위는 안 타. 흰옷이 예쁘다고? 옷이야 그냥 몸에 걸치기만 하면 되는 거지 예쁘고 안 예쁘고가 무슨 상관이니? 옥침상엔 또 하나 신비한 점이 있어. 내공을 수련할 때 가장 경계해야 할 것은 주화입

마走火入魔야. 그래서 평소에 무공을 연마할 때는 항상 절반 정도의 신경을 마음속의 불을 다스리는 데 써야 돼. 하지만 이 한옥침상은 세상에서 가장 차갑고 음의 기운을 많이 가진 물건이라서 수련자가 그 위에 앉거나 누우면 심화心火, 즉 마음의 불이 정화되고, 마음을 다스릴 수 있게 되는 거야. 다른 것에 신경 쓸 필요 없이 연공에만 집중할 수 있게 되니 다른 사람보다 배는 빨리 연마하게 되지."

양과는 너무나 기뻤다.

"자신은 밧줄에서 자고 저한테 이렇게 귀한 침상을 내주시니 정말 고마워요. 앞으로 어떻게 보답해야 하죠? 할머니가 아가씨를 평생 잘 돌봐드리라고 했으니 꼭 약속을 지킬게요."

"네 앞가림도 제대로 못 하고 질질 짜면서 어떻게 날 보살피겠다는 거야?"

"이제 나이가 더 먹으면 어린아이가 아니잖아요. 꼭 열심히 무공을 연마할게요. 이제 머지않아 무씨 형제들이나 곽부를 겁낼 필요가 없겠네요. 전진교의 조지경 같은 도사들도 비록 무공을 연마한 지 오래되었지만 곧 따라잡을 수 있을 거예요."

소용녀는 차갑게 응대했다.

"사조님께서는 이 무덤에 거주하는 자는 마음을 수련하여 절대 남과 경쟁해서는 안 된다고 유훈을 남기셨어."

"그럼 그들이 저를 괴롭히고 할머니를 죽여도 내버려두라는 말씀인가요?"

"사람은 누구나 다 죽는 법이야. 할멈이 학대통 손에 죽지 않았더라도 몇 년 뒤면 스스로 명을 다하게 되었을 거야. 몇 년 더 살고, 덜 사는 것이 무슨 차이가 있겠어? 복수로 한을 풀겠다는 말은 다시는 꺼내지 마."

소용녀는 18년 동안 줄곧 두 사부와 손 노파를 의지하여 살아왔다. 그러나 사부는 〈옥녀심경〉을 연마시키려고 희로애락의 감정을 절제하도록 명했다. 그래서 함부로 웃거나 울지 못했다. 손 노파는 따뜻한 사람이었지만 감히 사부의 명을 거역하지 못했다. 이런 환경에서 소용녀는 차갑고 괴팍한 성격을 가지게 되었다. 그래서인지 수련한 무공뿐만 아니라 성격까지도 차갑게 변해버린 것이다.

그런데 양과는 나이도 어리고 말이며 행동거지가 사부나 손 노파와는 완전히 달랐다. 양과의 말을 듣고 있으면 거부감이 일면서도 소용녀는 자신도 모르게 이야기 속으로 빠져들었다.

양과는 소용녀의 말이 뭔가 이상하다고 생각했지만 반박하지 않았다. 이때 한기가 다시 온몸에 전해져왔다.

"어떻게 침상의 한기를 이길 수 있는지 가르쳐줄게."

소용녀는 몇 마디 구결과 내공을 수련하는 방법을 설명해주었다. 소용녀는 자연스럽게 양과한테 문파의 기초적인 무공을 전수해주고 있었다. 소용녀가 가르쳐준 대로 하자 양과는 잠시 뒤 한기가 조금씩 사라지고 호흡이 세 바퀴 정도 돌자 온몸이 따뜻해졌다. 더 이상 추위를 두려워하지 않게 되었고, 오히려 침대가 시원하고 편안하게 느껴졌다. 양과는 정신이 몽롱해지면서 온몸에 힘이 빠져 스르르 잠이 들었다.

반 시진 정도 지났을까, 몸의 열기가 식자 침대의 차가운 기운에 잠이 깨었다. 다시 같은 방법으로 내공을 연마했다. 이렇게 자다 깨다를 반복하면서 하룻밤을 보냈다. 그러나 다음 날 새벽에 잠이 깨었을 때는 전혀 피곤하지 않았다. 비록 하룻밤 사이지만 내공 수련을 많이 익힌 듯했다.

아침을 먹은 후, 양과는 그릇과 젓가락을 주방에 가지고 가서 깨끗이 씻었다. 그런 뒤 소용녀가 있는 대청으로 갔다. 소용녀가 입을 열었다.

"너에게 분명히 해둘 것이 있어. 만약 나를 사부로 섬기면 평생 내 말을 들어야 해. 설사 사부로 섬기지 않더라도 너에게 무공을 전수해줄 거야. 그리고 나를 이겨야 이곳을 나갈 수 있어."

양과는 조금도 망설이지 않고 대답했다.

"당연히 사부님으로 모셔야죠. 저에게 무공을 가르쳐주시지 않아도 말을 잘 들을 거예요."

"왜?"

"진심으로 잘해주시니까요."

그러자 소용녀의 표정이 한층 더 차가워졌다.

"너에게 잘해주든 잘해주지 못하든 그런 말은 다시는 입 밖에 꺼내지 마. 나를 사부로 받아들이겠다면 함께 후당後堂으로 가서 예를 올리자."

양과는 소용녀의 뒤를 따라 후당으로 갔다. 후당은 동쪽과 서쪽 벽에 걸린 그림 외에는 아무것도 없이 텅 비어 있었다. 서쪽 벽에는 두 명의 낭자가 그려져 있었다. 스물다섯 살 정도 되어 보이는 사람이 거울을 보며 화장을 하고 있었고, 그 옆에 열다섯 살가량의 소녀가 분을 들고 서 있었다. 거울을 보고 있는 여자는 속눈썹이 길고 까만 머리채를 길게 늘어뜨린 아름다운 미녀였으나 눈가에는 살기가 어려 있었다. 양과는 몇 번 쳐다보다 자신도 모르게 경외심을 품었다.

소용녀가 손을 들어 그 여자를 가리켰다.

"이분이 사조님이시다. 절을 올려라."

"사조 할머니가 이렇게 젊어요?"

"그림을 그릴 당시는 젊었지만 나중에는 나이가 들었지."

양과는 이 말을 마음속으로 되뇌다가 왠지 서글픈 생각이 들어 멍하니 그림을 바라보며 눈물을 흘렸다. 소용녀는 양과의 마음을 무시하며 시녀 모습의 소녀를 가리키며 말했다.

"이분은 나의 사부님이시다. 어서 절을 올려라."

양과는 고개를 옆으로 하고 초상을 보았다. 그 소녀는 공손한 몸가짐에 우아한 용모를 갖추고 있었다. 어찌하여 소용녀의 사부가 되었는지 궁금했으나, 더 생각하지 않고 무릎을 꿇어 그림에 절을 했다. 소용녀는 양과가 일어나자 동쪽 벽에 걸린 그림을 가리켰다.

"저 도인에게 침을 뱉어라."

그림 속 키가 큰 도인은 허리에 장검을 차고 있었으며 오른손 식지로 동북쪽을 가리키고 있었다. 그러나 등을 보이고 서 있어서 얼굴은 볼 수가 없었다.

"누구신데 침을 뱉으라는 거예요?"

"저 사람은 전진교의 교주 왕중양이야. 우리 문중의 규율에 따라 사조를 알현한 후에는 반드시 저 사람에게 침을 뱉어야 해."

양과는 뛸 듯이 기뻤다. 그러잖아도 전진교라면 이가 갈렸는데 문파에 이런 멋진 규율이 있다니……. 즉시 양과는 입안에 우물우물 침을 모아 왕중양의 등에 대고 있는 힘껏 뱉었다. 한 번으로 모자라 한 번 더 뱉고 또 뱉으려 하자 소용녀가 막았다.

"됐다!"

"저희 사조님께서는 왕중양을 싫어하셨나 보죠?"

"그래."

"저도 싫어해요. 그런데 왜 초상화를 없애지 않고 이곳에 두는 거죠?"

"나도 몰라. 사부님과 할멈의 말을 들으니 세상 남자 중에는 좋은 사람이 하나도 없다는구나."

소용녀는 돌연 무서운 목소리로 호통을 쳤다.

"나중에 네가 나쁜 짓을 하면 절대 용서하지 않을 것이다!"

"물론 그러셔야죠."

소용녀는 원래 양과에게 경고를 해두려고 호통을 친 것인데 뜻밖에 양과가 시원스레 대답을 하니 어이가 없어 대꾸할 말을 잊어버렸다. 말문이 막힌 그녀는 의식을 마저 진행시켰다.

"이제 사부님께 절을 올려라."

"사부님께 물론 절을 해야지요. 그러나 그 전에 한 가지만 약속해주세요. 아니면 절을 하지 않겠어요."

'할멈의 말을 들어보면, 제자를 받기 전에는 사부가 제자에게 이런 저런 약속을 받는다는데, 어째서 이 아이는 제자이면서도 사부에게 약조를 받아내려 하지?'

소용녀는 속으로 이상하다고 생각하면서도 침착하고 조용한 성격이라 내색을 하지 않고 물었다.

"무슨 약속이지? 말해봐."

"마음으로는 사부님으로 모시고 존경하며 뭐든지 시키는 대로 다하겠지만, 입으로는 사부님이라 부르지 않고 선자仙子라고 부르겠습니다."

소용녀는 영문을 알 수 없었다.

"왜 그러는데?"

"전진교의 그 나쁜 도사를 사부로 모신 이후부터 저는 꿈에서도 사부를 욕하게 되었어요. 나중에 혹시 나도 모르게 또 사부를 욕할지도 모르니 선자라고 부르는 게 좋을 것 같아요. 그 전진교 사부를 욕할 때 헷갈리지도 않고요."

소용녀는 실소가 터져 나왔다. 이 아이의 생각은 정말 재미있구나 하는 생각이 들었다.

"좋아, 그럼 그렇게 허락하지."

양과는 공손하게 무릎을 꿇고 소용녀에게 여덟 번 절을 한 후 말했다.

"제자 양과는 오늘부터 소용녀 선자를 사부로 모십니다. 지금부터 양과는 목숨을 걸고 선자를 지켜드릴 것입니다. 만약 나쁜 놈이 선자를 우롱하거나 괴롭힌다면 반드시 그를 죽이겠습니다."

사실, 소용녀의 무공은 양과와는 비교가 되지 않게 높았으나 양과가 보기에는 너무나 연약하고 아리따운 여자인지라 자신도 모르게 여자를 보호하려는 의협심이 발휘된 것이다. 그래서 말을 할수록 자기감정에 도취되어 표정마저 비장해졌다. 소용녀는 진심 어린 양과의 말에 자신도 모르게 감동했다.

양과는 절을 마치고 몸을 일으켰다. 얼굴에 기쁨이 가득했다.

"뭐가 그리 좋은 거야? 난 전진교의 구처기보다 무공이 낮고 너의 곽 백부와는 비교할 수도 없어."

"그들이 아무리 무공이 높아도 저와는 상관없어요. 선자만이 저에게 진심으로 무공을 가르쳐주시려 하니까요."

"사실 무공을 배워봤자 아무 소용이 없어. 이 무덤에서는 아무것도 할 일이 없으니 너를 가르치려는 것뿐이야."

"선자, 우리 파의 이름은 뭐죠?"

"우리 사조님께서 이 무덤에 들어온 이후 무림과의 연을 끊었기 때문에 우리에게는 따로 이름이 없어. 후에 이막수 사자가 강호에 나간 이후 사람들이 그녀를 고묘파古墓派라고 불러서 우리도 '고묘파'라고 하지."

양과는 고개를 갸웃거렸다.

"고묘파라는 이름은 이상해요."

제자로 입문하자마자 항의부터 해도 소용녀는 별로 개의치 않았다.

"이름이 좋고 나쁘고가 무슨 상관이야? 여기서 기다리고 있어. 잠시 나갔다 올게."

양과는 홀로 이 무덤에 남겨진다고 생각하니 무서워져서 얼른 소용녀 곁으로 바짝 따라붙었다.

"저도 데리고 가주세요."

소용녀는 살짝 눈을 흘겼다.

"영원히 내 말을 듣는다더니 첫마디부터 어길 셈이야?"

"무서워요."

"사내대장부가 뭐가 무섭다고 그래? 나를 도와서 나쁜 놈들을 혼내준다 말하지 않았어?"

양과는 잠시 생각해보다가 곧 가슴을 쫙 폈다.

"좋아요. 그럼 빨리 다녀오세요."

"언제 올지 몰라. 한 시진이 지나도 못 잡을지 모르니까."

소용녀의 목소리는 여전히 차가웠다.

"뭘 잡아요?"

양과가 신기해서 물었지만 소용녀는 대답도 하지 않고 나가버렸다.

소용녀가 나가자 무덤 속은 적막에 잠겨 아무 소리도 들리지 않았다. 양과는 소용녀가 필시 전진교의 도인을 잡으러 갔을 것이라고 추측했다. 누구를 잡을지는 모르지만 누구든 한바탕 괴롭혀주면 정말 좋겠다고 생각했다. 그러나 잠시 후, 혼자서 나갔으니 무사히 돌아오기만 하면 다행이라는 생각이 들었다. 이런저런 생각을 하면서 무심코 대청으로 나간 그는 이내 복도를 따라 서쪽으로 향했다. 열 걸음도 가지 않았는데 눈앞이 칠흑같이 어두워졌다. 양과는 길을 잃을까 봐 벽을 더듬어 천천히 있던 곳으로 되돌아왔다. 그런데 아무리 걸어도 대청의 등불이 보이지 않았다. 그는 너무 놀라고 당황해서 황급히 앞으로 나갔다. 그러나 길이 없었다. 길을 잃은 데다 당황하기까지 하니 더욱 헤맬 수밖에 없었다. 이리저리 빠른 걸음으로 돌아다녔으나 왔던 곳을 찾을 수가 없었다. 그러니 영영 대청으로 돌아가지 못할 것만 같았다.

"선자, 선자! 어서 와서 살려주세요."

큰 소리로 외쳤지만 무덤 안에는 메아리만 울려 퍼졌다. 한참을 이리저리 헤매다가 땅이 축축해서 발을 빼보니 진흙이 묻어나왔다. 이곳은 무덤 속이 아니라 무덤과 연결된 지하 통로인 것 같았다. 양과는 더욱 무서워졌다.

'무덤 안에서 헤매고 있다면 반드시 찾아올 텐데, 여기는 무덤이 아니니 찾지 못할지도 몰라. 내가 없어진 걸 보면 도망갔다고 생각하실 텐데……'

양과는 더 이상 가지 못하고 손을 더듬어 걸상만큼 높은 돌을 찾아낸 후 두 손으로 턱을 괴고 멍하니 앉았다. 소리 내어 울고 싶었지만 소리가 나오지 않았다. 그렇게 한 시진 정도 앉아 있었을까, 어디선가 "과야! 과야!" 외치는 소리가 들려왔다. 양과는 너무 기뻐 펄쩍 뛰어올라 소리쳤다.

"선자! 저 여기 있어요!"

그러나 "과야, 과야!" 하는 소리는 점점 멀어지기만 했다. 양과는 너무나 조급해 있는 힘껏 고함을 쳤다.

"저 여기 있어요!"

대답을 기다렸으나 아무 소리도 들리지 않았다. 그때 갑자기 귀가 섬뜩해지더니 누군가 귀를 잡아당기는 것이 아닌가. 양과는 처음에는 깜짝 놀랐으나 이내 곧 기쁨으로 바뀌었다.

"선자, 오셨군요! 근데 전 왜 전혀 몰랐을까요?"

"여기서 뭘 하는 거야?"

"길을 잃었어요."

소용녀는 양과의 손을 잡고 걸어갔다. 어둠 속에서도 마치 대낮처럼 이리저리 구불구불한 길을 잘도 찾아다녔다.

"선자, 어찌 그리 길을 잘 찾으세요?"

"나는 평생 어두운 곳에서 자랐기 때문에 빛이 필요 없어."

양과는 한 시진이 넘도록 혼자서 두려움에 떨고 있다가 이렇게 소용녀를 만나게 되자 너무 기뻐서 뭐라고 말해야 좋을지 몰랐다.

잠시 뒤, 소용녀는 양과를 데리고 대청으로 돌아왔다. 양과는 긴 한숨을 내쉬었다.

"선자, 아까는 너무 걱정했어요."

"뭘 걱정해? 어쨌든 널 찾았잖아."

"그런 걱정이 아니라 제가 도망간 줄 알고 슬퍼하실까 봐 걱정했어요."

"네가 도망가면 할멈과의 약속을 지키지 않아도 되는데 왜 슬퍼하겠어?"

무뚝뚝한 소용녀의 말에 양과는 참 재미없다고 생각하며 화제를 바꾸었다.

"그런데 잡으셨어요?"

"잡았지."

"왜 잡은 거죠?"

"너에게 무공을 연마시켜주려고. 따라와!"

'나쁜 도사 놈을 잡아서 나에게 대련을 시키려고 했구나. 정말 재미있겠어. 이왕이면 사부인 조지경이면 좋겠다. 먼저 선자가 혼쭐을 낸 다음에, 제 주먹으로 자신을 때리게 하면 속이 다 후련해질 텐데……'

양과는 속으로 이런 생각을 하며 뒤를 따랐다. 생각할수록 신나는 일이 아닐 수 없었다.

소용녀는 몇 바퀴를 돌아 한 곳의 문을 밀고 석실로 들어갔다. 석실은 두 사람이 몸을 돌리기도 힘들 정도로 비좁았다. 소용녀가 팔을 뻗자 팔이 천장에 닿았다. 양과는 도사가 보이지 않자 고개를 갸우뚱했다.

"잡아온 도사는요?"

"무슨 도사?"

"방금 누군가를 잡아서 무공을 연마시켜주겠다고 하셨잖아요?"

"내가 언제 사람이라고 했어?"

그녀는 석실 구석에 놓인 자루를 들어 주둥이를 묶은 끈을 풀었다. 그러자 자루에서 참새 세 마리가 나왔다. 양과는 더욱 영문을 알 수 없었다.

'선자가 참새를 잡으러 나간 거였구나.'

"지금부터 이 참새를 잡아서 나에게 줘. 하지만 깃털 하나 다리 하나라도 다치게 해서는 안 돼."

"좋아요!"

양과는 기뻐하며 말했다. 그러나 참새가 어찌나 빠른지 이리저리 쫓다 보니 숨이 가빠지고 온몸이 땀으로 범벅이 되었다. 결국 양과는 참새의 깃털 하나도 건드리지 못했다.

"그렇게 하면 당연히 못 잡아. 내가 방법을 가르쳐줄게."

소용녀는 몸을 위로 아래로 날리고, 손을 휘두르고 잡고 움켜쥐는 방법을 가르쳐주었다. 그제야 양과는 참새 잡는 방법을 통해 무공을 전수해주려는 뜻을 알고 똑똑히 기억해두었다. 그러나 비결을 깨달았다 하더라도 그대로 옮기기가 쉽지 않았다. 소용녀는 양과를 혼자 남겨두고 석실에서 나가버렸다. 양과는 그날 하루 종일 한 마리도 잡지 못했다. 저녁을 먹은 후에는 차가운 침상에서 내공을 연마했다.

다음 날, 참새를 쫓아다니며 몸을 약간이나마 공중으로 날릴 수 있었고, 출수도 빨라졌다. 닷새째 되는 날, 마침내 참새 한 마리를 잡았다. 양과는 크게 기뻐하며 서둘러 소용녀에게 알리러 갔다. 그러나 뜻밖에 그녀는 전혀 기뻐하는 기색이 없었다.

"겨우 한 마리 잡은 걸로 그렇게 수선을 떨어? 이젠 세 마리를 다 잡아야 해."

'한 마리를 잡았는데 나머지 두 마리를 못 잡을까.'

그러나 양과의 생각과는 달리 나머지 두 마리는 쉽사리 잡히지 않왔다. 소용녀는 참새 세 마리가 이미 기진맥진해 있는 것을 보고 쌀알을 주어 배불리 먹인 후 다시 무덤 밖으로 내보냈다. 그러고는 다시 세 마리를 잡아와서 연마를 시켰다. 여드레째 되는 날, 양과는 마침내 세 마리의 참새를 모두 잡을 수 있었다.

"오늘 중양궁으로 가자."

양과는 놀라서 물었다.

"왜요?"

소용녀는 대답하지 않고 양과를 데리고 무덤을 나섰다. 7일 동안 햇빛을 보지 못한 상태에서 밝은 곳으로 나오자 양과는 눈을 뜰 수가 없었다. 두 사람은 곧 중양궁 앞에 당도했다.

양과는 가슴이 쿵쿵 뛰었다. 계속 소용녀를 곁눈질했으나 아무런 기색도 없이 담담해 보였다. 도대체 그녀가 무슨 생각을 하는지 알 수가 없었다.

"조지경 도사, 나오시오!"

소용녀의 맑고 카랑카랑한 목소리가 중양궁을 울렸다. 두 사람이 중양궁 앞에 당도한 사실은 이미 알려진 후라 소용녀의 말이 끝나자마자 중양궁에서 수십 명의 도사가 몰려나왔다.

도사 두 명이 좌우에서 조지경을 부축했다. 조지경은 안색이 초췌하고 두 눈이 푹 들어가 혼자 설 수조차 없었다. 도인들은 손에 검 자루를 움켜쥐고 무서운 눈빛으로 소용녀와 양과를 쏘아보았다.

〈2권에서 계속〉